KiWi
1598

DAS BUCH

Ein Sommergewitter braut sich zusammen über den wild bewachsenen Berghängen, tiefen Schluchten und einsamen Wanderwegen des Nationalpark Val Grande nahe des Lago Maggiore. Eigentlich wollte der ehemalige Polizeipsychologe und Besitzer einer Macelleria Matteo Basso nur den sagenhaften Ausblick auf den See genießen und über sein turbulentes Leben und die Beziehung zu Kommissarin Nina Zanetti nachdenken. In der kriselt es nämlich, seitdem Nina versucht hat, ihn dazu zu bewegen, in den Polizeidienst zurückzukehren. Doch während es am Himmel immer finsterer wird, entdeckt er weit unten auf einem Felsen den leblosen Körper eines Mannes. In einer nahegelegenen Alpe sucht er Hilfe und trifft dort auf eine äußerst merkwürdige Gruppe Wanderer. Obwohl sie jemanden aus ihren Reihen vermissen, scheint sie Matteos Fund nicht zu beunruhigen. Der Sturm zwingt ihn, die Nacht in der Hütte zu verbringen. Im Morgengrauen muss er feststellen: Der Verunglückte ist nicht der Einzige, dessen Leben in der vergangenen Nacht ein gewaltsames Ende gefunden hat. Da der überlastete Commissario Settignano den Fall schnell zu den Akten legt, sieht Matteo sich wieder einmal gezwungen, auf eigene Faust zu ermitteln. Dabei verschlägt es ihn auf das Anwesen einer dubiosen Glaubensgemeinschaft, in das Turiner Rotlichtmilieu und bis an die Küste Marseilles.

»Ein kurzweiliger, eigenwilliger und spannender Krimi. Beide Daumen hoch!« *Mokka*

DER AUTOR

Bruno Varese lebt im Valle Vigezzo und in der Schweiz. »Totenstille über dem Lago Maggiore« ist nach »Die Tote am Lago Maggiore« und »Intrigen am Lago Maggiore« der dritte Band seiner Reihe um den ermittelnden Fleischer und ehemaligen Polizeipsychologen Matteo Basso.

Bruno Varese

TOTENSTILLE ÜBER DEM LAGO MAGGIORE

Ein Fall
für
Matteo Basso

Kiepenheuer
& Witsch

MIX
Papier aus verantwortungsvollen Quellen
FSC® C083411
www.fsc.org
Verlag Kiepenheuer & Witsch, FSC®-N001512

2. Auflage 2019

Umschlaggestaltung: Barbara Thoben, Köln
Umschlagmotiv: © Iris Kuerschner / laif
Karten: Oliver Wetterauer
Gesetzt aus der Dante
Satz: Felder KölnBerlin
Druck und Bindung: CPI books GmbH, Leck
ISBN 978-3-462-05127-8

1

Der Schweiß rann Matteo die Stirn hinunter und brannte ihm in den Augen. Langsam beruhigte sich sein Atem. Die Oberschenkel zitterten noch leicht von der Anstrengung des Aufstiegs, die Füße in den Wanderschuhen glühten. Wie herrlich! Wie frei er sich plötzlich fühlte. Die schlechten Gedanken, die ihn noch im Tal beschäftigt hatten, erschienen ihm auf einmal mickrig und unbedeutend.

»Wenn es dir nicht gut geht, wenn die Welt dir übel mitspielt, steige auf einen Berg«, hatte sein Vater immer gesagt, »setz dich auf den Gipfel, schau auf all die winzigen Gestalten da unten, und du wirst erkennen, wie lächerlich sie sind mit all ihren Sorgen und Befindlichkeiten. So wie du selbst es natürlich auch bist.« Weise gesprochen, alter Mann, dachte Matteo und leerte gierig seine Wasserflasche.

Hatte er vor ein paar Minuten allen Ernstes noch den Gefangenenchor aus *Nabucco* vor sich hin gesummt, um das Puccini-Gedudel, das im Agriturismo gelaufen war, aus seinem Kopf zu vertreiben? Und, zugegeben, um ein wenig in Selbstmitleid zu baden? Das war doch wirklich albern. Ging es vielleicht ein bisschen weniger bombastisch? Die Landschaft war doch spektakulär genug.

Die Berggeister hatten es gut mit ihm gemeint. Er war

ganz allein auf dem Gipfel. Unter ihm erstreckte sich der Lago Maggiore in tiefem Blau, Palmen und Zitronenbäume wuchsen dort am Ufer genauso wie Oleander und Platanen, was der Gegend ein mediterranes Flair verlieh. Das wiederum stand in merkwürdigem Kontrast zu den rauen Bergen, die den See umgaben und auf deren Spitzen auch in den warmen Monaten mitunter noch Schnee lag.

Aus dieser Höhe war die Blütenpracht, die die Gegend im Sommer in Matteos Augen beinahe eine Spur zu schön und lieblich machte, allenfalls zu erahnen. Nur die Farbe des Wassers und das Grün der Bäume an den Berghängen ließen darauf schließen, dass man sich auf der Südseite der Alpen befand. Im Norden prägten Nadelbäume und türkisgrüne Bergseen das Bild, hier ließen die Farben bereits an das nicht allzu weit entfernte Mittelmeer denken.

Vom richtigen Standpunkt aus betrachtet, ist das Leben doch eigentlich ganz gut zu ertragen, dachte Matteo, und kickte, in einem Anflug von Unwillen, einen Stein über den Abgrund, weil ihm einfiel, dass genau die Frage des richtigen Standpunktes seine Beziehung zu Nina so kompliziert machte. Einerseits war er es, der das Gefühl hatte zu ersticken, wenn die Zweisamkeit, wie in den vergangenen Monaten, allzu selbstverständlich geworden war. Andererseits fand er es schwer zu ertragen, dass Nina kurzerhand und ohne ihn auch nur zu fragen, ob er sie begleiten wolle, eine Reise an die Amalfi-Küste gebucht hatte. Vielleicht hätte er ja ebenfalls Lust gehabt, ihren Vater wiederzusehen, den pensionierten Polizeibeamten, der vor Jahren während Matteos Mailänder Zeit einmal zu seinen Patienten gezählt hatte?

Als er sich vorbeugte, um zu verfolgen, wie das Gesteinsbröckchen in die Tiefe fiel, erstarrte er für einen Moment.

Dann ließ ihn der Anblick schreckensbleich ins Straucheln geraten. Nur mühsam fand er sein Gleichgewicht wieder.

»Hallo, können Sie mich hören?«

Eine Wolke schob sich vor die Sonne, was die Temperatur unmittelbar ein wenig zu drücken schien.

»Hallo? Hören Sie mich?«

Der Mann, der mit verdrehten Gliedmaßen auf dem Fels unter ihm lag, zeigte keinerlei Regung.

2

Drei Stunden zuvor hatte Matteo ungläubig auf die Schüsseln vor sich geblickt. Sein Magen signalisierte ihm flehentlich, dass er weder willens noch fähig war, mehr von der mit einer fingerdicken Schicht Bergkäse überzogenen Polenta aufzunehmen. Und auch von dem Rindsragout, so köstlich es war, würde er keinen Happen mehr herunterbekommen. Die bedrückende Schwere, die sich in ihm ausgebreitet hatte, ließ keinen Zweifel daran. Die groben Steingut-Gefäße allerdings, in denen das Essen hier serviert wurde, vermittelten den Eindruck, er habe von den Speisen nur ein paar vorsichtige Bissen probiert.

Matteo wusste, wie entbehrungsreich das Leben in den Bergen noch bis vor wenigen Jahrzehnten gewesen war und wie unglaublich hart die Arbeit, die die Menschen hier verrichtet hatten. Der Wirt dieses einfachen Agriturismo, der immer noch als Bergbauer arbeitete, mochte einer der letzten Vertreter dieser Spezies sein und die Größe der Portionen nach seinem eigenen Appetit bemessen, nicht nach dem Bedürfnis seiner Gäste.

»Keine Chance«, hatte Matteo gebrummt und, so gut es ging, die dünne, mit verblichenen rot-weißen Karos gemusterte Serviette über einer der Schüsseln drappiert, um wenigstens die Reste der Polenta notdürftig zu verdecken. Trotzdem erntete er ein Kopfschütteln, als der Wirt sich anschickte, den Tisch abzuräumen.

Heute wurden im Nationalpark Val Grande und in den umliegenden Tälern nur noch wenige Alpen bewirtschaftet. Die meisten der traditionell aus Stein gebauten Hütten waren verfallen. Nur etwa ein Dutzend hatte man innerhalb des Parkareals restauriert. Sie dienten den Wanderern als Nachtlager. Anders war das mit den Rustici, die sich in der Nähe der schmalen Straße befanden, die hier am Fuße des Cima della Laurasca auf beinahe 1.300 Metern Höhe endete. Diese waren fast durchweg instand gesetzt und wurden als Ferienhäuser oder Wochenenddomizile genutzt.

Seufzend lehnte Matteo sich zurück. Sein Blick wanderte über die mächtigen, zerklüfteten Gipfel, die das Hochplateau des Valle Loana umschlossen. Mit beinahe übernatürlicher Klarheit stand das graue Felsgestein vor ihm, eingerahmt vom Blau des wolkenlosen Himmels und des satten Grüns der Bergwiesen und Bäume. Enzianblau, dachte Matteo, streckte den Rücken durch und sog die frische Luft tief ein.

Weit war es nicht bis zum belebten Ufer des Lago Maggiore, und doch hätte die Welt, die sich hier vor ihm auftat, nicht unterschiedlicher sein können. Unten im Tal herrschte ein vom Tourismus geprägtes buntes Treiben und die Menschen flanierten vor pittoresker Kulisse an Boutiquen vorbei oder bevölkerten die zahlreichen Bars und Restaurants, während sich hier oben, gleich hinter der Alpsiedlung Fondo Li Gabbi, die letzte Wildnis der Alpen verbarg. Ein Ort karger Schönheit, eine seit Jahrzehnten unberührte Landschaft, die dem Idealbild des Paradieses schon sehr nahe kam, gehüllt in eine geradezu majestätische Stille, die man zu ertragen erst wieder lernen musste. Was Schritt für Schritt gelang, wenn die körperliche Anstrengung des Bergaufwanderns verbunden mit den übrigen Sinneseindrücken ein neues, ganz eigenes Zeitempfinden entstehen ließ.

Unter dem vom Wetter zerfurchten Holztisch schnaufte es wohlig, und etwas für diese Temperaturen entschieden zu Warmes legte sich auf Matteos Fuß.

»Gustavo, bitte.« Erfolglos versuchte Matteo sich von dem ausladenden Kopf des Hundes zu befreien, aber dieses Wesen – wirklich, es war ein Wesen, eine andere Bezeichnung war schwerlich zu finden – dachte gar nicht daran, seinem Wunsch nachzugeben. Unweigerlich musste er grinsen. Dieses Tier passte zu ihm. Es war ebenso eigensinnig wie er.

Der Hund hatte einem Galeristen gehört, der in einen Mordfall verwickelt gewesen war, den Matteo gemeinsam mit Nina, die er damals noch Kommissarin Nina Zanetti genannt hatte, aufgeklärt hatte.

Anfangs hatte Matteo sich gesträubt, den Hund, den Nina ihm ungefragt zugeschoben hatte, zu behalten. Ein Hund in einer Macelleria? Das konnte nicht gut gehen und war – auch wenn Matteo sich sonst herzlich wenig um Vorschriften kümmerte – ganz sicher verboten. Früher oder später würde man sein Lädchen vor der Ortseinfahrt von Cannobio schließen, hatte er gegenüber Nina zu argumentieren versucht. Aber weder hatte sie sich davon beeindrucken lassen, noch hatte bisher irgendjemand Anstoß an Gustavos Anwesenheit genommen. Völlig ungestört konnte sich Matteo nach wie vor mit einer überwältigenden Aussicht auf den Lago Maggiore der Zubereitung von Prosciutto und Salsicce widmen, zumindest dann, wenn er das störrische Viech dazu verdonnerte, sich derweil im Hinterzimmer aufzuhalten, das Matteo als Wohnung diente, oder auf der daran anschließenden Terrasse.

Viel Zeit hatten der Hund und er auch in Ninas Wohnung verbracht. Matteo ruckelte noch einmal entschieden mit dem Fuß, um ihn von dem erhitzten Hundekopf zu befreien, und wunderte sich, wie eigentlich jeden Tag, darüber, dass ihm so etwas noch einmal passiert war. Nannte man das jetzt schon Beziehung? Irgendetwas in ihm sträubte sich mit aller Macht dagegen. Und wenn er ganz ehrlich war, dann lag das nicht nur an dem Nachklang der schmerzhaften Trennung von Teresa, wegen der er vor ein paar Jahren alle Zelte in Mailand abgebrochen und seine Arbeit als Polizeipsychologe an den Nagel gehängt hatte.

Vielleicht war er, obwohl sein fünfzigster Geburtstag noch in äußerst erträglicher Ferne lag, mittlerweile wirklich der heillos verschrobene Dickkopf, als den Nina ihn mitunter bezeichnete. Und vielleicht hätte er das sogar als Kompliment aufgefasst, wenn ihm nicht aufgefallen wäre, dass das belustigte Glucksen, das anfangs in Ninas Stimme gelegen hatte, in den vergangenen Wochen mehr und mehr verklungen war.

Endlich hatte Gustavo ein Einsehen und bequemte sich, den Kopf zwischen die Vorderpfoten zu betten. Einen Wimpernschlag später erklang ein lautes Schnarchen.

Üblicherweise fand man auf dieser Höhe Schutz vor heißen Julitagen. Aber die Hitze hatte in diesem Jahr schon im Juni begonnen, ohne dass abendliche Gewitter für Abkühlung gesorgt hätten. Selbst nachts fielen die Temperaturen hier oben nicht unter zwanzig Grad. Matteo nahm einen Schluck Wasser, das direkt vom hauseigenen Brunnen abgezapft wurde. Nicht zu begreifen, dass es tatsächlich Menschen gab, die sich stattdessen gezuckerte, künstlich aromatisierte Getränke bestellten.

»Grappa?«, fragte der gedrungene Wirt, dessen zusammengewachsene Augenbrauen wie ein borstiger Strich das schmale, wettergegerbte Gesicht durchzogen. Als Matteo gedankenverloren verneinte, traf ihn ein skeptischer, beinahe verächtlicher Blick, und Matteo bereute unmittelbar, den kostenlos offerierten Digestif ausgeschlagen zu haben. Er sah dem träge über die Holzbohlen der Veranda in den dunklen, kühlen Innenraum des Agriturismo schlurfenden Mann nach. Diesen Fauxpas konnte wohl auch ein noch so gutes Trinkgeld nicht wettmachen.

Um diese frühe Mittagszeit saßen außer ihm nur noch ein Wanderer und ein älteres Ehepaar auf der überdachten Terrasse. Zuerst betrachtete er den Mann mittleren Alters, der gerade den letzten Schluck Caffè, der sich mit dem Zucker zu einer süßen dickflüssigen Masse verbunden hatte, aus seiner Tasse löffelte. Dann blieb sein Blick an dem Ehepaar haften, das wohlig aneinandergelehnt zwei Tische von ihm entfernt saß und bereits mehrere Male versucht hatte, eine weitere Karaffe vom Hauswein zu ordern, was dem Wirt bislang entgangen war. Angesichts der Hitze erschien Matteo das durchaus fürsorglich.

Es versetzte ihm immer einen kleinen Stich, wenn er ältere Paare in derart trauter Zweisamkeit sah. Wie lange mochten die beiden sich kennen? Dreißig Jahre oder gar vierzig? Vielleicht waren sie sogar im selben Dorf aufgewachsen. Kinder hatten sie sicher. Mindestens zwei. Ob es einfach Glück war, dass manche Beziehungen so lange hielten? Oder war es, umgekehrt, meist eher ein Unglück, das man durchstand, aus einem gewissen Ehrgeiz, aus einer unerschütterlichen Moralvorstellung heraus? Aber nein, dafür waren die beiden zu zärtlich miteinander. Dieses Maß an Zuneigung war nur jenen möglich, die das gemeinsame Leben als Geschenk betrachteten. Warum um alles in der Welt, ärgerte sich Matteo, musste er ausgerechnet jetzt über Beziehungsfragen nachdenken? Was ging ihn das Glück oder Unglück dieser Menschen an?

Er nestelte die Futura-Packung aus der Tasche und klopfte eine Zigarette hervor. Eine automatisierte Handbewegung, ähnlich der Geste, mit der er seine Locken aus der Stirn strich, auch wenn sie ihm gar nicht ins Gesicht hingen. Für einen Moment sah er das spöttische Lächeln von Nina vor sich, das sie ihm bei ihren ersten Begegnungen immer dann geschenkt hatte, wenn er, vor Nervosität fahrig, in seinen Haaren gewühlt hatte.

Ein Lächeln, das irgendwann immer liebevoller geworden war, ohne dass der Spott daraus verschwunden wäre – wann hatte er es zuletzt an ihr gesehen? Energisch schob er die Zigarette in die Packung zurück. Bei dieser Hitze zu rauchen, kam selbst ihm absurd vor, und überhaupt, ein bisschen Nikotinentzug konnte jetzt nicht schaden, dann hatte er wenigstens einen Grund, gereizt zu sein. Nina verbrachte gerade einen fantastischen Urlaub, so fantastisch, dass sie ihm lediglich vor drei Tagen in einer kurzen SMS ihre Ankunft an der Amalfi-Küste vermeldet hatte und seitdem nichts mehr von sich hören ließ.

Und deshalb war es die richtige Entscheidung gewesen, den Tag freizunehmen und hierherzukommen. Auch wenn sein geliebtes, über dreißig Jahre altes Lancia Gamma Coupé bei den letzten steilen Kurven bedenklich zu keuchen begonnen hatte. Er würde den Wagen demnächst zur Inspektion in die Werkstatt der drei Alten bringen müssen.

Denn wenn jemand seine wankelmütige Diva wieder in Form bringen konnte, dann waren das Flavio, Luigi und Beppo, die man selbst an den Wochenenden in ihrer kleinen Werkstatt in Cannobio finden konnte, meist von weither vernehmbar, weil ihre andauernden Zänkereien durch die umliegenden Gassen schallten.

Angesichts der Grobheiten, die die alten Herren untereinander austeilten, war Matteo immer wieder erstaunt, mit welch liebevoller Hingabe sie sich den Reparaturen an den Oldtimern widmeten. Es waren ganz besondere Liebhaberstücke, vor allem aus italienischer Produktion. Nur in Ausnahmefällen ließen die drei Wagen jüngerer Jahrgänge auf ihre Hebebühne.

Erst vor ein paar Tagen hatte Flavio wieder einem Kunden erklärt, er solle mit seinem lächerlichen Aluminium-Monstrum gefälligst in eine dieser gesichtslosen Großwerkstätten im nächsten Gewerbegebiet fahren. Den Hinweis des sichtlich konsternierten Mannes, dass es sich nur um einen kleinen Lackschaden handele, hatte Flavio mit einem angedeuteten Schulterzucken quittiert und sich dann übergangslos der Felgenpolitur eines BMW 503 Coupé zugewandt.

Die Wiese, die sich vor der Terrasse des Agriturismo bis zu den umliegenden Bergen erstreckte, von einem eiskalten Bach durchzogen, bot ein idyllisches, wie aus der Zeit gefallenes Bild. Zwei Esel trotteten vorbei und im Schatten einer Baumgruppe grasten stämmige Pferde. Haflinger, wie Matteo vermutete. Ein paar Hühner huschten aufgescheucht umher, ohne dass es einen ersichtlichen Grund für ihre Aufregung gab.

Die wenigen Kühe standen ausnahmslos träge herum, sogar zu faul, die Fliegen zu vertreiben. Nur wenn der

Durst allzu groß wurde, bewegten sie sich ein paar Schritte weiter zu einem der Brunnen, aus denen permanent frisches Bergwasser floss und sich in menschengroße Steinwannen ergoss. Matteo, von Hitze und Essen müde geworden, dachte eher halbherzig darüber nach, warum die Kühe der Einfachheit halber nicht gleich am Brunnen stehen blieben, um bei Bedarf ohne viel Mühe ein paar Schlucke trinken zu können.

Aus den Augenwinkeln nahm Matteo eine Gruppe von vier Personen wahr, die sich der Veranda näherte. Sie störten das Bild, wie er sofort feststellte, als er die neuen Besucher genauer in Augenschein nahm. Voran gingen zwei Männer, dahinter, mit etwas Abstand, zwei junge Frauen in Miniröcken, die sichtlich Mühe hatten, auf ihren hochhackigen Sandalen vorwärts zu kommen.

Der eine der beiden Männer mochte in seinem Alter sein. Mitte, eher Ende vierzig. Er war Matteo auf Anhieb unsympathisch, was seinem albernen Aufzug geschuldet war. Ein blau-metallisch glitzerndes, bis zum Bauchnabel geöffnetes Hemd, eine betont jugendliche Jeans mit seitlich aufgesetzten Taschen und dazu weiße Lacklederschuhe waren nicht nur für diese Gegend eindeutig das falsche Outfit, sondern gehörten generell verboten. Vielleicht hätte Matteo ihn nicht ganz so unmöglich gefunden, wenn der Mann nicht ohne Pause und wild gestikulierend in sein Handy gesprochen hätte.

Matteos Smartphone hingegen, das ihm, dem erklärten Telefon-Muffel, Nina ebenso aufgezwungen hatte wie den Hund, vermeldete ein Funkloch. Dabei hätte er gern mit den drei Alten telefoniert, um zu hören, in welchem Zustand sich seine Macelleria befand. Ob sie überhaupt noch stand, musste er wohl eher fragen. Was für ein Irrsinn! Wie hatte er zustimmen können, dass diese Chaos-Combo seinen Laden umbaute? Nun gut, es war eine Notlösung gewesen. Alle echten Handwerker, die er angefragt hatte, waren für das nächste Jahr oder länger ausgebucht, und er brauchte den Anbau eben jetzt.

»Da musst du gar nicht so unschuldig tun, mein Lieber.« Matteo warf einen Blick auf den schlafenden Hund. »Wir brauchen mehr Platz, wenn wir es dauerhaft und ohne Konventionalstrafe dort miteinander aushalten wollen.« Der Hund schnarchte unbeeindruckt weiter.

So möchte ich die Dinge auch mal aussitzen können, dachte Matteo und ertappte sich dabei, dass er doch wieder an Nina und die Auseinandersetzungen dachte, die sie vor ihrer Abreise hatten. Es mochte ja sein, dass das von ihr alles gut gemeint war. Aber warum hörte sie nicht darauf, wenn er ihr sagte, dass er ganz sicher nicht in den Polizeidienst zurückkehren wollte? Seine Mailänder Jahre als Polizeipsychologe gehörten der Vergangenheit an, und das war gut so. Er hatte die Macelleria seines verstorbenen Vaters übernommen und war glücklich damit, basta!

Ja, verflucht noch mal, zweimal war er während dieser Zeit mehr oder weniger unfreiwillig zum Ermittler geworden, porca miseria, was konnte er dafür? Es stimmte, seine Arbeit war für Nina und ihre Kollegen auf dem Präsidium in Verbania hilfreich gewesen. Aber Matteo glaubte nicht, dass das der Grund war, warum sie ihn zu einer offiziellen Rückkehr bewegen wollte. Eher hatte er den Eindruck, dass es ihr schlichtweg peinlich war, mit einem Fleischer liiert zu sein. Ihr Problem. Matteo nahm einen Schluck Wasser und zog im gleichen Moment mit der anderen Hand die Futura-Packung erneut aus der Tasche. So weit kam es noch, dass er sich vom Wetter seine Rauchgewohnheiten diktieren ließ. Das Aufschnappen des Zippos beruhigte ihn sofort. Genüsslich ließ er den Rauch durch den Mund in die Lungen gleiten.

Der Wirt schlurfte heran und schob Gustavo eine Schale Wasser unter den Tisch. Matteos »*Grazie, un caffè per me, per favore*« schien er schon nicht mehr zu hören, während er sich dem Tisch der vier Neuankömmlinge näherte. Der unsympathische Anführer der Truppe hatte sein Telefonat beendet und diskutierte stattdessen mit seinem wesentlich jüngeren Begleiter, der ihn unverwandt mit weit aufgerissenen Augen ansah und nur hin und wieder den Versuch unternahm, etwas zu erwidern.

Matteo machte sich nichts aus Mode, aber dieses metallisch-blaue Hemd war wirklich eine Zumutung. Vielleicht stach es auch nur deshalb so ins Auge, weil aus dem Blau des Himmels all das Gute herauszuleuchten schien, das er mit dieser Farbe eigentlich verband: Weite, Hoffnung, Sehnsucht. Nicht eitle, schmierige Typen.

Die beiden blondgefärbten, aus der Nähe sehr jung wirkenden Frauen hatten aus ihren bunten Gucci-Taschen Modezeitschriften gekramt, die eine wie die andere hätten auf die Mailänder Via Montenapoleone oder in eine x-beliebige Strandbar gepasst, aber nicht in ein Agriturismo auf mehr als 1.200 Metern Höhe. Matteo spekulierte, ob sie wirklich in den Zeitschriften lasen oder ob sie nur eine Rechtfertigung brauchten, um sich nicht am Gespräch der Männer beteiligen zu müssen.

Obwohl ihre Münder zu einem Dauerlächeln verzogen waren, wirkten sie eigentümlich apathisch. Die Augen waren hinter den Designersonnenbrillen nicht zu erkennen. Mit leichtem Unbehagen registrierte Matteo, dass der ältere der beiden gelackten Machos die Hand unter den Rock einer der Frauen geschoben hatte. Unter den Achseln zeichneten sich Schweißflecken auf seinem Hemd ab. Zu viel Testosteron, dachte Matteo.

Es war allerdings nicht zu leugnen, musste er sich eingestehen, dass er selbst ebenfalls nicht gut ausgestattet war, um seinen Plan umzusetzen, bis zur Alpe Scaredi zu wandern. Vielleicht sogar bis zum Gipfel in 2195 Metern Höhe. Ein Paar leidlich ramponierte Wanderschuhe war das Einzige, was ihn als Wanderer auswies. Darüber hinaus hatte er nur eine dünne Jacke und einen kleinen Rucksack bei sich, in dem sich allerdings kein Proviant befand. Aber die üppige Mahlzeit hier würde lange vorhalten, und Wasser, das er in seine Halbliter-PET-Flasche füllen konnte, würde es auf dem Weg ausreichend geben. Außerdem vertraute er der kürzlich installierten Wetterapp, die bisher immer recht behalten hatte und für heute keinen Wetterumschwung prognostizierte.

Knappe drei Stunden würde der Aufstieg dauern. In der ersten Hälfte war er sehr steil und anstrengend, ein alter Maultierpfad, der aus einer endlosen Folge von Steinstufen bestand, es war, als würde man zu Fuß das Empire State Building besteigen und gleich darauf, weil es so schön war, noch das Rockefeller Center.

Dafür wurde man, hatte man die Baumgrenze erreicht, mit einem herrlichen Ausblick über das Loana-Tal und die Walliser Alpen belohnt. Das Panorama, das sich einem schließlich auf Höhe der Alpe Scaredi bot, war atemberaubend und gab den Blick frei auf das Herz des Val Grande und den von weithin sichtbaren Monte Rosa. Von der Spitze des Cima della Laurasca schaute man über die benachbarten Täler Val Vigezzo, Centovalli, Val Grande, Val Ossola sowie den Lago Maggiore, den Orta- und den Luganersee.

Und all die Gipfel zu zählen, die es dort zu sehen gab, war unmöglich.

Wer wollte, konnte das symbolisch finden – oder sogar theatralisch, aber für ihn gab es keinen besseren Ort, um das Dasein zu überdenken, um schließlich, da war Matteo sicher, zu dem Ergebnis zu kommen, dass sich alles in bester Ordnung befand. Und wenn erst der Ausbau der Macelleria erledigt war, würde sich auch die elende Diskussion mit Nina erübrigt haben, ob das kleine weiß getünchte Häuschen ein adäquater Lebensraum für einen erwachsenen Mann oder eben nun einen erwachsenen Mann und einen hünenhaften Hund war. Genauso wie die sich daran anschließende Auseinandersetzung darüber, ob er nicht doch in den Polizeidienst – Matteo hatte es wirklich über. Unwirsch rieb er sich mit der flachen Hand über das Gesicht.

Unter dem Tisch schmatzte es zufrieden. Das ältere Ehepaar, dem doch noch eine Karaffe Weißwein gebracht worden war, döste in der Mittagssonne.

Zu Matteos Überraschung stellte der Wirt einen Caffè vor ihm ab. Nachdenklich kratzte der Mann sich den Bauch.

»Das packt der nicht.«

»Bitte?«

Der Wirt deutete auf Gustavo.

»Alpe Scaredi?«

Matteo nickte. »Oder ganz hinauf.«

»Das schafft der Kerl nicht.«

Matteo schnupperte. Der Wirt roch, als hätte er die vergangenen zwei Tage in einem Räucherofen verbracht. Dann betrachtete er Gustavo, dessen behäbiges Atmen das schwarze gekräuselte Fell sachte hob und senkte. Wenn

Matteo ehrlich war, hatte er an die Kondition seines Hundes keinen Gedanken verschwendet, zu besessen war er von der Idee gewesen, dem Chaos zu entkommen, das die Alten in der Macelleria veranstalteten.

»Lassen Sie ihn hier.«

»Scusi?« Matteo brauchte einen Moment, um zu verstehen, was er meinte.

Sein Gegenüber deutete auf Gustavo. Wahrscheinlich hatte er recht.

»Wenn es Ihnen keine Umstände macht.«

Der Wirt lachte trocken auf und auf einmal wirkte sein zerfurchtes Gesicht überraschend sympathisch.

»Der Kerl sieht mir nicht danach aus, als wäre er in der Lage, irgendwelche Umstände zu machen. Der soll hier gemütlich schlafen. Steigen Sie heute wieder herunter oder übernachten Sie auf der Alpe?«

»Ich komme zurück.«

Der Wirt nickte.

»Wir schließen um zweiundzwanzig Uhr. Soll ich Ihnen ein Zimmer zurechtmachen oder fahren Sie gleich weiter ins Tal?«

Unentschlossen wiegte Matteo den Kopf. Über die Möglichkeit, sich in dem Agriturismo einzumieten, hatte er noch nicht nachgedacht.

Eine Antwort blieb er ihm schuldig, weil der Aufschneider in seinem viel zu weit geöffneten Hemd ungeduldig und aggressiv mit dem Finger schnippte, um seine Essensbestellung aufzugeben. Matteo fluchte leise. Wenn er eins verabscheute, dann waren es Typen, die glaubten, andere Menschen nach Belieben herumkommandieren zu können. Wenn man, wie der Wirt vermutlich, auf jeden Gast angewiesen war, dann war man solchen Leuten hilflos ausgeliefert. Matteo fragte sich, was die Truppe hierherverschlagen hatte. Dass die schmale Serpentinenstraße nicht der Weg zum Lido sein konnte, musste auch Deppen wie ihnen klar sein.

Offenbar entspann sich zwischen ihnen gerade ein Disput. Skeptisch beobachtete Matteo die Szenerie, ohne etwas verstehen zu können, denn der Typ in dem Metallichemd und der Wirt hatten ihre Stimmen gedämpft. Die Schärfe, die in ihren Worten lag, war dennoch offenkundig. Plötzlich erhob sich der Gast mit einem Ruck, sodass der Wirt nach hinten weichen musste, damit sie nicht mit den Köpfen zusammenstießen. Der jüngere Begleiter betrachtete währenddessen betont interessiert das Treiben der Hühner. Auch die beiden Frauen ignorierten die Situation.

Mit einem Mal lachte der Mann auf, klopfte seinem Gegenüber auf die Schulter und ließ sich wieder auf seinem Stuhl nieder. Matteo runzelte die Stirn und bemerkte mit Bedauern, dass er wegen dieser Idioten seinen Caffè vergessen hatte, der nun nicht mehr so dampfend heiß war, wie er es gern hatte.

Auf dem Tisch surrte es. Verwundert bemerkte Matteo, dass sein Handy den Eingang einer Nachricht vermeldete. Und tatsächlich erspähte er auf dem Display einen winzigen Empfangsbalken.

Er ging zum Rand der Terrasse, in der Hoffnung, dass der Empfang dort besser war, und hörte die Mailbox ab. Der gellende Heulton ließ ihn das Handy schnell ein Stück vom Ohr weghalten, er seufzte. Für einen Moment hatte er natürlich doch gehofft, die Nachricht würde aus Amalfi kommen.

Das Heulen war in ein quietschendes Wimmern übergegangen.

»Nun schießt schon los, ihr Hornochsen«, brummte Matteo.

Im Hintergrund vernahm man abgehackte Laute, die von einem unterdrückten Weinen genauso hätten stammen können wie von dem Versuch, ein Lachen zu verbergen. Matteo verdrehte die Augen. Er hatte keinen Zweifel, wen er da in der Leitung hatte.

»Madonna mia«, jammerte Flavio, »was habe ich gesündigt, dass du mir diese Hölle auf Erden bescherst?« Ohne ohrenbetörendes Bohei ging bei den drei Alten nichts.

»Untersteh dich, den Namen der Heiligen Mutter Gottes in den Dreck zu ziehen, du Kanaille!« Das war Beppo. Der hielt sich nur zurück, wenn Flavio, den selbst die unsäglichsten Korruptionsskandale um Berlusconi und Co nicht von seiner Leidenschaft für die Lega Nord abbringen konnten, und Luigi sich über Politik stritten, was nicht ausblieb, war doch Letzterer seit seiner Zeit in Pariser Studentenkreisen glühender Sozialist. Während der Reparaturarbeiten pfiff er versonnen französische Arbeiterlieder, deren Text Flavio zwar nicht kannte, geschweige denn verstanden hätte, aber allein das Pfeifen empfand er schon als eine Provokation, die er kaum länger als eine halbe Minute auf sich sitzen lassen konnte.

Während dieser Dispute zwischen dem rechten und dem linker Lager begann Beppo meist, seine an der Werkstatt-Wand sorgsam aufgereihten Baseball-Caps auszuschlagen oder neu zu ordnen. Wenn es aber um Glaubensfragen ging, war nicht mit ihm zu spaßen.

»Wer zieht hier was in den Dreck? Wer zieht hier was in den Dreck?« Flavios Stimme überschlug sich beinahe und Matteo fragte sich, ob ausnahmsweise doch etwas Ernsthaftes vorgefallen war. Nicht so sehr der Gesundheit der

Alten galt seine Sorge, sondern der Macelleria. Schließlich sollten die drei nicht nur ein Zimmer anbauen, sondern mussten dafür auch die Wand seines Schlaf- und Wohnzimmers durchbrechen. Für einen Moment sah Matteo alles in einer Wolke aus Staub in sich zusammenbrechen.

»Matteo, du schräg gehobelter Radicchio«, kreischte nun Luigi über Flavio hinweg, der immer wieder etwas vor sich hin jammerte, das Matteo nicht verstehen konnte. »Du vertrocknete Peperoni, wie kannst du mich mit solchen Stümpern allein lassen?«

»Moment mal«, wollte Matteo gerade einwenden, aber dann fiel ihm ein, dass die drei ihn ja nicht hören konnten. Ohnehin hatte mittlerweile Beppo das Telefon an sich gerissen.

»Katastrophe! Katastrophe!«, keuchte er.

»Verdammt noch mal, jetzt redet schon.« Nervös tastete Matteo nach der Futura-Packung.

»Matteo, lieber Matteo«, diese Anrede war allerdings Grund zur Sorge, »du musst jetzt ganz tapfer sein.« Beppo räusperte sich ausgiebig »Ganz tapfer.«

»Es hat sich wirklich nur um eine klitzekleine Verwechslung gehandelt«, fügte Luigi eilfertig an. »Eine statistisch gesehen vollkommen unwahrscheinliche Statik-Angelegenheit.«

Matteo rieb sich entnervt das Gesicht.

»Nicht ernsthaft, Männer. Ich dreh euch den Hals um.«

»Du wirst uns jetzt vermutlich den Hals umdrehen wollen«, Beppo versuchte, seine Stimme in ein versöhnliches Schnurren zu verwandeln, was aber eher wie ein Gurgeln klang. »Aber im Grunde ist alles gar nicht so schlimm, wie es vielleicht auf den ersten Blick aussieht.«

»Oder auch auf den zweiten!«, krähte Luigi.

Die Hitze schien Matteo plötzlich unerträglich, sie schnürte ihm regelrecht die Luft ab. Was war das nur für ein vermaledeites Wochenende.

In diesem Moment brach auf der anderen Seite ein Kreischen los, das Matteo das Telefon wieder vom Ohr wegreißen ließ.

»Spaß, du verschrumpelte Möhre! War nur Spaß!« Luigi konnte kaum sprechen vor Lachen. »Wir wollten dir nur schnell Bescheid sagen, dass hier alles in Ordnung ist! Es geht gut voran. Du wirst staunen, wenn du zurückkommst.«

Matteo ließ das Telefon in die Hosentasche gleiten.

»Extrem witzig, Jungs, echt, extrem witzig.«

Er wusste nicht recht, ob er erleichtert sein sollte, dass da unten alles nach Plan lief, oder ob er sich ärgern sollte, dass er den drei Alten mal wieder auf den Leim gegangen war. Wann würden diese Männer zur Vernunft kommen? An ihrem achtzigsten Geburtstag? Vermutlich niemals.

Matteo bedeutete dem Wirt, zahlen zu wollen. Dann warf er einen Blick auf das Zifferblatt seiner Courage, die glücklicherweise hatte repariert werden können, nachdem sie einen Wasserschaden erlitten hatte. Seine Lust, sich an diese brenzlige Situation zu erinnern, in die er während der Aufklärung des Mordfalls im vergangenen Jahr geraten war, hielt sich in Grenzen.

Es war kurz nach halb eins. Wenn er jetzt aufbräche und oben nicht allzu lange pausierte, würde er am frühen Abend zurück sein. Er ging zum Tisch zurück und beugte sich zu Gustavo hinunter.

»So lange hältst du es ohne mich aus, oder?«

Alles wie gehabt: Der Hund schnarchte seelenruhig vor sich hin.

»Alles klar. Ich hab dich auch sehr lieb.«

Kopfschüttelnd deutete Matteo auf die Rechnung, die der Wirt ihm hingelegt hatte und auf der unter einem konfusen Gewirr von Zahlen eine lächerliche Summe stand.

»Sind das nur die Getränke?«

Der Wirt schien es nicht für nötig zu halten, Matteos Frage zu kommentieren.

»So werden Sie aber nicht reich.«

Der Wirt machte eine unbestimmte Handbewegung, es war nicht erkenntlich, ob sie nur die Tiere, die vor der Veranda grasten und von denen sich ein paar mittlerweile in den Schatten der Bäume zurückgezogen hatten, oder das ganze Bergmassiv einschloss.

»Ich habe alles, was ich brauche.«

Fast unmerklich wandte er den Kopf zur Tür, die in den Gastraum führte. Matteo folgte seinem Blick, konnte aber niemanden ausmachen.

»Wir haben alles, was wir brauchen.«

Matteo legte einen Zehn-Euro-Schein auf die grob gearbeitete Tischplatte. Was der Wirt gesagt hatte, war zweifelsohne die einzige richtige Antwort auf seine dümmliche Bemerkung gewesen. Erst jetzt nahm er die leise Musik wahr, die aus dem Innern des Gastraums drang. Obwohl Matteo selbst meistens zu alten Verdi-Aufnahmen griff, wenn er in seinen nicht unbedingt seltenen Anflügen von Melancholie den altertümlichen Plattenspieler in Gang setzte, erkannte er sehr wohl, was da gerade zu ihm hinausplätscherte.

Puccini wäre ja noch in Ordnung gewesen. Aber dass ihn ausgerechnet *La Rondine*, dieses so selten gespielte, für seinen Geschmack viel zu liebliche und simple Liebesgesäusel, hier heimsuchte! So war die Welt, aber sicher doch, lieber Giacomo Puccini. Ein bisschen romantisches Geplapper, ein bisschen Verkleidungskomödie, dann kurz ein bisschen Drama, mittendrin ausgerechnet ein in Leidenschaft entbrannter Dichter. Und trotz aller Widrigkeiten landeten die beiden Liebenden schließlich auf einer einsamen Insel und lebten dort glücklich bis ans Ende ihrer Tage. Oder immerhin bis zum Ende dieser Komposition. Himmelschreiend seicht war das und dramaturgisch allenfalls Vorabendprogramm. Ausgerechnet *La Rondine*, das war doch wirklich lächerlich. Hätte ein schlechter Witz der Alten sein können, aber die hatten ihr Soll für heute ja schon erfüllt.

Um sich abzulenken, deutete Matteo auf die deplatziert wirkende Vierergruppe.

»Ärger?«

Der Wirt winkte ab.

»Ist schon in Ordnung. Sie haben sich über die Essensauswahl beschwert. Aber wer hier heraufkommt, muss sich mit dem begnügen, was es gibt.«

Matteo erhob sich. Wahrscheinlich hatten sie sich darüber echauffiert, dass kein Champagner kaltgestellt war. Aber war das wirklich alles? Die Situation hatte einen ernsteren Eindruck auf ihn gemacht. Andererseits, was gingen ihn anderer Leute Angelegenheiten an?

»Danke, dass Sie den Hund dabehalten.«

»Di niente«, gab der Wirt zurück. Unter seinen borstigen Augenbrauen blitzte es freundlich, als er die Hand zu einem angedeuteten Gruß hob.

Matteo schob sich zwischen den Tischen hindurch und merkte, dass die Schwere in seinem Magen sich noch nicht aufgelöst hatte.

Als er an dem Tisch vorbeikam, an dem der blau behemdete Unsympath schon wieder herrisch in sein Telefon keifte, registrierte Matteo, dass die Zeitschriften, in denen die beiden Frauen blätterten, kyrillische Schriftzüge trugen. Warum hatte er das nicht früher bemerkt? Natürlich waren die beiden Frauen Prostituierte oder, wie man es beschönigend nannte, *Escort-Girls*. Sofort schämte Matteo sich für den gedanklichen Kurzschluss. Nur weil die beiden Frauen aus Osteuropa stammten und in Begleitung dieser unangenehmen Typen waren, hieß das noch lange nicht, dass sie sich für Geld verkauften.

Mit einem Sprung setzte er von der Terrasse auf die Wiese, wo zwei der ohnehin aufgeregten Hühner empört aufflatterten. Als er sich noch einmal umwandte, bemerkte er, wie der Wortführer der Gruppe ihm abschätzig nachschaute. Und vielleicht war es dieser Blick, der Matteo davon überzeugte, dass er so falsch mit seiner Vermutung doch nicht gelegen hatte.

Ohne sich noch einmal umzusehen, strebte er dem Aufstieg entgegen, vorbei an bunt angestrichenen Bienenstöcken, über denen es emsig summte. Er widerstand dem Drang, sich in dem eiskalten Bach, der den Weg säumte, und dessen Wasserstand aufgrund der Hitze weit abgesunken war, schon jetzt eine Erfrischung zu gönnen. Er wollte erst ein paar Höhenmeter zurücklegen, bevor er pausierte. Nur die Wasserflasche füllte er am Brunnen, wofür er eine der friedlich dösenden Kühe zur Seite schieben musste, die nun doch auf die Idee gekommen war, dort stehen zu bleiben. Klaglos trottete das Tier von dannen, schlug mit dem Schwanz erfolglos nach ein paar Fliegen, von denen es gepiesackt wurde, die Augen halb geschlossen.

3

Matteo kniete sich hin, um mehr Halt zu haben. Der Mann, der einige Meter unter ihm auf einem Felsvorsprung lag, hatte das Gesicht abgewandt, so, als wäre er unmittelbar dort, wo Matteo hockte, vornübergefallen und auf dem Felsen aufgeschlagen.

»Hallo, können Sie mich hören?«

Noch während Matteo die Frage hinunterrief, ahnte er, wie sinnlos sie war. Die Gliedmaßen des Mannes waren unnatürlich verrenkt. Um den Kopf hatte sich eine Lache Blut gebildet. Auf die Entfernung konnte Matteo nicht erkennen, ob sie bereits getrocknet war.

Fünf oder sechs Meter waren es bestimmt bis zur Absturzstelle. Der Mann war schwer verletzt und ohnmächtig oder tot. Letzteres war wahrscheinlich. Matteo rieb sich über das Gesicht. Nun stand ihm kalter Schweiß auf der Stirn und er bekam eine Gänsehaut. Aber wenn der Mann wie durch ein Wunder doch den Sturz überlebt hatte, musste er so schnell wie möglich Hilfe holen.

Der Notruf auf dem Handy müsste auch hier oben funktionieren, und der Rettungshubschrauber aus Domodossola würde sicher nicht länger als zwanzig Minuten benötigen, um hierherzukommen. Matteo zog das Gerät aus der Tasche und drückte hektisch darauf herum. Nichts. Das Display blieb schwarz, das Gerät glühte. Das Betätigen des Einschaltknopfes rief ebenfalls keine Reaktion hervor.

»Verflucht, was ist mit dir?«

Matteo schüttelte den Apparat heftig, ein vergeblicher Versuch, so wie man früher auf einen alten Röhrenfernseher geschlagen hatte, wenn das Bild krisselig geworden war. Der Akku musste sich innerhalb kürzester Zeit entladen haben, wegen der Hitze vermutlich, das Ding war defekt.

Er sah zu dem Abgestürzten hinunter. Der trug zwar Wanderkleidung und eine dieser bis knapp über das Knie reichenden Funktionshosen mit Seitentaschen, aber seine Waden machten keinen durchtrainierten Eindruck. Ein Hobbywanderer, ein unerfahrener Ausflügler wie er selbst einer war.

Das Alter des Mannes war, weil er dessen Gesicht nicht sehen konnte, schwer zu schätzen.

Eingehend betrachtete Matteo die Stelle, wo der Mann lag, und suchte dann mit den Augen das umliegende Gelände ab. Gab es einen Weg, der es ihm erlaubte, hinabzusteigen? Unmöglich ohne Seil und die Hilfe einer zweiten Person. Bei dem Versuch würde er sich unweigerlich selbst in Gefahr bringen. Und je länger er den Mann betrachtete, umso offensichtlicher erschien es ihm, dass dieser Mensch nicht bloß verletzt, sondern tödlich verunglückt war.

Aber warum war er abgestürzt? Vielleicht war er, ähnlich wie Matteo eben, so gebannt von dem Ausblick gewesen, dass er einen Schritt zu weit in Richtung Abgrund getan hatte. Oder hatte sich ein Stein plötzlich gelöst und er hatte den Halt verloren? Und wie lange lag er schon dort? Warum hatte ihn keiner der Bergsteiger, die vor Matteo heute hier gewesen waren, entdeckt?

Ein tragischer Unfall. Dass er sich einen anderen Ausgang seines Ausflugs gewünscht hätte, dachte Matteo, während er sich hochrappelte und die Knie abklopfte.

Da bemerkte er es: das dunkle Grollen, das in weiter Ferne erklang und langsam, aber kontinuierlich anschwoll. Und den tiefdunklen Schatten, der sich mit rasender Geschwindigkeit über die Umgebung legte.

»Das darf doch nicht wahr sein.«

Aber der Blick zum Himmel bestätigte seinen Verdacht. Die Wetterumschwünge in den Bergen konnten selbst geübte Wanderer überraschen. Das Gewitter, das hier gerade heraufzog, schien tatsächlich aus dem Nichts zu kommen. Aus heiterem Himmel – Matteo versuchte sich an einem zynischen Lachen, was allerdings gründlich misslang.

Dass die Wettervorhersage sich irrte, konnte schon mal vorkommen. Aber wo hatte er seine Augen gehabt? Sommergewitter, selbst wenn sie überraschend kamen, kündigten sich üblicherweise durch aufgetürmte Quellwolken an, die kaum zu übersehen waren. Ihm blieb keine Zeit, darüber nachzudenken. Die Situation war ernst, das stand außer Frage. Und bevor er sich weitere Gedanken um den Abgestürzten machte, musste er sich darum kümmern, sich selbst in Sicherheit zu bringen. Ohnehin war er in dieser Situation alleine machtlos. Er musste Hilfe verständigen, um den Mann zu bergen.

Er musste sich bis zur Alpe Scaredi durchschlagen, bevor das Gewitter direkt über ihm war. Der Abstieg dauerte bei trockenem Wetter eine Dreiviertelstunde. Eine andere Möglichkeit blieb ihm nicht. Ein Regenguss konnte die Bergpfade innerhalb kürzester Zeit in reißende Flüsse verwandeln. Am Horizont zuckten die ersten Blitze. Seine Lust, durch einen von ihnen erschlagen zu werden, hielt sich in Grenzen.

»Porca miseria«, murmelte Matteo nicht zum ersten Mal an diesem Tag und warf einen letzten, flüchtigen Blick auf den Verunglückten unter ihm, als ihm ein ungewöhnliches Detail auffiel. Der Rucksack des Mannes lag etliche Meter von diesem entfernt. Wenn er den Rucksack auf dem Rücken gehabt hätte, als er stürzte, hätte der sich wohl kaum gelöst. Hätte er ihn aber, um zu pausieren und die Aussicht zu genießen, abgenommen und neben sich gestellt, hätte der Rucksack noch auf dem Plateau stehen müssen. Beides sprach gegen einen Unfall. Doch darüber nachzudenken, blieb keine Zeit.

Was eben noch berückende Natur gewesen war, hatte sich innerhalb von Minuten in eine bedrohliche Kulisse verwandelt. Matteo beeilte sich, den Berg hinunter zu gelangen. Die ersten hundert Meter schaffte er noch im Trockenen. Dann setzte abrupt Starkregen ein.

Er fluchte, als er ins Schlingern geriet, stürzte und unsanft ein Stück bergab schlitterte, ehe er sich wieder fing. Vorsichtig rappelte er sich hoch. Seine linke Hand war aufgeschürft, in dem Oberschenkel, auf dem er gelandet war, pochte ein dumpfer Schmerz, aber er schien sich nichts Ernstes getan zu haben. Mittlerweile war er bis auf die Haut durchnässt.

Trotz der Anstrengungen fror er. Über ihm zuckte ein Blitz, ohrenbetäubend laut krachte Sekunden später der Donner. Das Gewitter war nun direkt über ihm. Es war so dunkel, als wäre es Nacht.

Er lief weiter und geriet immer wieder ins Rutschen. Ihm blieb nichts anderes übrig, als sich rückwärts und auf allen vieren den spiegelglatten Stein hinunterzuhangeln. Orkanartiger Wind setzte ein.

Matteo fuhr zusammen, so grell erleuchtete der nächste Blitz die Umgebung, der Donner entlud sich beinahe zeitgleich. Nirgendwo sah er einen Felsvorsprung, unter dem er sich hätte in Sicherheit bringen können. Sich möglichst klein zu machen, sich nicht aufzurichten, das war das Einzige, was ihm jetzt noch übrig blieb. Seine Wanderschuhe waren nun ebenfalls völlig durchnässt, mit dem Arm streifte er sich die tropfenden Haare aus der Stirn. Nur schwer konnte er dem Impuls widerstehen, einfach an dieser Stelle zu verharren und abzuwarten, bis das Unwetter über ihn hinweggezogen war.

Als er sich aufraffte und die nächsten Schritte abschätzen wollte, jubelte er auf. Weiter vorne machte er ein flackerndes Licht aus. Das musste die Alpe Scaredi sein. Er war gerettet. Und das Licht ließ darauf schließen, dass auch andere Wanderer dort Schutz gefunden hatten. Sicher hatte einer von ihnen ein funktionierendes Handy, und sicher brannte der Ofen schon.

Als Matteo eine halbe Stunde später auf einer der Holzbänke saß, die einen Tisch flankierten, der beinahe die gesamte Hütte durchmaß, war das Gewitter nur noch ein fernes Rauschen. Seine nassen Sachen hingen neben dem Ofen, der friedlich knisterte. Ein junger Mann, dessen Gesicht von einem bis auf die Brust reichenden Bart verborgen wurde, hatte Matteo einen groben Pullover und eine Leinenhose gegeben. Seine Gesichtsbehaarung stand in einem seltsamen Kontrast zu seinem Haupt, das vollkommen kahl war. Dankbar nahm Matteo das Brett mit Brot und Käse entgegen, das ihm eine der Frauen reichte.

Es waren sicher vierzehn, fünfzehn Menschen, die Matteo im Bivacco Alpe Scaredi, wie die unbewirtschaftete Schutzhütte offiziell hieß, angetroffen hatte. Sie gehörten zusammen, wie es ihm schien, ohne dass er bisher viel gefragt hatte, denn die Erschöpfung und der Schreck waren ihm mehr in die Glieder gefahren, als er sich eingestehen wollte. Auch er war nicht viel gefragt worden. In den Bergen erübrigten sich oft die Worte. Ein Blick auf seine Courage, die das Unwetter, wie er erfreut bemerkte, unbeschadet überstanden hatte, verriet ihm, dass es erst halb sieben war. In ihm breitete sich eine wohlige Wärme aus, der er sich allerdings nicht ganz hingeben mochte.

»Hat einer von Ihnen«, er korrigierte sich, unter Wanderern duzte man sich selbstverständlich, »hat einer von euch ein Telefon? Es ist wichtig, es gab einen Unfall. Wir müssen die Bergrettung alarmieren.«

Zwei Frauen wandten sich halb verwundert, halb verständnislos zu ihm um, widmeten sich dann aber wieder ihrer Beschäftigung. Saßen sie tatsächlich auf dem Steinboden und malten? Von seinem Platz aus konnte er es nicht genau erkennen. Von den anderen Personen im Raum reagierte niemand auf seine Frage. Matteo runzelte die Stirn. Fragend schaute er den bärtigen jungen Mann an, der sich auf der gegenüberliegenden Bank niederließ. Nur an dessen Augen war zu erkennen, dass er lächelte.

»Wir brauchen keine Telefone.«

»Wir?« Die Antwort irritierte ihn. »Ihr scheint ja strenge Regeln in eurer Wandergruppe zu haben.«

Sein Gegenüber verzog keine Miene, jedenfalls keine, die man hinter seinem Bart erkennen konnte.

»Wie dem auch sei.« Matteo beugte sich vor, um seinen Worten mehr Nachdruck zu verleihen. »Am Gipfel ist jemand abgestürzt. Mehrere Meter in die Tiefe. Wir müssen einen Rettungshubschrauber rufen.«

Um die Augen bildeten sich erneut Lachfältchen. Auch wenn es Matteo störte, dass der andere die Dringlichkeit seines Anliegens ignorierte, war ihm sympathisch, wie der Mann in sich zu ruhen schien. Seine Hände lagen beinahe symmetrisch auf dem Tisch, ohne dass es angestrengt aussah.

»Filippo.«

»Matteo, Matteo Basso.«

»Wofür soll das denn gut sein?«

»Wie?« Matteo begriff nicht gleich, worauf Filippo hinauswollte.

»Wie viele Meter ist der Mann gefallen?«

»Fünf oder sechs.«

Matteo bemerkte, dass drei Frauen, die sich auf die obere Ebene des Rustico zurückziehen wollten, auf der Treppe innehielten und ihnen zuhörten. Als Matteo zu ihnen hinübersah, stiegen sie weiter nach oben, ohne seinen Blick zu erwidern. Eine von ihnen löste im Hinaufgehen ihr aufgestecktes Haar, das sich fast bis zur Hüfte über ihren Rücken ergoss.

»Wofür soll es also gut sein«, fragte Filippo noch einmal, »einen Rettungshubschrauber zu bestellen? Der Mann wird tot sein.«

»Aber wir können ihn dort nicht einfach liegen lassen.« Matteo spürte, wie Wut in ihm aufkam. Gut und schön, wenn Menschen gelassen waren, aber das ging zu weit.

Filippo zuckte die Schultern.

»Warum nicht?«

»Bitte?!«

»Warum sollten wir ihn nicht dort liegen lassen können?

Kennst du ein ähnlich schönes Fleckchen Erde, fällt dir ein ähnlich atemberaubender Ausblick ein? Kein schlechter Platz für die Ewigkeit.«

Bevor Matteo etwas erwidern konnte, schob sich ein Mann mit einer auffallend schiefen Nase neben Filippo auf die Bank. Matteo registrierte, dass die Backenknochen des Mannes kontinuierlich in Bewegung waren. Als versuchte er, eine Furcht zu bändigen, indem er sie buchstäblich zermalmte.

»Geh dich ausruhen«, sagte Filippo leise, aber mit einer Bestimmtheit, die Matteo aufhorchen ließ. Das war kein guter Rat, sondern eine unmissverständliche Anweisung. Ein kurzes Aussetzen der Kaubewegung verriet, dass sich Widerspruch in dem Mann regte. Schließlich aber erhob er sich wortlos von der Bank und stieg die schmale Treppe hinauf.

»Schöner Platz hin oder her«, nahm Matteo den Faden wieder auf, ohne die vorangegangene Situation zu kommentieren. »Der Mann muss geborgen werden, seine Identität muss festgestellt werden, damit die Angehörigen informiert werden können.«

Filippo machte eine beschwichtigende Handbewegung.

»Schon gut. Wir kümmern uns darum. Aber bei diesem Wetter werden wir die Alpe nicht verlassen können. Und es wird auch für einen Hubschrauber nicht möglich sein, zu landen.«

Er deutete auf das Brett mit Käse und Brot, das Matteo noch nicht angerührt hatte.

»Jetzt iss erst mal, dann lass uns schlafen gehen. Sobald es hell wird, schauen wir, was wir für den Mann tun können. Einverstanden?«

Filippo hatte recht, vor morgen würden sie nichts ausrichten können. Matteo zwang sich hinzunehmen, dass er in den nächsten Stunden zur Tatenlosigkeit verdammt war. Da konnte er sich genauso gut ein wenig entspannen.

Er zog das Essen zu sich heran. Der Käse schmeckte fantastisch. Zu gern hätte er ein Glas Wein dazu getrunken. Ein samtiger Barbera würde auf der Zunge genau den richtigen Kontrast bilden zu dem würzigen Geschmack. Aber hier trank niemand Alkohol. Der war wohl ähnlich verpönt wie Mobiltelefone. An eine Zigarette gar nicht zu denken. Es kribbelte ihn seit geraumer Zeit in den Gliedern und in seinem Kopf hatte ein leichtes Ziehen eingesetzt, das er zu ignorieren versuchte, denn seine Futuras hatten sich während des Abstiegs in einen feuchten Klumpen verwandelt.

»Wo kauft ihr den? Der ist hervorragend.« Er steckte das letzte Stück Käse in den Mund.

»Den machen wir selbst. Wir halten nicht viel davon, uns von den kapitalistischen Geld- und Warenströmen dirigieren und von Pestiziden die Körper zerfressen zu lassen.«

Matteo konnte nicht feststellen, ob Filippo diese Auskunft ernst meinte oder ob sich eine gewisse Ironie in seine Worte mischte.

»Respekt«, entgegnete Matteo und ließ dabei seinerseits bewusst offen, ob er damit die Herstellung des Käses meinte oder die Ideologie des Selbstversorgens. Sein Eindruck, nicht an eine einfache Wandergruppe geraten zu sein, bestätigte sich.

»Wo genau hast du den Mann gefunden?«

»Im unzugänglichen Bereich gleich unterhalb des Gipfels. An der seeabgewandten Seite.«

»Verstehe.«

Filippo erhob sich.

»Deine Zigaretten sind ja ziemlich nass geworden. Ich habe etwas anderes für uns.«

Mit einer zerbeulten Blechschachtel kam er zurück an den Tisch. Matteo staunte nicht schlecht, als sich darin nicht nur Tabak und Blättchen befanden, sondern auch ein paar braune Bröckchen. Also doch nicht vollständig enthaltsam, diese Truppe. Wann hatte er zum letzten Mal gekifft? Das war Jahrzehnte her, und es war ihm in schlechter Erinnerung geblieben.

Als Filippo den Joint anzündete und hinüberreichte, winkte Matteo ab.

»Danke, das ist nett. Ich würde lieber eine Zigarette ohne Füllung nehmen.«

Filippo lachte auf.

»Ach komm, hab dich nicht so. Was bist du von Beruf? Polizist? Pfarrer? Du wirst dich wundern, wie selig du danach schlafen kannst.«

Matteo schnitt eine Grimasse. Dann nahm er widerwillig den Joint, den Filippo ihm auffordernd entgegenstreckte. Dankbar ließ er den Rauch in die Lunge gleiten. Das Ziehen in seinem Kopf verflog unmittelbar. Aber nach einem Rausch, dessen Wirkung er nicht einschätzen konnte, stand ihm absolut nicht der Sinn. Wie zur Bekräftigung markierte er ein Hustenanfall und reichte den Joint an Filippo zurück.

»Lass mal gut sein.« Filippo nahm einen tiefen Zug. »Ich habe schon verstanden. Hier wird niemand zu etwas gezwungen, nicht wahr?«

Er wandte sich zu den anderen um.

»Der Mensch ist ein selbstbestimmtes Wesen. Jeder sollte frei über sein Leben verfügen dürfen. Das ist doch so, oder?«

Die Anwesenden nickten oder murmelten Zustimmung. Matteo war immer noch unschlüssig, was er von dieser Truppe halten sollte. Einerseits waren die Leute angenehm zurückhaltend. Aber solchen Äußerungen, so richtig sie auch waren, wohnte eine gewisse Banalität inne. Jedenfalls wenn sie mit einer Emphase vorgetragen wurden, als ob es sich dabei um eine sensationelle Erkenntnis handelte.

Das Bild des Toten kam ihm in den Sinn. Eine weitere Variante hatte er bisher außer Acht gelassen. Es war durchaus denkbar, dass der Mann freiwillig in den Tod gesprungen war. Wozu auch der Slogan der Nationalparkverwaltung passte, die, wie Matteo wusste, das Val Grande als *ultimo paradiso* anpries. Aber wozu der Schritt in die Ewigkeit, wenn man sich bereits im letzten verbliebenen Paradies befand, formulierte Matteo im Geiste eine zugegeben makabre Frage. Er wischte den Gedanken beiseite. Jetzt ließ er sich schon von Filippos Gequassel anstecken.

Matteo zog die Blechschachtel mit einem fragenden Blick heran und drehte sich, als Filippo nickte, eine Zigarette. Er stand auf und ging Richtung Ofen, um zu fühlen, wie nass seine Kleidung noch war. Das Hemd war beinahe trocken, die Hose immer noch klamm. Er würde es noch eine Weile in dem kratzigen Schafswollpullover aushalten müssen.

Oder war das Alpaka? Der Geruch erinnerte eher an einen nassen Hund. Wie es Gustavo wohl ging? Ob der Wirt ihm über Nacht Obdach gewährte und etwas zum Fressen hinstellte?

»Gehst du schon schlafen?«, riss ihn Filippo aus seinen Gedanken.

Er hatte den Joint in erstaunlicher Geschwindigkeit aufgeraucht. In Matteos Schädel brummte es. Schwer zu sagen, ob es sich um die Wirkung des einen Zuges handelte oder ob ihm die Selbstgedrehte so zusetzte. Jedenfalls war ihm danach, sich hinzulegen. Unschlüssig sah er sich um. Er hatte weder einen Schlafsack noch eine Isomatte. Das würde eine unbequeme Nacht werden. Aber sei es drum, er war dankbar, nicht mehr unter freiem Himmel zu sein. Das Gewitter hatte sich zwar verzogen, aber der Wind pfiff noch immer an den Mauern der Alpe entlang.

Eine Frau mit aufgeworfenen Lippen und krausem Haar kam auf ihn zu und fasste ihn sanft am Arm.

»Wir haben noch einen Schlafplatz, den kannst du nehmen.«

»Wirklich? Das ist ja kaum zu glauben, danke sehr.«

Die Aussicht auf eine Decke veranlasste Matteo, geradezu beschwingt die Treppe nach oben zu nehmen. Als er innehielt, um Filippo einen Gutenachtgruß zuzunicken, fiel sein Blick auf die Malereien, die die Frauen zum Trocknen auf zwei Schemeln ausgelegt hatten. Naiv getuschte Fabelwesen und süßliche Verzierungen bevölkerten die Blätter. Diese Leute erfüllten tatsächlich jedes Klischee einer esoterischen Selbstfindungsgruppe.

Auf der oberen Ebene konnte Matteo sich wegen der Dachschräge nur noch gebückt fortbewegen. Vorsichtig, um die bereits Schlafenden nicht zu wecken, setzte er einen Fuß vor den anderen. Nur wenig Licht fiel durch eine winzige Luke. Vereinzelte Konturen zeichneten sich aus dem Schwarz ab. Hinten links, am Ende des Raumes, würde er einen Platz zum Schlafen finden, hatte die Frau ihm gesagt.

Langsam gewöhnten sich seine Augen an die Dunkelheit. Tatsächlich lagen dort ein Schlafsack und eine Isomatte. Matteo tastete nach dem Reißverschluss und stieß auf etwas Hartes. Ein Buch. Er schob es zur Seite. Dann stutzte er. Zusammengerollt lag dort ein T-Shirt. Er musste sich geirrt haben, dieser Platz gehörte jemand anderem. Vielleicht hatte die Frau – ihren Namen hatte er nicht behalten, obgleich Filippo sie zwischendurch damit angesprochen hatte – die Seiten des Dachbodens verwechselt.

Aber selbst in dem Zwielicht konnte Matteo erkennen, dass drüben bereits jemand lag. Unwillig, auch wenn er sich klar darüber war, dass ihm das bei all der Gastfreundschaft nicht zustand, schlängelte er sich zwischen den Schlafenden hindurch zur Treppe zurück.

Filippo und die Frau saßen an dem langen Tisch und sprachen leise miteinander. Außer ihnen waren noch drei Männer wach, die schweigend und mit Abstand ebenfalls dort saßen.

»Entschuldigt.« Matteo blieb auf halber Treppe stehen. »Ich habe nicht richtig verstanden, welchen Schlafplatz ihr meint.«

Die Frau drehte sich zu ihm um.

»Hinten links«, antwortete Filippo.

Matteo schüttelte den Kopf.

»Das kann nicht sein. Die Isomatte ist besetzt.«

»Nein, alles in Ordnung. Leg dich hin«, erwiderte Filippo und sagte lächelnd etwas zu der Frau, so leise allerdings, dass Matteo es nicht verstehen konnte.

»Da liegen Sachen, ein T-Shirt, ein Buch«, beharrte Matteo. Dann kam ihm ein furchtbarer Verdacht, der durch Filippos Worte zur Gewissheit wurde.

»Niemand wird diesen Schlafsack für sich beanspruchen. Der Besitzer der Dinge hat seinen Platz längst gefunden.«

Mit wenigen Sätzen nahm Matteo die restlichen Stufen und baute sich vor Filippo auf.

»Das ist jetzt nicht wahr, oder?« Er gab sich keine Mühe mehr, seine Stimme zu dämpfen. »Haltet ihr mich für komplett bescheuert?«

Filippos vom Bart verborgenes Gesicht verriet auch jetzt keine Regung.

»Wie kann es sein, dass ich von einem Toten spreche und ihr sitzt da und zuckt die Schultern?! Und dabei ist es jemand von euch?« Matteo brüllte jetzt. »Oder willst du mir weismachen, dass alles ganz anders ist?«

Die drei Männer erhoben sich und stellten sich vor Matteo. Wutentbrannt blickte er sie an, aber auch sie hatten stoische Mienen aufgesetzt, aus denen nichts abzulesen war.

Das steigerte seinen Zorn nur umso mehr.

»Was ist passiert? Habt ihr den Mann dort hinunterbefördert? Hat er gegen eine eurer hehren Regeln verstoßen? Hat er die falschen Fabeltierchen angebetet?«

Natürlich war es vollkommen kontraproduktiv, dermaßen ausfallend und unsachlich zu werden. Aber Matteo musste seine Wut einfach loswerden. Sein Gebrüll weckte die anderen Wanderer auf. Schlaftrunken kamen einige von oben herunter. Niemand sprach ein Wort.

»Ja, was ist? Irgendetwas werdet ihr doch wohl zu sagen haben?«

Filippo erhob sich nun ebenfalls.

»Geht schlafen, alle.« Er sprach leise und wirkte dadurch viel souveräner als Matteo. Dann schaute er ihn mit diesem unergründlichen Blick an und sagte: »Ich habe dir gesagt, wir kümmern uns morgen früh darum.«

Matteo fuhr sich aufgebracht durch die Locken.

»Jeder ist frei, über sein Leben zu bestimmen. Das gilt auch für Antonio. Glaub mir, es ist alles gut so, wie es ist.«

»So, Antonio heißt er, und wie weiter?«

»Für uns war er Antonio. Das genügte.«

»Madonna mia! Hör doch auf mit diesem Scheißgeschwurbel. Ein Mensch ist zu Tode gekommen. Das hat Folgen.«

»Das wissen wir«, unterbrach ihn Filippo.

»Ist jemand von euch dabei gewesen, als es passiert ist? Seit wann liegt er dort unten?«

»Wir wissen nicht, wann es geschehen ist, Matteo. Und es geht uns auch nichts an.« Filippos Stimme war keine Spur schärfer geworden. »Ich sehe, dass du aufgewühlt bist. Aber es nützt niemandem, wenn du versuchst, uns zu kränken und anzugreifen. Morgen früh werden wir tun, was wir tun müssen.«

Matteo war, als würde er gegen Wände reden. Diesem Filippo war nicht beizukommen. Am Rascheln und Scharren über ihm hörte er, dass der Rest der Gruppe Filippos Anweisung gefolgt war. Abwartend stand der bärtige Mann ihm gegenüber. Seine letzten Worte klangen in Matteo nach, und er fragte sich, ob er sie für eine verkappte Drohung halten musste.

Noch immer ruhten Filippos Augen auf ihm. Sie kamen Matteo nun nicht mehr so warm und freundlich vor, obgleich er nicht genau sagen konnte, ob sich ihr Ausdruck wirklich verändert hatte. Während sich sein Puls langsam beruhigte, wurde ihm bewusst, dass er sich durch seinen Auftritt vielleicht in Gefahr gebracht hatte. Diese Leute hatten ihn von Anfang an getäuscht, und es gab einen, der sie alle anführte. Und war dieser eine nicht auch in der Lage, sie zu einem Verbrechen anzustiften? Gegen den Mann, der ihnen im Weg stand, gegen ihn?

Matteo tastete automatisch nach seinen Futuras, bis ihm

einfiel, dass er keine Zigaretten mehr hatte. Warum war ihm dieser Schlafplatz angeboten worden? Und warum hatten sie die Sachen des Toten vorher nicht fortgeräumt? Hatten sie es schlichtweg vergessen? Konnte das sein? Schwer vorstellbar.

Es gab zwei Möglichkeiten: Sie könnten so harmlos sein, wie sie vorgaben, und hatten mit dem Tod von Antonio nichts zu tun, oder sie waren daran beteiligt und so abgebrüht, dass auch er um sein Leben fürchten musste.

Matteo musterte Filippo, der ruhig und abwartend an der anderen Seite des Tisches stand. Unsinn. Diese Leute mochten Spinner sein, Aussteiger, Kapitalismusverweigerer, etwas schräg, aber keine Mörder. Dennoch sollte er vorsichtig sein.

Er nickte zögernd zu Filippo hinüber.

»Dann bleibt mir wohl nichts anderes übrig, als schlafen zu gehen. Du bleibst noch auf?«

»Noch ein paar Minuten. Angenehme Ruhe.«

Die letzten Worte verursachten ein leichtes Frösteln bei Matteo, aber er ging nach oben, legte sich in den Schlafsack und schwor sich, die Nacht über wach zu bleiben.

4

Matteo schreckte hoch. Sein Kreuz schmerzte. Er brauchte ein paar Sekunden, um sich zu besinnen, wo er sich befand. Er musste wider Willen eingeschlafen sein. Im Zwielicht des Dachbodens versuchte er, die Zeiger seiner Courage zu erkennen. Es war zwanzig nach fünf. Alle anderen um ihn herum schienen noch zu schlafen. Behutsam, darauf bedacht, jedes Geräusch zu vermeiden, schälte er sich aus dem Schlafsack, tastete nach seinen Schuhen und schlich Richtung Ausgang. Filippo lag vorne, gleich neben der Treppe. Matteo hielt den Atem an, als er die erste Stufe nahm. Er konnte sich nicht mehr daran erinnern, ob das Holz knarrte. Er hatte Glück, die Treppe war so massiv, dass seine Schritte ungehört blieben.

Die Müdigkeit saß ihm in den Knochen und mit ihr der Schreck, doch eingeschlafen zu sein. Vage erinnerte er sich an einen Falltraum.

Als ehemaliger Psychologe wusste er natürlich, dass das nicht einer konkreten Angst zuzuschreiben war. Fallträume traten dann auf, wenn der Träumende das Gefühl hatte, die Kontrolle über etwas verloren zu haben. Es war ein grundsätzlicher Hinweis darauf, sich ängstlich und wehrlos zu fühlen, ausgeliefert.

Seine Kleidung hing über dem Ofen, der immer noch Wärme abstrahlte. Er nahm Hose und Hemd von der Leine und beeilte sich, zur Tür zu gelangen.

Als er hinaustrat, kniff er überrascht die Augen zusammen. Draußen war es bereits viel heller, als er angenommen hatte. Die Sonne verbarg sich zwar noch hinter den Bergen, aber der leuchtend blaue Himmel wurde von keinem Wölkchen getrübt und die Luft fühlte sich so samtig an, als wäre das Unwetter der gestrigen Nacht nur Einbildung gewesen. Ein Gewitter wirkte eben immer auch reinigend. Die Luft war klarer, die Gipfel schienen näher als sonst, und der Weitblick war überwältigend. Aber für all das hatte Matteo keine Augen.

Hastig stieg er in seine Wanderstiefel und zog die Schnürbänder fest. Der Abstieg nach Fondo Li Gabbi würde mindestens anderthalb Stunden dauern. Aber er erinnerte sich an eine bewirtschaftete Alphütte, die gut eine halbe Stunde entfernt lag. Wenn überhaupt. Ohne dass er genau zu formulieren gewusst hätte, was es zu verhindern galt, trieb er sich zur Eile an. Nur an einer Quelle hielt er kurz, trank rasch ein paar Schlucke Wasser und wechselte die geliehene Kleidung gegen seine mittlerweile getrockneten Sachen.

Seine Erinnerung hatte ihn nicht getäuscht. Weniger als eine halbe Stunde war vergangenen, als unter ihm das steinerne Dach einer Alpe sichtbar wurde. Matteo beschleunigte seine Schritte noch einmal.

Als er schließlich vor der nur einen Raum umfassenden Alpe stand, kamen ihm kurz Zweifel, ob sie tatsächlich bewohnt war.

Aber aus dem Nebengebäude war das Meckern von Ziegen zu hören. Auf Matteos Klopfen hin öffnete niemand, allerdings bemerkte er, dass die Tür nicht abgeschlossen, sondern nur angelehnt war.

»Salve«, rief er deutlich vernehmbar, »darf ich eintreten?« Dann drückte er die Holztür auf, die geräuschlos nachgab.

Obgleich sich seine Augen erst an das dämmrige Licht im Innern gewöhnen mussten, erkannte Matteo unmittelbar, dass etwas nicht stimmte. Der kleine Raum war verwüstet. Möbelstücke waren umgestoßen. Oder sogar, das sah er, als er einen Schritt in die Hütte hineinsetzte, zertrümmert.

Abrupt prallte er zurück. Sein Blick war auf das Bett gefallen, das an der Stirnseite des Raumes stand.

»Scheiße, scheiße, scheiße«, stieß er entsetzt hervor.

Etwas derart Grausames hatte er noch nie gesehen. In der Alpe hatte eine regelrechte Hinrichtung stattgefunden. Auf dem Bett lagen zwei Menschen. Oder das, was an Menschlichem übrig blieb, wenn man jemandem aus nächster Nähe mehrmals ins Gesicht schoss. Auch wenn nur wenig Licht durch die beiden Fenster in die Hütte fiel, nahm Matteo nun alles mit überdeutlicher Klarheit wahr. Die Gesichter der beiden Leichen waren eine einzige rote Masse. Nase, Augen, Mund – nichts davon war noch erkennbar, das Laken war voller Blut und unzählige Fliegen bevölkerten die leblosen Körper.

Übelkeit krampfte Matteo den Magen zusammen. Er zwang sich, gleichmäßig zu atmen und seinen Puls zu beruhigen. Dann wandte er sich ab, schaute durch die geöffnete Tür in das unschuldige Blau des Morgenhimmels, auf das satte Grün der Wiesen, als könnte dadurch der Schrecken gemildert werden.

Aber das Surren der Fliegen, das sich schrill und gnadenlos in seine Ohren fraß, ließ das nicht zu. Bittere Galle schoss ihm in den Rachen, er taumelte hinaus. Gerade hatte er einen Schritt vor die Tür gesetzt, da erbrach er das wenige, das er im Magen hatte. Er würgte, spuckte den sauren Geschmack aus. Schwer atmend stützte er sich an die Außenmauer der Alpe. Wie erstarrt verharrte er, ohne dass er später zu sagen vermocht hätte, ob er eine oder fünf Minuten dagestanden und auf die Bergketten geschaut hatte. Was um alles in der Welt war hier geschehen?

Schließlich gab er sich einen Ruck, holte tief Luft und trat wieder in die Hütte. Im nächsten Moment zögerte er. Das war nicht klug. Was immer sich hier zugetragen hatte, er hatte es mit einem Gewaltverbrechen zu tun, um das sich die Polizei würde kümmern müssen. Er würde nur Spuren vernichten, wenn er sich weiter umsah.

Als er wieder im Freien stand, atmete er auf. Die Tür zog er hinter sich zu, die hatte er ohnehin schon angefasst. Er musste verhindern, dass größere Tiere vom Geruch des Blutes angelockt in den Raum eindrangen.

Ohne einen Blick zurückzuwerfen, machte er sich an den weiteren Abstieg. Er musste ins Tal kommen. So schnell wie möglich. Gebannt starrte er auf den Boden. Noch immer war es glitschig und die Sturzbäche der vergangenen Nacht hatten den Pfad an vielen Stellen unterspült, sodass er häufig gezwungen war, von der eigentlichen Route abzuweichen und sich einen anderen Weg durch Felsen und Geröll zu suchen.

Seine Gedanken kreisten unentwegt um die Erlebnisse der letzten Stunden. Gab es eine Verbindung zwischen den Morden und dem verunglückten Wanderer? Waren Filippo und seine Gefolgschaft auch in diesen Fall verwickelt?

Zwischendurch dachte er an Nina. Das Einzige, was ihm

gerade positiv erschien, war der Umstand, dass sie, soweit er wusste, für die Aufklärung dieses blutigen Doppel- oder Dreifachmords nicht zuständig war. Für die Täler hier oben waren ihre Kollegen vom Nachbarrevier in Domodossola verantwortlich.

Auf der Alpe Scaredi, überlegte Matteo weiter, hatte man sein Verschwinden wahrscheinlich mittlerweile bemerkt. Wie würde die Gruppe um Filippo reagieren? Würden sie ihm folgen oder besser schnell das Weite suchen, um möglichen Befragungen durch die Polizei zu entgehen? Er ärgerte sich, dass er nicht herausgefunden hatte, wo die Wanderer herkamen.

Wenige Minuten später hatte er hinter einer Kehre den Talgrund vor sich. Noch klein, aber gut erkennbar, zeichneten sich die Umrisse der Siedlung ab, zu deren Ensemble auch das Agriturismo gehörte. Eine halbe Stunde vielleicht, dann würde er da sein.

Seine Knie schmerzten, der Magen rebellierte noch immer. Verbissen, beinahe wie in Trance setzte er einen Fuß vor den anderen.

Wenige hundert Meter vor seinem Ziel brach plötzlich ein dunkler Schatten durch das Gebüsch, stürzte auf ihn zu und hätte ihn um ein Haar von den Beinen geholt. Gerade noch konnte er sich fangen, während ein schwarzes Etwas nicht aufhörte, ihm gegen den Bauch zu springen.

»Madonna mia«, keuchte Matteo und griff in das Fell des Wesens, das sich vor Freude nicht mehr einkriegen wollte, »Gustavo!«

Der Hund japste.

»Buongiorno, mein Lieber, jetzt ist aber gut, hey, jetzt beruhige dich mal. Hast du mich tatsächlich vermisst, hm?«

Matteo tätschelte den Hund, dessen Charakter sich eigentlich durch absolute Lethargie auszeichnete. So einen Ausbruch hatte Matteo noch nicht erlebt, und er wunderte sich, dass der betagte Hund dazu noch fähig war.

»Da bist du ja, du dämliche Runkelrübe.«

Die nächsten, die aus dem Gebüsch traten, waren tatsächlich die drei Alten.

»Was macht ihr denn hier?«

»Was sollen wir hier schon großartig machen?«, schnatterte Flavio los. »Wir wollten mal gucken, ob du Ausgeburt der Unfähigkeit uns vielleicht zu einem Caffè einlädst. Ein Stück Heidelbeerkuchen wäre auch nicht schlecht oder etwas Brot, Käse und Schinken. Dafür ist die Gegend doch bekannt. Aber wie es aussieht, bist du noch nicht mal zu so einer minimalistischen Kleinigkeit fähig. Du schaffst es ja kaum, dich um deinen Hund zu kümmern. Vollkommen verschreckt war der, als wir ihn eben im Ristorante abgeholt haben und –«

»Moment mal«, unterbrach Matteo den Redeschwall. »Seid ihr etwa gekommen, weil ihr euch Sorgen gemacht habt? Wegen des Unwetters?«

Die drei lachten gackernd auf.

»So einen Unsinn kann auch nur eine hirnlose Kartoffel wie du denken«, krähte Beppo, »wieso sollten wir uns um dich Sorgen machen?«

Gustavo rieb sich an Matteos Bein und schnaufte zufrieden. Er kraulte das Tier und schaute dabei erstaunt zwischen den Alten hin und her.

»Das mit dem Caffè war natürlich ein Witz«, schaltete sich Luigi ein. »Der Putz muss trocknen, so lange können wir sowieso nicht weiterarbeiten. Also dachten wir, ein kleiner Spaziergang an der frischen Luft könnte nicht schaden.«

Trotz der ernsten Lage gönnte sich Matteo einen Moment der Rührung. Es stand außer Frage, dass Luigi, Flavio und Beppo gekommen waren, um nach ihm zu suchen, weil sie von dem Unwetter in den Bergen gehört und außerdem bemerkt hatten, dass er am Abend nicht nach Cannobio zurückgekehrt war. Aber er wusste, dass die drei das niemals zugeben würden. Bei den Alten galt das Prinzip liebevoller Grobheit. Sentimentalität war verpönt.

»Männer, hört mal zu. Mir hat das Gewitter nichts getan. Aber ich habe leider zwei sehr unschöne Entdeckungen gemacht. Wir müssen die Polizei verständigen. Hat einer von euch ein Telefon dabei?«

Flavio rang die Hände zum Himmel.

»Matteo, nicht schon wieder. Was ist passiert?«

»Erzähl ich euch sofort. Aber zuerst muss die Polizei benachrichtigt werden. Mein Handy streikt leider.«

Beppo schüttelte den Kopf, zog dann aber leise fluchend sein Telefon aus der Tasche und reichte es Matteo. »Wir mussten Nina versprechen, ein Auge auf dich zu haben, aber kaum lässt man dich alleine …«

Weiter kam er nicht, denn Matteo hatte das Gerät bereits genommen und die Notruftaste betätigt. In knappen Worten berichtete er von den beiden Leichen auf der Alpe und dem abgestürzten Bergsteiger und erklärte, wo er die Toten vorgefunden hatte. Die entsetzten Gesichter der Alten zeugten davon, dass selbst die Kurzfassung der Ereignisse schon grausam genug klang.

»Sie schicken einen Streifenwagen und einen Hubschrauber mit Beamten der Spurensicherung zum Agriturismo. Ich soll dort unten auf sie warten. Also ich könnte jetzt ein Frühstück gebrauchen«, sagte Matteo, dessen Magen sich wieder beruhigt hatte. »Wie sieht es bei euch aus?«

Luigi zog die Mundwinkel nach unten.

»Mir ist eher nach einem Caffè Corretto, glaube ich«, bekundete Flavio.

Beppo nickte zustimmend. Sie sahen etwas blass aus.

»Wie kann es sein, dass du schon wieder in so eine fiese Geschichte hineingeraten bist?«, zeterte Beppo, während sie gemeinsam in Richtung des Agriturismo liefen. Gustavo wich Matteo nicht von der Seite.

»Ich schwöre dir, ich bin froh, wenn ich diese Sache so schnell wie möglich hinter mir habe. Ich sage, was ich weiß und gesehen habe und dann finito.«

Flavio war hinter ihnen zurückgefallen und beeilte sich nun, sie einzuholen.

»Wir sollten Nina anrufen.«

Matteo schüttelte unwirsch den Kopf.

»Das fällt nicht in ihren Zuständigkeitsbereich. Außerdem soll sie mal in Ruhe ein paar Tage Urlaub machen. Wir sollten sie nicht stören.«

Er bemerkte sehr wohl, dass die drei Alten sich bedeutungsvolle Blicke zuwarfen. Aber er hatte gerade weder die Lust noch die Kraft, das zu kommentieren.

Von Weitem hörten sie einen Helikopter. Der Wirt hatte bereits ihre Bestellung aufgenommen, als das Ungetüm mit atemberaubendem Lärm, Staub und kleine Steine aufwirbelnd, nur wenige Meter von ihnen entfernt landete. Die Rotorblätter schwangen mit einem pfeifenden Geräusch aus. Dann war wieder alles still, aber der Pilot machte keine Anstalten, den Hubschrauber zu verlassen.

Der Wirt brachte ihnen Brot, Wurst und Käse und stellten neben dem Caffè auch eine Flasche Grappa auf den

Tisch, da klingelte Beppos Telefon. »Pronto!« Er guckte verdutzt, dann reichte er den Apparat an Matteo weiter.

»Hier Commissario Settignano. Wir werden in spätestens zehn Minuten bei Ihnen sein. Wir möchten Sie bitten, uns auf dem Flug zu begleiten. Da oben gibt es, wie man uns sagte, mehrere Hütten, und es wäre gut, wenn Sie uns die Stellen zeigten.«

»In Ordnung. Bis gleich.«

Matteo verschlang mit eiligen Bissen sein Brot und spülte das Ganze mit Caffè runter. Sofort fühlte er sich besser.

»Jungs, ich glaube, ihr solltet nicht auf mich warten. Sie wollen, dass ich mit ihnen komme und ich fürchte, es wird dauern, bis ich zurück bin. Bitte nehmt Gustavo mit, wir sehen uns dann in der Macelleria. Va bene?«

Die Alten nickten und Matteo stand auf, denn nun näherte sich bereits der Subaru-Geländewagen der Polizei. Zwei Beamte verließen das Fahrzeug und kamen auf ihn zu. Commissario Settignano reichte ihm die Hand und stellte ihm Ispettore Stefano Ferro vor, während sie gemeinsam zum Hubschrauber liefen.

»Die Kollegen von der Spurensicherung sind schon an Bord, sie kommen gerade von einem anderen Einsatz. Wir fliegen erst zur Alpe mit dem Doppelmord und anschließend zu dem abgestürzten Wanderer.«

Als der Helikopter abhob und in extremer Schräglage eine Kurve flog, bereute Matteo kurz, nicht doch einen beherzten Schluck von dem Grappa genommen zu haben.

Oben angekommen, zogen die Beamten der Spurensicherung Schutzkleidung an und gingen wortlos in die Alpe. Settignano hatte den Tatort bereits betreten. Ispettore Ferro bat Matteo, draußen zu warten. Dazu hätte es keiner gesonderten Aufforderung bedurft. Er verspürte beileibe kein Verlangen, sich dieses Grauen ein weiteres Mal anzusehen.

Er zündete sich eine der Zigaretten an, die er im Agriturismo erstanden hatte. Futuras hatte es nicht gegeben. Deshalb hatte er den Wirt gebeten, ihm das Stärkste zu geben, was sein Zigarettenautomat zu bieten hatte. *Il fumo uccide* stand auf der mit einem schrecklichen Foto versehenen Packung. Nicht nur Rauchen kann tödlich sein, dachte Matteo und nahm einen tiefen Zug.

Nach einer Weile trat der Ispettore neben ihn.

»Puh. Äußerst unschön.«

Matteo hielt dem athletischen Mann die Zigarettenpackung hin. »Auch eine?«

»Am besten gleich zwei«, gab der andere zurück und ließ sich von Matteo Feuer geben.

Matteo betrachtete ihn. Wahrscheinlich war er allenfalls ein, zwei Jahre älter als er. Aber die Furchen, die sich unter die Augen gegraben hatten, und die hängenden Wangen ließen sein Gesicht mindestens zehn Jahre älter wirken. In Ferros Antlitz hatte sich der zermürbende Polizeidienst eingeschrieben.

Matteo hatte während seiner Mailänder Zeit viele solcher Gesichter gesehen. Nicht alle seine Patienten waren von einem einzelnen Ereignis traumatisiert gewesen. Viele der Polizisten, denen er geholfen hatte, wieder so stabil zu werden, dass sie ihren Dienst fortsetzen konnten, hatten an chronischen Erschöpfungssyndromen gelitten. So manchen hätte er gewünscht, dass sie den Mut aufbrächten, in Frührente zu gehen. Aber die Aussicht auf ein Leben ohne klare Aufgabe und ohne Kollegen hatte die zumeist geschiedenen und privat vereinsamten Beamten abgeschreckt. Nur wenige glaubten, dass sie nach dem Polizeidienst ein schöneres Leben erwartete.

»Allora«, der Ispettore trat sorgfältig die Zigarette aus. »Zwei Opfer. Eines männlich, das andere weiblich. Mehrere Schüsse frontal ins Gesicht und in den Oberkörper. Die Details muss die Spurensicherung klären.«

Ferro räusperte sich. »Was die Sache zusätzlich unappetitlich macht: Die Leichen wurden skalpiert.«

»Sie wurden was?«

»Sie haben mich leider richtig verstanden.«

»Wer macht denn sowas? Und warum?«

»Gute Frage.«

Der Commissario trat zu Matteo und dem Ispettore. Mit grimmiger Miene streifte er die dünnen Einweghandschuhe ab und ein Hauch von Ekel umspielte seinen Mund, als er sich den augenscheinlich hundsteuren Sommermantel abklopfte, der mit Sicherheit aus einem angesehenen Herrenbekleidungsgeschäft Mailands oder Turins stammte.

»Verfluchtes Pack«, knurrte Settignano. »Wir müssen abwarten, was die Kollegen noch finden. Aber für mich sieht das relativ eindeutig nach einem Raubmord aus. Alles durchwühlt, und was sie nicht gebrauchen konnten, haben sie kaputt geschlagen. Bis auf das Bett. Und zwei Schränke.«

»Raub, hier oben? Hier besitzt doch niemand was.«

»Ach, das wissen Sie so genau?« Settignano vermaß ihn mit einem argwöhnischen Blick, von dem Matteo nicht genau zu sagen vermochte, ob er ernst gemeint war oder ein müder Witz. Der mokante Unterton ließ auf Letzteres schließen. Matteo konnte es ihm nicht verübeln, er ahnte, wie viele vermeintlich kluge und gut gemeinte Kommentare der Kommissar sich während seiner Karriere schon von Laien hatte anhören müssen.

»Wir haben seit ein paar Monaten ein ziemliches Problem mit organisierter Kriminalität aus Osteuropa«, erläuterte Ferro. »Roma-Banden zumeist, spezialisiert auf den ländlichen Raum, die in Häuser und Ferienwohnungen einbrechen und auch vor körperlicher Gewalt nicht zurückschrecken.«

»Und die steigen stundenlang auf einen Berg und veranstalten solch ein Massaker?« Matteo war skeptisch. »Das fällt mir schwer zu glauben. Ein Ritualmord, Mord aus Rache, gut. Aber einfache Einbrecher, die Menschen derart hinrichten? Ich weiß nicht.«

»Diese Banden sind äußerst brutal. Und bisher ist es nicht gelungen, sie festzusetzen. Diesen Typen traue ich das absolut zu«, erklärte Settignano.

»Und das ist die einzige Hypothese, die Sie in Betracht ziehen?«, fragte Matteo bissig. »Osteuropa, da klingelt es vermutlich laut in den Ohren der Behörden und es werden keine weiteren Fragen gestellt, wenn sich die Ermittlungen hinziehen.«

»Vorsicht«, raunzte ihn der Kommissar an. Aber Matteo ging der unverhohlene Rassismus, der in jüngster Zeit überall um sich griff, so dermaßen gegen den Strich, dass er nur allzu gern einen Streit provozierte. Wahrscheinlich stachelte ihn zusätzlich an, dass er am Vortag selbst einem ähnlichen Kurzschluss aufgesessen war.

»Bekommen Sie eine Extra-Prämie, wenn Sie ein Ermittlungsergebnis aus dem Hut zaubern, das der Politik Argumente liefert, rigorosere Einwanderungsgesetze zu erlassen?«

»Lieber Signor Basso, wenn Sie es wünschen, dann kann

ich den Kreis der Verdächtigen gern um Ihre Person erweitern. Sie haben sich heute Nacht immerhin in unmittelbarer Nähe des Tatorts aufgehalten.«

Der Kommissar schien für ein paar Sekunden mit Hingabe darauf konzentriert, mit der Zunge etwas aus dem Zwischenraum zweier Backenzähne zu befreien.

»Wenn es Ihnen Freude bereitet.«

»Wissen Sie«, sagte der andere schließlich und schaute dabei interessiert auf die gegenüberliegenden Berge, »mir ist klar, dass man heutzutage gleich dem rechten Lager zugeschlagen wird, wenn man etwas Kritisches über Ausländer sagt. In meinem Beruf kommt es aber darauf an, sich auf Fakten zu konzentrieren, nicht auf Befindlichkeiten.«

Dann wandte er sich um und sah Matteo in die Augen.

»Was machen Sie denn beruflich?«

»Ich betreibe unten in Cannobio eine Macelleria.« Noch im selben Moment ärgerte Matteo sich über diese Auskunft. Zwar entsprach sie den Tatsachen, aber dem Kommissar gegenüber wäre es vielleicht durchaus angebracht gewesen, auf seine frühere Tätigkeit als Polizeipsychologe hinzuweisen.

»Ach«, der andere lächelte höhnisch. »Eine Fleischerei. Da haben Sie ja sicher ein umfangreiches Arsenal an Messern. Zum Tranchieren, zum Häuten.«

»Sicher«, antwortete Matteo trocken und überging die Anspielung des Kommissars.

»Schlachten Sie auch selbst?«

»Nein, ich werde von einem Großhändler mit Piemonteser Rindern beliefert und von Bauern aus der Umgebung.

»Bene«, der Kommissar klopfte noch einmal seinen Mantel ab, »uns erwartet noch ein weiterer Toter, nicht wahr? Sehen wir uns den mal an.«

Der Ispettore verschwand noch einmal in der Alphütte und besprach sich mit der Spurensicherung.Kurz darauf kam er mit einem der Männer wieder raus.

Matteo nestelte derweil eine weitere Zigarette aus der Packung. Der Geschmack war zwar im Vergleich zu seinen Futuras läppisch, aber immerhin, das Nikotin half ihm, einen einigermaßen klaren Kopf zu bekommen.

»Sie würden uns sehr helfen, wenn Sie Ihre Kippen hier nicht verteilen würden.«

Mit einer Art langen Kneifzange streckte der Mann von der Spurensicherung Matteo die Reste seiner ersten Zigarette entgegen, ließ sie dann aber blitzschnell in einem kleinen Plastiksack verschwinden.

»Oh, scusi.«

Es war eigentlich wirklich nicht seine Art, Zigaretten einfach in die Landschaft fallen zu lassen. Mit Sympathie registrierte er, dass der Ispettore sich eilig nach dem Stummel bückte, den er kurz zuvor ausgetreten hatte, und diesen schuldbewusst ebenfalls in den Abfallbeutel steckte.

Wie angekündigt begleitete der Beamte Matteo und den Kommissar auf dem Flug zum Gipfel, der nur ein paar Minuten dauerte. Stefano Ferro machte sich derweil zu Fuß auf in Richtung der Alpe Scaredi, in der Hoffnung, dort noch die Wanderer antreffen und verhören zu können. Als sie über die Alpe hinwegflogen, versuchte Matteo zu erkennen, ob die Gruppe noch da war, aber er konnte niemanden sehen.

Kopfschüttelnd stand Matteo an der Felskante und blickte in den Abgrund. Hatte er sich in der Stelle getäuscht? Er schaute sich um. Nein, die Sache war klar. Das war der richtige Ort, nur die Leiche fehlte.

Matteo raufte sich die Haare und sah in Richtung des Kommissars, der eine übertrieben freundliche Miene aufgesetzt hatte. Wir haben alle Zeit der Welt, sollte das offenbar signalisieren. In Wirklichkeit dachte er natürlich das Gegenteil, wie Matteo an dessen ungeduldig wippenden Fuß erkannte.

»Ich bin mir ganz sicher, dass wir richtig sind.« Hier hatte der Mann gelegen. Und dort, ein Stückchen entfernt, sein Rucksack. Keine Frage.

Der Kommissar gab dem Mann von der Spurensicherung ein Zeichen. »Gut, Signor Basso. Der Kollege wird sich hier abseilen und die Stelle untersuchen, aber vielleicht wäre es einfacher, sich jetzt schon darauf zu einigen, dass es eine dritte Leiche in diesem Fall offenbar nicht gibt.«

»Ich schwöre Ihnen, der Mann lag hier.«

»Und dann ist der, erfrischt vom Gewitter, von den Toten auferstanden und hat seinen Weg fröhlich fortgesetzt?«

Matteo rieb sich durchs Gesicht. Nicht einmal Blutspuren waren noch zu erkennen. Konnte der Regen die weggespült haben?

»Die Wandergruppe, von deren seltsamen Verhalten ich Ihnen schon berichtet habe, wird ihn fortgeschafft haben.«

»Ispetorre Ferro ist ja gerade auf dem Weg zu ihnen. Der wird sie dazu befragen.«

»Wenn er sie noch dort antrifft. Ich bin sicher, dass sie längst auf und davon sind. Und mein Verdacht ist, dass sie den Toten vorher haben verschwinden lassen.«

Der Kommissar drehte sich zu seinem Kollegen von der Spurensicherung um.

»Silvio, schau doch mal, ob du irgendwelche Hinweise darauf findest, dass hier jemand abgestürzt ist.« Er maß ihn mit einem Blick, der Matteo nicht mehr ganz so mokant erschien, eher forschend. »Und darauf, ob möglicherweise mehrere Leute dort unten waren.«

Der Angesprochene schüttelte den Kopf.

»Über das, was vor dem Unwetter passiert ist, werden wir kaum etwas sagen können. Da ist alles ziemlich gründlich weggeschwemmt. Vielleicht haben wir Glück und finden doch irgendeine Spur, aber da würde ich euch jetzt erst mal keine Hoffnung machen wollen.«

»Und würdest du es sehen, wenn nach dem Unwetter jemand hier gewesen wäre?«, fragte der Kommissar. »Sagen wir, zwei, drei Männer mit Seilen, die jemanden heraufgezogen haben?«

Der Beamte schritt noch einmal die Kante ab, hinter der sich der Abgrund öffnete.

»Wir kämmen hier alles durch. Auf den ersten Blick kann ich nichts erkennen. Keine Fußspuren, keine Abschürfungen von Seilen.« Er zuckte die Schultern. »Mir sieht es eher nicht danach aus.«

»Und kann es sein, dass sie den Toten abgeholt haben, während es noch regnete?« Matteo wollte immer noch nicht glauben, dass die Leiche verschwunden war.

»Bei dem Wetter? Da wäre jeder, der es versucht hätte, mit Sicherheit auch abgestürzt«, befand Silvio.

Das klang plausibel. Zumal Matteo eigentlich davon überzeugt war, dass er es hätte hören müssen, wenn jemand die Alpe verlassen hätte.

»Hören Sie«, richtete Matteo sich an den Kommissar. »Ich bin hundertprozentig sicher, dass der Mann hier gelegen hat. Und ich habe einige Stunden mit dieser Gruppe auf der Alpe verbracht. Die hatten etwas zu verbergen. Und ich«, er zögerte kurz, »ich habe lange Jahre als Psychologe gearbeitet, bei der Mailänder Polizei. Glauben Sie mir, ich kenne mich ein wenig aus mit Menschen.«

Argwöhnisch, aber auch mit einer Spur ehrlicher Überraschung musterte ihn der Kommissar.

»Ein Polizeipsychologe? So, so. Und warum sind Sie nun Fleischer, wenn ich fragen darf? Haben Sie es nicht mehr ausgehalten im Dienst?«

Matteo ahnte, worauf der andere hinauswollte. Burn out, Überforderung, Disziplinarverfahren.

»Familiäre Gründe«, gab er knapp zurück. Er hatte wirklich keine Lust, Settignano die Geschichte seiner Trennung von Teresa darzulegen. Damals hatte er sich in einem Patienten auf fatale Weise geirrt. Dieser psychisch kranke Ex-Polizist hatte Teresa angegriffen und beinahe getötet. Matteo versuchte mit aller Kraft, die aufkommende Erinnerung zu unterdrücken.

Verwundert nahm er zur Kenntnis, dass der Kommissar ihn am Arm berührte, als wolle er ihn in die Gegenwart zurückholen. Wenn er auch anfangs arrogant gewirkt hatte, musste Matteo sich eingestehen, dass er ganz so übel nicht war. Und es stimmte ja schon: Warum sollte er Matteo, den er nicht kannte, vorbehaltlos vertrauen?

Die folgenden Sätze allerdings ließen Matteo die positive Einschätzung schon wieder einschränken.

»Signor Basso, was Sie dort oben gesehen haben, diese beiden Toten, das hat Sie zweifelsohne sehr mitgenommen. Sie wissen selbst, dass so grausame Bilder einen Schock verursachen können. Sie haben wenig geschlafen in der vergangenen Nacht. Sie sind erschöpft. Könnte es sein, dass –«

»Was wollen Sie mir jetzt unterstellen?«, unterbrach Matteo ihn empört. »Dass ich mir etwas zurechtfantasiere?

Dass ich spinne? Hören Sie, hier lag ein Mensch. Und mit ziemlicher Wahrscheinlichkeit war er tot. Warten Sie doch einfach die Ergebnisse der Spurensicherung ab.«

Der Kommissar verzog das Gesicht zu einem säuerlichen Grinsen.

»Ich wäre Ihnen sehr verbunden, wenn Sie mir keine Anweisungen zu geben versuchten.«

»Schon klar.«

»Wir werden Sie jetzt zum Präsidium in Domodossola bringen lassen. Da nehmen die Kollegen Ihre Aussage zu Protokoll.«

Settignano ging zum Helikopter und gab dem Carabiniere, der die ganze Zeit stumm beim Piloten gesessen hatte, Instruktionen. Dann winkte er Matteo heran.

»Darf Ihnen doch noch eine fachliche Frage stellen, so von Kollege zu Kollege?«

»Nur zu«, brummte Matteo unwirsch.

»Nehmen wir an, jemand hat einen Mord begangen, vielleicht sogar einen Doppelmord. Er hat ein bestimmtes Motiv, und wenn man dieses Motiv herausfände, dann würde es nicht mehr lange dauern und man würde auf ihn als Täter kommen. Was sollte dieser jemand Ihrer Meinung nach tun?«

»Das Motiv so gut wie möglich vertuschen. Am besten: es aus der Welt schaffen.«

»Denkbar. Aber wenn das nicht möglich wäre?«

»Dann sollte er von dem Motiv ablenken, andere Spuren legen.«

Der Kommissar nickte.

»Genau das würde ich auch denken. Aber wie tut er das? Durch einen weiteren Mord?«

Auffordernd nickte Settignano ihm zu.

»Durch einen weiteren Mord würde er das Risiko erhöhen, dass man ihn erwischt.« Matteo wiegte den Kopf. »Gleichzeitig würde es natürlich auch von einer noch größeren Skrupellosigkeit zeugen. Ein Mord nur zur Ablenkung von einem Motiv für einen Mord. Aber, natürlich, denkbar ist es.«

Der Kommissar verzog den Mund zu einem Lächeln, das sich in seinen Augen aber nicht abzeichnete.

»Und was halten Sie von dieser Variante: Der Täter mordet kein weiteres Mal, setzt die Polizei aber dennoch auf die Spur eines anderen Mordes an. Eine vermeintliche Spur? Damit wäre der Zweck schließlich auch erfüllt, und er würde Menschenleben schonen. Das müsste man ihm schon fast positiv anrechnen.«

Matteo merkte, wie die Wut wieder in ihm hochkochte.

»Was soll das hier werden? Wollen Sie mir diese Scheiße da unten anhängen, weil Ihnen die Roma-Idee selbst ein wenig albern vorkommt und es sich prima macht, schnell einen Verdächtigen zu präsentieren? Oder ist das Ganze ein plumper Spaß, mit dem Sie Ihr Ego aufpolieren? Ich habe Ihnen schon gesagt, ich habe damit nichts zu tun. Und wenn ich es hätte, warum um alles in der Welt sollte ich dann die Polizei verständigen? Das wäre doch vollkommen unsinnig. Hier oben, in dieser Einsamkeit, da hätte es Tage oder Wochen dauern können, bis jemand den Mord bemerkt, bis dahin hätte ich über alle Berge sein können.«

Der Kommissar lächelte noch ein wenig breiter.

»Aber vielleicht wollen Sie gar nicht fliehen. Sie haben doch Ihre Macelleria. Mit der Angabe, dass Sie nur Hilfe holen wollten und deshalb den Tatort betraten, weshalb man dort auch Ihre Spuren finden wird, wäre der Plan doch eigentlich ziemlich schlüssig.«

Matteo schüttelte fassungslos und zornig den Kopf. Er würde sich auf die Spielchen des Kommissars nicht länger einlassen.

»Machen Sie einfach Ihre Arbeit«, knurrte er.

»Das mache ich, darauf können Sie sich verlassen.«

Eine Sache beschäftigte Matteo die ganze Zeit, und auch wenn er wenig Lust verspürte, länger mit dem Kommissar zu reden – das musste er ihm noch sagen.

»Ich habe gestern, bevor ich zu der Wanderung aufgebrochen bin, im Agriturismo gegessen. Da saßen ein paar seltsame Leute, die dort irgendwie nicht hinpassten.«

Settignano hob interessiert die Augenbrauen.

»Zwei eher unangenehme Typen. Und dazu zwei Frauen.« Matteo unterbrach sich, weil er das spöttische Grinsen des Kommissars jetzt schon vor sich sah. »Mir schienen das relativ eindeutig Prostituierte zu sein, ziemlich jung. Aus Osteuropa.«

»Osteuropa?«

»Jedenfalls haben sie Zeitschriften mit kyrillischer Schrift gelesen.«

»Und wie kommen Sie darauf, dass es Prostituierte waren? Weil Frauen aus Osteuropa so ihr Geld verdienen?«

Matteo nickte ungeduldig, um ihm zu signalisieren, dass er bereits begriffen hatte, dass er ihn auf seine eigenen rassistischen Vorurteile aufmerksam machen wollte.

»Sprechen Sie noch mal mit dem Wirt, die Situation schien mir angespannt zu sein. Mit mir wollte er nicht darüber reden. Aber mittlerweile sind die Umstände ja andere.«

Der Kommissar schien zu überlegen, dann gab er Matteo ein Zeichen, in den Helikopter zu steigen.

»Vielen Dank. Personenbeschreibungen und so weiter

geben Sie dann bitte auf dem Präsidium zu Protokoll. Meine Kollegen erwarten Sie dort.«

Matteo kletterte in den Hubschrauber und lehnte sich seufzend zurück. Die vergangene Nacht und die Erlebnisse des Morgens zehrten an ihm. Er konnte sich Schöneres vorstellen, als jetzt noch mehrere Stunden auf dem Kommissariat zubringen zu müssen.

5

Matteo schloss die Augen und lauschte auf das leise Plätschern des Wassers, das die Kiesel am Ufer umspülte. Die Angel klemmte zwischen seinen Knien. Er wusste ja, dass es zwecklos war, die gemächlich schaukelnden Bewegungen des Schwimmers zu beobachten. Es würde ohnehin kein Fisch anbeißen. Matteo nahm einen tiefen Zug von der Futura. Wie gut. Es war alles wie immer.

Zwei Stunden hatte er auf dem Revier in Domodossola verbracht, er hatte alles erzählt, was er beobachtet hatte, und damit war die Sache für ihn abgeschlossen. Jetzt saß er nach dieser lästigen Störung endlich an dem Ort, der ihm am liebsten war, an der kleinen Bucht unterhalb seiner Metzgerei, wohin er sich allmorgendlich begab, seine Angel auswarf und auf die sich je nach Wetter sanft oder aufgeregt kräuselnde Oberfläche des Lago Maggiore schaute. Hier lehnte er sich an den zusehends morscher werdenden Olivenbaum und hoffte im Geheimen, dass er nichts fangen würde, weil es ihm um jeden Fisch leid tat, den er aus dem Lago zog. Wenn aus Versehen doch einmal einer anbiss, ein Barsch oder eine der Felchen, von denen es im See zahlreiche gab, warf Matteo ihn mit einer raschen Bewegung zurück ins Wasser.

Natürlich war es ein wenig lächerlich, als Fleischer Mitleid mit Fischen zu haben. Aber jeder Mensch hatte einen versteckten, mehr oder weniger schwerwiegenden Spleen. Oder auch mehrere. Damit sollte man sich einfach abfinden, ohne viel darüber nachzudenken. Und gerade sein Angelritual wollte er sich nicht verderben lassen. Viel zu wichtig war es ihm während der ersten Monate am Lago Maggiore geworden, als er nachts von dunklen Träumen geplagt wurde. Von einem Notbehelf hatte es sich mittlerweile zu einer lieb gewordenen Beschäftigung gewandelt. Allzu oft hatte er auf diese Gewohnheit in den zurückliegenden Monaten verzichtet, weil er so viel Zeit in Ninas Wohnung in Verbania verbracht hatte.

Matteo öffnete die Augen. Eine voll besetzte Fähre steuerte das Ostufer an und ein hundsteures Riva Boot mit elegantem Rumpf und fugenloser, tiefroter Mahagonibeplankung zog eine Gischtspur hinter sich her. Irgendein reicher Schweizer vermutlich, der in Verbania einen im Vergleich lächerlich günstigen Aperol Spritz trinken wollte. Matteo rümpfte die Nase, war aber dennoch froh. Es war alles wie immer, dachte er noch einmal, wie eine Art Beschwörungsformel. Und wenn er nicht wieder das Poltern der drei Alten von oben gehört hätte, dann hätte er sich das vielleicht auch noch ein paar Sekunden länger weismachen können. Aber es war zwecklos, er konnte die Bilder der zurückliegenden Stunden nicht vollends vertreiben.

In seiner Hosentasche vibrierte das Telefon, das, als er es an das Aufladekabel angeschlossen hatte, prompt wieder funktioniert und einen beinahe vollen Akkustand angezeigt hatte. Es war Ninas Nummer, die auf dem Display erschien.

»Pronto«, meldete er sich, als habe er gar nicht darauf

geachtet, welchen Anrufer das Telefon anzeigte. Er gab sich alle Mühe, die Freude in seiner Stimme zu unterdrücken.

»Ciao, Matteo.« Nina klang, als hätte sie seine offenkundig schlechte Laune bei ihrer Abfahrt vergessen. »Wie steht es um dich?«

»Danke, alles bestens.« Wie wohl es tat, ihre Stimme zu hören! Er musste sich regelrecht beherrschen, um nicht albern zu kichern. »Ich angle ein bisschen, um den Handwerkern da oben nicht im Weg zu sein. Was treibst du? Wie geht es deinem Vater?«

»Matteo«, unterbrach Nina ihn nun doch ernst. »Luigi hat mich angerufen.«

»Luigi, tatsächlich, warum das denn?«

Nina sog geräuschvoll die Luft durch die Nase.

»Du musst mich doch informieren, wenn so etwas passiert.«

»Mein Akku war leer.«

Immerhin war das nur eine halbe Lüge.

»Hör zu, Lieber. Ich habe mich sofort mit Settignano in Verbindung gesetzt. Das ist ja wirklich eine ganz üble Sache.«

»Ist es.«

Offenbar ging es also nicht um eine unbeschwerte Plauderei über den Urlaub. Matteo war sich nicht sicher, ob er darüber enttäuscht sein sollte, es interessierte ihn doch brennend, was Nina ihm über den Fall verraten konnte.

»Warum ich dich anrufe und dir Ermittlungsdetails weitergebe, was, wie du weißt, streng verboten ist, hat einen einzigen Grund: Matteo, du musst dich da raushalten. Settignano scheint mit seiner Vermutung richtigzuliegen. Er geht fest davon aus, dass es sich um Raubmord handelt. Die

Ballistiker haben die Projektile untersucht. Die Tatwaffe ist ein relativ seltenes Modell. Ein rumänisches Fabrikat.«

»Was seiner Meinung nach die These vollständig beweist, dass die Tat von einer osteuropäischen Bande begangen wurde? Nina, im Ernst, in einer Alphütte, die nur den Sommer über bewirtschaftet wird, ist das Wertvollste der Käse, der dort produziert wird.«

»Wie auch immer. Für Settignano scheint die Sache klar.«

Vielleicht hatte er sich vor ein paar Minuten ohnehin nur schamlos selbst belogen, als er sich einredete, froh darüber zu sein, mit dem Fall nichts zu schaffen haben zu müssen. So oder so, jetzt schien es ihm unmöglich, sich rauszuhalten, nachdem er gehört hatte, dass der Kommissar von seiner kurzgeschlossenen Annahme nicht abgerückt war und dass die Angelegenheit in irgendeinem Aktenschrank einstauben oder im Computer vor sich hindämmern würde.

Nina schien seinen Unmut trotz des Schweigens zu erahnen. Oder gerade deswegen.

»Glaub mir, Settignano ist ein guter Mann, ein bisschen eitel vielleicht, aber ansonsten schwer in Ordnung. Vertrau ihm in der Sache.«

»Du hast nicht gesehen, wie die beiden Toten zugerichtet waren. Das war ganz sicher nicht das Werk einer Diebesbande, mag sie nun aus Osteuropa oder von sonstwo gekommen sein. Im Übrigen stört mich daran gewaltig –«

»Mich doch auch«, fiel Nina ihm ins Wort. »Es wird deshalb auch darauf geachtet, dass vorerst keine Mutmaßungen über die Nationalität der Täter an die Presse gelangen.«

Matteo brummte unwillig vor sich hin. Die Zeitungen würden ohnehin in diese Richtung spekulieren und – ohne vorher die Fakten zu kennen – die Menschen noch mehr gegeneinander aufhetzen. Man konnte schon froh sein, dass der Tatort so hoch oben in den Bergen lag und für die blutgeilen Paparazzi nicht ohne Weiteres zu erreichen war.

»Also komm bitte nicht auf die Idee, dich da irgendwie einzumischen. Mit organisierter Kriminalität ist nicht zu spaßen.«

»Ich habe dir doch gesagt, ich sitze hier und angle.«

»Ich kenne dich mittlerweile sehr gut, Matteo Basso.«

»Na hör mal«, versetzte Matteo etwas grob, wie er sofort merkte, aber er konnte sich nicht zurückhalten. Wie von selbst bahnten sich die Worte ihren Weg. »Erst nervst du mich seit Wochen, dass ich wieder in den Polizeidienst einsteigen soll. Aber sobald ich nur in die Nähe eines Verbrechens komme, machst du gleich einen riesigen Aufstand. Wie bitteschön hättest du mich denn nun gern?«

Nina schnaufte.

»Jetzt spinn mal nicht. Wir haben darüber gesprochen, ob du wieder als Psychologe anfangen könntest.«

»Du hast davon gesprochen, nicht wir.«

»Ja ja, du sturer Bock. Ich weiß. Aber was ich auch weiß, ist: Von einer Arbeit als Ermittler, noch dazu auf eigene Faust, war nie die Rede. Und jetzt brauchst du mir gar nicht zu erzählen, dass du der Polizei damals bei dem Mord an Gisella Tonetti eine enorme Hilfe warst. Genauso wie im vergangenen Jahr, als der Tote auf der Isola Bella entdeckt wurde. Schließlich darfst du nicht vergessen, dass es in beiden Fällen auch ein Heidenglück war, dass dir nichts passiert ist.«

Unwillig ruckelte Matteo an seiner Angel und sah, dass ein Schwarm nahezu durchsichtiger Fische mit einem eleganten Schwung um seinen Haken herumschwamm.

»Das gibt es doch gar nicht.«

»Was sagst du?«

»Ach, nichts. Sag mal, was ist mit dieser dritten Leiche? Gibt es da irgendwelche Neuigkeiten?«

»Du weißt, dass ich dir eigentlich keine Ermittlungsergebnisse weitergeben darf.«

»Du erwähntest das, ja. Jetzt sag schon«, drängte Matteo, konnte aber schon wieder kaum ein Lachen unterdrücken. Es war ganz einfach so: Wenn er mit Nina sprach, wenn sie gemeinsam auf ihrem kleinen Balkon saßen und Wein tranken, wenn sie über die Piazza von Verbania schlenderten, durchfuhr ihn häufig eine Fröhlichkeit, die eigentlich gar nicht zu ihm passte und der er deshalb noch immer mit Misstrauen begegnete.

»Wehe, wenn du das ausplauderst.«

»Aber Nina, du kennst mich doch mittlerweile sehr gut.«

»Sehr witzig.« An ihrem Ton erkannte Matteo, dass sie seine Antwort durchaus amüsierte, auch wenn sie sich, genau wie er, dem Ernst des Themas bewusst war.

»Es existieren, außer deiner Aussage, keine Hinweise darauf, dass es diesen Toten gibt. Keine Spuren. Keine Vermisstenanzeige.«

»Das kann nicht sein. Ich weiß genau, was ich gesehen habe.«

Die Angel hatte Matteo achtlos beiseitegelegt. Er rappelte sich hoch und begann, auf und ab zu gehen, soweit die winzige Bucht das zuließ.

»Haben die rausgefunden, wer diese Leute auf der Alpe Scaredi waren?«

»Fehlanzeige. Als der Ispettore – wie heißt er gleich? Ferro, oder? –, als der dort auftauchte, war die Hütte leer.

Und du weißt ja, da kann jeder reingehen und übernachten. Niemand muss seinen Namen hinterlassen und es gibt unzählige Spuren.«

»Madonna mia, eine Gruppe von vierzehn, fünfzehn Leuten, die verschwindet doch nicht so einfach vom Erdboden. Die müssen doch gesehen worden sein, in einem der Orte, an einem der Bahnhöfe der Centovallibahn.«

»Es lag kein begründeter Verdacht gegen diese Leute vor, Matteo, das weißt du genauso gut wie ich. Und dass der tote Wanderer nicht an der von dir genannten Stelle lag, macht die Suche nicht unbedingt dringlicher. Außerdem hat der Hubschrauber die Gegend noch einmal überflogen, da ist niemand gewesen, hat Settignano mir gesagt.«

»Ich fass es nicht.« Fahrig suchte Matteo seine Taschen nach Zigaretten und Feuerzeug ab. Nina erkannte das Geräusch sofort.

»Du solltest nicht so viel rauchen.«

»Ja ja«, Matteo ließ das Zippo gegen sein Verlangen in der Tasche. »Was weiß man über die beiden Ermordeten?«

Nina seufzte ergeben.

»Nicht viel. Marcello Conte und Natalie Lemerre. Er ist Italiener, aus Gurro, sie ist Französin. Sie lebten erst seit wenigen Monaten wieder in Italien, gemeldet sind sie in Turin.«

Matteo suchte hastig den Bleistiftstummel, den er irgendwo in der Hosentasche vergraben hatte, und kritzelte die beiden Namen auf die Innenseite der Futura-Packung. Marcello Conte, nie gehört. Dabei kam der Mann ursprünglich aus dem Valle Cannobina oberhalb von Cannobio, aus dem auch seine Eltern stammten und in dem er aufgewachsen war.

»Die Alpe da oben«, sprach Nina unterdessen weiter,

»wurde früher von den immer gleichen Bauern bewirtschaftet. Aber seit es den Nationalpark gibt, schreibt die Parkverwaltung die Stellen aus. Diese Jobs sind beliebt, obwohl die Arbeit hart und die Bezahlung schlecht ist. Es ist der romantische Traum vom selbstbestimmten Leben, der die oft jungen Menschen aus den Städten dazu bewegt. Das ist im ganzen Alpenraum so.«

»Aber Marcello Conte stammte doch aus der Gegend, sagst du.«

»Ja, aber er war lange im Ausland. Ganz offensichtlich ist er ein Aussteiger, der sich seiner Herkunft erinnert hat. Er und seine Freundin haben dort oben sogar begonnen, alte Nutztierrassen zu züchten, die vom Aussterben bedroht sind. Die wollten sich da was aufbauen.«

»Verstehe. Und das wollte die osteuropäische Bande verhindern?«

»Nein, Matteo, verhindern musste ich, dass Settignano glaubt, dass du die beiden kanntest. Denn mit deiner schroffen Art hast du dich bei ihm durchaus verdächtig gemacht. Aber ich glaube, ich habe ihn davon überzeugt, dass du im Grunde recht harmlos bist.«

»Tatsächlich? Meinen allerherzlichsten Dank!«

In diesem Moment kam Beppo die Böschung heruntergerutscht und wedelte hektisch mit den Händen durch die Luft. Matteo wedelte mit einer Hand zurück, woraufhin Beppo beleidigt das Gesicht verzog, sich aber wieder den Hang hinauftrollte, nicht ohne – schon wieder bester Laune – »schöne Grüße« zu flöten. Wenn auch nur die Vermutung bestand, dass Matteo mit Nina telefonierte oder wenn sie in der Nähe war, gebärdeten sich die Alten zuckersüß.

»Denk doch mal nach. Du hast eine Macelleria. Du bist aus demselben Tal. Dieses Pärchen dort baut eine Tierzucht auf. Und wahrscheinlich könntest du beispielsweise dieses Fleisch hervorragend vermarkten.«

»Merkst du eigentlich, wie lächerlich das ist? Warum verteidigst du diesen Kommissar, obwohl du weißt, dass das vollkommen abwegig ist? Der glaubt, falls sich die Spur mit den Osteuropäern doch im Bergnebel verliert, dann kann er mir die Sache in die Schuhe schieben, weil, na, sag du es mir … Weil ich ihnen diese seltenen Nutztiere entreißen möchte, um ein alternatives Fleischimperium aufzubauen?«

»Jetzt übertreib nicht«, beschwichtigte Nina ihn. »Ich sage doch nur, dass es durchaus möglich wäre, dass du mit den beiden in Kontakt gestanden hast. Aber, wie gesagt, es ist alles geklärt.«

»Na, dann.«

»Ich habe übrigens schöne Tage.«

»Aha.«

»Und mein Vater lässt dich grüßen. Meine Mutter auch, unbekannterweise.«

»Hm.«

»Ach, Matteo, jetzt sei bitte nicht so stur.«

»Ich bin nicht stur. Ich gönne dir von Herzen deine guten Tage.«

»Du bist unmöglich.«

»Ich bin nicht unmöglich. Du vergnügst dich ohne mich im Urlaub.«

Nina lachte schallend auf.

»Und deine Kollegen aus Domodossola verhalten sich nicht nur wie die schlimmsten Laien, sondern wollen mir auch noch irgendwelchen Quatsch anhängen.«

»Vielleicht solltest du dir doch eine Zigarette anzünden. Selbst kurzzeitiger Rauch-Entzug macht dich unerträglich.«

»Entschuldige«, murmelte Matteo, während er sofort eine Futura aus der Packung zog.

»Abgesehen davon freut es mich zu hören, dass du ein bisschen eifersüchtig bist.«

»Ich bin ganz und gar nicht eifersüchtig.«

»Natürlich nicht.«

Matteo überhörte geflissentlich Ninas spöttischen Tonfall.

»Sag noch mal kurz was anderes. Was haben die beiden vorher gemacht?«

»Die beiden Ermordeten? Keine Ahnung. Settignano hat mir schon viel zu viel erzählt, reiner Freundschaftsdienst. Ich wollte ihn vor allem davon abbringen, dass er sich weiter mit dir beschäftigt. Und ich wollte dich ein wenig beruhigen. Aber ich sehe schon, das ist mir nicht gelungen.«

Im Hintergrund hörte Matteo nun Stimmengewirr und Lachen. Anscheinend war Nina auf eine Terrasse getreten.

»Wo bist du?«

»Ich treffe ein paar Freundinnen.«

»Hm.«

»Ich melde mich später noch mal. Ich liebe dich.«

»Ja«, war das Einzige, was Matteo hervorbrachte, während vor seinem inneren Auge eine Strandbar auftauchte. Unter den karibisch anmutenden Strohsonnenschirmen aalten sich gut gelaunte Menschen in lässiger Sommerkleidung und tranken bei wohltemperierter Musik den angesagtesten Cocktail der Saison. Überall muskulöse Typen mit bis zum Bauchnabel aufgeknöpften Hemden, wenn sie denn überhaupt welche trugen. Ihnen gegenüber oder dicht an sie geschmiegt saßen Frauen in knappen, bunt gemusterten Kleidern und saugten an ihren Strohhalmen. Matteo vertagte den Gedanken, wie derartige Werbeclip-

Vorstellungen überhaupt in seinen Kopf kamen, auf später.

»Ciao, Matteo.« Nina hatte ihn weggedrückt. Kein Wunder, Matteo ärgerte sich, dass er auf ihre Liebesbekundung nichts Vernünftiges erwidert hatte.

Im nächsten Moment war das Bild der Strandbar schon überlagert von einem anderen Bild. Dem Anblick der beiden Ermordeten auf der Alpe. Matteo spulte die Angelschnur auf, die nur noch lose im Wasser hing und fluchte, als sie sich im Ufergestrüpp verhedderte. Schließlich hatte er es geschafft, goss das Wasser aus dem Eimer, den er für den Fall, doch etwas zu fangen, immer vorsorglich bereitstellte, und verstaute ihn gemeinsam mit der Angel in der kleinen Felsspalte hinter dem Olivenbaum.

Sollte die Polizei sich doch auf die Suche nach osteuropäischen Diebesbanden machen. Er hatte die beiden Opfer gesehen. Und er war sich vollkommen sicher, dass man niemanden für ein bisschen Schmuck oder Bargeld so zurichtete. Die Alpe war ein Ort des einfachen Lebens. Und nun auch der Schauplatz eines grausamen Verbrechens, zerstört war die Vorstellung des archaischen Idylls, wo alles gut, schön, friedlich ist. Das konnte er so nicht stehen lassen.

Nina machte Urlaub, in der Macelleria war er ohnehin nur im Weg, solange die Alten mit der Renovierung zugange waren. Der Kommissar, auch wenn Nina offenkundig einiges von ihm hielt, war ein Vollpfosten. Warum sollte er sich also nicht doch ein bisschen umsehen?

Als er die Böschung zur Macelleria hinaufstieg, war Matteos Entschluss bereits gefallen. Die Alten waren erstaunlich schnell vorangekommen. Nachdem sie die Wand des Schuppens, der seinem Vater über die Jahre als Abstellkammer für alle möglichen Sachen gedient hatte, die eigentlich unbrauchbar und kaputt, aber seiner Ansicht nach zu schade zum Wegwerfen gewesen waren, durchbrochen hatten, waren sie dabei, diesen unwirtlichen Raum in ein bewohnbares Zimmer zu verwandeln.

Sie würden ein großes Holzfenster einbauen, die Wände sollten traditionell verputzt, der Boden mit alten Steinplatten versehen werden, die Matteo bei einem Händler gekauft hatte, der alte Baustoffe vertrieb. Die alten Dachbalken hatten die drei freigelegt und nun waren sie dabei, das Dach zu dämmen, bevor sie die Flächen zwischen den Balken genauso kunstvoll verputzen wollten wie die Wände. Sie gingen mit der gleichen Sorgfalt vor, mit der sie ihre alten Fahrzeuge instand setzten. Sie hatten sogar einen Kaminschacht gemauert, damit Matteo dort den alten Holzofen anschließen konnte, den Luigi irgendwo ausgegraben und bereits restauriert hatte.

»Ich habe eine himmlische Idee, du eingerostete Salatschleuder, eine Offenbarung, hör zu.«

Luigi stand kopfschüttelnd neben Beppo und zeigte Matteo in den kurzen Momenten, in denen er sein Kopfschütteln unterbrach, einen Vogel. Flavio hatte einen kleinen Kamm aus der Hosentasche gezogen und fuhr sich sorgfältig durch die wie stets übermäßig pomadisierten Haare.

»Ich habe noch einen Termin, wenn ihr so lieb sein wollt.« Matteo machte eine Bewegung, die ein Vorspulen andeuten sollte.

Beppo blickte in den Himmel und breitete die Arme aus.

»Ein Dachfenster!« Er strahlte Matteo an. »Ein Dachfenster, Fleischermeisterchen. Wäre das nicht eine Offenbarung?«

Flavio kämmte sich unbeirrt weiter. Luigi schüttelte immer noch den Kopf.

»Da knallt entweder die Sonne rein oder dir fliegen Blätter oder anderer Unrat drauf. Das ist, verzeih mir Beppolino, wirklich der sinnloseste Vorschlag, den du gemacht hast, seit du vor drei Tagen darauf bestanden hast, dass bei der 1954er Alfa Romeo Giulietta die Doppelnockenwelle ausgetauscht werden muss.«

Erbost jaulte Beppo auf. Matteo hob abwehrend die Hände.

»Ganz ehrlich, Jungs, das kann ich gerade nicht entscheiden. Es ist großartig, dass ihr das hier alles macht. Ich lass mich einfach überraschen, einverstanden?«

Ohne sich auf weitere Diskussionen einzulassen, ging er zu Gustavo hinüber, der unter einer Platane lag und seiner Lieblingsbeschäftigung nachging. Er schlief. Die Energie vom Vormittag war verpufft. Oder das Tier war pragmatisch: Nun musste er sie ja nicht mehr aufbringen, weil Matteo wieder in der Nähe war.

Er kraulte den Hund im Nacken, was dieser besonders gerne hatte.

»Dickerchen. Ich muss noch mal für ein paar Stunden weg.«

Gustavo grunzte.

»Pass gut auf, dass die Alten keinen Unfug machen.«

»Das haben wir genau gehört«, krähte Luigi, während er so schwungvoll den Putz anrührte, dass kleine graue Bröckchen durch die Luft spritzten. »Sei lieber froh, dass wir deinem Sonntagsbraten nachher was zu futtern geben.«

Grinsend winkte Matteo den drei Alten zu und lief zu seinem Lancia, der vor der Macelleria parkte.

»Nicht schimpfen, meine Schöne.« Matteo tätschelte

sanft das Lenkrad, während er den Motor anließ. »Du musst noch mal ein paar Höhenmeter zurücklegen.«

Als er im Loana-Tal den Wagen parkte, ging es auf sechzehn Uhr zu. Er würde sich beeilen müssen, wenn er vor Einbruch der Dunkelheit wieder unten sein wollte. Matteo warf einen prüfenden Blick zum Himmel. Nach einem Unwetter sah es nicht aus, allerdings hatte er sich gestern auch getäuscht. Sei es drum, zweimal würde ihm das nicht passieren. Aus dem Kofferraum nahm er eine Taschenlampe. Ein Paar Einweghandschuhe, die er bei der Herstellung von Salsicce trug, steckte bereits in seiner Jackentasche. Mit dem Wirt des Agriturismo würde er später sprechen. Zunächst wollte er sich den Tatort noch einmal anschauen.

Während er den steilen Aufstieg begann, meldeten seine Beine, dass sie sich nur ungern an die Strapazen der zurückliegenden Tour erinnerten. Matteo ignorierte den Schmerz genauso wie den Gedanken an Nina. Sei es drum. Bis sie zurückkehrte, hatte sich der Fall vermutlich erledigt. Sie würde gar nichts davon mitbekommen.

Stattdessen versuchte er sich den Abend auf der Alpe Scaredi noch einmal ins Gedächtnis zu rufen. Er spielte das Erlebte chronologisch durch, probierte sich an die Gesichter der einzelnen Personen zu erinnern. Wieso hatten diese Leute ihm nicht sofort erzählt, dass jemand aus ihrer Gruppe abhandengekommen war? Und weshalb um alles in der Welt hatten sie ihm den Schlafplatz des Toten angeboten, sodass er darauf kommen musste, dass der abgestürzte Mann etwas mit ihnen zu tun hatte? Das war doch vollkommen widersinnig.

Was hatte es mit dem Mann mit der schiefen Nase auf sich, der so nervös mit den Zähnen gemalmt hatte? Was war der Grund für seine Angst gewesen? Nur das Gewitter? Matteo hielt seine Hände in die Quelle, die aus einem Felsen sprudelte und einen kecken Bogen durch die Luft schlug, der dem Springbrunnen auf der Piazza von Cannobio alle Ehre gemacht hätte, bevor das Wasser zwischen den glatt gewaschenen Steinen versickerte.

Als Matteo die Alphütte erreichte, stellte er fest, dass die Polizei weder das Gelände abgesperrt noch die Tür versiegelt hatte. Die einzige plausible Erklärung, die ihm in den Sinn kam, war die, dass die Ermittler vermutlich glaubten, dass das in der einsamen Gegend neugierige Wanderer eher anzog, als sie davon abzuhalten, sich den Tatort genauer anzusehen. Aber war das nicht auch fahrlässig? Hätten sie nicht einen Beamten abstellen müssen, um ungebetene Gäste fernzuhalten? Wie auch immer.

Zunächst ging Matteo zu dem Nebengebäude, um sich die Tiere genauer anzuschauen. Als er den Stall betrat, schauten die Ziegen neugierig, aber keinesfalls erschrocken zu ihm herüber.

»Warum seid ihr hier drinnen? Seid ihr nicht hungrig? Oder hat euch das Ganze auch ein bisschen zugesetzt und jetzt sucht ihr Schutz, hm?«, sagte Matteo mehr zu sich als zu den Tieren. »Ihr werdet schon wissen, was gut für euch ist. Das habt ihr ja gewissermaßen in den Genen. Eure Vorfahren sind bestimmt seit dem frühen Mittelalter hier oben unterwegs. Ihr kommt ganz gut ohne den Menschen klar, nicht wahr?« Dann fiel ihm auf, dass die Euter der Ziegen prallvoll waren. Er musste den Wirt benachrichtigen oder jemanden von der Nationalparkverwaltung. Doch das musste noch etwas warten.

Er trat wieder nach draußen und streifte sich die dünnen,

halbtransparenten Handschuhe über. Er widerstand der Versuchung, vorher noch eine Zigarette zu rauchen. Vielleicht lag es an dem Regen der vorangegangenen Nacht, dass es heute besonders intensiv duftete. Wenig zog ihn in die Alpenhütte. Er blieb stehen und sog den Duft der Gräser und Kräuter ein, der verführerisch in der Luft lag. Da war es wieder, das Idyll. Das gab es ohne Zweifel. Trügerisch war nur der Glaube, dass der Mensch inmitten unberührter Natur wieder zum edlen Wilden wurde, zu einer unschuldigen Kreatur, wie es sie, wie man ihm in der Schule beigebracht hatte, vor dem Sündenfall gegeben hatte.

Obwohl es unwahrscheinlich war, dass gerade jetzt ein Wanderer vorbeikam, schaute Matteo sich noch einmal um, bevor er die Tür aufdrückte. Ein paar Augenblicke musste er warten, dann hatten sich seine Augen an das fahle Licht, das durch die kleinen Fenster fiel, gewöhnt. Die verwüsteten Möbel lagen noch genauso da, wie Matteo sie am Morgen vorgefunden hatte. Die zerschmetterten Stühle, der zerstörte Tisch. Falls es, wie die Polizei annahm, ein Raubüberfall gewesen war, warum hatten die Einbrecher die Möbel zerstört? Vielleicht hatte ein Kampf stattgefunden.

Und warum hatten sie die Überfallenen nicht nur ermordet, sondern skalpiert und regelrecht hingerichtet? Das war die viel entscheidendere Frage. Die beiden Leichen hatten nebeneinander auf dem Bett gelegen, beinahe einträchtig, als hätten sie sich zum Schlafen hingelegt. Möglicherweise waren sie sogar im Schlaf überrascht worden. Matteo versuchte sich daran zu erinnern, wie er sie am Morgen vorgefunden hatte. Nein, die beiden hatten nicht geschlafen. Sie hatten auf dem Bett gelegen, aber Kleidung getragen. Er sah es genau vor sich, zumindest der Mann hatte noch seine Schuhe angehabt, eines der Beine hatte aus dem Bett gehangen. Die Mörder hatten sie vielleicht gezwungen, sich hinzulegen. Jetzt war das blutüberströmte Bett mit einer Plane abgedeckt. Vermutlich als Schutz vor den Fliegen.

Was hinter der Tat und der allgegenwärtigen Zerstörung stecken musste, war eine bestialische Wut. Nicht einfach Habgier oder Berechnung, wie man es von gewöhnlichen Einbrechern erwartete. Matteo ließ seinen Blick über die wenigen unversehrten Stücke wandern. Ein schmaler Kleiderschrank, der vor den groben Steinwänden noch ein wenig graziler aussah, als er in Wirklichkeit war. An der gegenüberliegenden Wand stand, neben dem Ofen, ein altmodisches Küchenbuffet.

Hinter den beiden oberen Türen, das konnte Matteo durch die trüben Glasscheiben erkennen, standen Gläser, Tassen, ein paar Teller. In den unteren Fächern stapelten sich Töpfe, in einer eisernen Kiste lagerten Vorräte. Einige durcheinandergeworfene Pakete Nudeln, Polenta, Fischkonserven, eine angebrochene Tüte blassgelber Bonbons. Verdammt noch mal, was suchte er hier zwischen den Küchenutensilien? Glaubte er wirklich, ein Mordmotiv zu entdecken? Aber irgendeinen Hinweis musste es geben. Irgendetwas, das die Polizei übersehen hatte.

Warum hatte, wer auch immer, die Schränke ganz gelassen? Ein Zufall? Oder waren sie von einer Wut verschont worden, die vielleicht doch nicht so roh und unkontrolliert gewesen war, wie Matteo bisher angenommen hatte? Vielleicht waren die Täter auch überrascht worden und hatten ihre Zerstörungsorgie nicht zu Ende bringen können.

Der Kleiderschrank, den Matteo akribisch durchsuchte,

enthielt ebenfalls nichts, was ihm weiterhalf. Grobe Arbeitsklamotten. T-Shirts. Ein paar Hemden und Pullover. Je ein Paar gefilzte Hüttenschuhe, in Damen- und Herrengröße.

Im Stall blökten die Ziegen.

»Ja, genau, macht euch ruhig lustig über mich«, brummte Matteo und blickte noch einmal um sich. Er hatte gehofft, wenn auch keine eindeutige Spur zu finden, dann doch etwas, das seinem Denken die richtige Richtung wies. Oder überhaupt erst einmal eine.

Die Tiere wurden immer lauter, regelrecht aufgebracht klangen sie. Und nun meinte Matteo auch, eine menschliche Stimme zu hören. Er stieß die Tür auf und war mit wenigen Schritten bei den Stallungen.

»He, was soll das?«, herrschte er die Gestalt an, die in gebückter Haltung über die Wiese lief und die Tiere, die eben noch friedlich im Stall gestanden hatten, wild gestikulierend auseinandertrieb.

»Was machen Sie da?«, rief Matteo kopfschüttelnd.

Dem Mann hinterherzulaufen, hätte keinen Sinn mehr gehabt. Gerade war das letzte Tier hinausgeschlüpft. Und weil sich die Ziegen nach Ansicht des Mannes wohl nicht schnell genug entfernten, trieb er sie durch kehliges Rufen und flatternde Armbewegungen weiter den Hügel hinauf und sprang dabei sehr schnell und unglaublich behände umher.

Als keines der Tiere mehr zu sehen war, verschnaufte er ein paar Sekunden, dann kam er langsam auf Matteo zu. Erst jetzt erkannte er, dass er eine wahrhaft absonderliche Gestalt war.

Eine zum Leben erweckte Vogelscheuche. Diesen schlaksigen, in eine Mischung aus Lumpen und mittelalterlichem

Kostüm gekleideten Menschen hätte selbst eine zügellose Fantasie sich nur mit erheblicher Mühe ausdenken können. Zu allem Überfluss saß auf seinem für die Körpergröße viel zu kleinen Kopf ein überdimensionaler Schlapphut, dessen Krempe beinahe auf der unglaublich schmalen Nase aufzuliegen schien.

Aus der Entfernung konnte man sich nur schwer vorstellen, dass zwischen Nasenscheidewand und Nasenflügeln noch Platz für zwei Löcher war, durch die auch nur annähernd genug Luft zum Atmen gelangen konnte.

Seine Wangen waren gerötet vor Anstrengung, keuchend hielt er einen Moment inne. Als er seinen Hut abnahm, um sich den Schweiß von der Stirn zu wischen, fielen ihm zerzauste dunkle Haare bis auf die Schultern.

Noch immer perplex näherte Matteo sich nun seinerseits dem Mann, von dem er mit einem Mal wusste, an wen er ihn erinnerte. An Catweazle, den durchgeknallten Magier der englischen Fernsehserie aus den 1970er-Jahren, die er als Kind so gerne gesehen hatte.

»Was treiben Sie? Was soll das?«, fragte Matteo ein weiteres Mal.

»Freiheit!«, rief der verschrobene Kauz und riss abrupt die Arme in die Höhe, um sie gleich wieder erschöpft sinken zu lassen. »Freiheit! Ich habe den geknechteten Wesen das zurückgegeben, was ihnen gebührt. Freiheit!«

Auch das noch, ein hysterischer Tierschützer. Und schon wieder jemand, der in einer Art und Weise von Freiheit sprach, die Matteo mindestens fragwürdig vorkam.

»Sie meinen die Ziegen?«, antwortete Matteo und bemühte sich, die Frage möglichst neutral klingen zu lassen.

»Diese armen, unschuldigen Geschöpfe«, ereiferte sich die Vogelscheuche, »der Mensch ist solch ein Ungeheuer.

So grausam. Aber nun ist das vorbei. Nun wird es kein Morden mehr geben.«

Matteo horchte auf.

»Was genau meinen Sie damit?«

Die Augen des Mannes verengten sich zu schmalen Schlitzen.

»Sie gehören also auch zu diesen Mördern, die sich Tierquälerei schönreden?«

Matteo winkte ab.

»Haben Sie nicht gesehen, dass die Ziegen vor allem hier sind, um Milch zu geben? Haben Sie die vollen Euter nicht bemerkt? Ich glaube, Sie haben ihnen mehr geschadet als geholfen. Kannten Sie Marcello Conte und Natalie Lemerre eigentlich? Haben Sie mitbekommen, was mit ihnen geschehen ist?«

»Was meinen Sie damit? Wen soll ich kennen?«

»Das Paar, das hier gelebt hat.«

»Pah«, schnaufte die Vogelscheuche, »die denken, dass sie hierherkommen und einen auf naturverbunden machen können. Diese Heuchler. Ich habe denen immer gesagt, irgendwann bereite ich ihrem elenden Treiben ein Ende.«

Matteo trat einen Schritt auf ihn zu.

»Was soll das heißen?«

Matteo zuckte zusammen, als der Mann schrill auflachte und eine schnelle Bewegung vollführte, dann verstand er, dass sein Gegenüber nur eine Verbeugung in jene Richtung vollführte, in die er die Ziegen getrieben hatte.

»Sie kannten die beiden also. Haben Sie mit ihnen gesprochen, haben Sie miteinander gestritten?«

Die Vogelscheuche schüttelte sich unwillig.

»Versucht habe ich es immer wieder. Aber die waren unbelehrbar. Haben mir gar nicht richtig zugehört.« Dann schien ihm wieder einzufallen, was er gerade getan hatte. Ein seliges Lächeln glitt über sein Gesicht. »Aber jetzt werden sie sich wundern!«

Je länger Matteo ihn betrachtete, desto harmloser erschien er ihm. Ein Spinner, keine Frage. Aber niemand, der für seine Überzeugungen mordete. Oder vielleicht doch? Aber da gäbe es doch weiß Gott naheliegendere Opfer als dieses Paar.

»Hier, schauen Sie, schauen Sie. Nehmen Sie das mit.«

Der Mann hatte in seiner gefilzten Umhängetasche gewühlt und reichte Matteo nun einen Zettel. Ein geradezu expressionistisch anmutendes Flugblatt, auf dem das sofortige Ende des Schlachtens und Essens von Tieren gefordert wurde. Und der Tierzucht selbst gleich noch dazu. Illustriert war das Ganze mit einem dramatisch dahinsiechenden Schwein, dessen Körper von Messern durchbohrt war.

Wenn der Typ auch nur ahnen würde, womit ich meine Tage verbringe, dachte Matteo, würde er vielleicht doch noch zum Mörder.

Matteo studierte das Flugblatt eingehend. Dann fixierte er die Vogelscheuche, um deren Reaktion möglichst genau ermessen zu können.

»Wissen Sie, dass das Paar, das hier gelebt hat, tot ist?«

Der andere wirkte ehrlich überrascht. Schockiert allerdings weniger.

»Das soll vorkommen.«

»Wollen Sie gar nicht wissen, wie die beiden gestorben sind?«

»Vermutlich sind sie an ihrem Hochmut erstickt«, er spuckte aus. Dann stutzte er, als wäre ihm plötzlich etwas klar geworden.

»Was soll das heißen, ›tot‹?«

»Sie wurden ermordet.«

Erst langsam, dann immer schneller begann der Mann den Kopf zu schütteln, sodass die Krempe des Schlapphuts hektisch hin und her wippte. Seine Lippen schienen Worte zu formen, aber kein Laut kam hervor. Schritt für Schritt tastete er sich rückwärts.

»Ich würde Ihnen gern noch ein paar Fragen stellen«, sagte Matteo.

Die Vogelscheuche wirbelte einmal um die eigene Achse und begann zu laufen. Wie eine Gämse sprang sie über das Gestein und wich Büschen aus. Matteo rannte ebenfalls los, merkte aber schon nach wenigen Metern, dass er den Mann nicht würde einholen können.

»Warten Sie!«, rief er. »Ich habe wirklich nur ein paar Fragen.«

Aber der andere rannte und sprang weiter und wenige Augenblicke später war er zwischen den Felsen verschwunden.

Was für eine eigentümliche Figur. Matteo strich sich die Locken aus der Stirn. Eigentlich hatte er ein Faible für schräge Gestalten. Aber bei diesem Mann war er unsicher, ob die Skurrilität nicht nur die Oberfläche bildete, unter der Abgründigeres schlummerte. Nachdenklich betrachtete Matteo das Flugblatt, das der Mann ihm gegeben hatte. Das war mehr als ein Aufruf zu einem naturverbundenen Leben. Das war fanatisch. Und martialisch. Wer konnte mit Sicherheit sagen, in welche Hirngespinste und Rachegelüste sich so ein verschrobener Mensch in seiner Einsamkeit hineinsteigerte?

Dass dieser Mann ein Dasein als Einsiedler führte, stand für Matteo außer Frage. Vermutlich wäre es sinnvoll, ihn noch einmal aufzusuchen, wenn er sich ein wenig beruhigt hatte.

Er kramte die Futuras hervor und steckte eine Zigarette zwischen die Lippen, während er einen prüfenden Blick in die Packung warf. Nur noch sieben Stück zählte er.

Matteo hatte schon ein paar Schritte in Richtung Tal gemacht, als er sich, einem spontanen Entschluss folgend, doch wieder umwandte und zur Alpe zurücklief. Vielleicht hatte er etwas übersehen. Wieder in der Hütte, in deren Innern es noch dunkler geworden war, näherte er sich widerstrebend dem unmittelbaren Tatort: dem Bett. Oder, korrigierte er sich, zumindest dem Ort, an dem die Körper von Marcello Conte und Natalie Lemerre so zugerichtet worden waren, wie er sie vorgefunden hatte. Nicht auszuschließen war, dass die Morde selbst woanders erfolgt waren. Matteo fuhr sich erneut nervös durch die Locken. Wenn das so gewesen wäre, dann könnte das wiederum bedeuten, dass der Kampf nur vorgetäuscht worden war.

Die Plane, mit der die Polizei das Bett abgedeckt hatte, war milchig, sodass die Spuren, die sich in die Matratze eingeschrieben hatten, nur zu erahnen waren. Matteo atmete tief durch, um die aufkommende Übelkeit zu verscheuchen. Für einen kurzen Moment ertappte er sich bei der Frage, ob er als Fleischer nicht ein bisschen abgebrühter sein müsste angesichts solcher Anblicke. Aber schließlich schlachtete er nicht selbst. Außerdem handelte es sich hier um menschliches Blut. Er schob den Gedanken beiseite, bevor er weitere geschmacklose Schlaufen vollziehen konnte.

Soweit Matteo es durch die Plane hindurch erkennen konnte, war der hölzerne Rahmen des Bettes unversehrt. Auch die Matratze war zwar blutdurchtränkt, nicht aber aufgeschlitzt oder anderweitig beschädigt. Matteo streifte die Handschuhe über, die er achtlos in die Hosentasche gestopft hatte, als er durch den Aufruhr der Tiere nach draußen gelockt worden war. Gerade wollte er die Plane vorsichtig lüften, als seine Aufmerksamkeit auf die steinerne Wand gelenkt wurde, an die das Kopfende des Bettes stieß.

Eilig nestelte er die Taschenlampe aus der Innentasche seiner Jacke und ließ den Lichtstrahl über den Stein huschen. Hier schien jemand versucht zu haben, etwas abzuwischen. Die blassroten Spuren waren deutlich zu erkennen, der hellgraue Verputz war nachgedunkelt, so als habe jemand mit aller Kraft, aber großflächig geschrubbt. Er ließ den Lichtkegel weiterwandern und beleuchtete damit etwas, oberhalb dieser Stelle, was er nur schwer erkennen konnte. Der Stein war mit roten Sprenkeln übersät.

Hatte sich jemand die Mühe gemacht, die Spuren des Verbrechens einzudämmen? Das ergab kaum Sinn, wo doch die übrigen Verwüstungen offensichtlich waren. Warum hatte der- oder diejenige nur an dieser einen Stelle versucht, die Blutspritzer abzuwischen?

Matteo suchte die Wand mit dem Licht der Taschenlampe Stück für Stück ab. Vielleicht, dachte er, handelte es sich nicht nur um Blutspuren. Er kniff die Augen zusammen, um schärfer sehen zu können. Tatsächlich. Halb vor Anspannung, halb aus Abscheu hielt er den Atem an. Wenn ihn nicht alles täuschte, hatte jemand versucht, vermutlich mit einem blutigen Finger, eine Botschaft zu hinterlassen. Matteo versuchte die Zeichen zu entziffern, die sich zwar schwach, aber dennoch erkennbar auf der zu einem schmutzigen Blassrot verwischten Fläche abzeichneten.

Die erste, zittrige Figur könnte ein »o« sein. Fahrig strich sich Matteo durch die Haare. Nein, über der Rundung war noch der Rest einer senkrechten Linie zu erkennen. Ein »d«, ein kleines »d« hatte dort einmal gestanden. Der zweite Buchstabe war leichter zu erkennen, auch wenn er nicht ganz zu Ende geführt worden war. Matteo mochte sich nicht vorstellen, warum der oder die Schreiberin hatte abbrechen müssen. Die Schlangenlinie, die ihm beinahe schmerzvoll gekrümmt erschien, sollte ein kleines »s« darstellen. Weiter war derjenige, der hier, wahrscheinlich sogar mit seinem eigenen Blut, eine Nachricht hatte hinterlassen wollen, nicht gekommen.

»Was hast du uns sagen wollen?«, murmelte Matteo, während er aufstand. Vielleicht handelte es sich um Initialen. Wenn die Opfer den Mörder gekannt hatten, hatten sie womöglich einen Hinweis auf dessen Identität hinterlassen wollen? Dann war es nur verständlich, dass der Täter versucht hatte, die Buchstaben zu beseitigen. Matteo musste herausfinden, wie der aufgeregte Tierschützer hieß.

Er würde noch einmal mit dem Wirt des Agriturismo sprechen. Der kannte diese skurrile Figur sicher. Ab und zu musste er schließlich mal ins Tal hinunter, um sich mit Lebensmitteln einzudecken. Dass er sich nur von Beeren und Pilzen ernährte, konnte Matteo sich kaum vorstellen, wenngleich er tatsächlich sehr ausgezehrt ausgesehen hatte.

Seine Courage sagte ihm, dass es bereits kurz nach acht Uhr war. Bis zum Sonnenuntergang blieb ihm noch etwa eine Stunde. Er würde sich beeilen müssen, um im Tal anzukommen, bevor es vollständig dunkel wurde.

Die Botschaft an der Wand hatte ihn in seiner Überzeugung bestärkt, dass er es hier nicht mit der Tat einer osteuropäischen Diebesbande zu tun hatte. Vielmehr war er nun sicher, dass die Opfer oder zumindest eines der Opfer und die Täter sich gekannt hatten. Dafür sprach auch die Brutalität des Verbrechens.

Matteo unterdrückte ein Fluchen, als er auf einen losen Stein trat und ins Straucheln geriet. Als er sich wieder gefangen hatte, setzte er seinen Weg ein wenig langsamer fort, auch wenn die Sonne schon bedenklich tief über den Bergen stand. War es wirklich klug, sich ohne Nina an die Ermittlungen zu machen? Als ungleiches Ermittler-Team, das mit undogmatischen Methoden – jedenfalls, was Matteo betraf – einen Fall aufrollte, hatten sie sich bislang immer hervorragend verstanden.

Erst jetzt wurde ihm bewusst, wie romantisch und filmreif das eigentlich gewesen war und dass er diese gemeinsamen Stunden mit Nina vermisste.

Er schob die sentimentalen Gedanken beiseite. Das Umfeld von Lemerre und Conte musste nach Personen durchforstet werden, deren Initialen waren »d« und »s«. Überhaupt brauchte er Informationen über das Leben der beiden, um auf ein mögliches Motiv zu stoßen. Dass allerdings Nina mit ihm an dem Fall arbeiten oder ihn zumindest unterstützen würde, war mehr als unwahrscheinlich. Das hatte sie beim Telefonat vorhin deutlich zum Ausdruck gebracht. Matteo schnaufte, seine Oberschenkelmuskulatur war alles andere als amüsiert über die neuerlichen Strapazen.

Verbissen und konzentriert stieg er weiter hinab. Für die Schönheit um ihn herum, für die Alpenrosen, den Eisenhut oder die Silberdisteln, die am Wegesrand blühten, hatte er keinen Blick mehr. Er würde nicht umhin können, wieder einmal seinen alten Freund Cesario um Hilfe zu bitten, der sich seit Jahrzehnten einen kräftezehrenden Kampf mit der Mailänder Schattenwelt lieferte. Nicht nur mit überraschend hoher Erfolgsquote, sondern auch mit einer erstaunlichen Gemütsruhe.

Cesario, dieser hünenhafte Mann, dessen stattlicher Körperumfang Matteo stets um dessen Gesundheit hatte bangen lassen, war der einzige warmherzige Mensch unter seinen ehemaligen Kollegen. Die übrigen Beamten waren zumeist selbstsüchtige Karrieristen oder Apparatschiks gewesen. Erst wenn einer von ihnen zur Therapie zu Matteo hatte kommen müssen, waren die Masken gefallen. Aber manchen war selbst dann nicht zu helfen gewesen. Sie blieben die arroganten, selbstgefälligen Arschlöcher, zu denen sie durch ihre Arbeit geworden waren. Sie zitterten zwar, sobald sie ihre Dienstwaffe in die Hand nehmen mussten, aber nach außen hin waren sie weiterhin strahlende Helden.

Teresa hatte ihm stets vorgeworfen, dass er übertreibe, und ihm unterstellt, dass er eine Art pubertärer Abneigung gegen jegliche Formen von Institution und Hierarchie pflegte, womöglich gegen den Staat selbst, dessen Bürokratie er für pervers hielt und die seiner Ansicht nach nur dazu da war, alle menschlichen Regungen auszumerzen, aufseiten der Bürger ebenso wie unter dem namenlosen Heer der Staatsbediensteten. Dabei, so hatte Teresa geschlussfolgert, mache er doch beinahe das Gleiche, wenn er den Polizeiapparat als Ganzes verurteile, ohne auf jeden Einzelnen zu schauen.

Matteo trat einen Stein beiseite. Das war nun wirklich nicht der Augenblick, um alte Streitigkeiten mit Teresa hervorzukramen. Nein, er kickte einen weiteren Stein den Abhang hinunter, er wollte überhaupt nicht mehr im Damals wühlen, jedenfalls nicht wehmütig. Dieses Kapitel gehörte der Vergangenheit an. Er lebte in der Gegenwart. Mit Nina, wenn sie sich denn irgendwann mal bequemte, aus dem Urlaub zurückzukommen.

»Wie hängt die dritte Leiche«, dozierte Matteo laut, um sich abzulenken, »mit alldem zusammen? Es ist sicher«, sprach er weiter und modulierte seine Stimme ins Oberlehrerhafte, »dass die drei Toten irgendwie in Verbindung stehen. Vielleicht ist der Mann in den Tod gesprungen, nachdem er Conte und Lemerre ermordet hat? Irgendwer, verdammt noch mal, muss doch von irgendjemandem vermisst werden.«

Er zog das Handy aus der Tasche und kontrollierte die Empfangsanzeige. Wie erwartet befand er sich noch immer im Funkloch. Er würde Cesario später anrufen und auf diese Weise hoffentlich einen kleinen Schritt vorankommen.

Als er Fondo Li Gabbi erreichte, war es kurz nach halb zehn. Schon von Weitem erkannte er, dass die Fenster des Restaurants nicht mehr beleuchtet waren. Hatte der Wirt nicht gestern gesagt, sie hätten bis zweiundzwanzig Uhr geöffnet? Matteo stöhnte. Wahrscheinlich galt das nur für den Samstagabend. Unwirsch stimmte ihn nicht allein, dass er nun wohl nicht mehr mit dem Wirt würde sprechen können. Er hatte auch gehofft, eine Portion Polenta zu bekommen. Der Hunger nagte seit einiger Zeit äußerst nachdrücklich an ihm. Wie dämlich es doch gewesen war, schon wieder ohne Proviant hier hochzugehen. Nicht nur dämlich, fahrlässig.

Als er sich dem Agriturismo näherte, sah er, dass sich hinter einem der Fenster doch ein schwacher Lichtschein abzeichnete. Wahrscheinlich wurde gerade die Küche sauber gemacht, im Gastraum und auf der Terrasse waren alle Lampen ausgeschaltet.

Matteo musste feststellen, dass die Eingangstür bereits verschlossen war. Er ging zu einem der Fenster hinüber, und versuchte, in der Dunkelheit etwas zu erkennen. Nachdrücklich, aber nicht allzu heftig klopfte er gegen die Scheibe, dann ließ er einige Sekunden verstreichen, im Innern regte sich nichts. Erst, als er gegen die Tür polterte, näherten sich von der anderen Seite Schritte.

»Wir haben geschlossen«, rief eine Frauenstimme.

»Basso, Matteo Basso«, beeilte er sich zu sagen, weil der mürrische Ton der Frau ihn vermuten ließ, dass sie bereits im Begriff war, auf dem Absatz kehrtzumachen.

»Entschuldigen Sie die Störung, kann ich den Wirt sprechen? Es geht um den Mordfall auf der Alpe.«

»Der Wirt ist heute nicht da«, kam es von der anderen Seite.

»Vielleicht können Sie mir weiterhelfen?«

»Sind Sie von der Polizei?«

Matteo zögerte, weil ihm plötzlich klar wurde, dass die Frau nicht mürrisch war, sondern ängstlich. Santo cielo! Was hatte er erwartet? Gestern war ein paar Kilometer weiter oben ein grausamer Mord verübt worden und nun donnerte er hier im Dunkeln an die Tür. Selbst wenn der Frau keine Details über das Verbrechen zugetragen worden waren – was man ihr nur wünschen konnte –, würde sie selbstverständlich befürchten, dass der Täter sich noch in der Nähe herumtrieb. Und Matteo musste zugeben, dass die Stille hier um diese Tageszeit durchaus gespenstisch war.

Er lehnte sich gegen die Tür, um nicht mehr so laut sprechen zu müssen.

»Nein, nicht von der Polizei. Entschuldigen Sie die späte Störung. Ich war gestern in der Nähe, als … Sie wissen schon. Ich wollte den Wirt nur fragen, ob er vielleicht etwas beobachtet hat. Und nach einem merkwürdigen Kauz fragen, den ich eben vor der Hütte der Toten getroffen habe. Vielleicht hat der etwas mit der Sache zu tun.«

Noch während Matteo sprach, hörte er, wie sich im Schloss ein Schlüssel drehte. Als sich die Tür, begleitet von einem hohen Ton, der wohl von der metallenen Einfassung rührte, öffnete, stand eine zierliche Person vor ihm, deren dichtes Haar in altmodischer Manier zu zwei Zöpfen geflochten war. Matteo schätzte sie auf Ende dreißig.

»Maurizio würde nicht einmal einer Fliege ein Haar krümmen, das sollten Sie bemerkt haben, wenn Sie ihn erlebt haben. Tun Sie mir einen Gefallen und lassen Sie ihn in Ruhe.«

Sie funkelte ihn an, aber dennoch meinte Matteo, in ihren Augen eher Unsicherheit als Zorn zu erkennen, was sie durch ihr forsches Auftreten zu überspielen versuchte.

»Maurizio? So heißt also diese wild gewordene Vogelscheuche.«

»Sie sollten sich nicht über die Lebensweise anderer Menschen lustig machen.«

»Das war ganz und gar nicht meine Absicht«, erklärte Matteo. »Allerdings schien mir dieser Maurizio nicht sonderlich gut auf die beiden Toten zu sprechen zu sein. Ein ziemlich militanter Tierschützer.«

Die Frau zuckte die Schultern, als ob sie dem Aktivismus des Einsiedlers keine wesentliche Bedeutung beimaß. Matteos Blick blieb an ihrem tief sitzenden Haaransatz hängen, der kurz über ihren fein geschwungenen Augenbrauen begann.

»Sagen Sie, kennen wir uns nicht?«

Abermals zuckte die Frau die Schultern.

»Kann schon sein, wenn Sie häufiger hier einkehren. Meistens bedient zwar mein Bruder die Gäste und ich koche, aber wenn es voll ist, trage ich auch ein paar Teller raus.«

Im Gastraum hing noch ein Rest von Essensduft, Matteos Magen meldete sich noch einmal nachdrücklich, aber er fand es unangebracht, jetzt nach einer Mahlzeit zu fragen.

»Ist Ihnen gestern irgendetwas Ungewöhnliches aufgefallen, Signora …«

»Belassi, Carmen Belassi.« Sie schüttelte leicht den Kopf. »Nein, es tut mir leid, ich hatte gestern starke Migräne, ich habe den ganzen Tag im abgedunkelten Zimmer gelegen.«

»Verstehe. Wäre es möglich, dass ich mit Ihrem Bruder spreche?«

»Mein Bruder kommt erst morgen zurück. Er ist geschäftlich in Turin.«

»Am Sonntag? Das scheinen aber dringende Geschäfte zu sein.«

»Manche Angelegenheiten lassen sich nur schwer aufschieben.«

Matteo nickte.

»Kannten Sie die drei Toten?«

Die Frau machte einen Schritt zurück und schaute Matteo irritiert an.

»Wieso drei?«

»Nun, ein Bergsteiger ist gestern tödlich verunglückt.«

»Davon hat die Polizei gar nichts erwähnt«, sagte Carmen Belassi erschrocken. Ihr Blick flatterte. »Was soll denn noch alles passieren?!«

»Wie meinen Sie das?«

»Wie soll ich das schon meinen?«, fuhr sie Matteo an. »Finden Sie das etwa nicht schrecklich?« Sie machte Anstalten, die Tür zu schließen, als habe sie Matteos Reaktion dermaßen verärgert, dass das Gespräch nun für sie beendet war.

»Warten Sie bitte.« Matteo stellte einen Fuß in den Türrahmen, zog diesen aber sogleich wieder zurück, weil er sich der Aggressivität gewahr wurde, die in dieser Geste lag.

»Bitte warten Sie«, wiederholte er. »Ich würde Ihnen gern noch zwei Fragen stellen. Ich habe die Toten entdeckt. Und ich würde einfach gern verstehen, was geschehen ist.«

Die Züge der Frau entspannten sich.

»Haben Sie eine Gruppe von Wanderern bemerkt? Sicher fünfzehn Menschen? Keine Sportler, eher«, er zögerte, »eher Esoteriker?«

»Bedaure, nein.«

»Kannten Sie die Toten in der Alpe?«

»Ich habe sie mal aus der Ferne gesehen. Sie schienen nicht sonderlich interessiert daran, Kontakte im Tal zu knüpfen.«

»Gut, dann will ich Sie nicht länger aufhalten. Sie werden müde sein.«

Es schien wenig Sinn zu haben, länger mit Carmen Belassi zu sprechen. Matteo warf noch einen bedauernden Blick in den Gastraum und dachte an die vorzügliche, üppige Polenta, die er gestern allenfalls zur Hälfte aufgegessen hatte, und schickte sich an zu gehen.

»Fragen Sie doch in Vogogna.«

»Bitte?« Nur der Kopf von Carmen Belassi war noch durch den Türschlitz zu erahnen, als Matteo sich fragend umwandte.

»In Vogogna sitzt die Verwaltung des Val Grande. Die

sind auch für die Verpachtung der Hütten zuständig. Vielleicht kann man Ihnen dort mehr erzählen.«

Zum zweiten Mal hob Matteo seine Hand zum Gruß. »Danke. Sie waren mir eine große Hilfe, buonanotte.«

6

Nur wegen seines schlechten Gewissens Gustavo gegenüber, der in den letzten Tagen von ihm arg vernachlässigt worden war, hatte Matteo die Fahrt nach Cannobio noch auf sich genommen. Wäre der Hund nicht gewesen, hätte er sich entschieden, im Haus seiner Eltern zu übernachten, das in dem kleinen Örtchen Orasso unweit von Malesco und Santa Maria Maggiore lag, und sich die serpentinenreiche Strecke hinunter an den See erspart. Zumal er am Montag in aller Frühe in Vogogna sein wollte, um mit jemandem aus der Verwaltung des Nationalparks zu sprechen. Carmen Belassi hatte recht. Das war der beste Weg, um Näheres über das Paar in Erfahrung zu bringen.

Immerhin hatte ihn eine angebrochene Packung Pistazien über den größten Hunger hinweg getröstet, während er den Lancia um die zahllosen Kurven gelenkt hatte. Matteo brachte es nicht übers Herz, das Haus, in dem seine Großmutter geboren war, zu verkaufen, obwohl er es viel zu wenig nutzte. Im Grunde lächerlich wenig, vor allem, seit er die Nächte und die Wochenenden so häufig bei Nina verbrachte.

Als er um kurz nach elf endlich den Lancia geparkt und die Macelleria aufgeschlossen hatte, fand er alles in bester

Ordnung vor. Gustavo schlief zufrieden grunzend mitten im Flur, sodass Matteo mühsam über das Tier hinwegsteigen musste. Die drei Alten hatten aufgeräumt und den Durchbruch säuberlich mit einer Plane abgehängt, wodurch Matteos Schlaf- und Wohnzimmer beinahe wie immer aussah. Nur dass die Plane ihn auf unschöne Weise an die Abdeckung der blutüberströmten Matratze auf der Hütte erinnerte, trübte die heimelige Atmosphäre.

Dennoch war er froh, dass er noch hinuntergefahren war. Nicht allein, weil er sich durch zwei großzügig mit Prosciutto belegte Panini von seinem Hunger befreite. Zusätzlich genemigte er sich eine Schale der köstlichen Oliven, die er seit ein paar Wochen von einem kleinen Olivenölproduzenten in Ligurien bezog. In Orasso hätte er nur Nudeln und ein Glas passierte Tomaten vorgefunden und ganz sicher auch keine Flasche Chianti Rufina, aus dem kleinen Anbaugebiet östlich von Florenz, oberhalb des Städtchens Pontassieve, ein feingliedriger, vielschichtiger Wein, der ihm helfen sollte, die Strapazen zu vergessen.

Bei seinen Recherchen im Internet, die er über das kleine Display seines Smartphones tätigte, fand er die Namen von Natalie Lemerre und Marcello Conte auf verschiedenen französischen Websites. Mithilfe seiner rudimentären Französischkenntnisse und der Übersetzerfunktion von Google wusste er nun, dass die beiden Experten auf dem Feld der erneuerbaren Energien waren. Ihre Firma hatte den sprechenden Namen »Le bon chemin«, der gute Weg, getragen. Sie hatten an ebenso einfachen wie widerstandsfähigen Technologien gearbeitet, die die Menschen in Entwicklungsländern und in abgelegenen Gebieten mit sauberer Energie versorgen sollten, was ihnen einen von einer Umweltorganisation ausgelobten Preis eingebracht hatte.

Das kleine Foto der Preisverleihung, das er entdeckt hatte, verpixelte, als er es größer ziehen wollte.

Während die meisten Einträge relativ kurz waren, stieß er schließlich auf einen ausführlichen Text über die beiden, ein Porträt, wenn er sich nicht irrte, ohne dass er vermocht hätte, es komplett zu lesen. Vielleicht sollte er sich mit dem Journalisten, der den Artikel geschrieben hatte, in Verbindung setzen. Aber nicht mehr heute Abend.

Bevor sich die Müdigkeit, die durch das Essen und den Chianti eher zu- als abnahm, endgültig in ihm breitmachte, fing Matteo an, seine Plattensammlung zu durchsuchen. Irgendwo musste er doch auch diese leidige Puccini-Oper haben, die im Agriturismo gelaufen war und dessen viel zu possierliche Klänge ihm während der Autofahrt plötzlich wieder hartnäckig im Kopf herumgespukt waren. Geklimper, das traf es eher.

Lange ertrug er das Gesäusel nicht. Er legte sich schlafen.

Als Matteo am nächsten Morgen erwachte, rieb er sich die Augen und schaute mit gespieltem Ekel zum Plattenspieler hinüber, den er monatelang immer nur dann vom Kleiderschrank heruntergewuchtet und angeschlossen hatte, wenn ihn in einem abendlichen Anflug von Melancholie das Verlangen nach Verdi-Opern überkommen hatte.

Irgendwann hatte er beschlossen, dass der Aufwand nicht nur überflüssig, sondern auch unleugbar theatralisch war und dem Apparat einen Platz auf der zierlichen Kommode zugewiesen, die er bei einem Antiquitätenhändler in Baveno erstanden hatte. Dadurch war es in seinem Zimmer noch enger geworden. Nina brach regelmäßig in Lachen aus, wenn sie sah, wie er sich mit seiner Größe in der vollgestopften Kammer zu bewegen versuchte. Aber bald würde ja das zweite Zimmer fertig sein. Ganze sechzehn Quadratmeter zusätzlicher Raum, auf die er sich mittlerweile ehrlich freute. Wie aufs Stichwort tapste der eigentliche Anlass für den Anbau ins Zimmer.

»Buongiorno, Gustavo. Zieh dir was an, wir müssen los.«

Der Hund gab ein Japsen von sich, das in einem tiefen Gurgeln mündete.

»Am meisten lieb ich an dir, mein Guter«, Matteo war mit einem Satz aus dem Bett und klopfte dem Hund ausgiebig die Flanke, »dass du exakt meinen Humor teilst.«

Während Matteo unter der Dusche stand und sich das heiße Wasser über den Körper rinnen ließ, dachte er wieder einmal verwundert daran, dass er sich eine Zeit lang so sehr an seine gedrückte Stimmung und die Momente großer Traurigkeit gewöhnt hatte, dass er sich nicht mehr hatte vorstellen können, witzig zu sein, herzlich zu lachen und seinen Zustand in die Nähe dieses fürchterlichen Wortes zu bringen, das in jedem Ratgeber stand, mit denen einige seiner Patienten sich selbst zu therapieren versucht hatten: *Lebensfreude*. Aber man konnte es nun nennen, wie man wollte, seit es Nina an seiner Seite gab oder ihn an der Seite von Nina, war sein Humor zurückgekehrt und seine Zuversicht und das Gefühl, zumindest so etwas Ähnliches wie Glück zu verspüren. Das änderte natürlich rein gar nichts daran, dass er im Grunde seines Herzens ein Melancholiker war und wohl auch für den Rest seiner Tage bleiben würde.

Auf das Angeln würde er heute Morgen verzichten, lieber wollte er frühestmöglich in Vogogna sein, um mit dem Leiter des Nationalparks zu sprechen. Als er gestern Abend nach der genauen Adresse geschaut hatte, war ihm noch ein – vermutlich wichtiges – Detail aufgefallen. Als Verwaltungschef war ein gewisser Arturo Conte verzeichnet. Dieser Nachname war durchaus verbreitet in der Gegend, aber Matteo wollte nicht an einen Zufall glauben.

Die Nationalparkverwaltung war ein gedrungener Bau, der den Charme eines Gemeindezentrums versprühte. Die mit gelbem Plastik eingefassten Fenster und die Türen mit ihren übergroßen, ebenfalls gelben Griffen stammten aus den 1980er-Jahren, tippte Matteo.

Gustavo hatte keine Anstalten gemacht, den Lancia zu verlassen, also hatte Matteo ein Fenster heruntergekurbelt, damit es dem Hund nicht zu heiß wurde. Die Türen zur Eingangshalle öffneten sich automatisch, drinnen empfing ihn ein leicht beißender Geruch nach Putzmittel und künstlicher Zitrone. Matteo warf einen Blick auf seine Courage. Es war kurz vor neun. Hoffentlich würde er Arturo Conte so früh bereits antreffen. Kurz bereute er, sich nicht vorher telefonisch angemeldet zu haben.

Aber er hatte Glück. Die noch reichlich verschlafene junge Frau hinter dem Empfangstresen, die eine dieser neumodischen, übergroßen Brillen trug, deren schwarzes Gestell ihr halbes Gesicht bedeckte, wies ihm, ohne zu fragen, was sein Ansinnen war, den Weg ins Büro des Verwaltungsleiters.

Als Matteo eintrat, hantierte dieser gerade mit fahrigen Händen an einer Espressomaschine, die auf einem Mahagoni-Sideboard stand. Erschrocken fuhr er herum, als Matteo sich räusperte, das Klopfen hatte er offensichtlich überhört. Arturo Conte schaute ihn an, als versuche er mit aller Kraft, sich an etwas zu erinnern.

»Basso, Matteo Basso, entschuldigen Sie bitte, dass ich einfach so hereinplatze.«

Der Verwaltungsleiter nickte, augenscheinlich erleichtert, dass er keinen Termin vergessen hatte, dann deutete er auf die Espressomaschine und die Akten, die sich auf seinem Schreibtisch stapelten.

»Entschuldigen Sie das Chaos, unerwartete Vorkommnisse.« Prüfend schaute er auf seine Hände und wischte sie dann an der Hose seines überraschend eleganten Anzugs ab.

»Deshalb bin ich hier.«

Arturo Conte stutzte.

»Wegen der Espressomaschine?«

»Wegen der beiden Toten.«

»Oh«, der Laut erstickte Arturo Conte im Hals. »Sind Sie auch von der Polizei? Ihre Kollegen waren gestern schon bei mir zu Hause.«

»Ich bin Psychologe.«

Der schlanke, klein gewachsene Mann, dessen schmaler Kopf beinahe kahl rasiert war, was ihm in Kombination mit seinem Anzug ein vornehmes Aussehen verlieh, entsprach nicht dem Bild, das Matteo sich insgeheim von einem Menschen machte, der einem Naturpark vorstand. Er hatte eher einen Typ erwartet, wie er das Etikett der Moretti-Bierflaschen zierte: Oberlippenbart, grüner Filzhut und grüne Joppe. Der elegante Herr forderte Matteo mit einer Geste auf, auf einem der beiden Sofas Platz zu nehmen, die in einer Ecke des Raumes standen. Als Matteo ihm gegenübersaß, sah er die tiefen, beinahe blau-schwarzen Ringe, die sich unter dessen Augen gegraben hatten.

»In welcher Beziehung standen Sie zu Marcello Conte?«

»Er war mein Bruder.«

Matteo hatte also richtig vermutet, dass die Namensgleichheit kein Zufall war.

Arturo Conte massierte sich die Nasenwurzel. Ein grauer Schatten lag über seinem Gesicht. Vermutlich hatte er nicht sonderlich gut geschlafen.

»Sie wundern sich vielleicht, dass ich hier bin.« Hilflos schaute er Matteo an. »Ich habe es zu Hause nicht ausgehalten. Ich habe gedacht, hier komme ich auf andere Gedanken. Aber Sie sehen ja …« Er deutete ein weiteres Mal auf die Espressomaschine, als ob diese erklären würde, warum sich sein Zustand nicht gebessert hatte.

»Kannten Sie auch seine Frau?«

»Natalie? Natürlich, ja, die kannte ich. Die beiden waren allerdings noch nicht verheiratet, das wollten sie nächstes Jahr tun.«

Arturo Conte machte Anstalten, sich zu erheben, ließ sich dann aber zurück ins Sofa sinken.

»Entschuldigen Sie, ich hatte noch keinen Caffè heute Morgen, aber die Maschine scheint kaputt zu sein.«

»Soll ich mal schauen?« Matteo stand auf und ging zum Sideboard.

»Seit wann haben die beiden die Alpe bewirtschaftet? Sie haben dort Käse hergestellt und nebenbei eine Tierzucht aufgebaut, wenn ich das richtig verstanden habe?«

Arturo Conte vergrub für ein paar Augenblicke den Kopf in den Händen, dann setzte er sich wieder auf.

»Hätte ich sie doch nie überredet hierherzukommen. Aber wer ahnt denn, dass so etwas Grausames passiert? Ausgerechnet hier?«

Der Mann hatte Matteos Mitgefühl. Seinen Bruder zu verlieren, war schlimm. Ihn auf diese Weise zu verlieren, war unvorstellbar. Und da Matteo, auch wenn er Settignano nicht gut kannte, mit den üblichen Vernehmungsmethoden vertraut war, ahnte er, dass Arturo Conte gestern anstrengende Stunden verbracht hatte und zum Trauern noch nicht gekommen war.

»Wo hat Ihr Bruder gelebt, bevor er hierherkam?«

Matteo beugte sich über die moderne, kleine Espressomaschine, die man mit Kaffeekapseln befüllte und ruckelte eher willkürlich am Stromkabel und am Netzstecker.

»Zuletzt hat Marcello in Marseille gelebt. Natalie und er haben dort innerhalb weniger Jahre ein kleines Unternehmen für erneuerbare Energien aufgebaut. Die beiden waren so idealistisch, so selbstlos. Sie haben ihre Technologien vor allem in Afrika zum Einsatz gebracht, insbesondere in Ländern, die früher zum französischen Kolonialreich gehört haben.«

Matteo griff nach einem Teelöffel und versuchte, eine feststeckende Kapsel zu lösen. Er hielt diese neumodischen Maschinen für eine Verrohung der Caffè-Kultur, die eines Italieners unwürdig war. Ganz abgesehen davon waren diese Aluminiumkapseln eine sinnlose Umweltverschmutzung. Schon seltsam, dass ausgerechnet der Verwalter einer der herrlichsten Nationalparks in Europa sich so ein Ding ins Büro stellte.

»Was für erneuerbare Energien waren das?«, fragte Matteo, während er versuchte, den nun ebenfalls feststeckenden Löffel wieder zu befreien.

»Nun ja, im Grunde gibt es drei: Wind, Wasser, Sonne. Das Ganze war komplexer. Es ging zwar auch um Systeme, die saubere Energie produzierten, aber mehr noch darum, mithilfe dieser Energie die Bedingungen vor Ort zu verbessern, den Leuten Arbeit zu geben, indem sie beispielsweise kleine Handwerksbetriebe aufbauten oder die Menschen in die Lage versetzten, ihre Felder zu bewässern. In allen Details weiß ich das allerdings auch nicht.«

Mit einem Mal gab nicht nur der Löffel dem Druck nach, mit ihm wurde auch die Kapsel in die Luft geschleudert, die den Schacht blockiert hatte. Fluchend wich Matteo zurück, weil dabei ein Schwall abgestandener Caffè herausspritzte und unansehnliche braune Spritzer auf der weißen Tapete verteilte.

»Verzeihen Sie, ich befürchte, statt Ihnen zu helfen, habe ich alles nur noch schlimmer gemacht.«

Ausdruckslos schaute Conte auf die Caffè-Sprenkel an der Wand, erst dann schien er zu verstehen, was Matteo meinte.

»Das macht doch nichts, wirklich gar nichts.« Er erhob sich und bemühte sich um ein Lächeln. »Läuft sie denn jetzt wieder?«

»Sieht ganz so aus. Bleiben Sie sitzen. Ich mache uns zwei.«

Dankbar ließ Conte sich wieder auf das Sofa fallen. Während schnurrend der Caffè in die Tassen lief, schwiegen die beiden.

»Sie haben eben erwähnt«, sagte Matteo, als er kurz darauf die zwei dickwandigen dunkelroten Espressotassen auf dem weiß lackierten Tisch abstellte, »dass Sie Ihren Bruder überredet haben hierherzukommen?«

Als hätte Matteo ihm gerade eine erschütternde Neuigkeit offenbart, starrte Arturo Conte ihn an. Dann nickte er bedächtig. Sein kurz geschorenes Haar war an den Schläfen bereits ergraut, an den Wangen zeichnete sich ein Bartschatten ab, trotz seiner zierlichen Gestalt war er ein attraktiver Mann, fand Matteo.

»Ja, das war wohl so, dass ich ihn davon überzeugt habe,

die Alpe sei ein guter Ort für ihn und Natalie.« Conte schaute Matteo nachdenklich an. »Vielleicht wollte ich ihn einfach endlich wieder ein bisschen mehr in meiner Nähe haben. Wissen Sie, unsere Eltern sind früh verstorben.«

Matteo nahm einen Schluck Caffè und musste sich Mühe geben, keine Grimasse zu ziehen, die verriet, dass dieses Gesöff genauso schmeckte, wie er es sich immer ausgemalt hatte. Nicht bitter, immerhin das, aber doch wie eine schale, halb gare Imitation von Caffè. Das war allenfalls das passende Begleitgetränk für eine dieser lächerlichen E-Zigaretten.

»Aber wenn Sie sagen, dass die Firma so erfolgreich war, warum haben er und seine Frau überhaupt in Erwägung gezogen, das alles aufzugeben?«

»Ach, wissen Sie, natürlich muss sich auch Technologie, die sich dem Guten verschrieben hat, auf dem Markt behaupten. Und auf diesem Markt ist der Ton nicht unbedingt sanfter als auf dem für andere Produkte. Der Konkurrenzkampf war enorm. Man mag denken, dass die großen NGOs ihre Aufträge nach ethischen Kriterien vergeben, aber auch da ist man gezwungen, die Konkurrenz mit allen Mitteln auszustechen. Außerdem stößt diese Art der Entwicklungshilfe vor Ort nicht auf ungeteilte Freude. Dass diese Menschen in bestimmten Abhängigkeiten leben, ist ja Teil eines Systems, bei dem es häufig mächtige Profiteure gibt. Für diesen Kampf waren Marcello und Natalie nicht gemacht.«

Matteo griff nach der Caffè-Tasse, ließ die Hand aber wieder sinken.

»Erklären Sie mir das bitte etwas genauer – war die Firma bankrott oder hatten Ihr Bruder und seine Frau einfach keine Lust mehr?«

Arturo Conte zuckte die Schultern.

»Bankrott waren sie noch nicht, aber am Ende ihrer Nerven. Und vermutlich hätte die Insolvenz auch nicht mehr lange auf sich warten lassen. Außerdem waren sie wirklich angewidert davon, wie in dieser Branche ihre Ideale mit Füßen getreten wurden.«

»Und Sie haben ihnen dann hier eine Ausstiegsmöglichkeit geboten?«

Arturo Conte verzog das Gesicht zu einer schmerzhaften Grimasse, die allenfalls von Ferne an ein Lächeln erinnerte.

»Kennen Sie einen schöneren Ort für einen Ausstieg und Neuanfang?«

Nein, natürlich nicht, was für eine Frage.

»Vorher musste ich jedes Jahr neue Leute anstellen. Die Menschen vor Ort, die wissen, wie hart die Arbeit, die man dort oben den Sommer über leisten muss, tatsächlich ist, haben stets abgewinkt. Gekommen sind irgendwelche Träumer aus Turin, Mailand oder Rom, die dachten, hier oben fänden sie das Paradies. Nette engagierte Leute, wirklich, aber eigentlich völlig ungeeignet. Mein Bruder wusste, worauf er sich einließ.«

»Können Sie sich vorstellen, dass irgendein Konkurrent noch eine Rechnung offen hatte mit den beiden, eine Rechnung«, Matteo zögerte, »die so hoch war, dass sie ein Anlass gewesen sein könnte für so ein Verbrechen? Sie haben eben von dieser Konkurrenzsituation gesprochen, in der sie sich mit ihrer Firma befanden. Das scheint mir zu wenig. Hatten Ihr Bruder und seine Frau Feinde?«

»Das kann ich Ihnen nicht sagen und glauben Sie mir, ich würde es tun, wenn ich es wüsste.«

Plötzlich stutzte Conte.

»Warum fragen Sie das alles? Haben Sie nicht gesagt, Sie seien Psychologe?«

»So ist es«, bekräftigte Matteo. »Polizei-Psychologe. Haben meine Kollegen mein Kommen nicht angekündigt?«

»Jedenfalls erinnere ich mich nicht daran.«

Matteo nickte, als sei dies unter den gegebenen Umständen sehr nachvollziehbar.

»Aber Ihre Fragen, entschuldigen Sie, aber sind das nicht eher Fragen zur Sache und nicht ... also, wie soll ich es sagen ... keine Fragen, die darauf abzielen, den Hinterbliebenen zu helfen? Und ist das nicht Ihre eigentliche Aufgabe?«

»Da haben Sie vollkommen recht«, erklärte Matteo, »aber Sie verstehen sicher, dass ich mir erst ein möglichst genaues Bild von der Sachlage machen muss.«

Arturo Conte nickte.

»Und darf ich fragen, wie es nun weitergeht? Kann ich Sie um Hilfe ersuchen, wenn ich welche benötige?«

Matteo lehnte sich zurück und schlug die Beine übereinander. Himmel, das war wirklich ein haarsträubendes Schmierentheater, aber was blieb ihm übrig?

»Die Abläufe sind in solchen Fällen flexibel. Vielleicht werde ich Sie in den nächsten Tagen noch mit der einen oder anderen Nachfrage behelligen. Aber Sie können mich natürlich jederzeit kontaktieren. Ich möchte Sie sogar ausdrücklich dazu ermuntern.«

Bevor Conte etwas erwidern konnte, sprach Matteo weiter.

»Gibt es auf Ihrer Seite noch weitere Familienangehörige, mit denen ich sprechen sollte?«

Arturo Conte schüttelte den Kopf.

»Mein Bruder und ich, sonst ist da niemand. Wir sind beide kinderlos, leider.«

»Wie steht es um die Familie von Natalie Lemerre?«

Arturo Conte knetete die Hände.

»Das ist mir ein wenig unangenehm. Aber ich kann Ihnen zu Natalies Familie gar nichts sagen. Wissen Sie, wir mochten uns gern. Aber so nah standen wir uns nicht. Wenn ich ehrlich bin, kann ich Ihnen noch nicht einmal sagen, ob ihre Eltern noch leben oder ob sie Geschwister hat. Hatte.« Er stockte. »Aber müssten Ihre Kollegen das nicht längst herausgefunden haben?«

»Natürlich«, lächelte Matteo, »das haben sie ganz sicher.«

Er erhob sich von dem Sofa, das für Menschen seiner Körpergröße unangenehm niedrig war.

»Ich lasse Sie nun vorerst in Ruhe, vielen Dank für den Caffè und Ihre Zeit.«

Arturo Conte stand ebenfalls auf, und das um einiges eleganter als Matteo, wie dieser nicht ohne Missgunst zur Kenntnis nahm.

»Eine Frage hätte ich noch«, sagte er, während er schon in Richtung der Tür ging. »Das mit der Tierzucht, war das Ihre Idee?«

Arturo Conte zog sein Jackett zurecht.

»Nein, das kam von Natalie. Sie war ganz vernarrt in die Idee, die alten Nutztierarten wieder zu züchten und zu verbreiten. Und das passt natürlich auch wunderbar ins Pflichtenheft eines Nationalparks. Wir nennen uns zwar *ultimo paradiso*, aber es geht nicht nur um die Wildnis, sondern auch um die bäuerliche Kultur, die die Landschaft über Jahrhunderte geprägt hat. Man redet ja heutzutage so viel von Biodiversität. Die Artenvielfalt ist im Nationalpark dort am höchsten, wo die Alpen im Sommer bewirtschaftet werden, nicht dort, wo man die Natur sich selbst überlässt. Wussten Sie das?«

»Nein, das wusste ich nicht. Aber erlauben Sie mir noch eine Frage. Leben konnte man davon doch ganz sicher nicht?«

»Natürlich nicht. Aber diese Form der Landschaftspflege wird subventioniert. Von der Europäischen Union, von Stiftungen. Da oben braucht man nur wenig und das Geld reicht deshalb eine ganze Weile, auch wenn es nicht viel ist.«

Matteo hatte den Türgriff schon in der Hand, als ihm noch etwas einfiel.

»Ich habe dummerweise meine Visitenkarten nicht dabei. Darf ich Ihnen meine Nummer notieren? Falls Ihnen noch etwas einfällt. Und vor allem, wenn ich etwas für Sie tun kann«, fügte er rasch an.

»Selbstverständlich.«

Der Verwaltungschef ging zu seinem Schreibtisch. Über einem der Sofas, das nahm Matteo jetzt erst wahr, hing ein großformatiges Foto aus dem Val Grande. Der Fotograf hatte genau in dem Moment den Auslöser betätigt, als eine Gämse links aus dem Bild gesprungen war. Man sah nur noch einen Teil ihres Rückens und die durch die Luft schnellenden Hinterbeine. Wer wagte es, ein solches Paradies zu beschmutzen, dachte Matteo grimmig. Arturo Conte reichte ihm Stift und Zettel und Matteo ärgerte sich, dass er dem Verwaltungsleiter seinen richtigen Namen genannt hatte. Wenn Conte den gegenüber Settignano erwähnte, konnte er sich auf Ärger gefasst machen, das war mal klar. Wenn schon Theater, dann richtig, wies er sich innerlich zurecht und notierte seine Telefonnummer.

»Hätten Sie für mich ebenfalls …?«

»Selbstverständlich.« Conte reichte ihm die Visitenkarte, die er schon bereitgehalten hatte.

»Und würden Sie mir bitte noch die ehemalige Anschrift Ihres Bruders in Marseille notieren?«

Arturo Conte runzelte skeptisch die Stirn.

»Warum interessiert Sie diese Adresse? Ich verstehe das nicht ganz, ich habe das wirklich Ihren Kollegen schon alles gesagt und aufgeschrieben.«

Matteo hoffte, dass sein Lachen wenigstens eine Spur echt klang. Jovial legte er dem Verwaltungsleiter die Hand auf die Schulter.

»Wie gesagt, ich mache mir gern ein vollständiges Bild. Und Sie würden die Sache ganz einfach abkürzen, die Kollegen arbeiten gerade auf Hochtouren.«

Contes Gesicht verriet, dass sich seine Skepsis nicht gelegt hatte, dennoch schrieb er auf die Rückseite der Visitenkarte einen Straßennamen und eine Hausnummer.

»Tausend Dank. Auf Wiedersehen«, Matteo steckte die Karte ein und reichte Conte die Hand, »passen Sie auf sich auf. Und zögern Sie bitte keine Sekunde, mich anzurufen.«

»Sicher ja, das mache ich. Auf Wiedersehen.«

Als Matteo die Bürotür hinter sich zuzog, fragte er sich, ob eine Spur von Angst in Contes Augen aufgeflattert war, bei der Formulierung, er solle auf sich aufpassen. Aber warum sollte es der Täter, was auch immer dessen Beweggründe gewesen waren, auch auf Arturo Conte abgesehen haben? Conte hatte gerade seinen Bruder verloren, war ausgelaugt und erschöpft, da reagierte man fraglos etwas überempfindlich. Und es war nicht zu leugnen, dass Matteo in diesem Fall ganz froh darüber sein konnte: Wenn Conte besser beisammen gewesen wäre, hätte er ihm sein Gefasel über das vollständige Bild, das er sich machen müsse, ganz sicher nicht abgenommen. Er konnte nur hoffen, dass Conte seine Skepsis bald vergaß und nicht etwa auf die Idee kam, Settignano anzurufen und sich nach Matteo zu erkundigen.

Auf dem Weg zum Auto hörte Matteo seine Mailbox ab. Cesario, den er gestern Nacht noch in einer langen SMS gebeten hatte, ihn mit Informationen über die beiden Mordopfer sowie über die neuesten Meldungen männlicher Vermisster zu unterstützen, hatte ihm eine zwar zerknirschte, aber immer wieder von schnaufenden Lachern unterbrochene Nachricht hinterlassen.

Leider sei das Ergebnis seiner Recherche bislang einigermaßen ernüchternd. Für detaillierte Informationen müsse er sich mit den Kollegen in Frankreich in Verbindung setzen, was er sogleich tun wolle, er habe da einen guten alten Bekannten in Bordeaux, der ihm noch einen Gefallen schuldig sei. Aber es sei durchaus fraglich, ob sein Einfluss bis ins ferne Marseille reichte.

Auch was die Frage nach den vermissten Personen angehe, könne er nicht weiterhelfen. Im System finde sich derzeit niemand, auf den Matteos vage Beschreibung passte.

»Die lassen sich alle am Lido grillen und merken gar nicht, dass ihr Mann oder der Schwager verschwunden ist«, war Cesarios wie stets treffender Kommentar.

Was der Grund für Cesarios Lachen war, konnte Matteo nicht herausfinden. Vielleicht war es ganz einfach nur die Vorstellung, dass sämtliche Italiener während der Sommermonate an den Strand eilten, um dort auf Liegen, die lediglich wenige Zentimeter voneinander entfernt standen, aufgereiht wie die Ölsardinen in der Sonne zu schmoren, bis sie so müde waren, dass selbst die paar Schritte ins Wasser zu anstrengend wurden und sie es gerade noch schafften, den Arm zu heben, um dem Kellner der benachbarten Bar zu signalisieren, dass sie dringend noch einen Cocktail benötigten, um den Schweißverlust auszugleichen.

Am Knarzen im Hintergrund erkannte Matteo, dass Cesario sich bereits im Büro befinden musste, wo er vor seinem stets heillos mit Akten überfüllten Schreibtisch ein Ungetüm platziert hatte, das als Schreibtischstuhl nur noch mit viel gutem Willen zu bezeichnen war. Auf diesem Sessel, dessen Rückenlehne sich beinahe bis in die Waagerechte verstellen ließ, wiegte er, wenn er nachdachte oder telefonierte, was oft in eins fiel, und immer erwartete man am anderen Ende der Leitung, dass die instabile Konstruktion in sich zusammenbrach.

»Was ist denn in dich gefahren, du Rübe?«, grinsend blieb Matteo ein paar Meter entfernt vom Lancia stehen.

Gustavo hatte seinen massigen Kopf auf die halb heruntergekurbelte Fensterscheibe gelegt, was den Eindruck vermittelte, er wäre unfreiwillig darin stecken geblieben.

»Bist du auf der Flucht oder willst du mir endlich mal anständig einen guten Morgen wünschen? Oder hast du Angst gehabt, dass ich schon wieder so lange verschwinde?«

Der Hund japste freudig. Matteo öffnete die Wagentür und kraulte das Tier ausgiebig. Diese Wesen, die ihre Empfindungen nicht hinter Taktik oder Kalkül verbargen, konnten einen schon ganz schön um den Finger wickeln.

Nichtsdestotrotz rekapitulierte Matteo, während er Gustavos Wiedersehensfreude über sich ergehen ließ, was er im Gespräch mit Conte Neues erfahren hatte. Im Grunde war die Sache vollkommen klar, jedenfalls dann, wenn er daran glaubte, dass weder osteuropäische Kriminelle noch ein durchgeknallter Eremit als Mörder infrage kamen.

Mit einer Hand streichelte er Gustavo weiter, mit der anderen wählte er Luigis Nummer und klemmte das Telefon zwischen Ohr und Schulter, um sich die dringend benötigte Futura anstecken zu können.

»Buongiorno, buongiorno, Sie haben alles richtig gemacht und die Nummer der automatischen Witze-Hotline gewählt. Heute im Angebot: Witze über große und kleine Tiere.«

»Luigi, ich bin's.«

»Oh«, kicherte es von der anderen Seite, »entschuldige, ich habe deine Nummer nicht erkannt, weil ich hier gerade zum Wasserwaagen-Halter degradiert worden bin. Unverschämterweise.«

»Und selbst das ist ein Risiko, bei deinen zwei linken Händen«, brüllte Fabio aus dem Hintergrund.

Matteo hatte mittlerweile gelernt, die Kabbeleien der drei Alten ähnlich unbeirrt hinzunehmen wie ein Rauschen in der Leitung.

»Pass auf, Luigi, du einziger französisch sprechender Mensch, vielleicht nicht unter der Sonne, aber in meinem Bekanntenkreis. Wenn du gerade eh nur mit Handlangerarbeiten beschäftigt bist …«

»Also, so kann man das jetzt auch nicht sagen«, protestierte Luigi.

Matteo nahm einen tiefen Zug von der Futura. »Können dich die beiden für einen Tag entbehren? Ich brauche deine Begleitung als Dolmetscher auf einem kleinen Ausflug.«

In knappen Worten erläuterte Matteo Luigi, der erstaunlich brav und schweigsam zuhörte, sein Vorhaben, mit einer der nächsten Maschinen nach Marseille zu fliegen, um Erkundigungen über die Vergangenheit von Natalie Lemerre und Marcello Conte einzuholen, in der Hoffnung, dabei auf ein mögliches Motiv zu stoßen. Ein Paar, das hoch in den Bergen Ziegen züchtete, wollte ihm als Ziel eines brutalen Verbrechens nicht einleuchten. Die Inhaber einer Firma für erneuerbare Energien, die sich mit Konkurrenten herumschlagen mussten und mit unterschiedlichen politischen und wirtschaftlichen Interessen in den Entwicklungsländern – das schien ihm schon naheliegender.

»Ich bin jetzt noch in Vogogna und könnte in einer Dreiviertelstunde in der Macelleria sein. Dann könnten wir nach Malpensa zum Flughafen fahren. Was sagst du?«

»Ich sage: Fleischermeisterchen, du wolltest doch von nun an ein beschauliches Leben führen. Keine Schießereien. Keine Schnüffeleien.«

Matteo stöhnte genervt.

»Bist du dabei? Ansonsten suche ich mir einen anderen Dolmetscher.«

»Aye, aye Comandante«, schmetterte Luigi, dessen Bedenken offenbar nicht sonderlich schwer wogen.

»Bis gleich, Luigi, ich danke dir.«

Als Matteo eine knappe Stunde später vor der Macelleria vorfuhr – der Verkehr auf der Uferstraße war nervtötend dicht gewesen und zudem durch gleich zwei Baustellen immer wieder ganz zum Erliegen gebracht worden –, bot sich ihm allerdings ein etwas anderes Bild, als er es erwartet hatte.

Neben Luigi saßen, antiquierte Sonnenbrillen auf den Nasen, auch Flavio und Beppo in dem Fiat 2100 Special mit Reihensechszylinder, der mehr an einen amerikanischen Straßenkreuzer aus den 1950er-Jahren erinnerte als an ein italienisches Auto, und den Flavio wie immer nur vorübergehend fuhr, bis er ihn gegen ein anderes zu restaurierendes Exemplar eintauschte. Die Fenster waren heruntergekurbelt, und keiner der drei machte Anstalten, sich zu bewegen, sodass Matteo gezwungen war, den Lancia zu parken, zum Fiat hinüberzugehen und sich zu ihnen zu beugen.

»Was soll das werden, wenn ich fragen darf?«

»Steig ein«, sagte Flavio, der am Steuer saß, ohne eine Miene zu verziehen.

»Was soll das jetzt bitte?«, fragte Matteo, während er sich bereits gottergeben auf den Rücksitz neben Beppo fallen ließ und Gustavo bedeutete, im Fußraum Platz zu nehmen, was angesichts der Größe des Hundes ein sinnloses Unterfangen war, aber irgendwie gelang es ihm, sich halb auf dem Rücksitz zwischen ihnen und halb zwischen ihren Beinen niederzulassen.

Erst hinter Cannero zog Beppo die Sonnenbrille bis zur Nasenspitze herunter und schaute ostentativ beleidigt zu Matteo.

»Du glaubst doch wohl nicht, dass wir die braven Maurergesellen geben, während du mit Luigi Verbrechen löst?«

Nein, dachte Matteo, wie hatte er das auch nur eine Minute glauben können.

»Außerdem«, fügte Flavio an, immerhin ohne den Blick von der Straße zu nehmen, »sind wir mit diesem wunderbaren Auto in lächerlichen sechs Stunden in Marseille. Bevor ihr den ganzen Sicherheitskontrollschnickschnack hinter euch hättet, schnurrt das Kätzchen hier schon am Golfe du Lion entlang. 2.1 Liter, 86 PS, Spitze über 150 Stundenkilometer. So was sind früher nur Päpste gefahren.«

»Und was ist mit dem Umbau?«, versuchte Matteo es noch einmal halbherzig, »wolltet ihr nicht bis Mittwoch fertig sein?«

»Entspann dich mal, Fleischermeisterchen, das kriegen wir locker hin«, erklärte Flavio.

Und Beppo ergänzte: »Wir schlagen dir folgenden Deal vor: Du mäkelst nicht an uns herum und wir ignorieren mit aller uns zur Verfügung stehenden Großzügigkeit, dass du dich wieder unter die Ermittler begibst, während die zauberhafte Nina doch ganz sicher …«

»Schon gut, Deal«, unterbrach Matteo ihn, rutschte kapitulierend tiefer in seinen geradezu barock anmutenden Sitz und fügte sich seinem Schicksal, mit drei aufgekratzten, sich beständig in den Haaren liegenden alten Männern und einem lethargischen, wenngleich liebenswerten Hund die nächsten 24 bis 48 Stunden zu verbringen. Was er mit dieser Truppe in Marseille anstellen würde, darüber nachzudenken fehlte ihm gerade die Kraft. Wahrscheinlich wäre es vernünftiger gewesen, zu versuchen, sich mit Englisch durchzuschlagen. Aber für diese Idee war es nun eindeutig zu spät. Die drei Alten waren augenscheinlich ausgezeichneter Laune, ihnen schien der spontane Ausflug bestens zu gefallen. Als Matteo einfiel, dass er, überrumpelt wie er war, noch nicht einmal eine Zahnbürste eingepackt hatte, winkte er innerlich nur noch müde ab. Das war wirklich das geringste Problem.

Die Firma von Conte und Lemerre existierte nicht mehr, wie er im Gespräch mit dem Leiter des Nationalparks erfahren hatte. Aber vielleicht gelang es ihm, in Kontakt mit ehemaligen Mitarbeitern zu kommen, die ihm etwas über die von Arturo Conte angedeuteten Konkurrenzkämpfe und Konflikte erzählen konnten. Je länger er es im Kopf hin und her schob, desto denkbarer erschien Matteo, dass die Krise, in die *Le bon chemin* geraten war, schwerwiegender gewesen war, als Arturo Conte angenommen hatte.

Vielleicht hatten sich die beiden mit den falschen Leuten angelegt und die Entscheidung für die Alpe im Val Grande war nicht nur dem Wunsch nach einem naturverbundenen Leben geschuldet gewesen, sondern dem Zwang, sich zu verstecken. Das hatte allerdings nicht funktioniert.

Matteo zog das Handy aus seiner Tasche und öffnete die Seite, auf der er gestern einen ausführlichen Text über *Le bon chemin* gefunden hatte. Geschrieben hatte das Porträt ein gewisser François Duply.

»Kannst du mal schauen«, er reichte Luigi das Handy nach vorn. »Wir sind auf der Suche nach einem Motiv, warum diese beiden Personen ermordet worden sind.«

Neugierig beugte sich Flavio vom Fahrersitz zu Luigi hinüber, um einen Blick auf das Display erhaschen zu können, wodurch der Wagen einen leichten Schlenker fuhr.

»Guck auf die Straße, verdammt noch mal, du verfluchtes Borstenschwein, du bringst uns noch alle um«, meckerte Beppo von hinten, und Luigi nickte mit gewichtiger Miene. Natürlich platzte er vor Stolz darüber, dass er aufgrund seiner Pariser Vergangenheit des Französischen mächtig war und ihm während des Aufenthalts in Marseille eine Sonderrolle zufallen würde. Man konnte nur hoffen, dass er es nicht übertrieb, sonst war Ärger vorprogrammiert.

»Die Firma existiert seit einiger Zeit nicht mehr. Aber ich habe die Vermutung, dass der Tod von Lemerre und Conte etwas mit ihrer Arbeit in Marseille zu tun haben könnte. Kannst du mir etwas über den Tenor von diesem Text sagen? Steht da etwas drin, das für uns interessant sein könnte?«

Luigi las konzentriert und wiegte den Kopf, Matteo erwartete schon eine der typischen theatralischen Darbietungen, aber er antwortete erstaunlich ernsthaft.

»Das waren zwei engagierte Leute. Sie haben Solarzellen und kleine Wasserkraftwerke entwickelt und in benachteiligten Ländern zum Einsatz gebracht, meist in Afrika. Der Mann, der diesen Text geschrieben hat, ist ziemlich angetan von ihnen und scheint sich ausführlich mit der Arbeit der beiden beschäftigt und sie längere Zeit begleitet zu haben.«

»Dann sollten wir mit dem vielleicht als Erstes sprechen. Sagt dir der Name der Zeitung etwas?«

»*Notrevie*, das ist ein wissenschaftliches Magazin, das sich auch mal kritisch positioniert, wenn es um politische Fragen geht. Weil die gute längere Reportagen veröffentlichen und tolle Fotografen haben, werden die von einem relativ breiten Publikum gelesen.«

»Pah«, fuhr Beppo dazwischen. »Was quatschst du denn jetzt hier so gelehrt? Woher willst du das denn bitte alles wissen? Luigi Bonaparte, der Experte für französische Medien.«

Beleidigt drehte Luigi sich um.

»Da musst du gar nicht so plärren dahinten. Du staubst deine hässlichen Mützen ab oder wackelst in die Kirche, wegen diesem, diesem, na, wie heißt er noch gleich: Gott. Und während du deinen Leidenschaften frönst, kümmere ich mich um meine. Und eine davon ist das französische Geistesleben.«

»Hört, hört«, brummelte Flavio am Steuer, hielt sich aber an Beppos Anweisung und konzentrierte sich auf den Verkehr auf der Autostrada Richtung Genua, die sie mittlerweile entlangfuhren.

Beppo guckte schmollend aus dem Fenster. Wenn es um seine liebevoll gepflegte Sammlung von Basecaps ging, die wirklich, das konnte Matteo nicht leugnen, würde es aber niemals aussprechen, einige wahrhaft scheußliche Exemplare enthielt, verstand er keinen Spaß. Gleiches galt für Glaubensfragen. Während Flavio und Luigi sich in politischen Grundsatzdebatten verstrickten, saß Beppo regelmäßig in San Vittore, der Kirche von Cannobio, die nur wenige Schritte von der Autostrada entfernt lag. Und wenn er nicht täglich eine Kerze anzündete, verfiel er in Trübsal.

»Flavio, soll ich dich mal ablösen am Steuer?«, fragte Matteo, um das Thema zu wechseln.

Ein empörtes Schnaufen war das Einzige, was vom Fahrersitz zu vernehmen war. Vielleicht konnte dieser französische Journalist von *Notrevie*, François Duply, ihm Informationen über das Umfeld von Conte und Lemerre geben, die über seinen Artikel hinausgingen. Anschließend würde er schauen, ob die ehemaligen Nachbarn der beiden ihm irgendwelche Hinweise geben konnten. Im Haus war auch die Firma ansässig gewesen.

Matteo schloss die Augen und entschied, es Gustavo gleichzutun: Bis sie in Marseille ankämen, würde er sich noch ein wenig ausruhen.

7

Die Redaktion von *Notrevie* befand sich unweit des Hafens von Marseille, der, umrahmt vom Quai de Rive Neuve, in Form eines lang gezogenen Rechtecks in die Stadt hineinragte. Fuhr man die belebte Einkaufsstraße La Canebière hinunter, gelangte man unmittelbar zu der alten Hafenanlage, die, wie Luigi in einem kleinen touristischen Exkurs darlegte, bereits in der Antike errichtet worden war. Matteo sah, wie Flavio genervt die Augen verdrehte, Luigis Vorträge hatten schon begonnen, bevor sie die Stadtgrenze passierten.

Andererseits war Flavio zweifelsohne dankbar, dass sie ohne lästige Umwege zum Ziel gelangten. Luigis Ortskenntnis erstaunte Matteo, hatte er doch bisher nur von dessen Jahren in Paris gewusst. Aber offenbar hatte er während dieser Zeit den einen oder anderen Abstecher nach Marseille unternommen. Ohne zu zögern lotste er Flavio zu einem versteckt liegenden Parkplatz in einer Seitenstraße des Hafens.

Heute hatte sich die Industrie an den modernen Europort verlagert, im Vieux Port lagen nur noch einige überkandidelte Yachten, gegen die die Boote, die auf dem Lago Maggiore kreuzten, wie unscheinbare Mittelklassewagen wirkten. Dazwischen aber, und das machte den Hafen sofort wieder sympathisch, fanden sich jede Menge alte Fischerboote, bei vielen war der Lack teilweise abgeblättert, sodass man die Schichten der unzähligen Anstriche erkennen konnte.

Matteo streckte sich ausgiebig, als sie nach der langen Fahrt den Quai hinuntergingen und beobachtete belustigt, wie Gustavo ganz aufgeregt schnupperte, angesichts der ungewohnten Düfte, die seine Nase umspielten. Das Salzaroma des Mittelmeers mischte sich mit dem Geruch heißen Pflasters, hinzu kamen die Ausdünstungen aus den Lüftungen der vielen Restaurants, die sich hier aneinanderreihten und deren Terrassen um den schönsten Ausblick auf den Hafen konkurrierten.

Am eindrücklichsten aber war der Fischgeruch, der, wie Luigi sogleich erläuterte, daher rührte, dass die Fischer, die in der Dämmerung ausliefen, den fangfrischen Fisch vom Boot weg verkauften. Zwar wurde der Quai anschließend, wie überhaupt alle Straßen Marseilles, gründlich gespült – der Geruch aber war hartnäckig.

Matteo tätschelte den aufgescheuchten Hund. Wie dem erst die Nase aufgehen würde, wenn sie Zeit fänden, die arabischen Viertel der Stadt zu besuchen, über die Matteo dank Luigi bereits wusste, dass man dort in zahlreichen kleinen Läden exotische Gewürze erstehen konnte, die in offenen Säcken zum Verkauf angepriesen wurden. Und, was Gustavo naturgemäß mehr beeindrucken würde, auch von den Schlachtereien wurde das Fleisch auf den Gassen präsentiert. Schafs-, Ziegen-, und selbst Rinderhälften hingen dort, auch im Sommer, um Kunden anzulocken.

Trotz des handfesten Protests von Flavio und Beppo setzte Matteo durch, dass er und Luigi alleine zur Redaktion von *Notrevie* gehen würden. Den anderen beiden wurde die Aufgabe zugeteilt, sich um eine Unterkunft zu kümmern und ein Restaurant für den Abend zu suchen.

Matteo schaute auf seine Courage. Es war kurz vor achtzehn Uhr. Ohnehin würden sie nur mit Glück noch jemanden in der Redaktion antreffen.

Das Gebäude war eine moderne, schmale Glaskonstruktion, die passgenau in eine Baulücke zwischen zwei alten Häusern gesetzt worden war. Luigi erkundigte sich am Empfang nach François Duply. Schon am Kopfschütteln des Pförtners erkannte Matteo, dass sie den Journalisten nicht antreffen würden.

»Frag ihn bitte«, bat Matteo, »ob er eine Handynummer von Duply hat.«

Abermals schüttelte der Pförtner den Kopf.

»Er sagt«, übersetzte Luigi, »dass er keine privaten Daten der Redakteure herausgeben darf.«

Matteo seufzte und strich sich die Locken aus der Stirn. Natürlich durfte der Pförtner das nicht. Kurz überlegte er, ob ihm irgendeine glaubwürdige Begründung einfiel, die den Mann davon überzeugen könnte, in diesem Fall eine Ausnahme zu machen. Aber der Hinweis, dass sie Duply zu einem brutalen Zwei- oder möglicherweise sogar Dreifachmord befragen wollten, ohne einen Polizeiausweis vorzeigen zu können, schien in diesem Zusammenhang nicht unbedingt zuträglich.

»Frag ihn bitte noch«, sagte Matteo deshalb stattdessen, »ob Kollegen von Duply da sind, mit denen wir sprechen könnten. Und ob er uns in etwa sagen kann, wann Duply üblicherweise morgens in die Redaktion kommt.«

Mit raschen, auf dem Marmorboden hart aufschlagenden Schritten war eine Frau aus dem gläsernen Fahrstuhl getreten und stoppte kurz am Empfangstresen, um einen Brief in das Postausgangsfach zu legen.

Sie machte bereits Anstalten weiterzugehen, als sie abrupt innehielt und dem Gespräch zuhörte.

»*Excusez-moi, vous connaissez François*?«, wandte sie sich an Luigi.

»*On ne le connait, mais on le cherche.*«

Fragend blickte die Frau, die hohe Schuhe, einen engen Rock, dazu aber ein lässiges T-Shirt trug, zwischen Matteo und Luigi hin und her.

»*Pouvez vous me dire pourquoi vous le cherchez*?«

»Die Dame fragt, ob wir François Duply kennen und warum wir ihn suchen.«

»Oh«, unterbrach die Frau Matteos Ansatz zu antworten, »Besuch aus Italien. Ich spreche Italienisch, vielleicht ist es so einfacher.«

»Tatsächlich? Das ist ein schöner Zufall.« Lächelnd streckte Matteo ihr die Hand hin. »Mein Name ist Matteo Basso. Und das hier ist mein Freund und Übersetzer Luigi Cortese, genannt ›der Franzose‹.«

»Freut mich«, der Händedruck war überraschend fest, »Dominique LaRoche.«

»*Enchanté.*« Luigi deutete eine leichte Verbeugung an, als sie auch ihm die Hand reichte.

Matteo ahnte, dass es den Alten ein wenig betrübte, dass, jedenfalls an dieser Stelle, seine Dolmetscherkünste nicht mehr gefragt waren.

»Verraten Sie mir bitte, warum Sie nach François suchen«, sagte Dominique LaRoche nun mit ernster Miene.

Während Matteo ihr knapp umriss, warum sie mit dem Journalisten sprechen wollten, verfinsterte sich ihr Gesicht zusehends. Als er geendet hatte, schürzte sie die Lippen und lehnte sich zum Pförtner hinüber.

Auf ihr Geheiß hin griff dieser zum Telefonhörer und wählte eine Nummer.

Dann wandte sie sich an Matteo und Luigi.

»Der Pförtner gibt meinem Mann Bescheid, dass ich hier noch eine Weile brauche. Wollen wir uns in mein Büro setzen?«

Ohne Matteos Zustimmung abzuwarten, lief sie mit energischen Schritten Richtung Fahrstuhl. Matteo und Luigi mussten sich beeilen, hinterherzukommen, und wenn sie nicht mit der Hand die Tür aufgehalten hätte, wäre die Fahrstuhltür direkt vor ihren Nasen zugeschnappt.

Das Büro von Dominique LaRoche, die sich mittlerweile als Chefredakteurin von *Notrevie* vorgestellt hatte, war ein lichter Raum im vierten Stock. Wenn man den Balkon beträte, würde man sicher das Meer sehen können.

Sie nahmen in einer kleinen Sitzgruppe Platz, Dominique LaRoche schenkte ihnen Wasser ein und faltete die Hände auf dem Schoß.

»Bevor wir weiter ins Detail gehen, erklären Sie mir doch bitte noch, was genau Sie mit der Sache zu tun haben. Ich befürchte, das ist mir noch nicht ganz klar.«

Matteo zögerte nur kurz, dann entschloss er sich, dass Transparenz in diesem Moment das Sinnvollste war. Seine Menschenkenntnis täuschte ihn nicht. Die Redakteurin schien es vollkommen plausibel zu finden, dass er angesichts der Untätigkeit der Polizei auf eigene Faust ermittelte. Zudem hatte Matteo den Eindruck, dass seine Offenheit ihr sympathisch war und ihr Vertrauen weckte.

»Ich mache mir große Sorgen um François. Er ist vor fünf Tagen zu einer Reise aufgebrochen, ohne mir sagen zu wollen, um was es geht und wohin genau er fährt. Nach Italien, das ist die einzige Information, die ich habe.«

Matteo horchte auf.

»Eigentlich ist das natürlich vollkommen unüblich und ich hätte das niemals genehmigen dürfen.«

»Was ist der Grund für Ihre Sorge?«

»Ich habe seither nichts mehr von ihm gehört. Das ist absolut nicht seine Art. Normalerweise meldet er sich täglich einmal in der Redaktion, wenn er unterwegs ist, auch an den Wochenenden. Und sei es nur durch eine kurze Nachricht.«

»Haben Sie versucht, ihn zu erreichen?«, fragte Matteo.

»Natürlich habe ich das. Aber er hat das Telefon ausgeschaltet.«

»Haben Sie die Polizei informiert?«

Klirrend stellte Dominique LaRoche das Wasserglas ab, aus dem sie eilig einige Schlucke getrunken hatte.

»Was hätte ich denen sagen sollen? ›Verzeihen Sie, mein Redakteur François Duply, er ist 46 Jahre alt, braune Haare, grüne Augen, zirka 1,80 groß, breitschultrig, hat sich seit letzten Mittwoch nicht mehr bei mir gemeldet?‹ Die halten mich doch für vollkommen durchgedreht. Heute ist Montag. Eine hysterische Redakteurin, die ihre bemitleidenswerten Mitarbeiter auch am Wochenende terrorisieren will.«

»Was ist mit Duplys Familie?«, schaltete sich Luigi ein, der offensichtlich eingesehen hatte, dass es albern wäre, weiterhin sein Französisch an den Mann oder besser an die Frau bringen zu wollen.

»Familie hat er nicht, er hat eine Freundin, sie leben allerdings nicht zusammen«, erklärte Dominique LaRoche. »Die habe ich heute Vormittag angerufen. Sie druckste etwas herum. Wenn ich es richtig verstanden habe, herrscht da seit einiger Zeit weitgehend Funkstille. François hatte mal so etwas angedeutet, es kriselt wohl schon länger.«

»Warum sprechen Sie eigentlich so wahnsinnig gut Italienisch?«, konnte Matteo sich nicht verkneifen zu fragen.

»Ich habe in Florenz studiert«, sagte sie lächelnd. »Und dort auch meinen Mann kennengelernt. Wir sprechen mit den Kindern beide Sprachen.«

Im nächsten Moment wurde sie wieder ernst.

»Ich könnte mich ohrfeigen. Ich hätte darauf bestehen müssen, den Grund der Reise zu erfahren. Wenn ich geahnt hätte, dass es um eine heikle Sache geht, dann hätte ich François doch niemals reisen lassen. Jedenfalls nicht allein.«

»Ob es um eine heikle Sache geht, wissen Sie ja noch gar nicht«, gab Matteo zu bedenken.

Dominique LaRoche schaute ihn für einen Moment irritiert an. Dann nickte sie langsam.

»Sie haben recht. Aber als ich eben Ihre Geschichter über diesen Doppelmord gehört habe, da war ich mir plötzlich ganz sicher, dass das kein Zufall sein kann, dass François nach Italien gefahren ist.«

»Italien ist groß«, gab Matteo zu bedenken.

»Das stimmt natürlich. Aber ich weiß von niemandem sonst dort, mit dem François in Verbindung steht oder zumindest einmal stand. Er hat damals viel Zeit in dieses Porträt gesteckt.«

»Sie meinen, dass er in den Mord involviert ist?«

»Um Himmels willen, nein! Sie wollen wissen, ob ich ihn für den Täter halte?«

Dominique LaRoche lachte auf, um zu unterstreichen, wie absurd ihr diese Vorstellung erschien.

»Entschuldigen Sie, aber das können Sie wirklich nur denken, weil Sie François nicht kennen. Er ist so ziemlich der gütigste Mensch unter der Sonne. Das Einzige, wogegen er kämpft, ist soziale Ungerechtigkeit. Aber eben nur mit Worten. Wir sind Journalisten, verstehen Sie.«

Matteo nickte beschwichtigend.

»Gibt es in dieser Redaktion jemanden, der die Initialen ›d‹ und ›s‹ hat? Oder gibt es jemanden im Umfeld von Duply, auf den diese Initialen zutreffen?«

Dominique LaRoche schien im Kopf die Namen der Mitarbeiter durchzugehen.

»In der Redaktion gibt es niemanden«, antwortete sie schließlich. »Was den privaten Kreis von Duply angeht, da bin ich überfragt. Aber ich werde seine Freundin fragen. Oder, Ex-Freundin, wie auch immer. Wie kommen Sie auf diese Buchstaben?«

»Ich bin in der Nähe des Tatorts darauf gestoßen«, antwortete Matteo ausweichend. »Aber es kann auch sein, dass sie gar keine Bedeutung haben.«

Er war sich nicht ganz schlüssig darüber, ob es klug war, Dominique LaRoche derart detaillierte Informationen preiszugeben. Andererseits war er auf ihre Unterstützung angewiesen, und er war überrascht, wie bereitwillig sie ihm Auskunft gab, ohne, so schien es ihm zumindest, selbst zu taktieren.

»Da ist noch etwas, was Sie interessieren dürfte«, sagte er also.

Nachdem Matteo ihr von dem abgestürzten Bergsteiger erzählt hatte, dessen Leiche verschwunden war, erhob Dominique LaRoche sich, ging zur Fensterfront hinüber und ließ ihren Blick über die Fassaden der gegenüberliegenden Häuser wandern.

»Sie meinen, der Tote könnte François sein? Ich bin Journalistin. Ich glaube eine Sache erst, wenn die Fakten eindeutig dafür sprechen. Noch wissen wir gar nichts.«

»Gibt es denn eine Möglichkeit herauszufinden, wohin François Duply genau gereist ist?«, erkundigte sich Matteo. »Oder woran er in letzter Zeit gearbeitet hat? Sein Artikel über *Le bon chemin* ist ja schon eine Weile her.«

»Gut fünfzehn Monate, wenn ich mich recht erinnere.«

Matteo nickte bewundernd, diese Frau schien ihre Zeitung im Griff zu haben. Oder war es Zufall, dass sie ausgerechnet das Erscheinungsdatum dieses Artikels so genau im Kopf hatte? Nachdenklich massierte er seinen Nacken, der sich während der Autofahrt unangenehm verspannt hatte.

»Fünfzehn Monate«, wiederholte Matteo, während er sich neben die Chefredakteurin stellte. »Kann es sein, dass Duply wieder angefangen hat, sich mit *Le bon chemin* zu beschäftigen?«

»Wenn das so war«, gab Dominique LaRoche umstandslos zu, »dann habe ich davon nichts mitbekommen.«

Vielleicht stimmte sein erster Eindruck von der alles überschauenden Chefin doch nicht, dachte Matteo.

Dominique LaRoche drückte angestrengt mit Zeigefinger und Daumen auf ihre Nasenwurzel.

»Was das genaue Ziel seiner Reise angeht, ich befürchte, das wird schwierig. Wäre er geflogen, könnten wir vielleicht über die Reisekostenstelle Einblick bekommen. Aber ich bin relativ sicher, dass er einen unserer Dienstwagen genommen hat.«

»Aber wenn wir den finden, dann wären wir ein ganzes Stück weiter.«

»Die Nadel im Heuhaufen?«

»Haben Sie das Kennzeichen? Falls er wirklich in Italien ist, können wir ihn polizeilich suchen lassen.« Matteo grinste schief. »Ich habe da noch ein paar Kontakte.«

»Und ansonsten«, kicherte Luigi, »melden Sie die Karre als gestohlen. Dann wird die Polizei ihn auch hier in die Kartei aufnehmen. Ich meine nur, falls er noch im Land ist.«

Dominque LaRoche nickte zu Luigi hinüber.

»Gar nicht schlecht. Wenn ich das nächste Mal auf etwas unkonventionelle Weise für einen Beitrag recherchieren muss, werde ich wieder auf Sie zukommen.« Sie stockte leicht. »Aber jetzt gibt es Wichtigeres. Sie können sich gern den Schreibtisch von François anschauen. Ich zeige Ihnen gleich sein Büro. Was seinen Computer angeht: Da kommen wir nicht ohne Weiteres ran. Der ist durch ein Password gesichert, das ich nicht kenne. Da muss jemand von der IT-Abteilung kommen.« Sie warf einen Blick auf ihre filigrane silberne Armbanduhr. »Aber ich befürchte, dass wir von den Jungs kaum jemanden vor morgen früh erreichen werden.«

Als Matteo und Luigi zwei Stunden später am Vieux Port auf der Terrasse des Restaurants saßen, das Flavio und Beppo ausgesucht hatten, war das Kennzeichen des Dienstwagens, den Duply benutzte, das Einzige, was sie in der Hand hatten, dazu die Handynummer von Dominique LaRoche, die versprochen hatte, sich zu melden, sobald es irgendwelche Neuigkeiten gab.

In Duplys Büro hatten sie nichts entdecken können, was ihnen als ein Hinweis erschienen war. Auf dem Schreibtisch hatten sie nur zum Teil fremdsprachliche Fachzeitschriften und Büromaterial gefunden. Notizbücher hatten sie vergeblich gesucht, genauso wie einen Kalender oder ein Adressverzeichnis, was sehr wahrscheinlich daran lag, dass Duply, wie die meisten Menschen, seine Aufzeichnungen digital machte.

Schließlich hatten sie noch einen Abstecher zu der ehemaligen Adresse von Natalie Lemerre und Marcello Conte gemacht, wo sich auch der Firmensitz befunden hatte. Matteo hatte die vage Hoffnung gehegt, dass ihn die ehemaligen Nachbarn der Toten auf irgendeine Idee bringen würden. Oder dass er durch sie Kontakt zu Ex-Mitarbeitern von *Le bon chemin* erhalten würde.

Aber die Ausbeute war deprimierend. Von den wenigen Nachbarn, die sie überhaupt angetroffen hatten, war einer selbst erst vor zwei Monaten eingezogen, ein anderer hatte lange nachdenken müssen, um sich überhaupt an Lemerre und Conte zu erinnern. Nur eine ältere Dame war etwas redseliger gewesen, hatte aber unter dem Strich auch nicht mehr zu berichten gehabt, als dass Natalie Lemerre stets freundlich gegrüßt habe, während Conte oft mit mürrischer Miene und wortlos an ihr vorbeigeeilt sei. Immerhin hatte diese Nachbarin Matteo und Luigi sagen können, in welchem Stockwerk die Ermordeten gelebt hatten. Die junge Frau, die ihnen dort geöffnet hatte, ein Neugeborenes auf dem Arm, hatte den Kopf geschüttelt. Sie und ihr Mann hatten die Wohnung über einen Makler bekommen und sie erst besichtigt, als sie bereits leer stand.

Als Matteo das Kennzeichen von Duplys Wagen an Cesario durchgab, überkam ihn ein schlechtes Gewissen. Ganz richtig fühlte es sich nicht an, Nina im Unklaren darüber zu lassen, dass der Fall ihn noch beschäftigte. Aber was blieb ihm übrig, sie hatte ihm klipp und klar gesagt, dass er sich aus der Sache raushalten solle. Außerdem, befand Matteo, hatte sie den Urlaub bitter nötig, und es war völlig klar, dass sie die Ferien sofort abbrechen würde, sollte er sie einweihen. Dass er vor ein paar Tagen noch sehr anders über Ninas Reise an die Amalfi-Küste gedacht hatte, schob er an dieser Stelle großzügig beiseite.

Während Matteo versuchte, das, was er in der Redaktion von *Notrevie* erfahren hatte, mit den Informationen zu verbinden, die es bislang gab, entbrannte zwischen den drei Alten ein Streit über die Essensbestellung, weil Luigi darauf bestand, dass am Hafen von Marseille rein gar nichts anderes als Bouillabaisse und Weißwein aus der Provence bestellt werden dürfe, während Beppo darauf beharrte, ein, wie er es nannte, »anständiges Stück Fleisch« auf den Teller zu bekommen.

»Jungs, wäre es nicht möglich, dass wir uns einfach benehmen wie Erwachsene«, stöhnte Matteo, der aus den Augenwinkeln sah, dass der Kellner die lautstarken Diskussionen mit gerunzelter Stirn beobachtet hatte und dann wieder abgedreht war, statt die Bestellung aufzunehmen. Und wenn Matteo eins hatte, dann war es Hunger. Und er brauchte dringend etwas zu trinken, abgesehen von dem Wasser, das bereits auf dem Tisch stand. Flavio schob den weißen Borsalino, den er hier irgendwo erstanden haben musste, in den Nacken und zwirbelte ostentativ den Schnurrbart, den er sich seit einigen Wochen stehen ließ.

Vorausgesetzt – auch, wenn es bisher nur auf Spekulationen beruhte – dass François Duply aus irgendeinem Grund wieder mit Natalie Lemerre und Marcello Conte in Kontakt getreten war oder aber, auch möglich, dass der Kontakt nach dem Erscheinen des Artikels gar nicht erst abgebrochen war, dann war es durchaus denkbar, dass er Ende vergangener Woche ins Val Grande gekommen war und dass er mit dem Mord in Verbindung stand. Der Zeitpunkt seiner Reise passte.

Die nächste Frage war, ob er als möglicher Täter infrage kam. Seine Chefin, Dominique LaRoche, schien große Stücke auf ihn zu halten. Aber das bedeutete gar nichts. Denkbar wäre es. Dafür, dass aus einem engagierten Journalisten ein kaltblütiger Mörder wurde, brauchte es allerdings ein starkes Motiv. Ein Motiv, auf das sich Matteo im Augenblick noch keinen Reim machen konnte.

Um den Hunger zu vertreiben, zündete er sich eine Futura an, was von Beppo mit einem strengen Blick quittiert wurde. Halb abwiegelnd, halb genervt hob Matteo die Hände. Es stand schließlich noch kein Essen auf dem Tisch, sodass es keinen Grund gab, nicht zu rauchen. Und ganz abgesehen davon rauchte er schließlich nur deshalb, weil diese gottverdammten Streithähne die Essensbestellung verhinderten.

Falls, konzentrierte sich Matteo wieder auf François Duply, er wirklich ins Val Grande gekommen war, um sich mit Lemerre und Conte zu treffen, dann konnte es auch sein, dass es sich bei dem abgestürzten Bergsteiger um ihn handelte. Das würde auch erklären, warum Cesario bislang auf keine passende Vermisstenmeldung gestoßen war. Matteo rieb sich durchs Gesicht und versuchte, dem Kellner ein Zeichen zu geben. Sollten die drei verrückten Knaben sich streiten, er würde jetzt etwas bestellen.

Was aber bedeutete es, wenn Duply der abgestürzte Mann war? Hatte er womöglich den Mord an Lemerre und Conte beobachtet und war dabei entdeckt worden? War er vor dem Mörder geflohen und den Felsen hinuntergefallen? Oder war er gestoßen worden? Aber, Matteo nahm einen letzten Zug und drückte die Zigarette im Aschenbecher aus, warum hatte man dann seine Leiche verschwinden lassen, aber nicht die von Lemerre und Conte? Das ergab alles keinen Sinn. Der tote Bergsteiger hatte doch eindeutig zu dieser Gruppe auf der Alpe Scaredi gehört, mit der Matteo die Nacht verbracht hatte. Wütend schlug er mit der Hand auf den Tisch. Er musste diese merkwürdige Truppe finden, anstatt seine Zeit hungrig am Hafen von Marseille zu vertrödeln.

Wie von Zauberhand wurden in diesem Moment die Vorspeisen serviert. Während Matteo noch staunte, brachte ein zweiter Kellner Gläser und eine Flasche Wein.

»Alors«, verkündete Luigi mit feierlicher Miene, »ich habe mir erlaubt, eine für alle Beteiligten tragbare, aber diesem pittoresken und traditionellen Ort würdige Speisenabfolge zu ordern. Sardellenpaste mit Baguette, dann Salade niçoise und zuletzt Bouillabaisse und für unseren ignoranten Fleischfresser ein Côte de Bœuf. Dazu wahlweise einen kräftigen Côtes du Rhône oder einen weißen Côtes de Provence. Irgendwelche Einwände?«

»Palaver nicht, iss«, raunzte Flavio. Aber an seiner Miene erkannte Matteo, dass er sich genauso über das Essen freute wie er selbst. Luigi musste, ohne dass er es bemerkt hatte, aufgestanden sein und heimlich bestellt haben, was mit Abstand die beste Idee des heutigen Tages gewesen war.

Gustavo, der sein Abendbrot bereits zu sich genommen hatte, von den drei Alten aber immer wieder kleine Happen unter den Tisch geworfen bekam, war der Erste, der die Unruhe bemerkte. Hechelnd setzte der Hund sich auf und scharrte mit den Vorderpfoten auf den hölzernen Bohlen der Restaurant-Terrasse.

An den rhythmischen Rufen erkannte man, dass es sich um eine Demonstration handeln musste, was Matteo zunächst zum Schmunzeln veranlasste. Was sollte das bitte sein? Ein Protest nach Feierabend, nachdem man zunächst geduldig die verordneten Stunden im Büro abgesessen und anschließend brav die Stempelkarte in den Apparat gesteckt hatte?

Amüsiert wandte er sich wieder seinem Essen zu, das er in Ruhe genießen wollte, bis er sich wieder gedanklich den Geschehnissen im Val Grande widmete.

Der Lärm, der von der Canebière herüberschwappte, schwoll zusehends an. Trommeln und Händeklatschen unterstützten die Rufe der Menge. Am blauen Flackern, das sich trotz der Helligkeit, die um diese Jahreszeit bis in die späten Abendstunden herrschte, am Himmel abzeichnete, konnte man schon aus der Ferne sehen, dass der Protest von einem massiven Polizeiaufgebot begleitet wurde.

Matteo tätschelte den Hund.

»Gustavo, mein Guter, alles in Ordnung, leg dich mal wieder hin.«

In diesem Moment zerbarst eine Fensterscheibe und die verzerrte Stimme eines Polizisten schnarrte durch ein Megafon. Selbst wenn Matteo Französisch gesprochen hätte, wäre wohl nicht zu verstehen gewesen, wozu er die Demonstranten aufforderte, aber es war unschwer zu erraten.

Eine zweite Scheibe zersprang, und die Menge jubelte. Hubschrauber flogen über das Hafenbecken und begannen, über der Menge zu kreisen, die sich nun auf dem Platz, an dem die Canebìere auf den Hafen stieß, verteilte. Schwerfällig krochen Wasserwerfer heran und unzählige Polizisten kesselten die Demonstranten ein.

Flavio hatte einen raschen Blick auf den Aufmarsch geworfen und sich dann, mit spöttisch verzogenem Mund, wieder seinem Essen zugewandt. Als Dandy, als der er sich gern inszenierte, auch wenn er das im Eifer des Gefechts mit seinen beiden Kumpanen regelmäßig vergaß, hatte er selbstverständlich für so etwas Läppisches und Proletarisches wie eine Demonstration kein Verständnis. Beppo sah eher ein wenig besorgt aus und schien zu hoffen, dass der Protestmarsch auf dem Hafenvorplatz ein Ende finden und sich ihrem Restaurant nicht noch weiter nähern würde.

Ganz anders dagegen Luigi. In seinen Augen flackerte es beinahe fiebrig, er hatte sich erhoben, um mehr von dem Spektakel sehen zu können. Wahrscheinlich fühlte er sich an die wilden Zeiten erinnert.

»Kannst du erkennen, gegen was die demonstrieren?«, fragte Matteo.

Die scheppernde Durchsage, die aus einem der Megafone dröhnte, hinderte Luigi zunächst daran zu antworten.

Als nur noch das rhythmische Klatschen und Skandieren der Demonstranten zu hören war, setzte er sich wieder.

»Globalisierungsgegner, wenn ich das richtig sehe. Die protestieren gegen die G20 und gegen das Spardiktat des IWF.«

Flavio schnaubte verächtlich und verteilte aus einer überdimensionierten Mühle großzügig Pfeffer auf seinem Teller.

»Was ist das denn für ein ideologisches Allerlei? Einmal gegen alles bitte? Solchen Typen sollte man mal«, kichernd schaute er auf die Mühle in seiner Hand, »Pfeffer unterm Hintern machen, das hilft vielleicht auch gegen die Flausen im Kopf.«

Wütend funkelte Luigi ihn an.

»Es geht, du Erbsenhirn, um die kalte, erbarmungslose

Macht des Kapitals, das bis in die tiefsten Schichten unseres Lebens vordringt, alles Menschliche erstickt, die Armen immer ärmer und die Reichen immer reicher werden lässt und –«

»Verschone mich mit deiner Predigt, die kann ich auswendig, so oft hast du mir diesen ganzen Unsinn schon erzählt.«

Beim Wort »Predigt« hatte Beppo sich kerzengerade aufgesetzt.

»Das habe ich jetzt nicht gehört«, war allerdings das Einzige, was er sagen konnte, weil er durch die Situation auf dem Hafenvorplatz abgelenkt wurde, die immer mehr außer Kontrolle geriet. Steine und Flaschen flogen, wie viele Scheiben zu Bruch gingen, war im allgemeinen Lärm nicht mehr auszumachen. Die Sirenen der Polizeiwagen heulten auf, immer mehr Busse rasten mit Blaulicht heran. Dann legten die Wasserwerfer los. Alles, was nicht sicher befestigt war, Transparente, Mülleimer und Fahrräder, wurde über den Platz geschleudert, die Demonstranten hatten sich untergehakt und versuchten, den Wassermassen zu trotzen.

Die Kellner standen an der Tür des Restaurants, *Une Table, au Sud* hieß es, wie Matteo jetzt erst auf der Neonreklame las, und schienen darüber zu beraten, ob es besser wäre, das Lokal zu schließen oder zumindest die Gäste zu bitten, vorläufig hereinzukommen. Argwöhnisch blickten sie zu den Demonstranten hinüber. Hundert Meter Luftlinie waren die mindestens entfernt. Zudem waren die Zugänge zum Quai de Rive Neuve auf beiden Seiten durch Wasserwerfer versperrt.

Matteo fühlte sich unbehaglich in seiner Rolle als unfreiwilliger Katastrophentourist, dennoch konnte auch er sich nicht von der Darbietung abwenden. Vor ihnen wurden schwere schwarze Töpfe aufgebaut.

»*N'y touchez pas, elles sont très chaudes*«, erklärte der Kellner.

»Nicht anfassen, die sind sehr heiß«, übersetzte Luigi prompt, was ihm ein synchrones Augenrollen von Beppo und Flavio einbrachte, das signalisieren sollte, dass sich ihnen dieser Satz problemlos erschlossen hatte.

Der Kellner öffnete in beinahe artistischer Geschwindigkeit die Deckel und befestigte sie, gestützt durch eine gabelähnliche Metallkonstruktion, senkrecht an den Töpfen, aus denen nun ein herrlicher Duft nach Muscheln und anderen Meeresfrüchten stieg. Der zweite Kellner brachte geröstetes Brot, geriebenen Käse und Knoblauch, dazu eine große Schale voll cremiger Mayonnaise, von der ebenfalls ein intensiver Geruch nach Knoblauch ausging.

Noch bevor Matteo den ersten Löffel probieren konnte, loderten auf dem Hafenvorplatz Flammen auf.

»Porca miseria, diese Arschlöcher!«

Erstaunlicherweise war dieser Fluch Luigis Mund entwichen. Und jetzt erkannte Matteo auch, warum der Alte so empört war. Was dort drüben brannte, waren nicht etwa, wie er zuerst angenommen hatte, Barrikaden oder Müll. Einige Randalierer unter den Demonstranten hatten die Fischerboote in Brand gesetzt, die an dieser Stelle des Hafenbeckens vertäut lagen.

Leise und besänftigend sprach Matteo auf Gustavo ein, der sich zwischenzeitlich beruhigt hatte, nun aber wieder aufgebracht japste, während in unregelmäßigen Abständen ein Zittern durch den schweren Körper lief.

»Was sind das für dreimal durch den Donnerbalken geplumpste Wichte?«, schimpfte Flavio. »Das ist doch nicht nur Unsinn, das ist eine unglaubliche Schweinerei. Zerstören das wenige, das diese armen Fischer haben. Die sind doch froh, wenn sie abends überhaupt was zwischen die Zähne bekommen.«

Empört stopfte Flavio, gänzlich undandyhaft, zwei Scheiben Brot gleichzeitig in den Mund.

Matteo hatte Gustavo endlich davon überzeugen können, sich wieder auf den Holzbohlen auszustrecken und wandte sich erneut seinem Essen zu. So zynisch es klingen mochte, es war niemandem damit geholfen, wenn sie die köstliche Bouillabaisse kalt werden ließen. Aber auch wenn er sich Mühe gab, ganz gelang es ihm nicht, den Kampf, der zwischen Demonstranten und der Polizei tobte, zu ignorieren. Warum schafften so viele der Protestler, die doch eigentlich auf der richtigen Seite standen, es nicht, ihr Anliegen auch mit den richtigen Mitteln zur Sprache zu bringen? Warum gab es immer diesen Punkt, an dem eine gute Aktion in Gewalt umkippte? Matteo fischte eine Garnele aus dem dampfenden Sud.

Einige der Demonstranten hatten die Kette aus Wasserwerfern und Mannschaftsbussen durchbrochen und rannten den Quai de Rive Neuve herunter, direkt auf das Restaurant zu, in dem Matteo und die drei Alten saßen. Allerdings machte es ganz und gar nicht den Eindruck, als hätten sie den Plan, weitere Scheiben einzuschmeißen. Vielmehr schienen sie auf der Flucht vor der Polizei zu sein, um einer drohenden Verhaftung zu entgehen. Noch bevor sie das Restaurant erreichten, waren die meisten von ihnen in einer der schmalen Gassen, die vom Quai abzweigten, verschwunden. Ein spitzer Schrei lenkte Matteos Aufmerksamkeit auf eine junge Frau, die offenbar umgeknickt war. Mit schmerzverzerrter Miene humpelte sie ein paar Schritte, dann ging sie in die Hocke und zog ihre Schuhe aus, wohl in der Hoffnung, barfuß besser laufen zu können.

Von der Terrasse des benachbarten Lokals ertönte ein Pfiff. Die junge Frau hob den Kopf. Zwei vornehm gekleidete Damen, die Matteo nie und nimmer für fähig gehalten hätte, einen solch gellenden Pfiff auszustoßen, winkten sie heran. Die eine der beiden, die ein champagnerfarbenes schulterfreies Kleid trug, deutete auf die aufgesteckten Haare der jungen Frau. Die Demonstrantin verstand sofort, löste mit ein paar geschickten Handgriffen die Nadeln, mit denen ihre Frisur zusammengehalten wurde, und langes, kastanienbraunes Haar ergoss sich über ihre Schultern, beinahe bis zu den Hüften. Dankbar ließ sie sich auf den Stuhl gleiten, den die eine Dame heranzog, während die andere dem Kellner winkte.

Matteo grinste. Jede Wette, so würde die Demonstrantin der Polizei entgehen. Und da sage noch mal einer was von Stutenbissigkeit. Diese Form der Solidarität unter Frauen gefiel ihm ausnehmend gut, und nicht nur ihm, wie er an den Gesichtern der Umsitzenden erkannte. Keiner von ihnen würde die Tarnung der jungen Frau auffliegen lassen.

Plötzlich durchfuhr es Matteo wie ein Stromschlag. In Bruchteilen von Sekunden wechselten sich in seinem Kopf verschiedene Bilder ab. Der Moment, als ihm die Schwester des Wirts die Tür des Agriturismo geöffnet hatte. Der Abend auf der Alpe Scaredi, als er erschöpft auf der Ofenbank gesessen und zu den Frauen geschaut hatte, die auf dem Boden gemalt hatten. Der Moment, als die ersten Teilnehmer der Wandergruppe die Treppe zur Schlafempore hinaufgegangen waren.

»Carmen Belassi«, murmelte er, »warum ist mir das nicht früher aufgefallen. Carmen Belassi.«

»Was nuschelst du da in deinen nicht vorhandenen Bart, Fleischermeisterchen?« Neugierig beugte Luigi sich zu ihm herüber.

»Eine Frau«, trompete Flavio, »er spricht von einer Frau.«

»Heilige Maria im Himmel, mamma mia, du hast doch die schöne Kommissarin«, ereiferte sich Beppo, »was stellst du denn fremden Frauenzimmern nach? Bist du des Wahnsinns?«

Nervös winkte Matteo ab. Es musste doch möglich sein, sich einmal für ein paar Sekunden zu konzentrieren, ohne dass diese Zirkustruppe ihre Pirouetten schlug. Er schob seinen Stuhl nach hinten und lief ein paar Schritte die Veranda entlang, lehnte sich an die hölzerne Einzäunung und blickte auf die Hafenausfahrt, hinter der sich das Mittelmeer erstreckte. Die Demonstration schien sich nach und nach aufzulösen.

Das Öffnen der Haare war die entscheidende Geste gewesen, und Matteo wunderte sich, dass er erst jetzt die Verbindung herstellte und nicht bereits am Abend zuvor, als er Carmen Belassi gegenübergestanden hatte. Dass er glaubte, sie zu kennen, beruhte nicht auf einem Irrtum oder einer Verwechslung. Er war sich jetzt sicher. Im trüben Licht des Agriturismo hatte er sie nur nicht richtig sehen können. Aber die Bewegung dieser Demonstrantin war eine Kopie der Bewegung gewesen, die er an Carmen Belassi auf der Alpe Scaredi wahrgenommen hatte. Sie war eine der Frauen gewesen, die dort ins Malen vertieft gesessen hatten. Sie hatte ihm den Rücken zugekehrt. Aber er hatte ihr Gesicht flüchtig gesehen, als sie die Treppe zu den Schlafplätzen hinaufgestiegen war und dabei die Klammern aus ihren Haaren gezogen hatte.

Matteo fuhr sich durch die Locken. Jetzt hatte er jemanden, der ihm sagen konnte, wer die Leute auf der Alpe Scaredi gewesen waren. Damit müsste sich die Identität des abgestürzten Bergsteigers klären lassen. Und wenn ihn nicht alles täuschte und die Fälle tatsächlich zusammenhingen, dann würde dieses Wissen ihn auch zum Mörder von Natalie Lemerre und Marcello Conte führen. Insofern hatte seine Marseille-Reise ihn tatsächlich auf etwas gestoßen, nur fragte er sich langsam, ob dieser Ausflug dafür wirklich nötig gewesen war oder ob er nicht anders darauf hätte kommen können. Nun war er Stunden vom Loana-Tal entfernt, dachte er angespannt, und konnte nur hoffen, dass die Schwester des Wirts nicht ahnte, dass er sich wieder an sie erinnerte, sonst würde sie die Zeit womöglich nutzen, um ihre Freunde zu warnen.

Matteo überlegte, ob es ratsam wäre, Nina oder Settignano direkt über seine Entdeckungen zu informieren. Aber etwas hielt ihn zurück. Er ließ den Blick über die Fischerboote schweifen, die an dieser Stelle des Anlegers noch friedlich schaukelten. Die Feuerwehr hatte mittlerweile die Brände gelöscht. Wenn Matteo es richtig deutete, entspannte sich die Situation zusehends. Die Wasserwerfer hatten ihre Arbeit eingestellt. Zwei Polizeibusse setzten sich langsam in Bewegung.

Er würde Settignano nicht anrufen. Aber nicht, weil er dem Commissario nicht zutraute, mit seinen Informationen sinnvoll umzugehen oder weil er wütend darüber war, wie er mit ihm umgesprungen war. Wenn er ehrlich war, dann hatte ihn schlichtweg der Ehrgeiz gepackt. Es war bereits das dritte Mal, dass er in die Aufklärung eines

Mords verstrickt wurde. Die beiden vorangegangenen Fälle hatte nicht die Polizei, sondern er gelöst. Seiner Hartnäckigkeit und seinem Geschick war es zu verdanken gewesen, dass die Schuldigen dingfest gemacht werden konnten. Nun reizte ihn die Herausforderung, es ein weiteres Mal zu schaffen. Und es hatte sich ja auch bewährt, dass sich die Polizei und er eine Weile parallel an die Arbeit machten. »Abgerechnet wird zum Schluss«, murmelte er und zündete sich eine Futura an.

8

Matteo hatte noch am vorigen Abend vom Hotel aus ein Ticket für den ersten Flieger nach Mailand gebucht und sich nach der Ankunft dort am Flughafen einen Leihwagen besorgt. Als er mit diesem die letzten Kurven der Straße nahm, die ins Loana-Tal führte, war es halb zwölf. Es herrschte eine brennende Hitze, wie er an den schwitzenden roten Gesichtern der Radfahrer erkannte, die sich den Berg hochquälten. Matteo hatte für viele Spleens seiner Landsleute Verständnis, aber dieser Fimmel, der in den warmen Monaten vor allem seine Geschlechtsgenossen dazu trieb, sich in quietschbunte, knallenge kurze Hosen und Trikots zu zwängen und mit ihren Fahrrädern die ohnehin engen Straßen zu verstopfen, war ihm schon immer suspekt gewesen.

In seinem vollklimatisierten Kleinwagen merkte Matteo nichts von den Temperaturen draußen, das kannte er von seinem Lancia natürlich nicht. Und während er sich noch darüber ärgerte, dass an diesen neuen Autos wirklich alles verbaut war – die Fenster zu klein, das Armaturenbrett beinahe näher am Beifahrersitz als an dem des Fahrers, die Außenspiegel nur automatisch, dabei aber enorm grobmotorisch zu justieren – fiel ihm ein, dass es ein Leichtes gewesen wäre, die Klimaanlage abzustellen und die Fenster herunterzulassen, um die künstliche Kühlung gegen frische Luft von draußen zu tauschen. Aber er hatte sich tatsächlich in den gut anderthalb Stunden Fahrt vom Flughafen vollständig der Technik des Wagens untergeordnet. Wie lächerlich es aussehen musste, wenn ein schlaksiger Riese wie er sich in so ein winziges Gefährt zwängte, darüber wollte er sich erst recht keine Gedanken machen.

Nur wenige Wagen parkten auf dem holprigen Stück Grün, das als Parkplatz diente und der Federung des Wagens alles abverlangte.

Die Tür des Agriturismo stand bereits offen, Gäste konnte Matteo auf der Veranda aber nicht ausmachen, was ihm sehr recht war.

»Buongiorno? Ist jemand da?«, rief er, als er in die Gaststube trat und darauf wartete, dass sich seine Augen an das schummrige Licht gewöhnten.

Dann erkannte er, dass diejenige, die er suchte, hinter dem Tresen stand und Gläser polierte.

»Mein Bruder ist im Stall bei den Kälbern. Er wird gleich zurückkommen, wollen Sie sich setzen?«

»Ich wollte gar nicht mit Ihrem Bruder sprechen, sondern mit Ihnen.«

Carmen Belassi unterbrach für einen Augenblick ihre Arbeit, dann fuhr sie unbeirrt fort, das Geschirrtuch über das Glas wandern zu lassen.

»Mit mir? Aber ich habe Ihnen doch schon vorgestern Abend nicht weiterhelfen können.«

Matteo machte langsam ein paar Schritte auf den Tresen zu, um sich noch einmal zu versichern, dass er keinem Hirngespinst aufgesessen war. Aber es bestand kein Zweifel.

Beklommen stellte Carmen Belassi das Glas ab. Sie wusste in diesem Moment, dass er sie erkannt hatte.

»Warum haben Sie mir verschwiegen, dass Sie die Mordnacht auf der Alpe Scaredi verbracht haben?«

Stumm schüttelte sie den Kopf und trat einen Schritt zurück.

Matteos Ton wurde hart.

»Was waren das für Leute auf der Alpe Scaredi? Wer war der tote Bergsteiger? Und was, verdammt noch mal, habt ihr mit den anderen beiden Morden zu tun?«

Der schrille Schrei der Frau ließ Matteo innehalten und ehe er sich versah, wischte sie mit einer hektischen Bewegung die Gläser vom Tresen. Krachend gingen sie zu Bruch. Bevor Matteo reagieren konnte, griff sie in die Schublade, zog ein Messer heraus und drückte die Klinge hart an die pulsierende Halsschlagader.

»Einen Schritt näher und ich bringe mich um.«

»Um Himmels willen.« Matteo hob beschwichtigend die Hände. »Um Himmels willen, machen Sie keinen Unsinn. Ich möchte Ihnen doch nur ein paar Fragen stellen.«

»Verlassen Sie diesen Ort und kommen Sie nicht wieder, oder ich mache Ernst«, presste Carmen Belassi hervor.

»O. k., ganz ruhig, bitte.« Matteo deutete auf einen Stuhl, der in der Nähe des Tresens stand. »Ich setze mich jetzt hin und verspreche, dort zu bleiben.«

Von Carmen Belassi kam keine Erwiderung, das deutete Matteo als Einverständnis.

»Bitte sagen Sie mir«, fuhr er fort, nachdem er sich gesetzt und die junge Frau dabei nicht aus den Augen gelassen hatte, »wer die Menschen auf der Alpe Scaredi waren. Filippo hieß der eine. Wie weiter? Was haben Sie dort getan? Das war doch keine zufällige Zusammenkunft.«

»Wir haben nichts damit zu tun«, flüsterte sie, als würde ihr das Messer, das sie sich noch immer an den Hals hielt, die Stimme abdrücken.

»Wer ist wir?«, beharrte Matteo sanft.

Carmen Belassis Augen flackerten ängstlich. Auf ihren Wangen zeichneten sich rote Flecken ab. Ihr Mund war leicht geöffnet, als kämpfte sie mit sich, ob sie antworten sollte.

In diesem Moment flog die Schwingtür der Küche auf. Die junge Frau fuhr erschrocken herum und ließ das Messer sinken. Mit einem Sprung hechtete Matteo über die Theke und bekam mit Glück die Hand, in der sie das Messer hielt, am Gelenk zu fassen und drückte den Arm so weit nach oben, dass die Klinge niemanden verletzen konnte. Auch die andere Hand hatte er gepackt und zwang sie auf die hölzerne Ablagefläche des Regals. Er spürte, wie Carmen Belassi mit zäher Kraft versuchte, sich zu befreien.

»Was ist hier los? Lassen Sie meine Schwester in Frieden!« Der Wirt stand noch immer in der Küchentür. Dann sah er das Messer in ihrer Hand und das Gesicht des Gastes, den er noch vor wenigen Tagen bewirtet hatte. Er konnte die Situation nicht deuten und schien zu überlegen, ob es sich um einen Überfall handelte oder ob die beiden sich kannten und in Streit geraten waren.

»Bitte, helfen Sie mir«, rief Matteo zu ihm hinüber. »Ihre Schwester will sich etwas antun. Schnell.«

Nun stürzte der Wirt hinzu und mit einem gezielten Griff nahm er Carmen Belassi das Messer ab. Matteo merkte, wie der Widerstand aus ihrem Körper wich und ließ sie vorsichtig los, bereit, notfalls sofort wieder einzugreifen.

Mit störrischer Miene starrte die Frau auf den Dielenboden.

Ihr Bruder redete beruhigend auf sie ein. »Carmen, was machst du denn? Bist du von allen guten Geistern verlassen?«

Dann wandte Marco Belassi sich Matteo zu.

»Aber jetzt würde ich doch ganz gern erfahren, was hier vor sich geht.«

Nachdem die drei an einem der massiven Tische Platz genommen hatten, erklärte Matteo dem Wirt, was ihn hergeführt hatte. Carmen Belassi starrte auf ihre Hände. Während Matteos Ausführungen schüttelte sie einige Male entschieden den Kopf, schwieg aber eisern, während sie mit den Tränen kämpfte.

Der Gesichtsausdruck von Marco Belassi war zusehends wütender geworden. Seine Mundwinkel zuckten, und Matteo befürchtete, dass der Wirt seine Schwester im nächsten Moment anbrüllen würde. Aber als er schließlich zu sprechen begann, klang seine Stimme beherrscht.

»Carmen, sag uns bitte, was du da oben gemacht hast. Wer waren diese Leute?«

Sie kniff die Lippen zusammen wie ein stures Kind.

»Du hast mir gesagt, dass du Migräne hast und im Bett liegst.«

Abrupt packte er sie an der Schulter und schüttelte sie heftig.

»Warum lügst du mich an?«

»Sachte, sachte«, ging Matteo dazwischen.

Nun wurde Marco Belassi doch laut, aber er klang nicht aufgebracht, sondern verzweifelt.

»Was ist nur in dich gefahren? Willst du, dass wir hier alles verlieren? Ich brauche dich doch. Du musst mit mir sprechen. Du musst mit uns sprechen, ich bitte dich.«

»Von mir erfahrt ihr kein Wort«, zischte Carmen Belassi.

»O. k., verstanden.« Matteo erhob sich und zog das Handy aus der Tasche. »Dann komme ich nicht umhin, die Angelegenheit jetzt der Polizei zu übergeben. Hier geht es schließlich um Mord.«

Carmen Belassi schaute ihn erschrocken an. Die roten Flecken waren zurückgekehrt und zogen sich vom Gesicht den Hals entlang bis in den hohen Ausschnitt ihres petrolfarbenen Kleids.

Matteo lächelte übertrieben verbindlich und fühlte sich einigermaßen erbärmlich dabei, zu solch einer billigen Drohung greifen zu müssen. Aber ihm war nichts anderes eingefallen.

Die junge Frau setzte sich aufrecht hin und legte die Hände auf den Tisch, ganz ähnlich, wie er es bei Filippo gesehen hatte. Matteo ließ das Telefon sinken, verstaute es aber noch nicht wieder in der Jackentasche. Die rasche Bewegung ihrer Augen verriet ihm, dass sie immer noch hektisch darüber nachdachte, was sie tun oder sagen sollte, während die Haltung ihrer Hände Ruhe und Souveränität ausstrahlen sollte.

»Ich sage noch einmal«, begann sie schließlich stockend. »Wir haben nichts damit zu tun, wir waren zufällig in der Nähe. Und wir wollen nicht, dass jemand von euch unser Zusammensein stört.«

»Carmen, bitte sagen Sie uns, wer hinter diesem ›wir‹ steckt.«

Aufmunternd nickte Matteo ihr zu.

»*Tendere la Mano*«, sagte sie nun mit fester Stimme, »das ist eine Kommune von Andersdenkenden, von Menschen, die sich zusammengefunden haben, um nach ihren Regeln, nach den Geboten der Nächstenliebe zusammenzuleben, im Einklang mit der Natur und allen Lebewesen dieses Planeten.«

Krachend fiel der Stuhl von Marco Belassi um, als er mit einem Ruck aufsprang und begann, aufgeregt in der Gaststube hin und her zu laufen.

»Eine Sekte?! Bist du vollkommen wahnsinnig geworden, Carmen?!« Er stürzte zum Tisch zurück und baute sich vor seiner Schwester auf. »Was haben die mit dir gemacht? Das Gehirn gewaschen? Zahlst du denen Geld? Hast du denen vielleicht sogar unser Land überschrieben? Willst du uns ruinieren?«

Carmen Belassi lachte leise vor sich hin, was Matteo sich nicht erklären konnte. Dass sie den Ausbruch ihres Bruders tatsächlich lächerlich fand, konnte er sich kaum vorstellen. Vielleicht eine Übersprungshandlung. Ihr Lachen verebbte.

»*Tendere la Mano* ist keine Sekte. Was redest du? Du hast keine Ahnung. Das ist etwas völlig anderes. Wir sind eine echte Gemeinschaft.«

»WIR sind eine Gemeinschaft, wir beide«, brüllte Marco Belassi. »Wir!«

Er ließ sich auf einen Stuhl sinken, atmete schwer, wie nach einer großen körperlichen Anstrengung.

Der Name sagte Matteo irgendetwas. Er hatte, das war lange her, in der Zeitung darüber gelesen, konnte sich aber nur noch vage erinnern. Wenn ihn sein Gedächtnis nicht täuschte, dann war es in dem Artikel genau darum gegangen: ob es sich bei *Tendere la Mano* um eine harmlose Kommune oder aber um eine Sekte handelte, die ihre Mitglieder psychisch unter Druck setzte und manipulierte. Aber hätte man ihn danach gefragt, hätte er vermutet, dass sich die Gemeinschaft längst aufgelöst hatte.

Matteo setzte sich zurück an den Tisch.

»Ich muss Sie wirklich bitten, mir zu erzählen, was dort oben passiert ist.«

Carmen Belassi schaute durch ihn hindurch.

»Ich habe keine Ahnung. Es ist nichts passiert. Sie waren doch dabei. Es war alles ganz ruhig. Und dann bin ich schlafen gegangen, sehr früh. Wie alle eigentlich, es war doch dieses Unwetter, was hätte man machen sollen? Man hätte doch gar nicht weggekonnt, selbst wenn man gewollt hätte.«

»Aber vorher, was ist da passiert, am Nachmittag?«

»Was soll da passiert sein? Wir sind gewandert, das Unwetter zog auf und wir haben in der Alpe Schutz gesucht, weil klar war, dass es zu gefährlich wäre weiterzugehen.«

»Aber einer aus der Gruppe ist doch weitergegangen?«, beharrte Matteo. »Wie ist es zu dem Absturz gekommen? Und kann es vielleicht sein, dass Sie Marcello Conte und Natalie Lemerre besser gekannt haben, als Sie es mir vorgestern Abend weismachen wollten?«

Carmen Belassi kniff wieder die Lippen zusammen. Dann blickte sie Matteo an.

»Ich weiß nicht, was passiert ist, das müssen Sie mir glauben. Und Sie müssen mir auch glauben, dass die Menschen, die sich bei *Tendere la Mano* zusammenschließen, friedliebend sind. Genau deshalb sind wir doch dort.«

»Wenn ich das richtig verstehe, leben Sie aber noch nicht dauerhaft bei *Tendere la Mano*?«

»Nein«, Carmen Belassi warf einen unsicheren Blick zu ihrem Bruder hinüber, »ich bin noch nicht so weit.«

Marco Belassi schien noch ein wenig mehr in sich zusammenzusacken.

»Gut. Wenn Sie mir nicht weiterhelfen können, dann werde ich mit den Leuten von *Tendere la Mano* sprechen. Wollen Sie mir die Adresse geben? Ansonsten finde ich die auch im Internet, nehme ich an.«

Carmen Belassi schwieg.

»Oder im Polizeicomputer.«

Die nächste billige Drohung, Matteo seufzte. Und beschämt registrierte er, dass er sich in diesem Moment ziemlich genau wie die Kollegen verhielt, die er früher verachtet hatte. Die Schwester des Wirts erhob sich mit erstarrter Miene, ging betont langsam zum Tresen hinüber, griff sich einen kleinen Notizblock und schrieb etwas auf. Mit einer energischen Bewegung riss sie den Zettel ab, ließ ihn auf dem Tresen liegen und ging, ohne Matteo noch eines Blickes zu würdigen, in die Küche. Er wartete, bis sich die Schwingtür ausgependelt hatte, dann nahm er den Zettel an sich. *Via San Michele, Merate* war darauf in runden, nach links geneigten Buchstaben notiert.

Bevor er die Gaststube verließ, wandte er sich noch einmal Marco Belassi zu, der wie ein Häufchen Elend dasaß, das Gesicht in den Händen vergraben.

»Gibt es noch irgendetwas, das Sie mir sagen wollen?«

Belassi verneinte, kaum hörbar.

»Diese vier Gäste, die auch hier waren am Samstag, zwei Frauen, zwei Männer, mit einem haben Sie gestritten. Sie wollten mir einreden, dass es um irgendeine Unstimmigkeit wegen des Essens ging. Das habe ich schon am Samstag nicht so recht geglaubt.«

Nur ein leichtes Beben der Schultern des Wirts ließ erkennen, dass er Matteos Worte vernommen hatte.

»Sie kannten den Mann, habe ich recht? Was wollte er von Ihnen?«

Als Belassi ihm das Gesicht zuwandte, sah Matteo, dass seine Augen stark gerötet waren. Dieser Mann war augenscheinlich mit den Nerven am Ende.

Dennoch bedrängte Matteo ihn weiter: »Wer waren diese Leute?«

»Das spielt doch jetzt keine Rolle mehr.« Belassis Stimme klang heiser.

»Und ob das eine Rolle spielt. Wenn ich Sie kurz daran erinnern darf: Es geht hier nicht nur um das Verhältnis von Ihnen und Ihrer Schwester. Es geht um drei Tote.« Matteo zögerte. »Mindestens drei.«

Schwerfällig erhob Belassi sich.

»Ich muss jetzt was trinken. Wollen Sie auch einen Averna? Tun Sie mir den Gefallen.«

In diesem Moment wurde die Tür des Agriturismo aufgestoßen und ein vollbärtiger Mann mit einem altertümlichen Wanderhut steckte seinen Kopf herein.

»Können wir bestellen?«

»Wir öffnen in zehn Minuten«, ranzte Belassi, ohne den Besucher eines Blickes zu würdigen.

Matteo wiegelte ab, als der Wirt ihm ein großzügig gefülltes Glas reichte.

»Ich muss noch fahren, danke. Also?«

Belassi kippte erst sein Glas hinunter, dann schüttete er umstandslos den für Matteo gedachten Schnaps hinterher.

»Arschlöcher, kleine unbedeutende Arschlöcher. Nichts weiter.«

Matteo seufzte.

»Bitte, Marco, es wäre äußerst hilfreich, wenn ich nicht jedes Wort aus Ihnen herausquetschen müsste.«

Der Wirt hatte schon wieder nach der Averna-Flasche gegriffen, sanft, aber nachdrücklich legte Matteo ihm die

Hand auf den Arm, um ihm zu bedeuten, dass er fürs Erste genug getrunken hatte.

»Ich kenne nur den einen, Danilo heißt er, den Nachnamen weiß ich nicht. Der war ein paar Mal hier. Zuerst war er ganz nett, hat von der Gegend geschwärmt, hat zwei- oder dreimal in einem der Rustici übernachtet. Scheint aus einer reichen Turiner Familie zu kommen.«

Angewidert blickte Belassi Matteo an.

»Diese Emporkömmlinge, die alles in den Hintern geschoben bekommen, die nie gelernt haben, zu arbeiten und dann, wenn Papa nicht mehr zahlen möchte, mal eben das schnelle Geld machen wollen, egal, wem sie damit schaden.«

Matteo wurde ungeduldig.

»Bitte, geht es etwas konkreter?«

Belassi knetete die Hände.

Schon wieder ging die Tür zur Terrasse auf, aber noch bevor man sehen konnte, ob es wieder der Rauschebart war oder ein anderer Gast, bellte Belassi ein »Gleich!« durch den Raum, sodass die Tür unmittelbar wieder geschlossen wurde.

»Dieser Danilo hat wohl gedacht, jeder, der nichts kann, macht eben irgendwas mit Immobilien. Aus irgendeinem Grund hatte er sich in den Kopf gesetzt, unser Grundstück zu kaufen. Und damit nicht genug. Das ganze Fondo Li Gabbi wollte er sich unter den Nagel reißen. Jede einzelne verdammte Hütte.«

»Was wollte er damit machen?«

Belassi schnaufte verächtlich.

»Ich habe mir dieses ganze elende Gerede nicht angehört. Oder, doch, einmal, als wir zusammen ein bisschen zu viel getrunken hatten. Da schwadronierte er von irgendwelchen Luxus-Ressorts, fern der Großstadt. Ich habe dem damals keine Bedeutung beigemessen. Zwei Wochen später stand er dann wieder da.«

»Wie lange ist dieser Abend her?«

Belassi überlegte.

»Das muss Ende des vergangenen Sommers gewesen sein.«

»Und ab dann kam dieser Danilo regelmäßig?«

»Im Herbst war er noch einmal da. Im Winter nicht. Da ist die Straße nicht befahrbar, jedenfalls nicht mit den Nobelschlitten, die er hat.«

»Aber Sie wollten nicht verkaufen?«

»Ich könnte gar nicht, selbst wenn ich wollte.«

»Was meinen Sie damit?«

»Das Agriturismo und das umliegende Land gehört Carmen. Sie hat es von ihren Eltern geerbt.« Belassi griff sich an den Hals und rieb exakt die Stelle, an die seine Schwester vorhin bei sich das Messer gedrückt hatte. »Mich haben die Belassis nur aufgenommen, gnadenhalber. Meine Mutter war Magd auf einer der Alpen. Sie ist gestorben, als ich drei war.«

Carmen war also seine Stiefschwester, korrigierte Matteo sich im Geiste.

»Haben Sie Carmen von dem Angebot erzählt?«

Der Wirt schüttelte entschlossen den Kopf.

»Was hätte sie Ihrer Meinung nach davon gehalten?«

»Ich habe keine Ahnung«, erwiderte Belassi finster. »Aber wahrscheinlich hat sie den ganzen Besitz doch ohnehin schon dieser Sekte überschrieben.«

»Wie kommen Sie darauf?«

Belassi zuckte die Schultern.

»Ist das nicht immer die gleiche Masche? Erst machen sie

die Leute gefällig, unterziehen sie einer Gehirnwäsche, um sie dann in aller Ruhe ausnehmen zu können?«

»Kann schon sein«, gestand Matteo ein. »Sagen Sie«, fügte er unmittelbar an, »sind Sie deshalb am Sonntag in Turin gewesen? Haben Sie diesen Danilo dort getroffen?«

»Woher wissen Sie, dass ich in Turin war?«

»Ihre Schwester hat es mir erzählt.«

Marco Belassi hob prüfend sein Glas, schloss sich dann aber wohl Matteos Meinung an, dass er sich fürs Erste genug Averna genehmigt hatte.

»Nein, nein«, antwortete er schließlich, »ich habe Ihnen ja gesagt, ich kenne noch nicht mal den Nachnamen von diesem Kerl. Ich war privat unterwegs. Die Leute fahren hier hoch, um rauszukommen. Für mich ist so ein Rauskommen ein Ausflug nach Turin. Muss auch mal sein.«

»Ihre Schwester sagte, Sie hätten wichtige geschäftliche Termine.«

»Das muss sie verwechselt haben.« Der Wirt grinste schief. »Oder, kann sein, dass ich so etwas angedeutet habe, um mir Nachfragen zu ersparen.«

Dafür, dass diese Stiefgeschwister so eng zusammenlebten, dachte Matteo, hatten sie doch erstaunlich viele Geheimnisse voreinander. Aber vielleicht war das gar nicht so überraschend, sondern notwendig, gerade wegen der Nähe.

»Kannten Sie Natalie Lemerre und Marcello Conte, die beiden Ermordeten?«

Belassi schüttelte den Kopf.

»Die haben sich hier nie blicken lassen.«

»Irgendwann müssen die doch ins Tal gekommen sein, um sich mit Lebensmitteln zu versorgen?«

»Schon möglich«, bestätigte der Wirt, »aber hier sind sie nie gewesen.«

Knarzend öffnete sich erneut die Tür zur Terrasse.

»Carmen«, brüllte Belassi in Richtung der Küche. »Kümmere dich gefälligst um die Gäste. Sollen die verhungern oder was?«

Dann wandte er sich an Matteo.

»Sie sehen, wir müssen arbeiten. Gibt es noch etwas?«

»Gibt es«, entgegnete Matteo unbeeindruckt. »Wie lange ist dieser Danilo am Samstag geblieben?«

Belassi musste sich kurz besinnen.

»Sie hatten eine der Ferienwohnungen gemietet, die rechts hinter der Kapelle liegen. Aber am nächsten Morgen müssen sie schon früh aufgebrochen sein. Auf jeden Fall habe ich sie nicht mehr gesehen.«

Carmen Belassi trat mit unbewegter Miene aus der Küche. Sie hatte eine Schürze umgebunden und ging schnellen Schrittes auf die Terrasse, um die Bestellung aufzunehmen. Merkwürdig, ging es Matteo durch den Kopf, dass sie sich den Anweisungen ihres Bruders so umstandslos fügte, wo doch eigentlich sie die Chefin war, wie er jetzt wusste.

»Und sind Sie sicher, dass Sie den Nachnamen von diesem Danilo nicht kennen? Das wundert mich. Sie verhandeln mit einem Mann darüber, ob Sie ihm Ihr Land verkaufen, und kennen dessen Nachnamen nicht?«

»Ich habe nicht mit ihm verhandelt«, brauste Belassi auf. »Wie ich Ihnen schon gesagt habe: Wir haben einmal zusammen getrunken, da sind wir ein bisschen ins Reden gekommen. Als mir klar wurde, worum es ihm geht, habe ich ihm gesagt, dass er sich hier nicht wieder blicken lassen soll.«

»Und wie haben Sie reagiert, als er sich nicht daran gehalten hat?«

»Ich kann ihm nicht verbieten, mit seinen komischen

Freunden hier aufzutauchen. Wer bei uns essen will, bekommt hier was zu essen, solange er sich anständig benimmt.«

»Diesen anderen Mann und die beiden Frauen haben Sie vorher noch nie gesehen?«

»Nein.«

»Können Sie mir noch irgendetwas sagen, das mir helfen könnte, diesen Danilo zu finden?«

Carmen Belassi kam herein und legte im Vorübergehen einen Zettel mit Bestellungen auf den Tresen.

»Ich kümmere mich um das Essen«, versetzte sie. »Mach du bitte die Getränke.«

Marco Belassi nahm den Zettel und ging hinter die Theke.

»Entschuldigen Sie. Ich habe jetzt wirklich zu tun.« Dann blickte er Matteo flehentlich an: »Bitte, wir wollen hier doch einfach nur unsere Ruhe haben. Ich kann Ihnen nichts weiter sagen.«

Wer will das nicht, dachte Matteo, als er auf die Terrasse trat und überrascht war, wie hell es draußen war.

Mürrisch blickte er auf seinen winzigen Mietwagen. Aber wenn er jetzt erst nach Cannobio fahren würde, um das mickrige Gefährt gegen den Lancia einzutauschen, verlor er mindestens zwei Stunden. Zum Trost zündete er sich eine Futura an.

Als hinter Malesco sein Handy wieder Empfang anzeigte, rief er Cesario an und bat ihn, sich zu erkundigen, ob es in Turin oder im Umkreis der Stadt einen Danilo gab, der in Immobiliengeschäfte verwickelt war. Alter zwischen vierzig und fünfzig. Vermutlich aus reichem Hause.

»Mein Lieber«, keuchte Cesario, der sich offenbar gerade

erst die Treppen des Präsidiums hinaufgewuchtet hatte, »du weißt ja, dass ich dir keinen Gefallen abschlagen kann. Also, ich schaue, ob ich etwas finde.«

»Besonders interessieren würde mich jemand, dessen Nachname mit ›s‹ beginnt.«

»Warum das?«

Durch das auf ein leichtes Brummen gedrosselte Motorengeräusch hindurch hörte Matteo, wie Cesarios Schreibtischstuhl quietschte, während der Kommissar sich zurechtsetzte.

Vor seinem inneren Auge sah er nun die notdürftig von den Blutspuren befreite Wand der Alphütte, auf die jemand die beiden Buchstaben »d« und »s« geschrieben hatte. Eines der beiden Opfer vermutlich, in den letzten schmerzerfüllten, hoffnungslosen Atemzügen seines Lebens. Oder aber, dachte Matteo, war es nicht auch möglich, dass der Täter das Zeichen hinterlassen hatte? Um seine Tat zu erklären? Aber wer hatte dann versucht, die Zeichen wieder zu entfernen?

Cesario riss Matteo aus seinen Überlegungen.

»Ich muss dich auch um etwas bitten.«

»Immer gern«, antwortete Matteo und versuchte dabei, die richtige Ausfahrt nicht zu verpassen. In Italien war vieles chaotisch. Die Beschilderung der unzähligen Kreisverkehre gehörte unbestreitbar dazu.

»Nina hat mich angerufen.«

»Wer?«, fragte Matteo unnötigerweise.

»Du musst mit ihr reden. Sie ahnt natürlich längst, dass du dich in die Sache eingemischt hast.«

»Was wollte sie?«

»Na, genau das. Hören, ob du mich irgendwie angezapft hast.«

»Und was hast du gesagt?«

»Natürlich nichts«, schnaufte Cesario. »Aber ganz ehrlich, Matteo. Ein zweites Mal mache ich das nicht. Nina ist schwer in Ordnung. Sie ist eine tolle Frau. Ich habe keine Lust, sie noch mal anzulügen.«

»Hm«, brummte Matteo, ohne dass er selbst hätte sagen können, was genau dieser Kommentar bedeuten sollte.

»Sprich mit ihr, ok?«

»Hm«, machte Matteo noch einmal.

»Bist du vorangekommen?«

Dankbar nahm Matteo zur Kenntnis, dass Cesario nicht, wie so viele andere Leute, darauf beharrte, dass man hoch und heilig versicherte, man würde ihrer Bitte nachkommen. Er hatte sie ausdrücklich und klar formuliert, das musste genügen.

»Geht so«, antwortete Matteo. »Ich bin gerade auf dem Weg nach Merate. Sagt dir der Name *Tendere la Mano* etwas? Ein paar von denen sind in der Nacht zum Sonntag auf der Alpe Scaredi gewesen. Ich bin mir ziemlich sicher, dass die irgendwie mit drinstecken in der Sache.«

»*Tendere la Mano*?« Cesario lachte scheppernd. »Das sind doch harmlose Spinner, soweit ich weiß. Vor ein paar Jahren sind die alle paar Monate durch die Fußgängerzonen gezogen, zum Missionieren. Erinnerst du dich nicht daran?«

»Nein, davon habe ich nichts mitbekommen.«

Matteo fluchte, verzichtete darauf, den Blinker zu setzen, was ihm ein Hupen des viel zu dicht aufgefahrenen LKW hinter ihm einbrachte und erwischte gerade noch die richtige Abzweigung an einer unübersichtlichen Kreuzung, die aus unerfindlichen Gründen nicht mit einem Kreisverkehr ausgestattet war.

»Ist ja auch egal. Aber, wie gesagt«, erklärte Cesario, »das sind meiner Ansicht nach reichlich weltfremde Typen, so Vollblut-Esoteriker mit einem leichten Weltverbesserungshau. Die sprechen auch mit Pflanzen, wenn ich mich nicht irre. Und du glaubst, die haben was mit den Morden zu tun? Kann ich mir eigentlich kaum vorstellen.«

»Auf jeden Fall waren sie in der Nähe, und«, fügte Matteo an, »ich hatte dir doch erzählt, dass einer von ihnen verschwunden war. Sehr wahrscheinlich handelt es sich um den abgestürzten Mann. Sie haben mir das nicht explizit gesagt. Aber wenn mich nicht alles täuscht, haben sie die Leiche sogar heimlich beiseitegeschafft.«

»Das klingt allerdings nicht ganz so harmlos«, bestätigte Cesario, der im nächsten Moment in unbändiges Fluchen ausbrach. Durch das Krachen, dass Matteo zuvor vernommen hatte, ahnte er, dass es mal wieder einen der waghalsig aufgetürmten Aktenstapel auf Cesarios Schreibtisch erwischt hatte. Die kommenden Minuten würde der füllige Kommissar, der sich nur unter Protest bückte, damit beschäftigt sein, das selbst verschuldete Chaos zu beseitigen.

»Cesario, ich muss auflegen«, sagte Matteo rasch. »Höre ich von dir, wenn du was herausgefunden hast?«

»Du kannst dich auf mich verlassen, das weißt du doch.«

Das wusste Matteo tatsächlich. Zwischenzeitlich war die Landschaft flacher geworden. Beinahe karg waren Matteo die Felder und Wiesen erschienen, die sich zu beiden Seiten der Straße erstreckt hatten während der beinahe zweistündigen Fahrt. Nun, kurz vor Merate, einer kleinen Gemeinde, die gut dreißig Kilometer nördlich von Mailand lag, reckten sich erneut Berge dem unverändert blauen Himmel entgegen. Für einen Moment fragte Matteo sich, warum um alles in der Welt er nicht mit einem eisgekühlten

Peroni am Ufer saß und seine Füße im Wasser des Lago erfrischte.

»Ich danke dir. Ciao.«

»Ciao, Matteo. Und vergiss bitte nicht, ich verlasse mich auch auf dich.«

Erst als Matteo den Anruf weggedrückt hatte, wurde ihm klar, was Cesario mit dem abschließenden Satz gemeint hatte. Ja doch, er würde Nina anrufen. Aber erst einmal musste er sich bei den Leuten von *Tendere la Mano* ein wenig umsehen.

9

»Hallo? Ist jemand da?«

Matteo versuchte, einen Blick auf das Gelände zu erhaschen, das sich hinter dem schwarzen, sicherlich zwei Mann hohen Tor erstreckte, vor dem die Bergstraße nach einer Kurve abrupt und ohne Vorwarnung geendet hatte. Aber wenige Meter dahinter, so viel war durch die in schmalen Abständen gesetzten Gitterstäbe zu erkennen, machte die von Bäumen und Büschen dicht gesäumte Einfahrt einen scharfen Knick, sodass Außenstehenden jeder Einblick verwehrt blieb.

»Hallo?«

Matteo ließ den Blick an der massiven Pforte entlangwandern. Eine Klingel gab es hier offenbar ebenso wenig wie eine Gegensprechanlage. Auch die grob aus dem Felsen herausgeschlagenen Pfeiler, in die das Tor eingelassen war, boten keine Möglichkeit, sich bemerkbar zu machen. Rechterhand fiel der Boden unmittelbar neben dem Torpfosten steil ab, sodass es unmöglich schien, den Zaun, der das vermutlich weitläufige Grundstück umgrenzte, von dieser Seite aus zu erreichen. Links vom Tor stieg die dicht bewachsene Böschung sanft an.

Matteo zwängte sich zwischen den Büschen hindurch

den Hang hinauf und erkannte, als sich das Laub nach ein paar Metern ein wenig lichtete, einen asphaltierten Platz, auf dem gedrungene, mit bunten Illustrationen bemalte Häuser standen. Er stutzte. Das erinnerte ihn eher an ein Ferienheim für Kinder oder zumindest an die Vorstellung, die er sich davon machte, tatsächlich hatte er früher nie so eine Einrichtung besucht.

Das Gelände, soweit Matteo es überblicken konnte, machte einen ausgestorbenen Eindruck. Allzu fern konnten die Bewohner allerdings nicht sein. In einem der Gebäude stand ein Fenster offen, die Gardine flatterte im Wind.

Eine Tür klapperte und mit schnellen Schritten lief eine Gestalt über den Hof. Eine Frau wahrscheinlich, tippte Matteo, obgleich er es wegen des über Kopf und Schultern geschlungenen Tuches nicht mit letzter Sicherheit erkennen konnte.

»He«, rief er.

Die Gestalt verschwand hinter einem der Häuser, ohne auf seinen Ruf zu reagieren, der, von den Felsen zurückgeworfen, erstaunlich durchdringend gewesen war und leicht nachhallte.

Obwohl er im Schatten stand, war die Julihitze brütend. Matteo wischte sich den Schweiß von der Stirn.

Er hatte Glück. Nach nur wenigen Schritten tat sich eine Senke auf. Offenbar war hier die Erde durch Regen abgetragen worden, der Zaun hing an dieser Stelle auf einer Länge von etwa einem Meter in der Luft. Groß war die Lücke nicht, aber sie genügte Matteo, um sich hindurchgleiten zu lassen.

Als Erstes lief er zu dem Haus, dessen offen stehendes Fenster er von der anderen Seite des Zaunes aus erspäht hatte.

Er musste sich tief hinunterbeugen, um hineinsehen zu können. Die große Küche war leer. Nichts anderes hatte er erwartet. Gemütlich sah es aus, rustikal, wie bei einer Großfamilie. Das Holz des langen Tisches, um den zusammengewürfelte Stühle standen, war ähnlich grob bearbeitet wie das der übrigen Möbel. Die Wände waren in einem freundlichen Gelbton gestrichen. Einzig das indisch anmutende, goldene Mandala, das übergroß an der Stirnseite des Raumes prangte und beinahe die gesamte Wand einnahm, verriet, dass es sich hier nicht einfach um eine schlichte Bauernküche handelte.

Matteo ging um das Haus herum und klopfte an die Tür. Keine Reaktion. Auch in den anderen Gebäuden, fünf waren es insgesamt, traf er niemanden an. Als wäre alles in einen Dornröschenschlaf gefallen.

Matteo überlegte, ob er durch das Fenster einsteigen sollte, um nachzusehen, ob sich in den hinteren Zimmern jemand aufhielt. Aber er zögerte. In einiger Entfernung schlug ein Hund an. Noch einmal wischte er sich den Schweiß von der Stirn.

Als er um die Ecke des Hauses bog, an dessen Tür er zuletzt geklopft hatte, entdeckte er zu seiner Erleichterung eine Wasserpumpe, an der zwei zerbeulte Blechkellen hingen. Dankbar füllte er eine von ihnen und während er gierig trank, fiel sein Blick auf einen Schuppen, der sich an die Bergwand schmiegte, die das Grundstück begrenzte. Der Verschlag selbst wirkte unscheinbar, wäre da nicht ein auf den Fels gesetztes Mosaik gewesen, das ihn wie ein Schmuckrahmen einfasste. Neugierig ging Matteo hinüber.

Im ersten Moment dachte er, die Tür des Schuppens wäre verschlossen, aber das Holz hatte sich nur verzogen, als er etwas nachdrücklicher daran zog, gab sie nach und öffnete sich überraschenderweise nahezu geräuschlos. Matteo tastete nach einem Lichtschalter und taumelte erschrocken zurück, als er im Zwielicht bemerkte, dass unmittelbar vor seinen Füßen eine schmale Stiege steil nach unten führte.

»Porca miseria«, murmelte er. »Was ist das denn?«

Mit dem Display seines Handys leuchtete er um sich, in der Hoffnung, auf eine Lichtquelle zu stoßen. Aber da war nichts, nur das grobe Holz der Hüttenwände. Langsam, den fahlen Schein der Handybeleuchtung über die Stufen gleiten lassend, stieg er hinunter. Es roch erstaunlich frisch, nicht so modrig, wie er erwartet hatte. Die Treppe nahm kein Ende. Matteo blickte sich um, um abschätzen zu können, wie tief er schon hinuntergestiegen war, aber hinter ihm tat sich nur ein schwarzes Loch auf, in dem der kleine Lichtkegel des Handys wirkungslos versickerte.

Er stieg weiter. Wohin auch immer ihn diese Stufen führten, er war sich vollkommen sicher, dass er sich geradewegs auf das Herzstück von *Tendere la Mano* zubewegte. Oder in dessen Schaltzentrale?

Leise fluchend rieb er sich den Kopf, die Steindecke war ein beträchtliches Stück niedriger geworden. Vorsichtig tastete er sich weiter. Auch die Wände waren näher gerückt. Der Schacht war nun gerade noch so groß, dass ein einzelner Mensch hindurchpasste, und wenn dieser Mensch so groß war wie er, dann nur mit eingezogenem Kopf.

Er versuchte, die Übelkeit zu unterdrücken, die sich mit einem Schlag in ihm ausbreitete, genauso das leichte Zittern in den Knien. Er hatte bislang nicht von sich gedacht, unter Platzangst zu leiden, aber es war zweifelsohne ein ungutes Gefühl, das ihn ergriff und ihn an die Tonnen Erde und Geröll denken ließ, unter denen er jeden Augenblick begraben werden könnte.

»Verdammt noch mal, reiß dich zusammen«, raunte er sich zu, um die aufwallende Panik zu bekämpfen.

Obgleich sich jede Faser seines Körpers sträubte, zwang er sich, weiter hinunterzusteigen, Stufe für Stufe. Er versuchte, seinen Atem an den Rhythmus der Schritte anzupassen. Nicht hyperventilieren, ausatmen, einatmen. Es war alles in Ordnung. Das Gestein war, wenn das Licht seines Handys ihm das richtig anzeigte, tiefschwarz und glänzend und sehr massiv.

Plötzlich rammte er unsanft gegen etwas Hartes, unerwartet hatte die Treppe vor einer Felswand geendet. Abermals geriet Matteos Atem außer Kontrolle, er schnappte nach Luft und rieb sich den schmerzenden Schädel. Das konnte doch nicht sein. Ein totes Ende? Eine Treppe ins Nichts? Er ließ das Licht seines Handys über den Stein vor ihm wandern. Was um alles in der Welt war das?

Die Wand war mit überlebensgroßen Gestalten bemalt, die entfernt an Figuren aus der römischen und griechischen Mythologie erinnerten, zugleich aber in einem Stil gehalten waren, den Matteo eher als naive Inkamalerei bezeichnen würde. Die Augen der Gestalten schienen exakt auf ihn gerichtet zu sein. Gespenstisch war das. Als befände er sich, dachte Matteo, vor einer antiken Grabkammer. Oder nein, vor der schlechten Imitation einer antiken Grabkammer.

Sein heiseres, eher halbherziges Lachen wurde von den Wänden zurückgeworfen. Vielleicht lag er damit gar nicht so falsch. Vielleicht hatten die Bewohner von *Tendere la Mano* hier tatsächlich eine Gruft angelegt. Aber wenn das so war, dann würden sich diese heiligen Hallen doch auch öffnen lassen. Matteo begann mit beiden Händen die Wand abzutasten, auf der Suche nach einem Mechanismus, der ihm Zugang gewährte. Zu was genau, das wusste er noch nicht. Und wenn er ganz ehrlich war, dann war er sich noch nicht einmal sicher, ob er wirklich so wild darauf war, zu erfahren, was sich hinter der Wand verbarg.

Der Stein war kalt und leicht uneben, aber völlig trocken. Matteo schaute die Treppe hinauf in das Dunkel über ihm. Wie weit unter der Erde mochte er sein?

»Verdammt noch mal, das kann doch nicht einfach nur eine Sackgasse sein«, murmelte er, als er nach Minuten des Abtastens noch immer nichts gefunden hatte, was darauf hindeutete, dass hinter dem Stein ein weiterer Raum lag. Vielleicht war diese Wand doch einfach nur eine Wand. Er wollte schon aufgeben, ließ sich aber noch einmal auf die Knie nieder, um zu überprüfen, ob er unten einen Spalt ausmachen konnte.

Langsam fuhr er mit dem Zeigefinger an der Kante entlang, an der die Wand auf den Boden traf, als plötzlich ein Stein nachgab. Beinahe widerstandslos ließ er sich einige Zentimeter nach hinten schieben. Matteo hielt den Atem an, als ein kratzendes, hohes Schleifgeräusch ertönte.

Rasch rappelte er sich auf. Er hatte sich nicht getäuscht. Die Wand schob sich, Stück für Stück, wie von Zauberhand zur Seite. Obwohl er darauf gehofft hatte, staunte Matteo über diesen Mechanismus, der vermutlich auf einer relativ schlichten Automatik beruhte, aber ein absolut beeindruckendes Spektakel bot.

Nach den ersten Sekunden, die seine Augen brauchten, um sich an das Licht zu gewöhnen, das auf der anderen Seite schien, verharrte er perplex. Keine Gruft erwartete ihn, sondern ein weiß getünchter Raum, an dessen Wänden elektrische Kerzen brannten. Matteo trat ein und bemerkte, dass die Wand hinter ihm wieder zufuhr, und zwar weitaus schneller, als sie sich geöffnet hatte.

Ungenutzt ließ er den kurzen Moment verstreichen, der ihm geblieben wäre, um den Rückzug anzutreten. Mit einem letzten Knirschen hatte sich die Wand hinter ihm geschlossen.

Rechts von ihm führte ein winziger Torbogen aus dem ansonsten leeren Raum hinaus. Er musste sich bücken, um hindurchtreten zu können und befand sich in einem schmalen, ebenfalls weiß getünchten Gang, der mit zwei Bohlen ausgelegt war, die wie ein langsam abfallender Steg anmuteten. Matteo prüfte vorsichtig die Trittfestigkeit. Die Konstruktion machte einen stabilen Eindruck.

Er blieb stehen, lauschte. Außer seinem eigenen Atem war nichts zu hören. Vor ihm machte der Gang einen scharfen Knick. Nun waren die Wände in unregelmäßigen Abständen von bunten, kirchenähnlichen Fenstern durchbrochen, die aber nicht vom Tageslicht erhellt, sondern von hinten künstlich beleuchtet wurden. Ähnlich wie die Wandmalereien zeigten die Fenster mythische Gestalten, die ihm aus den Setzkästen aller Naturreligionen entliehen schienen, vermischt mit geradezu kitschig wirkenden Fabelwesen, wie die Frauen sie auf der Alpe Scaredi gemalt hatten. Die Zeichen, die mal nordischen Runen, mal altägyptischen Hieroglyphen ähnelten, konnte er nicht entziffern.

Matteo fühlte sich ohnehin nicht sonderlich wohl an sakralen Orten, Kirchen waren ihm bis zu einem gewissen Grad immer fremd geblieben, obgleich der sonntägliche Gang zur Andacht fester Bestandteil seiner Kindheit gewesen war. Auch dieser Ort versetzte ihn zunehmend in Unbehagen.

Wieder verharrte er. Hatte er da nicht eben von Ferne etwas gehört? Musik? Er wartete, lauschte. Da war nichts. Oder nichts mehr. Als er dem gewundenen Gang weiter folgte, stand er wieder abrupt vor einer Wand. Die einzige Möglichkeit weiterzugehen, war eine Treppe, eher eine Leiter, die in die Tiefe führte.

Er seufzte und begann langsam mit dem Abstieg. Die frische Luft war zunehmend einer beinahe schwülen Wärme gewichen. Matteo tastete nach seiner Stirn, auf die sich ein dünner Schweißfilm gelegt hatte.

Als er am Ende der Leiter angekommen war, traute er seinen Augen kaum. Nach all der Enge, die ihn in den vergangenen Minuten umgeben hatte, kam er sich vor, als wäre er in einem Tanzsaal gelandet. Ungläubig drehte er sich einmal um die eigene Achse. Tatsächlich stand er in einem kathedralenähnlichen Raum, dessen runde Decke durch Säulen stabilisiert wurde. Der Boden ebenso wie die Wände waren mit glitzernden Mosaiken überzogen. Wo um alles in der Welt war er hier hineingeraten?

Mit Befremden betrachtete Matteo die Tonfiguren, die an den Wänden aufgestellt waren. Hässliche, verwachsene Gestalten waren das, mit wut- und schreckverzerrten Gesichtern und gekrümmten Gliedmaßen. Eine Armee von bösen, deformierten Wiedergängern, schoss es Matteo durch den Kopf.

»Gegen ein etwas freundlicheres Empfangskomitee hätte ich nichts einzuwenden gehabt«, brummte er, um sich selbst vorzumachen, dass die Situation harmlos und allenfalls skurril war.

Seine Schritte hallten, als er den Saal durchquerte. Auf

der gegenüberliegenden Seite des Saales führte ein niedriger Torbogen in einen weiteren Gang. Schon nach wenigen Metern gabelte sich dieser in zwei Richtungen. Matteo zögerte kurz, wählte dann den linken. Nach ein paar Schritten blieb er stehen. Ganz deutlich war jetzt ein fernes Pochen zu vernehmen. Er wartete, lauschte. War das Musik? Ein Rhythmus?

Er beschleunigte seine Schritte und musste sich immer wieder den Schweiß von der Stirn wischen. Nachdem er an einer weiteren Abzweigung ebenfalls den linken Gang gewählt hatte, fand Matteo sich erneut in dem Saal mit den Tonfiguren wieder.

»Na, hervorragend, einmal im Kreis gelaufen«, sagte er und erschrak darüber, wie laut seine Stimme klang.

Das war doch sinnlos. Was irrte er hier unten herum, dachte er grimmig und entschied, ans Sonnenlicht zurückzukehren und nachzuschauen, ob er jetzt dort oben jemanden antreffen würde. Irgendwann mussten die Bewohner schließlich in ihre Häuser zurückkehren, wo auch immer sie waren.

Er durchquerte den Saal, warf einen letzten missbilligenden Blick auf die Tonfiguren, deren Fratzen ihm nun geradezu hämisch erschienen, stieg die Leiter hoch und schlüpfte in den Gang. Nach wenigen Metern stutzte er. Führte der Weg gerade in die Tiefe? Zögernd schritt er voran, vielleicht täuschte ihn sein Körpergefühl.

Als er auf eine erneute Abzweigung stieß, wusste Matteo, dass er sich verirrt hatte. Diese Gabelung hatte es auf dem Hinweg nicht gegeben, da war er vollkommen sicher. Es musste also doch mehr als nur zwei Zugänge zu dem großen Saal geben. Seufzend machte er kehrt, lief zurück und stieg die Leiter nach unten.

Zurück im Saal, lief er einmal an den Seitenwänden entlang.

»Glotzt nicht so dämlich«, rief er den Tonfiguren zu, ohne sie eines Blickes zu würdigen.

Es gab tatsächlich nur zwei Möglichkeiten, in den Saal zu gelangen oder ihn zu verlassen. Das war doch zum Verrücktwerden. Matteo schloss für ein paar Sekunden die Augen und versuchte, die Wut, die in ihm aufstieg, zu unterdrücken. Die brachte ihn jetzt auch nicht weiter. Also gut, er hatte sich eben geirrt. Es hatte in dem Holzbohlengang eine Abzweigung gegeben, die er offenbar auf dem Hinweg übersehen hatte. Aber was scherte ihn diese Abzweigung. Er würde jetzt den Weg zurückgehen und sich kein zweites Mal irritieren lassen.

Wieder stieg er die Leiter hoch und lief mit raschen Schritten den Gang hinunter, er konnte kaum erwarten, wieder ans Tageslicht zu gelangen. Dann prallte er zurück. Sein Puls hämmerte hart in seinen Schläfen.

»So eine Scheiße«, stieß er hervor.

Der Gang war plötzlich zu Ende. Er blickte auf eine weiß getünchte Wand, die ganz, ganz sicher eben noch nicht da gewesen war. Vor seinen Füßen tat sich eine runde Öffnung auf, an deren Rand eine weitere Leiter eingehakt war.

»Scheiße«, brüllte Matteo außer sich. »Scheiße, Scheiße, Scheiße. Wollt ihr mich alle verarschen? Ist das ein verdammtes Labyrinth, oder was? Was soll das, spielen wir Hase und Igel?«

Sein Gebrüll hallte von den Wänden wider. Dann herrschte Stille. Keine Reaktion, nichts. Verzweifelt rieb er sich über Gesicht und Nacken.

In einem lächerlichen Anflug von Hoffnung zog er das

Handy aus der Tasche und überprüfte, ob er Empfang hatte. Aber das Display war schwarz, der Akku leer. Zornig hätte er das Gerät beinahe auf den Boden geschleudert. Er konnte, zwang er sich zu denken, immerhin froh sein, dass diese verfluchten Gänge beleuchtet waren.

»So eine Scheiße, so eine Scheiße, so eine Scheiße«, murmelte er weiter vor sich hin, während er schicksalsergeben auch diese Leiter nach unten stieg.

Als er die ersten Schritte in dem Raum machte, in den ihn die Leiter geführt hatte, taumelte er leicht. Er wartete einige Sekunden, bis sich der Schwindel legte, dann lief er an den Wänden, die mit einer Art braun meliertem Marmor verkleidet waren, vorbei. Auf halber Höhe waren Becken eingelassen. Leider nicht gefüllt, wie Matteo enttäuscht feststellte. Sein Durst war unerträglich. Es fühlte sich an, als hätte sich auf seiner Zunge eine dünne Kalkschicht abgelagert.

Matteo riss den Kopf zurück. Dann schaute er verwirrt hinter sich. Da war doch ein Vogel gewesen. Er hatte doch genau gesehen, dass da ein Vogel auf ihn zugeflogen war. Er ließ den Blick durch den Raum schweifen. Da war nichts. Kein Vogel, nicht einmal ein großes Insekt. Wahrscheinlich war es sein eigener Schatten gewesen, der durch die elektrischen Kerzen, die auch hier an den Wänden hingen, erzeugt wurde. Matteo räusperte sich. Fürchtete er sich jetzt schon vor seinem eigenen Schatten? Oder sah er Gespenster?

Eine Erzählung kam ihm in den Sinn, die er während des Psychologie-Studiums gelesen hatte. Der Name des Autors wollte ihm nicht einfallen, einer dieser Romantiker, dessen Geschichten sich auf unheimliche Weise um das Unbewusste drehten. Matteo ging weiter, jetzt schon beinahe gleichgültig, und bog in den Gang, der sich an den Raum mit den Becken anschloss.

Die Bergwerke zu Falun, genau, so hieß diese Erzählung über einen Bergmann, der sich dermaßen unbändig von der Unterwelt angezogen fühlte, dass er sogar seine Geliebte verließ. Irrsinnig geworden, starb er schließlich, ohne jemals ans Tageslicht zurückgekehrt zu sein. Schon damals hatte Matteo darüber nachgedacht, ob der Bergmann wirklich einfach nur fasziniert war von den Stollen, oder ob er nicht durch irgendwelche giftigen Gase seiner Sinne beraubt worden war. Seinen Halluzinationen ausgeliefert, war er dort unten dann verendet. Vielleicht sogar glücklich, wer konnte das schon sagen.

Hinter seiner Stirn pochte es hart. Was war das? War das nun ebenfalls schon Teil einer Halluzination oder roch es, je weiter er ging, immer stärker nach … – ja, was? Eine Mischung aus Schwefel und … wie hieß diese Pflanze? Matteo griff sich an den Kopf, dann öffnete er einen Knopf seines Hemdes, das schweißnass auf seiner Haut auflag. Er stolperte, strauchelte kurz, dann hatte er sich wieder gefangen.

»Verdammt noch mal, Basso, reiß dich zusammen«, zischte er.

Wenn diese Enge in den Gängen nicht wäre, diese bedrückende Enge, hinter jeder Biegung schien es, die Wände hätten sich noch ein Stückchen dichter zusammengeschoben. Irgendwann würde er unweigerlich zwischen den Mauern stecken bleiben.

Was sollte er nur tun? Matteo zwang sich, weiterzugehen. Er konnte doch nicht sitzen und warten, bis ihn jemand herausholte. Oder warten, bis er, wie der Bergmann in der Erzählung, in einen illusorischen Glücksrausch geriet.

»Hoffmann«, platzte es mit einem Mal aus ihm heraus. E.T.A. Hoffmann hieß der Autor der Erzählung. Fast hysterisch freute er sich darüber, dass ihm der Name nun doch noch eingefallen war.

Der Schwefelgeruch war nun stechend. Lavendel, das war eindeutig das Aroma, das sich darunter mischte.

Als auch dieser Gang endete, hätte er am liebsten gegen das grobe Stück Mauerwerk getreten, das vor ihm aufragte. Aber ihm fehlte die Kraft. Sein Hals schnürte sich zu, als er sich hinunterbeugte, um in den nächsten Schacht, der sich vor ihm auftat, zu steigen. Während er sich Sprosse für Sprosse hinunterhangelte, überfiel ihn ein Würgereiz, so stark war der Geruch um ihn herum mittlerweile. Dazu die unerträgliche Hitze. Für einen Moment kam ihm der irrwitzige Gedanke, ob die ansteigenden Temperaturen damit zusammenhängen könnten, dass er sich der Hölle näherte.

»Scheiße«, stieß er hervor.

Seine verschwitzte Hand war von der Leiter abgerutscht, er schwang nach hinten, warf sich mit ganzer Kraft wieder nach vorn. Dann glitt sein Fuß von der Sprosse, während der andere in der Luft nach dem nächsten Tritt angelte.

In dieser Sekunde wurde Matteo bewusst, dass er stürzen würde, dass er es nicht aufhalten konnte und gab sich, beinahe erleichtert, dem Fall hin. Der Aufprall war dumpf und fuhr ihm wie ein elektrischer Schlag durch den Rücken. Er hatte keine Vorstellung davon, wie tief er gefallen war. Dann wurde es schwarz um ihn herum.

Matteos Kopf dröhnte, aber da war noch etwas anderes. Langsam bahnte es sich den Weg in sein Bewusstsein. Musik. Was waren das für seltsame Klänge? Alles war erfüllt davon, seine Brust schien zu vibrieren. Noch immer hielt er die Augen geschlossen und hatte das Gefühl, dass es ihn eine unendliche Anstrengung kosten würde, die Lider zu heben. Es gongte von irgendwoher. Schön klang das, dachte Matteo, wie schön das klang. Er merkte, wie er erneut wegdämmerte und ließ es kraftlos geschehen.

Als er erwachte, hatte er jegliches Gespür dafür verloren, wie lange er geschlafen hatte. Oder war das eine Ohnmacht gewesen? Nun umgab ihn Stille, die eigenartige Musik, wenn er sie sich denn nicht nur eingebildet hatte, war verstummt. Das leise Rascheln, das er vernahm, deutete darauf hin, dass er nicht allein war. Er verscheuchte den Gedanken daran, von welchem Wesen so ein Rascheln stammen konnte.

Selten hatte er so wenig Lust verspürt, die Augen zu öffnen. Er wollte einfach nur schlafen. Seine Hand tastete nach der Matte, auf der er lag. Die war nicht dick, aber sie erschien ihm unendlich gemütlich. Der Schwefelgeruch war ebenfalls verschwunden. Als Matteo das bemerkte, erinnerte er sich daran, wo er sich befand. Langsam öffnete er die Augen, und unmittelbar darauf überfiel ihn wieder ein Schwindel. Er sah sich selbst, wie er da lag, in unendlich vielen Variationen, auf dem Kopf, von der Seite, ein Gewirr von Bildern. Sofort schloss er die Augen wieder.

Ein Stück von ihm entfernt raschelte es erneut. Dann hörte er ein Flüstern. Immerhin stammten die Geräusche von Menschen.

Noch einmal wagte er es, hob vorsichtig die Lider. Wieder diese Flut von Bildern. Aber dieses Mal erkannte er, dass er sich in einem Raum befand, dessen Wände und Decke mit ineinander verschachtelten Spiegeln bedeckt waren.

Und dann entdeckte er auch den Mann, der neben ihm auf einem niedrigen Hocker saß, die Beine gekreuzt, und der seinerseits vielfach und von allen Seiten gespiegelt wurde.

Matteo setzte sich auf. Sein Kopf hämmerte schmerzhaft. Er hatte sein Gegenüber trotz seines desolaten Zustands sofort erkannt.

»Ciao Matteo.« Filippo nickte ihm lächelnd zu.

»Was soll das? Wo bin ich?«

Filippo schüttelte verwundert den Kopf.

»Nun, du bist doch zu uns gekommen, du solltest also eigentlich relativ genau wissen, wo du dich befindest.«

Der junge, bärtige Mann reagierte mit derselben Mischung aus Freundlichkeit und subtiler Ironie, die Matteo von der Unwetternacht auf der Alpe Scaredi in Erinnerung hatte.

»Komm, hör auf, du weißt genau, was ich meine«, erwiderte Matteo barsch, aber immer noch benommen.

»O. k., verstehe schon. Du willst wissen, wo du hier unten genau bist.«

In aller Seelenruhe ließ Filippo seinen Blick durch den Raum schweifen, dazu ließ er noch die Hand im Stile eines Fremdenführers hinterherwandern.

»Dies hier zum Beispiel ist unser Spiegelsaal.«

Er deutete auf den Gong, der, wie Matteo nun sah, in einer Ecke des Raumes stand.

»Und wie du vorhin vielleicht gehört hast, ist es auch ein Ort der Meditation.«

Filippo deutete neben Matteo.

»Da steht übrigens etwas zu trinken.«

Dankbar griff Matteo das Glas, das er bisher nicht bemerkt hatte, und trank es in drei großen Schlucken aus. Er hatte das Gefühl, regelrecht zu spüren, wie das Wasser in seine Zellen kroch und ihm neue Kraft gab.

»Geht es etwas genauer«, fragte er unwirsch. »Was ist das für ein unterirdisches Scheiß-Labyrinth?«

Filippo machte eine abwiegelnde Handbewegung.

»Langsam, langsam. Das solltest du nicht zu laut sagen. Du befindest dich hier in unserem Heiligtum. An einem Ort, der allen, die zu *Tendere la Mano* gehören, sehr wichtig ist.«

Filippo lächelte, halb schelmisch, halb verlegen, so erschien es Matteo.

»Eurem«, er setzte bewusst eine Pause, »*Heiligtum*?«

»Du hast das ganz richtig verstanden, ja«, bestätigte Filippo. »Vermutlich hast du dich schon ein bisschen kundig gemacht über *Tendere la Mano*. Wir sind eine Gemeinschaft von Menschen, die außerhalb der kapitalistischen Strukturen leben wollen. Das habe ich dir ja auch schon auf der Alpe angedeutet. In Eintracht miteinander und mit der Natur. Diese Räume, von denen du offenbar ein paar schon kennen gelernt hast, haben wir in den vergangenen Jahrzehnten erschaffen, mit unserer Fantasie, mit unserer Muskelkraft.«

Matteo zog die Stirn in Falten.

»Das ist doch ein Irrgarten, hier gibt es fahrende Wände. Mir kommt das eher vor wie eine Geisterbahn oder eine Filmkulisse.«

Filippo zuckte bedauernd die Schultern und zog die Beine auf beinahe artistische Weise an die Brust. Matteo konnte nicht genau ausmachen, ob er den jungen Mann ernstlich beleidigt hatte oder ob seine Geste Teil einer Performance war, mit der er allen Skeptikern begegnete.

Ein paar Wimpernschläge lang musterten die beiden

Männer sich. Es war Filippo, der wieder zu sprechen begann. Erneut mit einem Lächeln, sofern Matteo das hinter seinem Bart richtig deutete.

»Du hast natürlich recht. Wenn man sich nicht auskennt, sind die Wege hier etwas tückisch. Aber du musst das verstehen. Als *Tendere la Mano* sich gegründet hat, ist den Bewohnern sehr viel Misstrauen entgegengeschlagen. Auch Wut. Viele hielten die Idee für gefährlich, dabei geht es uns um nichts anderes als um ein friedliches Zusammenleben.«

Filippo ließ die überkreuzten Beine in eine etwas bequemer anmutende Position sinken.

»Diesen Tempel – ja, du hast richtig gehört, *Tempel*, so nennen wir ihn – haben wir als Ort der Einkehr gebaut. In den Jahren nach dem Zweiten Weltkrieg haben die Menschen mit Spitzhacken und ihren bloßen Händen angefangen, das Gestein hier abzutragen. Es war immer klar: Es gibt da draußen einige Leute, die sicher nicht von Grund auf böse sind, aber eben argwöhnisch, die Angst haben, weil sie ihr eigenes Lebensmodell infrage gestellt oder sogar bedroht sehen.«

Filippo lachte auf. »Also, kurz gesagt, es gibt hier tatsächlich ein paar Spielereien, die einigermaßen verwirrend sein können, wenn man sich zum ersten Mal und allein hier herumbewegt. Aber das ist ganz einfach nötig, damit sich niemand unbefugt Zutritt verschaffen und das zerstören kann, was uns lieb und teuer ist.«

»Hab ich mich getäuscht oder war das Schwefelgeruch?«

Filippo nickte und sah dabei regelrecht erfreut aus.

»Schwefel, genau. Und Salbei.«

Salbei, nicht Lavendel, dachte Matteo, wie von Sinnen musste er gewesen sein, um diese beiden Aromen zu verwechseln. Wo er doch Salbei immer wieder in seine Salsiccia mischte. Wie weit weg das alles gerade war, seine Macelleria, sein Leben dort unten am Lago Maggiore. Wie gern er jetzt genau dort wäre. In seiner Küche, am Fleischwolf. Oder am See mit seiner Angel, vollkommen egal. Nur weg von diesem surrealen Zirkus.

Bevor dieser sich festsetzen konnte, verdrängte er den Gedanken und konzentrierte sich wieder auf das Hier und Jetzt.

»Und woher kamen diese Gerüche? Heftig waren die.«

»Ja, das stimmt«, bestätigte Filippo. »Wir haben hier unten einen Badesaal, eine Art Therme. Herrlich, sage ich dir. Wenn du willst, kann ich es dir zeigen.«

Matteo hob abwehrend die Hände.

»Gut, muss ja auch nicht sein«, lenkte Filippo ein. »Daher rührte auf jeden Fall der Geruch.«

Matteo blickte sich suchend um.

»Ich vermute, dass du jetzt ganz gern an der frischen Luft weiterreden willst? Denn reden willst du doch, deshalb bist du gekommen, nehme ich an.«

»Das wäre mir sehr recht, ja.« Matteo hörte, wie kratzig seine Stimme klang, konnte den Frosch im Hals aber nicht vertreiben.

Verwundert registrierte er, dass sich noch eine weitere Person im Raum befand, die er trotz der unzähligen Spiegel bisher nicht wahrgenommen hatte, wohl, weil sie bewegungslos in der Nische hinter dem Gong verharrt hatte.

Die Frau, deren Haar kurz geschoren war, trug einen langen Mantel aus dunkelblauem fließenden Stoff, dazu eine moderne Sonnenbrille, die weder an diesen Ort noch zu ihrem Aufzug passte.

Am Klimpern erkannte Matteo, dass sie ein großes Schlüsselbund bei sich trug. Zielstrebig ging sie auf einen der Spiegel zu, steckte mit einer geübten Bewegung den Schlüssel in ein Schloss, das von Matteos Platz aus nicht zu erkennen war, drehte ihn zweimal herum und stieß die Tür auf.

Matteo atmete auf und konnte es gleichzeitig nicht fassen. Helligkeit strömte herein. Er befand sich nicht, wie er angenommen hatte, tief unter der Erde. Er musste nur ein paar Schritte tun, um wieder im Freien zu sein.

Filippo musste seinen irritierten Blick bemerkt haben. Schmunzelnd sah er auf Matteo herab, als er ihm die Hand reichte, um ihm aufzuhelfen.

Als er nach draußen trat, merkte er, wie stark die Beklemmung gewesen war, die nun von ihm abfiel. Eilig nestelte er die Futura-Packung aus der Tasche. Warum war er eigentlich in diesem abstrusen Bauwerk nicht auf die Idee gekommen, sich eine Zigarette anzuzünden? Das hätte ihn sicherlich entspannt.

»Hier ist eigentlich nicht erwünscht, dass geraucht wird«, sagte Filippo.

Der Blick, mit dem ihn Matteo bedachte, musste derart konsterniert wirken, dass Filippo auflachte.

»Also gut, mach schon.«

Nach zwei Zügen fühlte Matteo sich nachgerade entspannt.

Fragend deutete er auf die Tür, durch die sie eben getreten waren und die inzwischen wieder verschlossen war. Von außen sah sie aus wie der Eingang zu einem Heizungsraum.

»Du wunderst dich«, erriet Filippo seine Frage, »warum wir hier so schnell wieder in der Sonne stehen.«

Matteo nickte.

»Nun, das ist gar nicht so besonders verwunderlich,

wenn man die Anlage des Tempels kennt. Steigt man von oben ein, hat man den Eindruck, man würde immer weiter ins Erdinnere hinunterklettern.«

Das konnte Matteo nur bestätigen.

»Wenn man allerdings weiß, dass alles vertikal entlang des Berghangs gebaut ist«, fuhr Filippo fort, »dann überrascht es nicht, dass es von jedem Raum die Möglichkeit gibt, eine Tür zu öffnen und ins Freie zu treten.«

Matteo konnte es nicht fassen. Während er das Gefühl gehabt hatte, in der Falle zu sitzen, an Platzangst zu krepieren, war ein, zwei Meter entfernt von ihm der Ausgang gewesen? Das war doch nicht zu glauben.

»Erstaunlich, oder, was unsere Einbildung mit uns anstellen kann?« Schon wieder hatte der Bärtige seine Gedanken erraten. Das behagte Matteo ganz und gar nicht.

»Wenn du aufgeraucht hast, gehen wir was essen, o. k.?«, schlug Filippo vor. »Und dann kannst du deine Fragen stellen.«

10

Matteo hätte nicht unbedingt eine Wette darauf abgeschlossen, dass ein vegetarischer Auflauf so köstlich schmecken konnte. Aber die Variante, die ihm in einer der großen Gemeinschaftsküchen von *Tendere la Mano* serviert wurde, beeindruckte ihn tatsächlich. Und das lag nicht daran, dass er seit dem Morgen nichts mehr gegessen hatte, also seit, er schaute auf die Courage, beinahe zehn Stunden. Mittlerweile war es kurz nach einundzwanzig Uhr.

»Esst ihr immer zusammen?«

Eine ältere Frau, deren ergraute Haare zu einem lockeren Dutt gebunden waren, lächelte freundlich zu ihm herüber.

»Wir essen zusammen, natürlich, wir leben ja zusammen. Pro Haus sind es etwa zehn bis zwölf Menschen, jung oder alt, Frauen, Männer, ganz gemischt.«

Filippo nickte.

»Wir möchten nicht in den üblichen Strukturen von Mutter, Vater und Kind leben, sondern in einer größeren, offeneren Gemeinschaft, in der man sich austauscht, in der man teilt, was man hat.«

»Klingt nach Sozialismus.«

Filippo grinste.

»Ein bisschen vielleicht. Aber ohne den ideologischen Extremismus. Und vor allem ohne die Zwänge, die er offenbar notgedrungen mit sich bringt.«

Matteo pickte nach einem Stück Aubergine. Es war eine hervorragende Idee, das Gemüse zu rösten, bevor man es einem Auflauf beigab.

»Wer zu uns kommt«, ergänzte die ältere Frau, »befreit sich von allem, was sie oder ihn im bisherigen Dasein belastet hat. Alle Beschwernisse werden an der Schwelle zu *Tendere la Mano* abgegeben.«

»Nicht nur alle Sorgen und Nöte, nehme ich an«, versetzte Matteo, »sondern auch aller Besitz?«

»Ganz genau«, bestätigte die Frau, »wer hier lebt, der braucht nichts, nur die Energie, die er aus dem spirituellen Austausch mit seinen Mitmenschen und den Strömen des Universums gewinnt.«

Das klang ein wenig zu abstrakt und beschaulich, um Matteo zu überzeugen. Und, wenn er ehrlich war, eben auch eine ganze Spur zu esoterisch.

»Das Rezept müsst ihr mir verraten.« Matteo nickte anerkennend in die Runde.

Die neun Personen, die mit ihm gegessen hatten und von denen er, neben Filippo, mindestens fünf von der Alpe zu kennen meinte, kicherten gutmütig.

»Ich befürchte, da müssen wir dich enttäuschen«, erklärte Filippo. »Rezepte stehen hier unter strengster Geheimhaltung.« Er fixierte ihn mit einem Blick, von dem Matteo nicht sagen konnte, ob Ironie darin lag. »Es sei denn, du entschließt dich, auch zu uns zu stoßen. Das steht jedem frei, wenn er eine Probezeit überstanden hat.«

Matteo schob seinen Stuhl zurück und wurde ernst.

»Ich würde jetzt gern zum eigentlichen Grund meines Besuchs kommen.«

»Du sprichst von unserem Treffen in der Alpe Scaredi.«

»Sicher, von was sonst?«

»Dann stell deine Fragen.« Filippo zeigte ihm die Innenfläche seiner Hände, als könne er auf diese Weise seinen Willen zur Offenheit bezeugen.

»Wer war der Mann, der den Fels hinuntergestürzt ist? Antonio, so habt ihr ihn genannt. Wie hieß er weiter? Wie ist das Ganze passiert? Warum habt ihr mir nicht gesagt, dass der Tote einer von euch war? Und warum habt ihr die Leiche verschwinden lassen?«

»Das waren jetzt aber eine ganze Menge Fragen auf einmal.«

Matteo verzog das Gesicht zu einem süffisanten Lächeln.

»Erzähl mir einfach deine Version der Geschichte.«

»Und die wirst du mir dann glauben?«

Matteo stöhnte genervt. Offenbar gefiel dieser Filippo sich in seinen rhetorischen Ausfallschritten. Matteo hatte davon langsam, aber sicher genug.

»Die werde ich dann überprüfen«, bemerkte er trocken. »Also, ich höre.«

Filippo stand auf und begann, bedächtig in der Küche auf und ab zu gehen, als könnte er sich so besser an die Geschehnisse erinnern.

»Der Tote hieß Antonio Olivetti, er war 42 Jahre alt, hatte keine Familie. Und, ja, er hat hier mit uns gelebt.«

Matteo hatte einen kleinen Notizblock und ein Bleistiftstück hervorgezogen und notierte Namen und Alter des Verunglückten.

»Und weiter?« Fragend blickte er zu Filippo hinüber, der

noch immer auf und ab ging, aber nun einen vollends in sich versunkenen Eindruck machte. Die anderen Mitglieder von *Tendere la Mano* schwiegen betreten.

»Er ist einfach gesprungen.« Filippos Stimme klang rau. »Wir hatten die Wanderung gemeinsam geplant, von der Alpe Scaredi wollten wir eigentlich ins Innere dieser geheimnisvollen Landschaft vordringen, vorbei an den Ruinen der Alpen La Balma, La Boschelli und Portaiola, über die Hängebrücke zur Alpe Val Gabbio und dann zur Alpe della Colma, unserem zweiten Nachtquartier. Am dritten Tag wären wir dann hinab nach Premosello-Chiovenda im Valle Ossola gelaufen, die klassische Route quer durch den Nationalpark. Du wirst die Wanderung sicher kennen, nehme ich an. Aber dann ist ja alles anders gekommen.«

Wieder verstummte Filippo. Matteo war verblüfft, dass er all die Namen der Orte runterbeten konnte, die auf dem Weg lagen.

»Keiner von uns hat gemerkt, dass es Antonio schlecht ging. Niemandem ist es aufgefallen.« Filippo blieb stehen und schaute Matteo an, als ob er eine Erklärung für dieses Versäumnis liefern könnte. »Niemand hat etwas bemerkt«, wiederholte Filippo, während er sein Auf und Ab fortsetzte.

»Er ist einfach losgelaufen. Tomaso hat noch versucht, ihn aufzuhalten.« Filippo deutete zum Kopfende des Tisches. Natürlich, das war der Mann mit der schiefen Nase, der auf der Alpe Scaredi so einen aufgewühlten Eindruck gemacht hatte.

»Deckt sich das mit deiner Erinnerung?«, fragte Matteo den Mann, dessen Kiefer wieder intensiv zu malmen begonnen hatten.

Der Mann nickte zögerlich.

»Tomaso hatte nicht die geringste Chance. Antonio hätte ihn allenfalls mit in den Abgrund gerissen.«

»Du willst mir also erklären«, wandte Matteo sich an Filippo, »dass dieser Antonio, ohne dass bis dato jemand etwas davon bemerkt hatte, so verzweifelt war, depressiv vielleicht, dass er sich ohne Vorwarnung in den Tod stürzte?«

Als hätte er begonnen zu frieren, schlang Filippo die Arme um den Körper.

»Ich will dir gar nichts erklären. Ich kann dir gar nichts erklären. Ich weiß nicht, was Antonio angetrieben hat. Aber ich habe dir auch schon am Samstagabend auf der Alpe gesagt: Wir glauben daran, dass jeder frei ist, über sein Leben zu bestimmen. Und das gilt auch für die Entscheidung, dieses Leben zu beenden.«

Filippo hatte mit fester Stimme gesprochen, aber aus seiner Haltung meinte Matteo herauszulesen, dass ihm nicht ganz wohl dabei war. Das konnte daran liegen, dass diese Sätze, die, ins Leere gesprochen, bedeutungsvoll, aber ungefährlich klangen, ganz anders tönten, wenn sie jemand bis in die letzte Konsequenz befolgt hatte. Oder daran, prüfend betrachtete Matteo das Gesicht des Mannes, der dort mit verschränkten Armen stand, dass der Sprung von Antonio Olivetti nicht so freiwillig erfolgt war, wie man Matteo glauben machen wollte.

»Nehmen wir an, es hat sich so zugetragen. Antonio ist freiwillig in den Tod gesprungen. Warum wurde kein Rettungshubschrauber gerufen? Vielleicht hätte man ihm noch helfen können.«

»Das habe ich doch eben deutlich gemacht, dachte ich.« Filippo klang eine Spur ungehalten. »Es war Antonios Entscheidung. Wir hatten kein Recht, seinen Freitod zu verhindern.«

Matteo schüttelte den Kopf, diese Erzählung war ganz und gar nicht konsistent. Gerade hatten sie ihm doch noch weismachen wollen, dass einer von ihnen versucht hatte, Antonio aufzuhalten. Matteo war allerdings klar, dass er von Filippo keine schlüssigere Erklärung erhalten würde.

»Gut«, sagte Matteo. »Und warum habt ihr dann zunächst so getan, als wüsstet ihr nichts von dem Toten?«

Filippo zog eine ironische Grimasse.

»Genau deshalb. Weil du es nicht verstanden hättest.«

»So.« Matteo erhob sich nun ebenfalls und stützte die Hände auf den Tisch.

»Und dann seid ihr nachts hinausgeschlichen und habt die Leiche verschwinden lassen, weil die böse Welt euch einfach nicht verstehen will. Und dann habt ihr noch fein säuberlich eure Spuren verwischt, weil die Welt auch dafür kein Verständnis gehabt hätte.«

Filippo kam zum Tisch herüber und stützte, genau wie Matteo, die Hände auf, sodass sich die beiden Männer direkt gegenüberstanden und in die Augen sahen. Filippo war derjenige, der das Kräftemessen abbrach, mit einer Geste, die anscheinend anzeigen sollte, dass es ohnehin sinnlos war.

»Hör zu, Matteo. Du hast vorhin unsere heiligen Räume gesehen. Du hast auch gesehen, wie sehr wir sie schützen müssen. Ich kann dir gern ausführlicher erzählen, wie uns immer wieder das Leben schwer gemacht wird. Was meinst du, wie oft die Polizei hier war und Durchsuchungen durchgeführt hat, weil wieder mal irgendein besorgter Nachbar behauptet hat, wir hätten ein Kind entführt. Oder gleich auch noch gevierteilt? Oder weil alle Indizien darauf hingedeutet hätten, dass hier ein riesiges Drogenlager ausgehoben werden könnte. Was meinst du, wie oft ist das vorgekommen in den vergangenen Jahren?«

Matteo zuckte die Schultern.

»Oft genug, sage ich dir. Erst seit kurzer Zeit hat sich das Leben für uns einigermaßen entspannt. Ich meine das Zusammenleben mit den Menschen außerhalb von *Tendere la Mano*. Hier drinnen leben wir seit jeher in Frieden miteinander. Was glaubst du, was passieren würde, wenn wir mit einem Todesfall in Verbindung gebracht werden, bei dem nicht vollkommen klar ist, dass es sich um einen natürlichen Tod handelte? Dann wird hier alles auf den Kopf gestellt. Dann stehen wir wieder am Pranger.«

Matteo tastete nach seinen Futuras, dann fiel ihm ein, dass Rauchen hier ja nicht erwünscht war. Filippo hatte die Geste erkannt und winkte Matteo, ihm nach draußen zu folgen.

»Nur zu, heute machen wir eine Ausnahme.«

Matteo trat hinter Filippo auf den Hof, ließ das Zippo aufschnappen und genoss den ersten Zug. Für einen winzigen Moment blitzte noch einmal der bedrückend schmale Gang vor seinem inneren Auge auf. Er hatte wirklich geglaubt, sich weit, sehr weit unter der Erde zu befinden.

»Was habt ihr mit der Leiche gemacht?«

»Wir haben sie hergebracht und begraben. Nach unserer Tradition. Soll ich dir das aufgeschüttete Grab zeigen?«

»Nicht nötig«, gab Matteo zurück. »Weißt du, dass in der Nähe der Alpe Scaredi noch zwei Tote gefunden wurden? Auf der kleinen Alpe, die ein Stück unterhalb liegt, aber noch bewirtschaftet wird?«

Filippo nickte grimmig.

»Die Zeitungen waren voll davon.«

»Habt ihr irgendetwas davon mitbekommen? Verdächtige Personen gesehen?«

Filippo schüttelte den Kopf.

»Wir sind an der Alpe auch gar nicht vorbeigekommen. Wir sind nicht ins Loana-Tal, sondern über die Alpe Val Viccio nach Finero abgestiegen.«

»Hat sich jemand von eurer Gruppe für längere Zeit entfernt?«

Abermals verneinte Filippo, dann schaute er für ein paar Augenblicke auf das Bergpanorama, das sich zunehmend dunkler vor dem abendlichen Himmel abzeichnete. Die Sonne fiel von hinten zwischen den Gipfeln hindurch und umriss sie mit einer scharfen, beinahe schon schwarzen Kontur.

»Wer tut so etwas?«

»Das versuche ich gerade herauszufinden.« Matteo musterte den jungen Mann. »Und dir ist schon klar, dass ihr unmittelbar zum Kreis der Verdächtigen zählt?«

»Bist du wahnsinnig geworden? Warum sollte jemand von uns so etwas tun?«

»Auch das versuche ich gerade herauszufinden«, antwortete Matteo ruhig. »Ihr seid nun einmal in der Nähe gewesen. Und du wirst mir zustimmen, dass dieser doppelte Mord nicht gerade in einer Gegend stattgefunden hat, in der sich sonderlich viele Menschen aufhalten.«

»Das kannst du uns nicht anhängen!«

Matteo sprach noch ein wenig ruhiger als zuvor. Er hatte, nach dem Essen und durch die Futura, seine Sinne und Kräfte wieder beisammen.

»Erstens will ich euch nichts anhängen, sondern die Wahrheit ans Licht bringen. Zweitens kann man natürlich den Zufall beschwören, so viel man will: Aber es ist schon auffällig, wenn innerhalb kurzer Zeit drei Menschen an einem Ort sterben.«

»Ist denn überhaupt klar, wann der Doppelmord in der Alpe genau geschehen ist?«

Matteo biss sich auf die Lippen. Den exakten Todeszeitpunkt wusste er natürlich nicht, den kannte nur die Polizei, aber lange hatten die Leichen dort noch nicht gelegen, als er sie gesehen hatte, so viel war sicher.

»Und drittens«, Matteo ignorierte den Einwurf von Filippo, »bei allem Respekt für eure Gemeinschaft wäre es vielleicht sinnvoll, wenn wir von jetzt an über einzelne Personen sprechen könnten und nicht immer von einem abstrakten ›wir‹.«

»Einverstanden. Und was willst du jetzt von mir wissen«, fragte Filippo, wobei er die Betonung auf das »mir« legte.

»Gibt es jemanden unter euch, der die Initialen ›d‹ und ›s‹ hat?«

Filippo kniff die Augen zusammen und schien angestrengt nachzudenken.

»Da gibt es tatsächlich jemanden«, antwortete er schließlich. »Daria Sawliczek.«

»Das klingt aber nicht italienisch.«

»Nein, müsste es das? Daria kommt aus der Slowakei. Wie übrigens viele Mitglieder von *Tendere la Mano* aus anderen Ländern gekommen sind, weil sie von uns gehört haben.«

»Wie viele Menschen leben hier insgesamt?«

»Im Augenblick 137. Wieso fragst du nach Daria?«

»Die würde ich gern sprechen.«

»Klar, wenn du meinst. Ich kann dich gleich zu ihr bringen. Sie wohnt in dem Haus dort hinten, das mit dem hellgrünen Anstrich.«

Matteo bückte sich, um die Zigarette auszudrücken. Sie einfach auf den Boden zu schmeißen, war hier vermutlich nicht sonderlich gern gesehen. Den Stummel in der Hand, blickte er sich suchend um. Weil Filippo keine Anstalten machte, ihm zu sagen, wo er die Kippe entsorgen konnte, steckte er sie vorerst, wie die vorangegangene, in die Jackentasche, was einen skeptischen Blick von Filippo nach sich zog. Allerdings war diese Tasche bereits an Entsprechendes gewöhnt. Wenn Matteo morgens am Lago saß und angelte, ließ er regelmäßig die ausgedrückten Zigaretten dort verschwinden. Nina war aus allen Wolken gefallen, als er seine mit Kippen gefüllte Tasche das erste Mal vor ihren Augen geleert hatte. Naserümpfend und kopfschüttelnd hatte sie ihrer Hoffnung Ausdruck verliehen, dass das jetzt gerade ein Scherz sei, woraufhin Matteo ihr dargelegt hatte, dass diese Variante vielleicht unkonventionell sei, aber in jedem Fall umweltfreundlicher, als die Stummel einfach am Ufer liegen zu lassen oder gar in den Lago zu schnippen. Und auf die Idee, dass er sich einfach einen Aschenbecher mit hinunternehmen könnte, sei er wohl noch nicht gekommen, hatte Nina daraufhin gefragt. Matteo hatte schnell das Thema gewechselt, weil ihm klar geworden war, wie recht sie hatte und dass er in ihren Augen ziemlich verschroben wirken musste. Dabei hatte er sich, das musste man ihm zugestehen, schon in vielen Dingen geändert, seit er mit ihr zusammen war. *Zusammen war*, während Matteo mit Filippo über den asphaltierten Platz lief, erfüllte ihn diese Formel, die er lange Zeit so argwöhnisch betrachtet und die ihm nicht über die Zunge gekommen war, mit einem Glücksgefühl.

Er musste sich bei Nina melden, unbedingt. Noch heute Abend würde er sie anrufen. Mit einem Mal konnte er kaum noch nachvollziehen, warum er sie nicht ins Vertrauen gezogen hatte. Wie hatte er auch nur einen Augenblick annehmen können, dass sie ihn nicht unterstützen würde? Gut, sie hatte sehr deutlich und nachdrücklich verlangt, dass er sich aus der Sache raushielte. Aber das hatte sie doch nur aus Sorge gemacht. Oder? Schon kamen wieder Zweifel auf, ob es tatsächlich so eine gute Idee war, Nina einzuweihen.

»Ich zeige dir dann auch gleich deinen Schlafplatz«, riss Filippo ihn aus seinen Gedanken.

»Schlafplatz?«

»Du wirst müde sein und willst sicher nicht noch zurückfahren.«

»Das ist nett, ich danke dir. Das nehme ich gern an. Könnte ich mir vorher noch das Zimmer von Antonio Olivetti anschauen?«

Filippo zögerte.

»Hier werden die persönlichen Dinge und Räume der Menschen respektiert. Keiner von uns würde, ohne ausdrückliche Einladung, an die Sachen eines anderen gehen.«

Leicht ungeduldig stöhnte Matteo auf.

»Habt ihr mir nicht vorhin noch erzählt, hier existiere gar kein persönlicher Besitz?«

Filippo ignorierte den genervten Unterton.

»Ein paar Habseligkeiten, Kleidung, ein paar Bücher, natürlich, das besitzt auch hier jeder von uns. Oder zumindest jeder, der das möchte. Niemand wird hier zur vollkommenen Askese gezwungen. Wir sind keine ideologischen Extremisten, das habe ich dir schon ein paarmal versucht klarzumachen. Uns geht es darum, freier zu leben, uns von den ökonomischen Zwängen zu lösen, eine Nische zu finden, die anders funktioniert als das heutige Wirtschaftssystem, das neben ein paar Gewinnern vor allem Verlierer hervorbringt, das vor allem Ungerechtigkeit und Unglück verursacht. Das bedeutet nicht, dass wir rückwärtsgewandt sind. Über alternative Lebensformen nachzudenken und sie auszuprobieren, ist doch nicht weltfremd, wie viele glauben, im Grunde ist das sehr progressiv.«

Vor Matteos innerem Auge liefen bei diesen Worten die Bilder des vergangenen Abends ab, als er mit den drei Alten am Hafen von Marseille gesessen hatte. Die Demonstranten waren für Ideale auf die Straße gegangen, die vielleicht gar nicht so weit entfernt waren von dem, was dieser junge Mann mit seinem eigentümlich langen Bart ihm erzählte. Und obwohl ihm Filippo, ohne dass er genau zu benennen vermochte, warum, sympathisch war, regten sich doch immer wieder Zweifel in ihm, ob er ihm trauen konnte.

Und konnte es nicht auch sein, dass bei *Tendere la Mano* ein ähnlicher Mechanismus zum Tragen kam wie bei einigen der Demonstranten, die er beobachtet hatte? Die hatten sich schließlich ebenfalls in den Dienst einer guten Sache gestellt, aber an einem bestimmten Punkt war ihr Engagement in eine Gewalt umgeschlagen, die nicht mehr ihrem Anliegen diente und durch die sie sich selbst ins Unrecht setzten.

»Um es abzukürzen: Ihr mögt hier eure Regeln haben. Aber angesichts der Situation schlage ich vor, dass diese Regeln für eine Weile ausgesetzt werden.«

Filippo schien mit sich zu kämpfen. Matteo riss der Geduldsfaden.

»Verdammt noch mal, wir reden hier von drei Toten. Wie kannst du da ernsthaft denken, dass man das einfach auf sich beruhen lassen kann?!«

»Sie werden dadurch ja auch nicht wieder lebendig«, gab Filippo störrisch zurück.

»Das ist ja wohl wirklich die dümmste Antwort, die ich je gehört habe!«, echauffierte sich Matteo. »Aber gut, wenn dir das lieber ist, dann kann auch gern die Polizei die Durchsuchungen und Vernehmungen hier vornehmen.«

Bevor Filippo antworten konnte, sprach Matteo weiter.

»Und jetzt tisch mir nicht dieselbe Leier von vorhin wieder auf. Es ist mir vollkommen egal, ob euer seelisches Gleichgewicht durcheinanderkommt, wenn hier die Polizei auftaucht.«

Zum ersten Mal sah Filippo verärgert aus. Ohne ein weiteres Wort lief er voran, betrat eines der Häuser, durchmaß mit schnellen Schritten den langen, schmalen Flur und blieb schließlich vor der letzten, in einem dunklen Violett gestrichenen Tür stehen.

»Hier ist es. Ich warte in der Küche auf dich. Danach können wir zu Daria gehen.«

»Gut, danke.«

Filippo hatte sich schon ein paar Meter entfernt, als er sich noch einmal umdrehte.

»Eine Sache noch.« Filippos Blick kam Matteo in diesem Moment unruhig vor, er hatte kein Ziel und irrte hilflos umher. »Vielleicht stößt du in seinem Zimmer darauf, deshalb sage ich es dir jetzt. Aber es spielt in dieser Angelegenheit eigentlich keine Rolle: Antonio wollte *Tendere la Mano* verlassen.«

Matteo horchte auf und ließ die Klinke los, die er schon heruntergedrückt hatte.

»Es ist«, sprach Filippo weiter, »wirklich nicht von Bedeutung. Jeder kann hier gehen, wann immer er oder sie das möchte. Es besteht kein Zwang zu bleiben. Ich sage es dir nur deshalb, damit du nicht auf falsche Gedanken kommst.«

»Und warum hast du mir das nicht schon vorher gesagt?«

»Eben, ganz einfach, weil es keine Rolle spielt.«

Diese Antwort fand Matteo alles andere als einleuchtend.

»Wie lange lebst du eigentlich schon hier?«, fragte er zurück.

»Ich wurde hier geboren.«

»Und du hast nie mit dem Gedanken gespielt wegzugehen?«

Filippo schüttelte den Kopf.

»Ich kann mich nicht erinnern, nein.«

Matteo nickte ihm zu, dann öffnete er die Zimmertür und schaltete das Licht an. Ein sparsam eingerichteter Raum lag vor ihm, das Bett war mit einer hellblauen Leinendecke überworfen. Ein zierlicher Schreibtisch stand an der Stirnseite neben dem Fenster, ein Schrank und ein Waschbecken, das war alles. An den Wänden hing ein einziges Bild, eine großflächige Tuschezeichnung in Schwarz und Weiß, die auf den ersten Blick abstrakt wirkte. Erst bei genauerem Hinsehen erkannte Matteo, dass die Striche so angeordnet waren, dass sie ein Motiv aufscheinen ließen: ein sinkendes Schiff, dahinter der Kopf eines Tieres, das ängstlich den Untergang zu betrachten schien.

Filippo hatte sich Mühe gegeben, das Ganze hinunterzuspielen. Aber war die Tatsache, dass Antonio Olivetti geplant hatte, *Tendere la Mano* zu verlassen, nicht überaus verdächtig? Und ein Hinweis darauf, dass er sich nicht das Leben genommen hatte, sondern ermordet worden war? Was wäre, wenn es, anders als Filippo ihm hatte weismachen wollen, doch nicht so problemlos war, die Gruppe zu verlassen? Das hier war eine Schicksalsgemeinschaft von Menschen, die sich bestimmten Regeln unterwarfen und in Abhängigkeit zueinander standen. Verließ jemand diese Gemeinschaft, hatte das sowohl emotionale als auch ökonomische Konsequenzen, die vielleicht gravierend waren für Einzelne oder die Gruppe, überlegte Matteo, während er die wenigen Sachen durchsah, die Antonio Olivetti in seinem Zimmer aufbewahrt hatte.

Was genau hatte Filippo auf die Frage geantwortet, ob er nicht schon einmal habe weggehen wollen? Dass er sich nicht erinnere. Matteo strich sich die Haare aus der Stirn. Vielleicht überinterpretierte er die Formulierung, aber ließe sie sich nicht auch verstehen als Hinweis darauf, dass er es sehr wohl versucht hatte, er aber gescheitert war und diese Tatsache verdrängen oder vergessen musste, um hier weiter zu leben? Nicht nur der Wirt aus dem Loana-Tal hatte die Befürchtung geäußert, dass es sich bei *Tendere la Mano* nicht einfach nur um eine Lebensgemeinschaft, sondern um eine Sekte handelte. Dass hier der Einfluss der Gruppe auf den Einzelnen und der damit verbundene psychische Druck im Ernstfall weitaus größer war als innerhalb sozialer Systeme, in denen die Individuen loser miteinander verbunden waren, lag auf der Hand.

Unschlüssig blickte Matteo sich um. Abgesehen von ein paar Kleidungsstücken, einigen Büchern, Schreibutensilien und Kerzen, hatte er nichts entdecken können. Er wollte das Zimmer schon unverrichteter Dinge verlassen, als sein Blick auf einen Riemen fiel, der unter dem Fußende des Bettes hervorlugte. Noch bevor es ihm gelungen war, das Ding, das da unter dem Rost verkeilt war, herauszuzerren, war er sich sicher, was er da gerade entdeckt hatte.

Er setzte sich aufs Bett und stellte den nur leicht ramponierten, mit Matschschlieren überzogenen Rucksack neben sich. Es handelte sich um jenen, den er neben dem Toten gesehen hatte. Eigentlich war es nicht weiter verwunderlich, dass er ihn hier fand.

Wenn es stimmte, was Filippo über die Bergung von Antonio Olivetti erzählt hatte und über den Respekt der Mitglieder vor den privaten Habseligkeiten der anderen, dann war es nur logisch, dass sie den Rucksack des Verstorbenen in dessen ehemaliges Zimmer gebracht hatten.

Eine der Schnallen war, wahrscheinlich durch den Aufprall, leicht verbogen, ließ sich aber dennoch öffnen.

Matteo pfiff durch die Zähne, als er nach einer blechernen Trinkflasche und einem Halstuch schließlich eine Ledermappe aus dem Rucksack zog. Das war allerdings mehr als interessant. Zwei Mal las er das in einer durchsichtigen Hülle steckende Formular. Die Folie hatte es vor dem Regenwasser geschützt, nur die Ränder waren gewellt. Wenn er das richtig verstand, dann handelte es sich um eine Besitzurkunde über eine nicht unbeträchtliche Fläche Land im Loana-Tal. Das Datum und die auf dem Dokument verzeichneten Namen ließen darauf schließen, dass Olivetti das Land nicht gekauft hatte, sondern dass es aus dem Besitz seiner Familie stammte und an ihn übergegangen war.

Filippos Angaben darüber, wie viel ein Mitglied von *Tendere la Mano* besitzen durfte, waren zwar schwammig gewesen, aber Matteo konnte sich kaum vorstellen, dass ein Grundstück nicht zu den Werten – oder, wie hatten sie es genannt? *Beschwernissen*? – gehörte, die man beim Eintritt in die Gemeinschaft abgeben musste. Das war, soweit Matteo wusste, ein gängiges Prinzip bei sektenähnlichen Vereinigungen: Sie erleichterten ihre Mitglieder um deren Geld und Besitz, mit der Begründung, sie auf diese Weise von dem irdischen Ballast befreien zu wollen, oder dass ihr Vermögen gebraucht würde, um die Gemeinschaft überhaupt lebensfähig zu halten.

Warum sollte das ausgerechnet hier anders sein?

Vielleicht hatte Olivetti sich geweigert, das Land seiner Familie zu veräußern. Oder er hatte diesen Besitz verheimlicht und erst jetzt, als er die Gemeinschaft verlassen wollte, hatten die anderen davon Wind bekommen. Vielleicht hatten sie sich betrogen gefühlt, Olivetti bedrängt, seinen Besitz doch noch an sie abzutreten? Vielleicht hatten sie versucht, ihn daran zu hindern, aus ihrer Gemeinschaft auszutreten? Womöglich, überlegte Matteo weiter, hatte Olivetti geplant, ins Loana-Tal auf sein Grundstück zu ziehen. Dann wäre es denkbar, dass die Gruppe gar nicht wandern wollte, vielleicht hatten sie Olivetti gesucht, hatten geplant, ihn zur Rückkehr zu überreden.

Vielleicht war es zu einer Auseinandersetzung gekommen, Olivetti war geflohen und dabei abgestürzt. Vielleicht war er auch gestoßen worden. Aber wie hingen die anderen beiden Todesfälle damit zusammen? Wenn sie überhaupt zusammenhingen, dachte Matteo zum wiederholten Mal.

Hatte Olivetti möglicherweise bei Marcello Conte und Natalie Lemerre Unterschlupf gefunden und ihr Tod war die Rache von *Tendere la Mano* gewesen? Matteo schüttelte den Kopf. Das erschien ihm zu extrem. Dennoch, er sollte recherchieren, ob es irgendwelche Anzeichen dafür gab, dass bei *Tendere la Mano* Bestrafungs- oder Hinrichtungsrituale üblich waren. Wieder musste Matteo an die Demonstranten aus Marseille denken. Vielleicht war die Situation eskaliert. Vielleicht handelte es sich bei dem Doppelmord an Conte und Lemerre nicht um eine geplante Hinrichtung, wie er bisher angenommen hatte, sondern um eine Tat, die im Adrenalinrausch entglitten und immer brutaler geworden war.

Allzu gern hätte er sich eine weitere Futura angesteckt, aber es war vollkommen klar, dass das Rauchen in den Häusern ein Sakrileg war. Matteo betrachtete das Dokument, dann schlug er ärgerlich mit der Hand auf das Bett, das federnd nachgab. Wenn seine Hypothese stimmte, warum lag dann die Besitzurkunde noch hier? Das ergab keinen Sinn.

Matteo zog sein Handy aus der Tasche und wurde zu seinem Ärger daran erinnert, dass der Akku leer war. Andernfalls hätte er ein Foto von der Urkunde machen können. Sie mitzunehmen, wäre sicher unklug, falls die Gemeinschaft von ihr wusste, würde sie sofort ahnen, wer sie entwendet hatte. Allerdings waren die Besitzverhältnisse ja im Grundbuch eingetragen und dies war ein Auszug daraus, er würde sie jederzeit nachweisen können.

Nachdem Matteo das Dokument wieder an seinen Platz im Rucksack gelegt hatte, ging er in die Küche, die auch in diesem Haus ein großzügiger Gemeinschaftsraum war. Filippo saß rittlings auf einem Stuhl und ließ ein Einweggummi durch die Finger schnipsen.

Matteo lehnte sich an den Rahmen der Küchentür. Er spürte, wie die Müdigkeit ihm in den Knochen steckte.

»Wusstest du von dem Grundstück?«

»Von welchem Grundstück sprichst du?«, fragte Filippo, ohne sein Spiel zu unterbrechen.

»Antonio Olivetti hat ein Stück Land im Loana-Tal besessen.«

Das Gummi schnippte schräg über den Tisch. Verblüfft schaute Filippo ihn an.

»Das kann nicht sein.«

Matteo zuckte die Schultern.

»Ist aber so.«

»Wie kommst du darauf?«

»In Olivettis Zimmer liegt die Besitzurkunde.«

Filippo starrte für eine Weile vor sich hin, dann schüttelte er langsam den Kopf.

»Das kann nicht sein«, wiederholte er.

»Willst du mir wirklich weismachen«, fragte Matteo, dem Filippos Fassungslosigkeit ein wenig zu übertrieben vorkam, »dass du davon nichts wusstest? Und dass auch niemand von euch nach dem Tod von Antonio Olivetti sich die Mühe gemacht hat, in dessen Zimmer nach Erklärungen dafür zu suchen, warum er sich das Leben genommen hat? Dass niemand in den Rucksack geschaut hat, den er bei seinem Sturz dabeihatte?«

»Ich habe dir doch bereits gesagt, dass wir hier …«

Mit einer Handbewegung schnitt Matteo ihm das Wort ab.

»Ja, ich weiß, das hast du mir wirklich schon gesagt. Zeig mir doch bitte noch, wo ich schlafen kann. Und wo ich Daria Sawliczek finde.«

Bereits eine halbe Stunde später hatte Matteo ein Zimmer bezogen, das dem von Antonio Olivetti sehr ähnelte, aber in gedämpften Orangetönen gestrichen war. Er streckte sich auf dem Bett aus und wartete ungeduldig, bis das Display des Handys wieder Lebenszeichen von sich gab. Glücklicherweise hatte Filippo ihm ein Aufladekabel leihen können.

Das Gespräch mit Daria Sawliczek hatte nur wenige Minuten gedauert und nichts Brauchbares ergeben. Die passenden Initialen ihres Namens mussten ein Zufall sein. Sie war sicherlich Ende sechzig und richtete sich mühsam auf, indem sie sich am Griff ihres Krankenbetts hochzog, als Matteo eintrat. Filippo hatte ihm nicht gesagt, dass sie wegen eines Bandscheibenvorfalls seit mehr als zwei Wochen das Bett kaum verlassen hatte und sich allenfalls mühevoll mit Krücken fortbewegen konnte.

Matteo hatte ihr dennoch einige Fragen gestellt, die sie alle freundlich und augenscheinlich dankbar für die Abwechslung beantwortet hatte. Sie war aber wegen ihrer chronischen Beschwerden seit Jahren nicht im Loana-Tal gewesen und gab an, die Namen Lemerre und Conte nie gehört zu haben. Nur als er sich erkundigt hatte, ob sie von dem Besitz Antonio Olivettis wisse, hatte Matteo den Eindruck gehabt, es würde um die Mundwinkel der bettlägerigen Frau verschmitzt zucken, während sie beteuert hatte, von dieser Information voll und ganz überrascht zu sein. Ärgerlich rieb er sich durch das Gesicht. Seine Menschenkenntnis schien vor den Bewohnern von *Tendere la Mano* zu kapitulieren. Diese gutmütige und freundliche Miene, die alle zur Schau stellten, stimmte ihn mehr als skeptisch. War er zu zynisch?

Das Handy blinkte, Matteo richtete sich auf. Nein, es handelte sich hier nicht lediglich um freundliche Menschen, sondern um Leute, die versucht hatten, den Tod eines Mannes zu verbergen. Und noch war unklar, ob sie nicht auch über den Doppelmord auf der Alpe mehr wussten, als sie zugaben.

Das Telefon meldete zwei entgangene Anrufe von Nina und eine Mailboxnachricht von Cesario. Matteo kniff die Augen zusammen, als würde er dadurch seinen ehemaligen Mailänder Kollegen besser verstehen, dessen Stimme von einem permanenten Knacken und Rauschen unterlegt war.

Cesario hatte wieder einmal gute Arbeit geleistet. Matteo war sich sicher, dass es sich bei Danilo Moretti, den er ausfindig gemacht hatte, um jenen unsympathischen Typen handelte, den er im Loana-Tal gesehen hatte und von dem er mittlerweile wusste, dass er es auf das Grundstück des Wirts abgesehen hatte. Moretti stamme, wie Cesario ihm schnaufend mitteilte, aus einer wohlhabenden und angesehenen Turiner Familie. Aber er habe in der Vergangenheit immer wieder für negative Schlagzeilen gesorgt. Mal habe die Boulevardpresse über Eskapaden im Nachtleben berichtet, mal wurde über Verbindungen ins Rotlichtmilieu spekuliert, über Beteiligungen an Bordellen und Steuerbetrug.

»Bingo«, murmelte Matteo.

Soweit Cesario wusste, sei es aber nie zu einer Anklage gekommen. Verschiedene Male hätten die Gazetten sogar Gegendarstellungen drucken müssen. Cesario grunzte empört. »Das ist typisch, nicht nur für den Turiner Geldadel. Solchen Leuten gelingt es immer irgendwie, ihre schmutzige Weste reinzuwaschen. Sei es durch ihren politischen Einfluss, Schmiergeldzahlungen oder unverhohlene Drohungen«, schimpfte Cesario auf die Mailbox.

Danilo Moretti, erfuhr Matteo, habe die Büroräume seiner Immobilienfirma in der Kanzlei seines Vaters, der ein angesehener Notar sei. In der Regel sei er aber im Caffè Fiorio in der Via Po anzutreffen. Turin war berühmt für seine eleganten, wunderbar altmodischen und mitunter plüschig anmutenden Kaffeehäuser, die man so vielleicht eher in Wien oder Budapest vermuten würde. Das Fiorio kannte Matteo nur vom Hörensagen, aber wenn es einen annähernd so antiquierten Charme hatte wie etwa das Platti am Corso Vittorio Emanuele, dann kostete es einige Mühe, sich einen polternden Lackaffen wie Danilo Moretti darin vorzustellen. Aber womöglich trug er blau-metallische Hemden nur in seiner Freizeit und gab sich sonst seriöser.

Matteo tippte eine SMS an Cesario, in der er sich bedankte und ihn – mit dem Versprechen, dass er sich bei nächster Gelegenheit mit einer Lieferung geräucherter Spezialitäten aus der Macelleria revanchieren würde – fragte, ob er ihm die Namen der Personen, mit denen Danilo im Rotlichtmilieu im Kontakt stand, nennen könne.

Dann rief er Ninas Nummer in seinem Adressverzeichnis auf, zögerte kurz und legte das Telefon beiseite. Es war zu kompliziert, Nina jetzt zu erklären, wo er sich gerade befand und warum. Er würde sich morgen früh bei ihr melden. Nachdem er die Nachttischlampe, deren Schirm diverse ungelenk gemalte Schmetterlinge zierten, ausgeschaltet hatte, griff er doch noch einmal nach seinem Handy, um sich in einer kurzen Nachricht an Luigi bei den drei Alten zu erkundigen, ob sie gut aus Marseille zurückgekommen waren, sich für sein langes Fortbleiben zu entschuldigen und sie zu bitten, noch eine Weile die Stellung zu halten.

Als er beinahe eingeschlafen war, durchfuhr ihn der Gedanke daran, dass er im vergangenen Jahr, als er Teresa so kurz und überraschend wiederbegegnet war, auch ein Opernplakat gesehen hatte, aus dem sich schließen ließ, dass sie mittlerweile in Turin lebte. Unwirsch warf er sich auf die andere Seite. Das musste ihn doch nicht mehr interessieren. Als würde sich sein Unterbewusstsein über ihn lustig machen wollen, erklangen plötzlich die ersten Takte zur *La Rondine* in seinem Kopf. Um Puccinis romantisches Geklimper zu vertreiben, vergrub Matteo seine Locken unter dem Kissen.

11

Matteo schlug die Wagentür zu und vermaß noch einmal verwundert die Parklücke, in die er gerade eingeschwenkt war. Zum ersten Mal, seit er das Mietauto gestern am Mailänder Flughafen abgeholt hatte, verspürte er einen Anflug von Sympathie. Nein, das war zu viel gesagt, aber immerhin musste er in diesem Fall die Praktikabilität des Gefährts anerkennen. Sein Lancia hätte noch nicht einmal zur Hälfte zwischen die Stoßstangen des Alfa Romeos und des Fiats gepasst, die in einer Seitenstraße der Via Po in Turin parkten. Dennoch wurde es höchste Zeit, dass er sich wieder hinter das Steuer eines richtigen Wagens setzte.

Es war kurz vor zehn Uhr. Das Caffè Fiorio hatte seit zwei Stunden auf, aber Matteo glaubte nicht, dass ein Typ wie Moretti vor elf Uhr irgendwo auftauchte. Ich habe ohnehin noch etwas zu erledigen, dachte Matteo und strich sinnloserweise sein heillos zerknittertes und nicht mehr ganz frisches Hemd glatt. In einem der unter den berühmten Turiner Arkaden liegenden Läden würde er sicher eine Garderobe finden, die das Gespräch mit Moretti beflügeln würde. Jedenfalls stellte er sich das so vor.

Für einen Moment horchte er in sich hinein und stellte erleichtert fest, keinerlei Beklommenheit zu spüren. Natürlich hatte er auf der Fahrt hierher an Teresa gedacht. Noch im vergangenen Jahr war er wie gelähmt vor Anspannung gewesen, wenn die Möglichkeit bestand, ihr zufällig über den Weg zu laufen. Diese Phase war offenbar vorbei. Zum Glück.

Er betrachtete die Auslage eines eleganten Herrenausstatters auf der Piazza Vittorio Veneto und begann angesichts der gepfefferten Preise gerade an seiner Idee zu zweifeln, als sich sein Handy meldete. Die Nummer, die angezeigt wurde, konnte er nicht zuordnen.

»Pronto?«

»Signor Basso? Hier spricht Dominique LaRoche, aus Marseille. Sie erinnern sich?«

»Selbstverständlich.«

Matteo fischte eine Futura aus der Tasche und schob sie in den Mund, ohne sie anzuzünden. Dominique LaRoche klang angespannt und außer Atem.

»Ich wollte Ihnen nur mitteilen«, die Redakteurin stockte, »ich wollte Ihnen sagen, dass Sie offenbar recht hatten.« Wieder brach sie ab.

»Was soll das heißen?«

Sie räusperte sich.

»Sie hatten die Vermutung, dass François in ein Verbrechen verstrickt war.«

Matteo konnte hören, wie sie laut aus- und einatmete. Sie schien mit sich zu ringen.

»Nach dem zu urteilen, was wir bisher auf seinem Computer gefunden haben, sieht es leider ganz danach aus, als ob der schlimmste aller Fälle eingetreten ist: Einer meiner besten Mitarbeiter stand nicht nur mit Kriminellen in Verbindung, sondern war selbst kriminell.«

Matteo tastete erfolglos nach seinem Zippo und begann,

die Straße hinunterzuschlendern, die Futura ließ er im Mundwinkel stecken.

»Sie wissen ja, dass François sich auf Themen aus den Bereichen Umwelt und Energiepolitik spezialisiert hat. Im Zuge dessen ist auch das Porträt über Natalie Lemerre und Marcello Conte entstanden. Aber ganz offensichtlich war er nicht nur vom journalistischen Ethos getrieben, sondern hatte noch andere Interessen.«

Matteo meinte, ein leichtes Beben in der Stimme von Dominique LaRoche zu hören.

»Erzählen Sie mir bitte, was Sie auf dem Computer gefunden haben«, ermunterte er sie und steckte endlich die Zigarette in die Jackentasche zurück.

»Haben Sie schon mal von den Geschäften der sogenannten Müll-Mafia gehört?«

»Helfen Sie mir auf die Sprünge.«

»Es gibt Müll, Giftmüll etwa, der sehr aufwendig entsorgt werden muss. Es verursacht massive Kosten, ihn umweltverträglich abzubauen oder zwischenzulagern. Und natürlich finden sich in solchen Fällen immer skrupellose Menschen, die sich in diese Abläufe einschalten und Profit daraus schlagen. Das funktioniert besonders reibungslos, wenn sich der schmutzige Deal zwischen der ersten und der dritten Welt abspielt, wie wir die wirtschaftlich schwachen Staaten gern herablassend nennen.« Verächtlich fügte Dominique LaRoche an: »Dabei wird keine Rücksicht auf die Opfer genommen, die solche Geschäfte forden. Aber was zählen sie schon, die drittklassigen Menschen?!«

Matteo war mittlerweile am Ufer des Po angekommen, der sich wie eine schwerfällige grau-blaue Masse durch sein Bett schob, an den Rändern hatten sich wegen der Hitze Algen gebildet.

»Und Sie glauben«, setzte er an, weil Dominique La Roche abermals eine Pause machte, »dass Duply an solchen Geschäften beteiligt war?«

»Die Beweise sind erdrückend«, gab die Redakteurin zurück. »Ich erspare Ihnen die Details. Aber François hat sich ganz offenbar als eine Art Zwischenhändler oder Mittelsmann verdingt. Er hat die Kontakte nach Afrika hergestellt, für die richtigen Papiere gesorgt, damit der umdeklarierte Dreck verschifft werden konnte. Was das für Folgen hat, verseuchtes Ackerland, vergiftetes Grundwasser, das hat ihn einen Teufel geschert.«

Von der anderen Seite drang ein Geräusch, das nach einer Mischung aus Schluchzen und empörtem Schnappen nach Luft klang.

»Dieser Mistkerl hat ein Doppelleben geführt und andere Menschen gefährdet, um sich zu bereichern. Ganz abgesehen davon, dass er den Ruf unseres Magazins aufs Spiel gesetzt hat.«

Matteo machte Anstalten, etwas zu erwidern, aber Dominique LaRoche sprach weiter, ihre Stimme klang jetzt hart, sie hatte sich wieder im Griff.

»Ich habe die Behörden eingeschaltet, die werden sich um die Sache kümmern und sich mit den zuständigen afrikanischen Ämtern in Verbindung setzen. Es darf jetzt keine Zeit verloren werden. Der Müll muss schleunigst wieder abtransportiert werden, damit die Menschen dort nicht krank werden.«

»Wissen Sie, um welche Art Müll es sich handelt?«

»Nicht im Detail. Aber zu François' ›Kunden‹ zählte eine Entsorgungsfirma, die für ein mittelständisches Chemie- und ein Pharmaunternehmen arbeitete. Das sagt doch schon einiges.«

»Und an wen hat Duply die Abfälle vermittelt? Wer war für die Entsorgung verantwortlich?«

»Das kann ich Ihnen noch nicht sagen. Er hatte offenbar mehrere E-Mail-Adressen, an die Accounts sind wir noch nicht rangekommen. Ich vermute, dass man über diese auch die Namen derjenigen findet, die das giftige Zeug verscharrt haben. Auf dem privaten Rechner von François finden sich bestimmt noch weitere Beweise. Darauf habe ich natürlich keinen Zugriff. Aber die Ermittler haben, so wie ich das einschätze, mehr als genug Gründe für eine Hausdurchsuchung.«

»Und wissen Sie schon etwas über die Länder, in die der Müll verschifft wurde? Oder war es immer dasselbe?«

Matteo hörte, wie Dominique LaRoche sich eine Zigarette anzündete und dachte sehnsüchtig an seine Futura. Wo war das verdammte Zippo?

»Es waren natürlich, wie immer, die Länder, die sich am wenigsten dagegen wehren können. Auf den Kongo und den Südsudan bin ich bisher gestoßen. Regionen also, die durch Bürgerkrieg, Ausbeutung und Korruption ohnehin am Ende ihrer Kräfte sind, in denen die Bevölkerung seit Jahren gequält wird. Und François hat nichts Besseres zu tun, als diesen Menschen noch mehr zuzusetzen.Wissen Sie, ich kann es wirklich immer noch nicht fassen. Ich kenne François seit mehr als zehn Jahren, und habe ihn immer als engagierten und klugen Mitarbeiter kennengelernt, und noch dazu als einen, der seine Arbeit wirklich aus Idealismus gemacht hat. Dachte ich jedenfalls bisher. Wie habe ich mich so täuschen können?«

»Darf ich Sie noch etwas fragen?«, machte Matteo einen Versuch dazwischenzukommen. »Warum erzählen Sie mir das alles? Verstehen Sie mich nicht falsch. Mir hilft das natürlich enorm. Trotzdem erstaunt mich Ihre Offenheit. Denn wie Sie eben selbst sagten: Für Ihr Magazin ist es sicherlich nicht gut, wenn die kriminellen Geschäfte von Duply an die Öffentlichkeit gelangen.«

»Darüber habe ich lange nachgedacht«, entgegnete Dominique La Roche, »deshalb rufe ich Sie auch erst jetzt an und nicht schon gestern Abend. Ich habe mich mit dem stellvertretenden Chefredakteur und mit der Geschäftsführung beraten, wie wir vorgehen.«

Matteo beobachtete, wie ein Stück von einem der Algenteppiche abriss und von der trägen Strömung davongespült wurde.

»Die Sache wird ohnehin an die Öffentlichkeit gelangen, wenn die Polizei hier ermittelt. Wenn wir versuchen, etwas zu vertuschen oder kleinzureden, macht das die Sache für *Notrevie* nur noch schlimmer.«

Dominique LaRoche seufzte bitter.

»Schlimm ist sie natürlich ohnehin. Fatal. Aber jetzt hilft nur Transparenz, wenn wir das Magazin nicht gleich einstampfen wollen. Und ich spreche nicht nur von der aktuellen Ausgabe.«

»Verstehe«, antwortete Matteo. »Darf ich Sie noch etwas fragen? Haben Sie irgendwelche Hinweise auf Lemerre und Conte im Computer von Duply gefunden? Irgendetwas, das darauf hindeutet, dass er noch immer oder wieder mit ihnen in Kontakt stand?«

»Bislang nicht«, gab die Redakteurin zurück. »Aber ich befürchte, dass wir erst ganz am Anfang stehen. Ich will gar nicht darüber nachdenken, was da jetzt noch alles an Mist nach oben geschwemmt wird. Wenn ich François erwische, dann werde ich ihn eigenhändig erwürgen, das können Sie mir glauben.«

Matteo hatte derweil vor einer älteren, für eine Parkbank entschieden zu mondän gekleideten Dame gehalten, die genüsslich einen Zigarillo rauchte. Er bat die Dame gestikulierend um Feuer und bedeutete ihr gleichzeitig, dass er gerade in ein dringendes Telefonat verwickelt war, weshalb er nicht mit ihr sprechen konnte.

An der schwungvollen Geste, mit der sie ihm ihr Feuerzeug reichte – ein chromfarbenes Zippo, das schwer in der Hand wog –, erkannte Matteo eine Leidensgenossin. Sie wusste, wie wichtig das Nikotin gerade war. Dankbar lächelnd gab er ihr das Feuerzeug zurück und nahm, während er weiter das Flussufer entlangschlenderte, einen tiefen Zug von der Futura.

»Sind Sie noch dran?«

»Natürlich«, beeilte er sich zu sagen. »Ich bin Ihnen für Ihre Informationen sehr dankbar, Madame LaRoche. Sollte ich noch auf irgendetwas stoßen, das Ihnen nützlich sein könnte, melde ich mich.«

»Sie meinen, weitere Machenschaften, in die François verstrickt war? Da verzichte ich dann doch ganz gern.«

»Gut, dass Sie Ihren Humor noch nicht verloren haben. Trotz der widrigen Umstände.«

Nun klang das Lachen von Dominique LaRoche beinahe ehrlich amüsiert, brach aber abrupt ab.

»Das täuscht, lieber Signor Basso, das täuscht. Der Humor ist mir in dieser Sache längst vergangen. Arrivederci.«

Noch bevor Matteo antworten konnte, hatte die Redakteurin das Gespräch weggedrückt. Nachdenklich folgte sein Blick dem Rauch der Zigarette, der sich ein Stück weit in die Luft kringelte, bevor er fortgeweht wurde.

François Duply hatte ein Doppelleben geführt. Absolut verständlich, dass seine Chefin geschockt war. Hatte sie wirklich gesagt, »eigenhändig erwürgen«? Hatte sie. Das passte eigentlich nicht zu der sympathisch abgeklärten Frau, die er in Marseille kennengelernt hatte. Aber es war vermutlich dem Eifer des Gefechts geschuldet.

Der Verkehr auf dem Corso Cairoli, der das Flussufer säumte, war dicht. Matteo nutzte eine kleine Lücke zwischen zwei Wagen, um sich bis zur Mitte der Fahrbahn zu schlängeln. Das Hupen der Fahrzeuge ignorierte er, während er mit ein paar schnellen Schritten die Straße überquerte und in die Via Maria Vittoria einbog. Hier konnte er ein Stückchen parallel zur Via Po laufen.

War es wirklich so selbstverständlich, wie Dominique LaRoche behauptete, dass sie ihn anrief und informierte? In Marseille war ihm die Auskunftsbereitschaft der Redakteurin nicht weiter verwunderlich vorgekommen. Nun aber fragte er sich doch, ob es sich tatsächlich nur um den Versuch handelte, so viel Schaden wie möglich von ihrem Magazin fernzuhalten. Matteo hätte nicht zu sagen vermocht, was genau er vermutete. Aber es schien ihm nicht unwahrscheinlich, dass es sich bei dem Anruf von Dominique LaRoche um ein Manöver mit doppeltem Boden handelte.

Es waren nur noch wenige Schritte bis zur Piazza Vittorio Veneto, als Matteo genau den Laden entdeckte, den er gesucht hatte, ohne dass er sich darüber im Klaren gewesen wäre. Was sollte er mit einem eleganten Herrenausstatter? Das hier war genau seine Kragenweite. Oder, er musterte sich prüfend in der Schaufensterscheibe, hinter der auf Puppen, die zweifelsohne Dynamik und Jugendlichkeit ausstrahlen sollten, allerhand schrille und geschmacklose Kleidungsstücke drappiert waren, wohl eher die Kragenweite von Danilo Moretti.

»Ein Teil hässlicher als das andere«, brummte Matteo, während er die Ladentür aufdrückte. Immerhin war schon geöffnet.

Als er eine knappe Viertelstunde später wieder auf die Straße trat, trug er einen lachsfarbenen Blouson aus Fallschirmseide, eine schwarze, entschieden zu enge Jeans mit seitlichem Nietenbesatz und ein pinkfarbenes T-Shirt, das über seiner hageren Brust spannte, was besonders lächerlich aussah. Seine eigenen Sachen hatte er sich in eine Tüte packen lassen.

Das Strahlen des Verkäufers, als Matteo aus der Umkleidekabine getreten war, zeugte entweder davon, dass er ein verdammt guter Schauspieler war oder dass er sehr dringend Umsatz machen musste. Matteo sah aus wie ein schmieriger Geck, der sich gern ein bisschen jünger gab, als er war, und von dem man nicht wusste, ob er nur schlechten Geschmack oder vielleicht doch ein bisschen Geld in der Hinterhand hatte.

Er betrachtete sich abermals in der Schaufensterscheibe und grinste. Seine Schuhe passten nicht ganz zum Outfit, aber er hoffte, dass Danilo Moretti darüber hinwegsehen würde.

Als Matteo das Caffè Fiorio betrat, konnte er nicht anders, als zunächst einmal vor der Glastheke stehen zu bleiben, hinter der kleine Küchlein und Gebäck in allen erdenklichen Farben und Formen aufgetürmt waren. In Cannobio gönnte er sich hin und wieder ein paar Amaretti bianchi, das typische Mandelgebäck der Region, das fraglos köstlich war. Was dieses Turiner Kaffeehaus in seiner üppigen Auslage anbot, mutete wahrhaft himmlisch an, das würde man so rasch nirgendwo wieder finden. Und schließlich war sein Frühstück – Getreide und Obst, ebenfalls eine geheime Spezialmischung von *Tendere la Mano* – schon eine Weile her.

Matteo orderte einen doppelten Caffè und wählte drei kleine Küchlein aus. Das Ambiente des Fiorio war auf eine charmante Art altmodisch, so wie er es erwartet hatte, und dabei weniger protzig als andere Kaffeehäuser. Die Tischdecken schimmerten in einem gedeckten Altrosa, das nicht hundertprozentig zu den Polsterungen der Stühle passte, deren Muster ein wenig blaustichig war.

Mit schnellem Blick hatte Matteo die Tische, die sich an den Längsseiten des Raums aneinanderreihten, gescannt. Nur wenige waren besetzt. Danilo Moretti konnte er nicht ausmachen.

Matteo wählte einen Platz gegenüber einem der überdimensionalen goldgerahmten Spiegel, weil er von dort aus das gesamte Café gut einsehen konnte. Vor ihm auf dem Tisch stand ein merkwürdiges Gebilde aus Porzellan, das mit etwas gutem Willen an zwei ineinanderverschlungene, etwas aus der Form gegangene Blumen erinnerte. Erst bei genauerem Hinsehen erkannte Matteo, dass es sich um ein Milchkännchen und eine Zuckerdose handelte.

Die Kuchen schmeckten beinahe noch besser als sie aussahen. Besonders tat es Matteo eine Biskuitrolle mit Himbeercremefüllung an. Zu dem zweiten doppelten Caffè, den er bestellte, bat er die Kellnerin um einen Stift und ein Blatt Papier.

In der Zeit, bis Moretti – hoffentlich – auftauchte, konnte er versuchen, ein wenig Ordnung in den Fall zu bringen. Nach wenigen Minuten war der Zettel, den die Kellnerin ihm gebracht hatte, mit einem Diagramm gefüllt, in dem Matteo versucht hatte, die Namen aller oder möglicherweise Beteiligten in einen sinnvollen Zusammenhang zu bringen.

Auf der Rückseite notierte er offene Fragen. Stand der Tod Antonio Olivettis, entgegen der Behauptung von Filippo, mit dem Doppelmord in Verbindung? Falls ja, warum war Olivettis Leiche dann nicht ähnlich zugerichtet worden? Hatte François Duply noch Kontakt mit Lemerre und Conte gehabt? Falls ja: Was hatten Duplys illegale Geschäfte, von denen Matteo soeben erst erfahren hatte, mit allem zu tun? Wer verbarg sich hinter den Initialen »d« und »s«? Hatte *Tendere la Mano* etwas mit den Morden zu tun oder wussten die Mitglieder zumindest mehr, als sie zugaben? Hatten sie etwa doch von dem Land gewusst, das Antonio Olivetti im Loana-Tal besessen hatte? Und welche Rolle spielte Danilo Moretti?

Matteo sah zum wiederholten Male zur Tür des Kaffeehauses, die sich öffnete, aber nur zwei Frauen mit erschreckend hässlich geföhnten Pudeln betraten den Raum. Sofort flammte in Matteo das schlechte Gewissen auf. Natürlich war davon auszugehen, dass die drei Alten sich gern um Gustavo kümmerten, aber es war schon einigermaßen schäbig, nur eine kurze SMS zu schreiben. Das würde er später klären. Er wandte sich wieder seinem Zettel zu.

Steckte hinter der Offenherzigkeit von Dominique LaRoche ein anderes Interesse, als das, den Ruf ihrer Zeitschrift zu schützen? Matteo legte den Stift zur Seite und überflog seine Notizen noch einmal. Sie sprachen eine klare Sprache. Chaos. Nichts als Chaos. Viel zu viele lose Fadenenden, ohne dass er eine Ahnung hätte, wie diese sinnvoll miteinander verknüpft werden könnten.

Warum hatte er nicht auf Settignano und Nina gehört

und die Sache auf sich beruhen lassen? Vielleicht war es ganz einfach so, wie der Kommissar annahm: ein Raubmord, mit zufälligen Opfern, der eskaliert war, ohne Vorsatz. Warum saß er nicht am Lago, kraulte Gustavo und ließ die Alten im Hintergrund zimmern und fluchen? Oder warum war er nicht einfach mit an die Amalfi-Küste gefahren? Nina hätte sicher nichts dagegen gehabt. Oder doch? Warum war er so dermaßen stur? Kindisch hatte Nina ihn in ihrem letzten Streit genannt. Das war gemein, kindisch war er nicht.

Matteo massierte sich den Nacken und versuchte, die verspannten Muskeln zu lockern. Kein Wunder, dass alles knirschte, in diesem verfluchten Leihwagen saß er zusammengestaucht wie – er überlegte kurz –, wie eine Gurke im Tomatensalat, würde Beppo jetzt vermutlich sagen. Wider Willen musste er grinsen.

Als er den Kopf nach hinten kippte, fiel sein Blick auf die geschliffenen Ränder des Spiegels, der leicht nach vorn geneigt an der Wand hing. Die Gäste des Fiorio spiegelten sich darin und allesamt waren auf den Kopf gestellt.

Plötzlich kam ihm ein Gedanke. Was hatte an der Wand der Alpe gestanden? Ein kleines »d«. Ein kleines »s«. Matteo drehte das Blatt, auf dem er seine Notizen gemacht hatte, auf den Kopf. Jetzt stand dort nicht mehr »d« und »s«, sondern ein »s« und ein »p«, in der Reihenfolge. Was, wenn es sich gar nicht um Initialen handelte, sondern um den Beginn eines Wortes, das einer der beiden Opfer im Todeskampf, mit letzter Kraft an die Wand hatte schreiben wollen, bevor die Agonie oder der Täter dazwischen funkte? Vermutlich war Conte es gewesen, denn seine Leiche hatte direkt unter den Buchstaben gelegen.

Matteo starrte gebannt auf die beiden Buchstaben, registrierte aber dennoch, dass sich in diesem Moment erneut die Tür des Kaffeehauses öffnete. Das von einem ausgestellten Lachen unterlegte unangemessen laute Telefonieren verriet ihm, dass der Gast, auf den er gewartet hatte, nun endlich eingetroffen war. Auf Cesario war mal wieder Verlass gewesen. Er hatte den richtigen Mann aufgetan.

Danilo Moretti schmiss seine Aktentasche auf eine gepolsterte Sitzbank und orderte einen Caffè mit einer Geste, die eher darauf angelegt war, eine Lokalrunde Champagner zu bestellen.

Moretti sah tatsächlich nicht so verboten aus wie am Samstag im Loana-Tal. Aber selbst Matteo, der sich aus Mode herzlich wenig machte, erkannte, dass das schwarze Hemd mit weiß abgesetztem Kragen und ebensolcher Knopfleiste zwar gediegen wirken sollte, aber besser in einen drittklassigen Club mit Neonbeleuchtung gepasst hätte.

Matteo riss seine Aufmerksamkeit von Moretti los und versuchte, sich auf das Blatt Papier zu konzentrieren, das vor ihm lag. *Spazzatura*, durchfuhr es ihn. *Spazzatura*. Was, wenn keine Initialen an der Wand standen, sondern jemand versucht hatte, *spazzatura*, also *Müll*, an die Wand zu schreiben?

Vielleicht war es nur ein Zufall, dachte Matteo, wie elektrisiert von seiner Entdeckung. Wenn es aber kein Zufall war, dann bedeutete das möglicherweise, dass er gerade eine Verbindung zu Duply und dessen illegalen Müllentsorgungen entdeckt hatte. Halb peinlich berührt, halb angeekelt zog Matteo den geliehenen Kugelschreiber aus dem Mund, an dem er gekaut hatte. Denkbar war doch, dass Conte und Lemerre Duplys Geschäften auf die Schliche gekommen waren und gedroht hatten, ihn auffliegen zu lassen. Vielleicht, überlegte Matteo weiter, war das schlussendlich sogar der Grund dafür, dass sie Marseille verlassen und sich auf die Alpe zurückgezogen hatten. Womöglich hatte Duply gedroht, ihnen etwas anzutun, wenn sie sich nicht aus der Sache heraushielten.

Matteo griff nach seiner Caffè-Tasse, erinnerte sich dann aber daran, dass diese leer war und setzte sie wieder ab. Aber warum hätte Duply seine Drohung wahrmachen sollen, wenn Lemerre und Conte sich schon aus Marseille zurückgezogen hatten?

Am Tisch schräg gegenüber nahm Moretti unter lautstarken Begeisterungsbekundungen sein Getränk in Empfang. Ein Bicerin, wie Matteo an dem langstieligen Glas und der üppigen Schaumkrone erkannte, eine Turiner Spezialität, die er selbst vor Jahren einmal probiert hatte, ohne dass er danach das dringende Bedürfnis verspürt hatte, dieses Erlebnis zu wiederholen. Diese für seinen Geschmack entschieden zu süße Mischung aus Kaffee, Milch und Kakao gehörte eher auf Kindergeburtstage oder in gesellige Seniorenrunden.

Moretti nahm einen Schluck und stieß einen schmatzenden Wohllaut aus, den Matteo unter anderen Umständen vielleicht sogar komisch gefunden hätte, weil er auf so offensichtliche Art und Weise nach Aufmerksamkeitsbekundungen der Gäste an den Nebentischen heischte. Aber die Turiner waren entweder zu diskret, um auf Moretti zu reagieren, oder sie waren ebenfalls Stammgäste, die mit seinem Gebaren bereits vertraut waren.

Wenn, nahm Matteo den Faden wieder auf, Duply tatsächlich ins Val Grande gekommen war und Conte und Lemerre ermordet hatte, dann konnte das nur bedeuten, dass die beiden die Sache nicht auf sich hatten beruhen lassen. Und es bedeutete, dass sie nicht die Polizei eingeschaltet hatten, sondern womöglich probiert hatten, Duply dazu zu bringen, seine Machenschaften zu beenden. Sie könnten ihn auch erpresst haben.

Moretti hatte mittlerweile einen Laptop ausgepackt und hämmerte auf der Tastatur herum, die Zunge steckte ihm im Mundwinkel, wie bei einem Kind, das in eine Bastelarbeit vertieft war. Matteo schaute in den ausladenden Spiegel, der hinter Moretti hing und in dem der Bildschirm seines Computers zu erkennen war. Er konnte sich ein Grinsen kaum verkneifen. »Von Beruf Sohn« nannte man das wohl. Allzu viel Geschäftliches hatte Moretti augenscheinlich nicht zu erledigen und widmete sich stattdessen lieber hingebungsvoll einem Computerspiel.

Hoffentlich zog sich das Spiel eine Weile hin. Jedenfalls so lange, bis Matteo diesen einen Gedanken zu Ende gedacht hatte. Er musste jetzt, sagte er sich, strukturierter als bisher vorgehen, um irgendwie diese verdammten Fadenenden miteinander zu verbinden. Bevor er den Stift wieder in die Hand nahm, prüfte er sein Handy. Nur eine Nachricht von Beppo. Er solle sich keine Sorgen machen, die Arbeit an der Macelleria gehe blendend voran, was vor allem daran liege, dass er und Gustavo ein brillantes Team seien. Luigi würde leider mit einem Schlüsselbeinbruch im Krankenhaus liegen und Flavio habe seine, Matteos, beachtlichen Barolo-Vorräte entdeckt, habe sich damit bis zur Besinnungslosigkeit betrunken und würde gerade seinen Rausch ausschlafen.

Kopfschüttelnd legte Matteo das Handy zur Seite. Augenscheinlich ging es den Alten gut, schloss er aus der blödsinnigen Nachricht. Wie konnte man nur so viel Unsinn in eine einzige SMS packen? Und was das für eine Mühe und

Zeit kostete, das alles zu tippen. Beppo mit seinen greisen Fingern benötigte dafür doch sicher noch länger als er selbst, und er verzweifelte schon regelmäßig, wenn Nina komplexe Themen über diesen Kanal verhandeln wollte, worauf sie vorzugsweise in den Abendstunden verfiel, wenn sie in Verbania und er in der Macelleria war.

Mit dem Stift, der unangenehmerweise tatsächlich nicht zu übersehende Bissspuren aufwies, umkreiste Matteo das »s« und das »p«. Wenn Duply der Mörder von Natalie Lemerre und Marcello Conte war, dann stimmte seine Theorie, dass die Opfer ihren Mörder gekannt hatten.

Und war das wirklich überzeugend? *Müll*? Warum hätte Marcello Conte *Müll* an die Wand schreiben sollen? Warum, wenn denn Duply der Mörder war, hatte er nicht dessen Namen verewigt? Plötzlich kam Matteo, was ihm gerade eben noch als bahnbrechende Entdeckung erschienen war, reichlich an den Haaren herbeigezogen vor.

Moretti stieß einen Fluch aus, der die anderen Gäste, teils erschrocken, teils empört, aufblicken ließ. An den wenigen Tischen, die um diese Zeit besetzt waren, saßen zumeist einzelne Leute, in Zeitungen oder ihre Gedanken vertieft. Aus den bunten Farbschlieren, die über den Bildschirm liefen wie dichter Regen über eine Fensterscheibe – Matteo sah es im Spiegel – schloss er, dass Moretti soeben ein Spiel verloren hatte. Durch einen weiteren Bicerin, den die Kellnerin ungefragt brachte, schien er wieder versöhnt. Offenbar wusste man im Fiorio, wie man diesen Gast zu händeln hatte.

Der Mörder hatte die Zeichen zu entfernen versucht und das Abwaschen wahrscheinlich nur abgebrochen, weil er sich möglichst schnell vom Tatort entfernen wollte. Oder weil er registriert hatte, dass seine Versuche, diesen

Hinweis zu tilgen, vergebens waren, sodass er sich darauf verließ, dass man sie nicht würde deuten können. Wenn es sich um seinen Namen gehandelt hätte, wäre er sicher dennoch akribischer vorgegangen, wäre vielleicht später noch mal zurückgekommen. Oder sie.

Verdammt noch mal, Matteo winkte der Kellnerin, um ebenfalls noch ein Getränk zu bestellen. Dieses Mal wählte er aber keinen Caffè, sondern eine Flasche Wasser, seine Gehirnzellen brauchten dringend ein bisschen Flüssigkeit, um wieder anständig zu arbeiten.

Oder sie – genau darin bestand möglicherweise sein Denkfehler. Es war viel zu voreilig, dass er so selbstverständlich davon ausging, dass Duply der Mörder war. Gewiss, es gab diese Verbindung, es gab die illegale Müllentsorgung, in die Duply verstrickt war und die, wenn die beiden etwas davon mitbekommen hatten, Lemerre und Conte ganz gewiss nicht gefallen haben dürfte. Mehr noch: Im Grunde hatte Duply direkt dazu beigetragen, dass das, was sie aus Idealismus aufgebaut hatten, zerstört wurde.

Dennoch. Irgendetwas schien Matteo an dieser Version zu glatt. Aber war nicht mitunter das Naheliegendste auch das Zutreffende?

Er sollte sich die Alpe noch einmal gründlich ansehen. Aber vorerst musste er diese Sache hier zu Ende bringen. Matteo erhob sich, streckte den Rücken durch, setzte ein breites Lächeln auf und ging zum Tisch von Moretti hinüber.

»Scusi, darf ich?«

Ohne eine Antwort abzuwarten, ließ er sich gegenüber von Danilo Moretti nieder. Der musterte ihn, die Mundwinkel heruntergezogen, was seinem Gesicht einen angewiderten Ausdruck verlieh, dann widmete er sich wieder seinem Bildschirm.

Mit Spielchen dieser Art hatte Matteo gerechnet, lehnte sich ostentativ gemütlich zurück und winkte der Kellnerin, das Wasser an diesem Tisch zu servieren.

»Ein zweites Glas bitte noch«, rief er und nickte der Bedienung zu, deren makellos weiße, gerüschte Schürze über dem strengen, gedeckt roséfarbenen Kleid nicht nur perfekt zum Ambiente passte, sondern den Eindruck vermittelte, sie würde seit der Eröffnung des Fiorio, die einige Jahrzehnte zurückliegen dürfte, zum Inventar gehören.

Nachdem sie ein weiteres Glas gebracht und Wasser eingeschenkt hatte, trank Matteo einen Schluck und nickte Moretti zu.

»Gassato, hoffentlich in Ihrem Sinne. Ich gehe davon aus, dass Sie mögen, wenn es etwas prickelt.«

Moretti sah auf.

»Unter prickelnden Getränken verstehe ich etwas anderes.«

Da hatte er ihn also. Matteo bewahrte eine unbewegte Miene.

»Zu denen lassen Sie uns gern kommen, wenn wir das Geschäftliche hinter uns haben«, erwiderte er. »Verzeihen Sie, ich habe mich noch gar nicht vorgestellt. Renato Damonte ist mein Name.«

Moretti klappte den Rechner zu.

»Haben wir Geschäftliches miteinander zu besprechen?«

Matteo setzte erneut ein Lächeln auf, wobei er sich Mühe gab, nicht mehr als den Mund zu verziehen.

»Ich hoffe doch.«

»So.« Moretti musterte ihn, soweit das im Sitzen möglich war, und Matteo hoffte, dass sein affiger Look den angedachten Zweck erfüllte und als eine Art vertrauensbildende Maßnahme fungierte.

»Damonte?«, fragte Moretti, »haben Sie etwas mit den Damontes zu tun?«

Bingo. Die Damontes waren eine neapolitanische Industriellenfamilie. Matteo hatte darauf spekuliert, dass Moretti diese Verbindung ziehen und ihn als solventen Kunden einschätzen würde. Er winkte ab, mit einer Geste, die auch heißen könnte: Lassen Sie uns nicht über diesen unerfreulichen familiären Hintergrund sprechen.

Dann lehnte er sich vor. »Ich bin auf der Suche nach dem guten Leben.«

Moretti grinste breit und trank einen Schluck Wasser.

»Das ist nie eine schlechte Idee. Wie kann ich Ihnen in dieser Angelegenheit behilflich sein?«

»Sagen wir so. Ich suche nach einer langfristigen und nach einer kurzfristigen Möglichkeit der Entspannung und man hat mir gesagt, dass Sie genau der richtige Mann dafür sind.«

»So? Wer behauptet denn so etwas?«

Aus dem leicht unrhythmischen Zwinkern Morettis schloss er, dass dieser sich gebauchpinselt fühlte. Matteo wiederholte die wegwerfende Handbewegung.

»Ich brauche einen Rückzugsort, ich möchte ein kleines Stück vom Paradies erwerben.«

Moretti zog die Stirn in Falten. Vielleicht war es auch wirklich etwas zu hochgestochen, was er da redete, überlegte Matteo. Er hatte sich erstaunlich rasch in seine Rolle als wohlsituierter Geck eingefunden.

»Um es kurz zu machen, ich möchte ein Grundstück im Loana-Tal.«

»Loana-Tal?«, Moretti schien angestrengt nachzudenken.

»Helfen Sie mir mal, das ist oberhalb von Santa Maria Maggiore?«

Moretti bluffte nicht sonderlich geschickt. Und um sein Erinnerungsvermögen schien es miserabel bestellt zu sein, andernfalls hätte ihm auffallen müssen, dass er ihn vor wenigen Tagen auf der Terrasse des Agriturismo gesehen hatte. Dagegen hätte Matteo rein gar nichts einzuwenden gehabt, im Gegenteil spielte ihm diese Begegnung in die Karten. Als er, um die Sache abzukürzen, Moretti direkt auf seine Anwesenheit im Agriturismo am Samstag hinwies, schien dieser noch angestrengter nachzudenken als zuvor. Beinahe sah es aus, als wäre er von einem plötzlichen Migräneanfall heimgesucht worden. Schließlich aber nickte er gequält.

»Stimmt, wie konnte ich das vergessen? Sie müssen entschuldigen, ich komme gerade so viel herum. Die Geschäfte lassen einen nicht aus ihrem Würgegriff.«

Moretti deutete auf den Laptop. Zum dritten Mal setzte Matteo die wegwerfende Handbewegung ein. Die sollte er sich merken, ein probates Mittel, um Antworten aus dem Weg zu gehen und zum nächsten Punkt zu kommen.

»Wie gesagt, ich würde dort oben gern ein Stückchen Land kaufen. Was können Sie mir anbieten?«

Erstaunen machte sich auf Morettis Gesicht breit.

»Was ich Ihnen anbieten kann?« Er lachte übertrieben laut, so wie er es schon beim Betreten des Fiorios getan hatte. »Dort gar nichts. Ich kann Ihnen gern unsere Immobilien- und Grundstücksangebote hier in der Umgebung schicken, wenn Sie mir Ihre E-Mail-Adresse geben. Aber das Loana-Tal gehört nicht zu meinem Beritt. Bedauerlicherweise. Sie haben vollkommen recht, ein hübsches Fleckchen.«

»Ein bisschen Geduld hätte ich schon noch. Mir wurde zugetragen, dass Sie in Verhandlungen sind.«

»Ihnen wird eine ganze Menge zugetragen.«

Morettis Stimme klang jetzt schärfer, misstrauisch beäugte er Matteo. Der bemühte sich, vollends unbedarft zu gucken.

»Zugetragen klingt so geheimnisvoll. Der Wirt des Agriturismo hat mir davon erzählt.«

Morettis Züge entspannten sich.

»Ach, der Trottel. Wir waren angetrunken, guter Stimmung, haben ein bisschen herumgealbert. Und natürlich habe ich den verknorzten Typen gefragt, was er für sein Häuschen haben will. Das hat er wohl in den falschen Hals bekommen.«

Marco Belassi hatte die Geschichte etwas anders erzählt. Aber Matteo würde nicht weiter beharren. Dass Moretti seine Interessen an dem Kauf des Agriturismo herunterspielte, war schließlich auch eine Information. Er würde später überlegen, was genau sich daraus schließen ließ.

Vorerst zuckte er bedauernd die Schultern.

»Da kann man nichts machen.«

Er tastete seine Jacke ab. »So etwas Dummes. Ich muss meine Visitenkarten im Auto vergessen haben. Sie sind sicher besser organisiert. Hätten Sie eine für mich? Dann schicke ich Ihnen später meine Kontaktdaten und hoffe dann im Gegenzug auf Grundstücksangebote, die mich über das Loana-Tal hinwegtrösten können.«

Moretti nestelte eine Karte aus seinem prall gefüllten Portemonnaie, das auf dem Tisch lag, und reichte sie Matteo, der sie in die Innentasche seiner Jacke gleiten lassen wollte. Gerade noch rechtzeitig fiel ihm ein, dass er diesen grässlichen Blouson anhatte und gar nicht wusste, ob sich in diesem eine Innentasche befand. Also legte er die Karte vor sich auf die Tischdecke und klopfte mit dem Zeigefinger anerkennend darauf, als wollte er sagen: Ich bin sicher, dass wir ein gutes Geschäft miteinander machen werden.

»Was mich auch noch interessiert«, Matteo rückte ein Stückchen näher, »sind die beiden Damen, die Sie am Samstag begleitet haben.«

»So.«

Das schien offensichtlich Morettis Standardformel, wenn er nicht ganz sicher war, worauf sein Gegenüber hinauswollte.

»Nun, wie ich Ihnen bereits sagte«, Matteo schürzte die Lippen, »mir steht der Sinn auch nach kurzfristiger Entspannung.«

Himmel, war das widerlich. Aber Matteo wollte herausfinden, ob Moretti tatsächlich noch im Rotlichtmilieu tätig war.

Schlürfend leerte Moretti den Bicerin.

»Ich habe es gern unkompliziert und diskret«, fuhr Matteo fort, »wenn Sie verstehen, was ich meine.«

Moretti nickte, als hätte Matteo große, bedeutsame Worte gesprochen.

»In der Tat, ich glaube zu verstehen, was Sie meinen. Aber leider kann ich Ihnen da gar nicht weiterhelfen.«

Matteo lächelte stumm vor sich hin und trommelte betont gelangweilt mit den Fingern auf dem Tisch. Und tatsächlich, nach einigen Momenten der Stille, die nur von Matteos gedämpftem Trommeln und dem leisen Geschirrgeklapper an den Nachbartischen unterbrochen wurde, fuhr Moretti fort.

»Aber mir fallen zwei Adressen ein, wo Sie es vielleicht mal versuchen könnten. Wie man mir zugetragen hat« – er grinste, während er sich absichtlich Matteos Formulierung bediente –, »soll man da hin und wieder Glück haben und begleitwillige Damen antreffen.«

Die Adressen, die Moretti nannte, notierte Matteo in seinem Handy und sah dabei, dass Nina zweimal vergeblich versucht hatte, ihn zu erreichen.

»Signor Moretti, ich danke Ihnen und bin sicher, dass es nicht das letzte Mal ist, dass wir miteinander zu tun haben.« Matteo erhob sich und zog sein Geld aus der Tasche. Moretti wiegelte ab.

»Es ist mir eine Freude, Ihre Rechnung zu übernehmen.«

Grazie tanto, Matteo deutete eine ironische Verbeugung an, klaubte den Zettel mit seinen Notizen von dem Tisch, an dem er zuvor gesessen hatte, griff nach der Tüte mit seinen Klamotten, ließ den angekauten Stift in der Hosentasche verschwinden und bemühte sich, maximal lässig zur Ausgangstür zu schlendern.

12

Der Stadtteil San Salvario, in dem beide Adressen lagen, die Moretti ihm genannt hatte, befand sich im Süden der Stadt und gehörte zu den ärmeren Turiner Vierteln. Immer mal wieder kam der Bezirk in die Schlagzeilen. Sei es, weil der hohe Ausländeranteil beklagt und verantwortlich für die sozialen Konflikte gemacht wurde, sei es, weil San Salvario zur neuen, schillernden Partymeile ausgerufen wurde. Oder aber zum Viertel der Künstler, was, wie stets, vor allem daran lag, dass die Mieten in den oftmals kaum renovierten Wohnungen vergleichsweise erschwinglich waren.

Bei Nina ging nur die Mailbox ran. Matteo hatte ihr nach dem dritten Anrufversuch die Bitte, ihn dringend zurückzurufen, hinterlassen. Er musste sie einweihen, egal, ob sie ärgerlich sein würde, dass er sein Versprechen, den Fall auf sich beruhen zu lassen, gebrochen hatte. Nein, es musste heißen: egal, wie ärgerlich sie auch sein würde, denn dass sie es sein würde, stand außer Frage.

An der ersten Adresse hatte Matteo Pech. Es handelte sich, soweit er das durch das heruntergelassene Gitter sehen konnte, um eine winzige Bar, die bis auf einen für den Raum viel zu opulenten Kronleuchter keine Besonderheiten aufwies und bei der Matteo unter anderen Umständen auch nicht darauf gekommen wäre, dass er es mit einem Rotlicht-Etablissement zu tun hatte.

Noch einmal versuchte er es bei Nina. Sie musste ihr Handy ausgeschaltet haben, die Mailbox sprang sofort an. Matteo zögerte. War es überhaupt sinnvoll, dass er nach den beiden Damen suchte, die Moretti am Samstag begleitet hatten? Während er sich von seinem Handy den Weg zu der zweiten Bar anzeigen ließ, die nur ein paar Straßen weiter lag, schob er seine Zweifel beiseite. Vielleicht hatten die beiden irgendetwas bemerkt, das ihm weiterhelfen konnte. Und wenn sie das nicht hatten, dann konnte er ihnen womöglich zumindest helfen, sich von diesem Unsympath zu befreien, der soeben äußerst bereitwillig als Vermittler aufgetreten war. Wenngleich, das wusste Matteo natürlich, die bloße Empfehlung zweier Adressen noch nicht strafbar war, zumal es keine Zeugen für das Gespräch gab. Moretti dürfte nicht der Hellste sein. Gänzlich naiv war er aber natürlich auch nicht.

An der Bar Cue bella hatte Matteo Glück, die Scheiben waren zwar verdunkelt, die Tür aber war nur angelehnt. Von drinnen schwappte träge eine x-beliebige Eros-Ramazotti-B-Seite heraus, dazu eine bereits in dieser Dosierung schwer erträgliche Mischung aus süßem Parfüm und Alkohol. Matteo holte noch einmal tief Luft, obgleich diese mehr und mehr an Frische verlor und sich mit den Ausdünstungen der Stadt und des Verkehrs mischte.

Als er die komplett in Schwarz und Chrom gehaltene Bar betrat, fühlte es sich an, als legte sich unmittelbar eine klebrige Dunstschicht über ihn. Jetzt konnte er nur noch auf die Besonderheiten der olfaktorischen Reizaufnahme zählen, sprich darauf, dass die Nase sich auch an penetranteste Gerüche binnen kurzer Zeit gewöhnte.

Um diese Tageszeit, kurz nach halb eins, meldete seine Courage, war das Etablissement spärlich besucht. Besucht war es, korrigierte Matteo sich, noch gar nicht. Der einzige männliche Gast war er. Die wenigen Frauen, die an der Bar oder auf Hockern an erhöhten Tischen saßen, waren zweifelsohne aus professionellen Gründen hier.

Keine der Frauen schenkte ihm Beachtung. Allesamt tippten sie entweder auf ihren Smartphones herum oder blätterten in Illustrierten, genauso, wie die beiden Frauen es am Samstag auf der Terrasse des Agriturismo getan hatten.

Vielleicht lag es an den ähnlich gelangweilten Gesichtern, den Haaren, die fast ausnahmslos blond gefärbt waren, dass Matteo zunächst Schwierigkeiten hatte zu erkennen, ob die beiden Frauen, die er suchte, sich in der Bar befanden. Nachdem er alle Anwesenden noch einmal gemustert hatte, während er den auffordernden Blick der Bedienung hinter dem Tresen ignoriert hatte, war er sich jedoch sicher, eine der beiden ausgemacht zu haben.

»Scusi, darf ich?«, fragte er, während er sich auf dem zweiten Barhocker, der an ihrem Tisch stand, niederließ. Die junge Frau sah ihn mit ausdrucksloser Miene an.

»Ciao bello, ich bin Nastasia. Bestellst du uns was zu trinken?«, leierte sie den Text herunter, der offenbar Teil ihres Jobs war.

Wie alt mochte sie sein? Hinter der dicken Schminkschicht vermutete Matteo ein beinahe noch jugendliches Gesicht. Allenfalls Anfang zwanzig, tippte er. Hoffentlich war sie überhaupt schon so alt.

Er schüttelte den Kopf.

»Danke, nichts zu trinken. Ich bin nur hier, weil ich Sie etwas fragen möchte.«

Nastasia, oder wie auch immer sie in Wirklichkeit hieß, drehte sich hilfesuchend zur Theke um, die als schwarzes Rund in die Mitte des Raumes eingelassen war. Aber dort stand gerade niemand.

»Keine Sorge«, beeilte Matteo sich zu sagen. »Ich bin nicht von der Polizei. Aber ich brauche Ihre Hilfe. Ich habe wirklich nur ein paar Fragen.«

Die junge Prostituierte zwinkerte misstrauisch, machte aber keine weiteren Anstalten, jemanden vom Personal zu rufen.

»Bitte«, dem Akzent nach schien sie tatsächlich Russin zu sein, »was möchten Sie wissen?«

Matteo fragte nach dem Samstag im Loana-Tal, nach ihrer Kollegin, nach Danilo Moretti.

»Und warum interessiert Sie das alles?«

Natürlich war es heikel, von den Morden zu erzählen. Matteo konnte sich an drei Fingern ausrechnen, dass die junge Frau um jeden Preis vermeiden wollte, in etwas hineingezogen zu werden, das mit der Polizei in Verbindung stand. Andererseits hatte er nichts zu verlieren.

»Es hat am Samstag im Loana-Tal einen Mord gegeben. Mehrere Morde«, korrigierte er sich. »Ich hatte gehofft, dass Sie etwas gesehen hätten, was zur Aufklärung des Falls beitragen könnte.«

Der Blick der jungen Frau flackerte unruhig.

»Wer ist denn ermordet worden?«

»Ein Paar, das eine der Alpen bewirtschaftet hat. Und ein Bergsteiger, bei dessen Tod könnte es sich aber auch um einen Unfall gehandelt haben.«

»Und was haben Sie damit zu tun? Ich denke, Sie sind nicht von der Polizei?«

»Bin ich auch nicht«, beteuerte Matteo. »Ich versuche

nur zu verstehen, was dort passiert ist. Ich war befreundet mit den Toten.«

»So«, versetzte sie, was Matteo an Danilo Moretti erinnerte.

»Aber ich kann Ihnen leider gar nicht helfen. Ich habe Turin seit mindestens vierzehn Tagen nicht verlassen.«

Matteo war konsterniert.

»Das kann nicht sein. Ich bin mir vollkommen sicher, dass ich Sie dort am Samstag gesehen habe. Sie und eine …«, er zögerte, »Kollegin.«

»Sie müssen mich verwechseln, tut mir leid.« Nach einer kurzen Pause, in der sie ihre perfekt manikürten und in einem blassen Lilaton lackierten Fingernägel betrachtete, fügte sie noch an: »Wo, sagten Sie noch mal, soll diese Osteria gewesen sein?«

»Nicht Osteria«, verbesserte er unnötigerweise. »Ein Agriturismo. Im Loana-Tal.«

»Ist das hier in der Nähe?«

»Nicht direkt, das liegt oberhalb von Malesco.«

Die Prostituierte schüttelte den Kopf.

»Nie gehört.«

»Aber Danilo Moretti kennen Sie?«

Sie zuckte die Schultern.

»Kennen wäre übertrieben, er hängt hier manchmal rum. Der ist schon in Ordnung.«

Porca miseria, fluchte Matteo innerlich. Diese Frau ließ ihn vollkommen auflaufen. Danilo Moretti, netter Kerl, tauche manchmal hier auf – ganz sicher. Und dass die Frau, die ihm gegenübersaß, nicht dieselbe war, die er am Samstag gesehen hatte, konnte ihm niemand weismachen, ihre auffallend kleinen, muschelförmigen Ohren, die ein wenig vom Kopf abstanden und zwischen ihren Haaren hervorstachen, hatten ihn vollends überzeugt. Warum log sie ihn an?

»Hören Sie«, beschwor er sie. »Es ist wirklich wichtig, es geht um Mord. Ich verspreche Ihnen, dass ich nicht von der Polizei bin und dass mich nicht interessiert, was Sie hier machen.« Er stockte. »Verstehen Sie mich nicht falsch. Wenn ich Ihnen irgendwie helfen kann, dann sagen Sie mir das bitte.«

Die junge Frau schürzte die Lippen, als würde sie vor dem Spiegel stehen und neue Farbe auftragen.

»Es gibt nichts zu erzählen, tut mir leid.«

»Und Ihre Kollegin«, beharrte Matteo. »Sie waren doch zu zweit.«

»Carlotta«, rief die Prostituierte in Richtung der Theke, »der Herr hier möchte gehen.«

Matteo winkte ab und ließ sich von dem Hocker gleiten.

»Schon in Ordnung. Ich habe verstanden.«

Noch einmal versuchte er, den Blick der jungen Frau zu erhaschen, was aber nur für den Bruchteil einer Sekunde gelang.

»Sie können mir vertrauen, bitte rufen Sie mich an, wenn Sie Hilfe brauchen. Oder falls Ihnen doch noch etwas einfällt. Soll ich Ihnen meine Telefonnummer geben?«

Ohne ihre Antwort abzuwarten, zog er den Stift aus der Tasche, den er im Fiorio mitgenommen hatte, und notierte seine Nummer auf dem Rand der Illustrierten, die zwischen ihnen auf dem Tisch lag. Das Gesicht der jungen Frau zeigte keine Regung. Stoisch wartete sie, dass der unliebsame Besucher endlich ging. Matteo überfiel Beklemmung bei dem Gedanken daran, dass sie diese Miene vermutlich auch aufsetzte, während sie etwas anderes über sich ergehen ließ. Was für ein Scheißjob, in den diese Mädchen hereingezogen wurden, aus Not, aus Naivität, warum auch immer. Diesem Moretti würde er, sobald diese Sache hier erledigt war, das Handwerk legen, wenigstens diesem einen, auch wenn das an den generellen Zuständen wenig änderte.

Selbst die mittäglich schwere Turiner Sommerluft erschien Matteo erfrischend, als er wieder auf die Straße trat. Sein Handy klingelte in dem Moment, als er es aus der Tasche zog, um es noch einmal bei Nina zu versuchen.

Wenn er es richtig sah, war es die Nummer, die ihn heute Vormittag schon einmal angerufen hatte.

»Pronto? Signora LaRoche?«

»Hallo, mit wem spreche ich?«, kam eine männliche Stimme von der anderen Seite.

»Verzeihen Sie, Matteo Basso, ich meinte, eine andere Nummer erkannt zu haben. Wer ist am Apparat?«

»Hier ist Simone Gilmozzi, ich bin der Mann von Dominique. Ich … entschuldigen Sie, dass ich Sie anrufe … ich weiß bloß gerade nicht … Ihre war die letzte Nummer, die auf ihrem Handy angezeigt wurde.«

Das war kein eifersüchtiger Ehemann, den er da am Apparat hatte. Matteo war unmittelbar alarmiert.

»Um Himmels willen. Was ist passiert?«

Das unregelmäßige Atmen Gilmozzis mischte sich mit dem Straßenlärm, der Matteo umgab.

»Wenn ich das wüsste. Ein Überfall oder ein Anschlag. In der Redaktion. Heute Vormittag. Es war fast niemand da, weil gestern das Heft in den Druck gegangen ist, danach machen alle zwei, drei Tage frei. Nur der Pförtner unten, und Dominique konnte es mal wieder nicht lassen …«, er stockte.

Matteo brachte die nächste Frage nur mit Mühe über die Lippen.

»Was ist mit Dominique?«

»Sie operieren sie gerade, sie ist im Krankenhaus.« Gilmozzi stockte. »Ich sollte Ihnen das alles gar nicht erzählen. Ich wollte doch nur wissen … Ich bin so hilflos gerade … Sie waren der Letzte, mit dem sie gesprochen hat. Hat sie irgendetwas gesagt, hatte sie Angst? Was hat das alles zu bedeuten? Sie haben auf Dominique geschossen. Die Computer zerstört, alles kurz und klein geschlagen.«

Matteo rieb sich fest mit der Hand durchs Gesicht. So eine verfluchte Scheiße.

»Signor Gilmozzi, ich habe eine Idee, wer hinter dem Überfall stecken könnte. Wie viele Leute waren es, sagen Sie?«

»Der Anrufer, der das Ganze bei der Polizei meldete, sprach von mehreren maskierten Gestalten, aber die Beamten sagen, dass solchen Aussagen nicht zu trauen sei. Der Pförtner«, … Gilmozzi brach die Stimme weg, er räusperte sich, im Hintergrund meinte Matteo, Krankenhausgeräusche zu vernehmen.

»Der Pförtner ist tot«, setzte Gilmozzi erneut an. »Und Dominique ist ernsthaft verletzt. Aber Sie sagten, dass Sie eine Idee hätten?«

»Das habe ich, ja. Ihre Frau hat mich angerufen, um mir zu erzählen, dass einer ihrer Mitarbeiter in kriminelle Geschäfte verstrickt ist. Sie hat Ihnen sicher auch davon erzählt. Es geht um François Duply.«

»François? Nein, Dominique hat mir nichts erzählt. Aber: François? Das kann ich mir nicht vorstellen, wir kennen ihn seit Langem. Er ist nicht einfach nur ein Mitarbeiter, er ist ein Freund.«

»Ihre Frau hat mir auch gesagt, dass sie ihn sehr schätzt«, erwiderte Matteo. »Aber die Beweise, die auf seinem Computer gefunden worden sind, sind wohl eindeutig. Außerdem«, fügte er an, »ist Duply seit ein paar Tagen verschwunden.«

»Sie meinen, François könnte die Redaktion überfallen haben, um zu verhindern, dass er auffliegt?« Die Stimme von Simone Gilmozzi flatterte.

»Es wäre immerhin eine Möglichkeit. Hören Sie: Ihre Frau hat mir gesagt, dass sie die Behörden eingeschaltet hat. Bitte unterrichten Sie umgehend die Polizei über unser Gespräch.«

»Das mache ich, ja.« Gilmozzis Stimme schwankte bedenklich.

»Ich sende Ihrer Frau die besten Wünsche. Ich habe sie nur kurz kennenlernen dürfen, aber ich weiß, dass sie stark ist. Sie wird das schaffen.«

Das »Danke« von Gilmozzi konnte man nur erahnen, es erstickte förmlich in seinem Mund.

»Warten Sie bitte noch«, sagte Matteo, bevor der andere auflegen konnte. »Bitte halten Sie mich auf dem Laufenden, wie es um Ihre Frau steht. Und was die Ermittlungen angeht, informieren Sie oder die Behörden bitte Nina Zanetti vom Kommissariat in Verbania. Es sieht ganz danach aus, als würde das, was da bei Ihnen in Marseille geschieht, mit einer Mordserie hier in Italien zusammenhängen.«

Die Reaktion von Simone Gilmozzi war nicht mehr als ein heiserer Seufzer.

»Ich schicke Ihnen gleich eine SMS mit der Telefonnummer der Kommissarin. Geben Sie die an die Ermittler vor Ort weiter.«

»Ja«, presste Gilmozzi hervor, dann hatte er das Gespräch beendet.

Matteo atmete tief durch. War es wirklich denkbar, dass Duply seine eigene Redaktion überfiel und seine Chefin, der er sogar freundschaftlich verbunden war, lebensbedrohlich verletzte? Wenn ihre Existenz bedroht wurde, dann waren Menschen zu allem fähig, das hatte Matteo während seiner Zeit bei der Mailänder Polizei mehr als einmal erfahren müssen. Dann wurden sie zu verwundeten Tieren, die in ihrem Schmerz und ihrer Angst nach allem schlugen und schnappten, was ihnen zu nahe kam.

Aber woher hatte Duply, wenn er es denn gewesen war, gewusst, dass Dominique LaRoche seinen Geschäften auf die Schliche gekommen war? Zuvor wäre es für ihn doch ein Leichtes gewesen, in der Redaktion die Spuren seiner illegalen Geschäfte zu verwischen. Oder hatte er, wenn er wirklich für den Mord an Lemerre und Conte verantwortlich war, einfach komplett die Nerven verloren? Die Zurichtung der beiden Leichen sprach dafür. Aber dann musste man diesen Mann unbedingt stoppen, bevor er noch mehr Unheil anrichtete.

Matteos Handy klingelte erneut.

»Nina, Gott sei Dank.«

»Ja, ich bin es. Wo steckst du?«

»In Turin, ich kann dir das alles erklären.«

Er war so froh, die vertraute, geliebte Stimme zu hören, dass seine Anspannung sofort ein wenig nachließ.

»Nicht nötig«, erwiderte Nina. »Ich bin in der Macelleria und, soweit die drei Jungs mir berichten konnten, im Bilde.«

Matteo schnappte nach Luft.

»Wir besprechen das alles später, also alles, was deine Einmischung in den Fall angeht«, fuhr Nina fort, ohne ihn zu Wort kommen zu lassen. »Aber jetzt ist erst mal anderes wichtiger.«

»Nina, ich …«

»Du musst mir nichts erklären, ich kenne dich, Matteo. Im Grunde wusste ich schon bei unserem Telefonat vor ein paar Tagen, worauf die Sache hinausläuft.«

Ihr helles Lachen schnürte Matteo vor Glück die Kehle zu.

Als sie weitersprach, klang ihre Stimme dennoch ernst.

»Aber dir ist schon klar, dass ich Settignano informieren muss? Wir können froh sein, wenn er dir nicht den Kopf abreißt. Oder uns beiden.«

»Wie meinst du das?«

»Die Umstände verlangen es, dass ich mich kurz in den Fall einmische. Ich bin sozusagen ohne mein Zutun involviert worden. Ich habe hier etwas, das solltest du dir unbedingt ansehen. Hier war vorhin ein sehr aufgewühlter Mann, Marco Belassi.«

»Der Wirt vom Agriturismo aus dem Loana-Tal?«

»Genau der. Er hatte einen Stapel Briefe dabei, die wirklich heftig sind. Die waren allesamt an seine Schwester adressiert. Angeblich hat er die abgefangen, weil er gedacht hat, es wäre Post von einem heimlichen Liebhaber. Er hat wohl Angst, seine Schwester zu verlieren. Nachdem du gestern bei ihm warst, hat er sie geöffnet und nun hat er den Verdacht, dass sie von einer Sekte stammen.«

»Von *Tendere la Mano*?«

»Namen hat er keine genannt, er sagte, du wüsstest Bescheid. Er wollte unbedingt mit dir sprechen. Nur mein Dienstausweis und seine totale Aufgelöstheit haben schließlich bewirkt, dass er mir die Briefe gegeben hat.«

»Was steht drin?«

Nina schnaufte, wie es manchmal ihre Art war, sehr undamenhaft, aber gerade solche Angewohnheiten fand Matteo hinreißend.

»Krudes Zeug, wirklich krudes Zeug. Wenn ich mir das richtig zusammenreime – wobei, eigentlich ist es ziemlich explizit –, dann wollten sie Carmen Belassi dazu bringen, das Agriturismo und ihr Land im Loana-Tal aufzugeben. Du solltest dir das mal ansehen, du bist der Psychologe. Außerdem sagte Belassi, dass du wüsstest, wo diese Sekte zu finden ist? Wir sollten denen schnellstmöglich einen Besuch abstatten.«

Matteo versuchte, die Informationen, die Nina ihm gerade übermittelt hatte, in einen einigermaßen logischen Zusammenhang zu bringen. Sein Gefühl hatte ihn also nicht getäuscht: Diese Leute waren nicht so harmlos, wie sie sich gaben.

»Wie bist du überhaupt nach Turin gekommen?«, unterbrach Nina seine Gedanken. »Der Lancia steht ja hier vor der Tür.«

»Mit so einem fürchterlichen Mietwagen. Hör zu, es gibt da neue Entwicklungen, die du noch nicht kennst.«

So knapp es ging, berichtete er Nina von seinem Verdacht gegen François Duply und von den jüngsten Ereignissen in Marseille und Turin. Nina fluchte leise vor sich hin, während er sprach.

»Ich informiere jetzt Settignano«, erklärte sie, als Matteo geendet hatte. »Wo finden wir diese Sekte?«

Er gab Nina die entsprechenden Informationen.

»Merate, wo ist das genau?«, überlegte sie und schien im Kopf eine Karte aufzurufen. »Hast du einen Zweitschlüssel für den Lancia?«

»In der Schublade unter der Kasse. Wieso?«

»Ich nehme deinen Wagen, Flavio hat mich vom Flughafen abgeholt. Wir treffen uns in Monza, das liegt für uns beide auf dem Weg. Gib deinen Leihwagen ab, dort ist sicher eine Station.«

Matteo brummte zustimmend und ärgerte sich in diesem Moment über sich selbst, dass er die Idee, dass Nina sich hinter das Steuer seiner geliebten Diva setzte, mit leichtem Unbehagen registrierte. Bei jeder und jedem anderen hätte er es mit aller Macht zu verhindern versucht.

»Matteo, du elender Spießer, ich fahre schon keinen Kratzer in dein wunderschönes Auto.«

Nina musste ihn noch nicht einmal vor sich sehen, um ihn zu durchschauen.

»Natürlich nicht, daran habe ich jetzt auch gar nicht gedacht. Ich habe überlegt, wo in Monza wir uns am besten treffen könnten.«

Nina lachte auf.

»Du bist so ein miserabler Lügner, Matteo Basso. Ich staune wirklich jedes Mal darüber. Habt ihr das nicht gelernt in eurer Psychologen-Ausbildung?«

»Studium«, brummte Matteo und unterließ wohlweislich, Nina daran zu erinnern, dass in den letzten Tagen zumindest das Verschweigen der Wahrheit relativ gut funktioniert hatte.

»Jetzt sei nicht bockig. Wenn jemand Grund hat, wütend zu sein, dann bin ich das«, mahnte Nina ihn. »Ich schlage vor, wir treffen uns im Stadtpark, den findet man leicht, und da steht die Villa Reale, ein opulentes klassizistisches Schloss, das man nicht übersehen kann. Parkplätze gibt es dort auch genügend.«

»So machen wir es«, stimmte Matteo zu. »Und …«, er zögerte, »ich bin sehr froh, dich gleich zu sehen.«

»Ich auch, du Sturkopf. Bis gleich.« Matteo wollte auflegen, als Nina sagte: »Warte kurz. Hier will noch jemand mit dir sprechen.«

Matteo konnte sich lebhaft vorstellen, wer das war. Und ihm lagen schon einige Beschimpfungen auf der Zunge, obwohl er insgeheim dankbar war, dass aufgrund der Alten nun endlich Nina bei ihm sein und mit ihm ermitteln würde. Dennoch wollte er nicht einfach so durchgehen lassen, dass sie sich hinter seinem Rücken gegen ihn verbündet hatten.

»Fleischermeisterchen, bevor du etwas Unüberlegtes sagst: Wir haben damit nichts zu tun. Und da kann ich ausnahmsweise auch meine beiden minderbemittelten Kollegen freisprechen.«

Aus dem Hintergrund drang empörtes Fluchen.

»Du willst mir doch nicht ernsthaft erklären, dass Nina ganz zufälligerweise gerade jetzt ihren Urlaub abgebrochen hat? Komm, Flavio, für dumm verkaufen kann ich mich selbst.«

»Bei Letzterem kann ich dir zustimmen, das stellst du ja regelmäßig unter Beweis.«

Statt Empörung schallte nun Applaus zu Matteo hinüber. Offenbar hatte Flavio die Lautsprecher-Funktion angestellt.

»Aber, um bei den Fakten zu bleiben«, Flavio hatte hörbar Mühe, den Stolz über seinen gelungenen und dazu noch honorierten Witz zu überspielen, »wir haben Nina jedenfalls nicht angerufen. Aber du bist ja so ein pfiffiger Ermittler, du wirst sicher herausfinden, wer das gewesen ist.«

»Äußerst witzig.«

»Nicht wahr?« Flavio kicherte. »Ansonsten gibt es dreierlei zu berichten: Im Anbau muss nur noch der Strom verlegt werden. Gustavo geht es gut, er hat heute eine Kreation aus Rinderfilet, Joghurt und geraspelten Möhren gefressen. Luigi hat sich ordentlich ins Zeug gelegt. Ich habe so meine Zweifel, ob es wirklich so gelungen war, wie er behauptet hat, aber Gustavo hat alles ganz brav verputzt.«

Aus dem kurzen Gerangel, das auf der anderen Seite zu hören war, schloss Matteo, dass Luigi versuchte, in Besitz des Telefonhörers zu gelangen, um seine Kochkünste ins rechte Licht zu rücken. Flavio behielt den längeren Atem.

»Und drittens?«, fragte Matteo, als sich die Lage wieder beruhigt hatte.

»Driiiiiittens«, Flavio zog das Wort so in die Länge, als hätte er eine veritable Sensation zu vermelden, »driiiiittens sind wir hier alle sehr froh, dass bald wieder die schöne Frau an deiner Seite ist und ein bisschen auf dich aufpasst.«

Matteo stöhnte. Diese Typen waren unverbesserlich.

»Ciao, ihr Hornochsen und grüßt den guten Gustavo.«

Ein vergnügtes Wiehern kam als Antwort.

13

Keine drei Stunden später saßen sie in der Wohnküche, in der Matteo am Vorabend mit den Mitgliedern von *Tendere la Mano* gegessen hatte. Der Stapel mit den Briefen, die Marco Belassi Nina gegeben hatte, lag vor ihnen auf dem Tisch, zusammengebunden mit einem groben Stück Schnur.

Nina blickte skeptisch auf ihr Handy. Das junge Mädchen, das ihnen das Zufahrtstor geöffnet hatte, war schon seit einer Viertelstunde verschwunden, um Filippo zu suchen, der angeblich gerade in einer der Werkstätten mit Reparaturen beschäftigt war.

Matteo überlegte, ob er die Atmosphäre der Küche, die er gestern als durchaus angenehm empfunden hatte, durch den Inhalt der Briefe, die Nina ihm im Auto vorgelesen hatte, nun anders wahrnahm. Natürlich hatte er es sich nicht nehmen lassen, selbst am Steuer des Lancias Platz zu nehmen. Ninas spöttischen Blick hatte er ignoriert.

Diese Briefe waren tatsächlich befremdlich. Entgegen der allgegenwärtig behaupteten Harmonie wurde hier ein aggressiver Ton angeschlagen und Carmen Belassi und ihrem Bruder unverhohlen gedroht. Aber selbstverständlich drohten nicht die Mitglieder von *Tendere la Mano* ihnen

Gewalt an, die käme im Falle eines Nichtverkaufs des Agriturismo und des dazugehörigen Landes von einer kosmischen Strahlung. Die Planeten selbst würden als strafende Mächte auftreten und Unglück und Krankheit über die beiden bringen. Einen Absender hatten die maschinell verfassten Schreiben nicht.

Wenn Matteo diese pathetisch vorgebrachten Einschüchterungsversuche in einem anderen Zusammenhang gelesen hätte, er hätte sie unweigerlich lächerlich gefunden. Die verqueren Fantasien von ein paar Spinnern, die sich für erleuchtet hielten, tatsächlich aber einfach nur durchgeknallt waren. Angesichts der Vorfälle der vergangenen Tage allerdings sollte man diese Drohungen unbedingt ernst nehmen, darin waren sich Matteo und Nina absolut einig.

»Matteo, du schon wieder? Und Besuch hast du auch noch mitgebracht.«

Filippo stand in einem ölverschmierten Overall in der Tür und wischte sich die Hände an einem Lappen ab.

»Was verschafft mir die Ehre?«

Nina zückte ihren Dienstausweis.

»Kommissarin Nina Zanetti. Bitte setzen Sie sich, ich hätte da einige Fragen.«

Filippos Miene, die eben noch aufgeräumt gewesen war, verfinsterte sich im Bruchteil einer Sekunde. Wütend funkelte er ihn an.

»Was soll das? Spinnst du? Was hetzt du uns die Polizei auf den Hals?!«

Matteo nickte zu dem Stapel mit den Briefen hinüber.

»Die Ausgangslage hat sich ein wenig verändert.«

»Was soll das sein?« Filippo rückte einen der Stühle zurück und setzte sich mit offenkundigem Widerwillen.

»Signor …?« Auffordernd blickte Nina den bärtigen Mann an.

»Filippo Pierangelini.«

»Signor Pierangelini, es besteht Grund zu der Annahme, dass Angehörige von *Tendere la Mano* Carmen Belassi bedroht und erpresst haben, um sie dazu zu bringen, Ihnen ihr Grundstück im Loana-Tal zu überschreiben.«

Halb konsterniert, halb zornig starrte Filippo auf den Küchenboden.

»Was ist das denn für eine Unterstellung? Warum sollten wir das tun? Das ist kompletter Unsinn!«

Man konnte sehen, wie alles in Filippo darauf drängte, den Raum zu verlassen oder zumindest aufzustehen, aber er zwang sich, sitzen zu bleiben. Er wandte sich an Matteo.

»Du kennst mich doch. Ich kann nicht glauben, dass ausgerechnet du uns so einen Scheiß anhängen willst.« So aufgeregt hatte Matteo ihn noch nie erlebt.

»Erst einmal«, antwortete Matteo betont ruhig, »ist es wohl ein wenig übertrieben zu behaupten, dass wir uns kennen. Außerdem wusste ich heute Morgen noch nichts von diesen Briefen.«

»Was sollen das für Briefe sein?«

Nun nahm Nina das Wort wieder an sich.

»Im Grunde könnte man sagen: Es sind banale, aber durchaus perfide Erpresserbriefe. Ich kann Ihnen versichern, dass wir herausfinden werden, ob ein Einzelner für diese Drohungen verantwortlich ist oder ob es sich um ein Gemeinschaftswerk Ihrer Sekte handelt.«

Bei der Formulierung »Sekte« zuckte Filippo zusammen, vermied aber, Ninas Wortwahl zu kommentieren.

»Ich kann für alle, die hier unter dem Dach von *Tendere la Mano* leben, die Hand ins Feuer legen.«

»Ihr Vertrauen ehrt Sie«, bekundete Nina, »aber es bringt uns momentan nicht weiter.«

Es hatte nicht im Mindesten den Anschein, dass sie Ersteres ironisch meinte. Genau dafür liebte Matteo sie. Für diese Menschlichkeit, die sie sich auch nach mehreren Jahren im Polizeidienst bewahrte, ganz im Gegensatz zu vielen ihrer Kollegen, die einmal voller Idealismus an den Start gegangen waren, der aber nach einer gewissen Zeit im Dienst Zynismus und Härte gewichen war.

Bei Nina konnte Matteo sicher sein, dass sie niemanden im Vorhinein verurteilte, aber in ihren Befragungen war sie kompromisslos und kühl, Sympathien hatten bei der Beweissuche keinen Platz.

»Der Tenor der Briefe ist sehr explizit, an ihrer Botschaft lässt sich wenig deuteln. Mein Kollege«, sie nickte zu Matteo hinüber, was ihm einen irritierten Blick von Filippo einbrachte, »ist, das wissen Sie vielleicht, Psychologe. Er hat sich die Briefe angeschaut und ist zu derselben Einschätzung gelangt.«

»Kann ich die Briefe mal sehen?« Filippos Stimme klang heiser.

Nina reichte ihm den obersten. Mit fahrigen Händen faltete er ihn auseinander. Er schien tatsächlich Angst zu haben. Angst, entdeckt worden zu sein? Oder Angst vor dunklen Vorgängen in seiner Gemeinschaft, von denen er bisher nichts geahnt hatte?

Trotz seiner offensichtlichen Nervosität nahm Filippo sich Zeit, den Brief zu lesen.

Schließlich faltete er ihn sorgfältig zusammen und gab ihn Nina zurück. Er sah nachdenklich aus, aber nicht mehr so extrem angespannt, wenn Matteo seine Miene richtig deutete.

»Sie haben recht, das ist wirklich ein fürchterlicher Brief«, wandte Filippo sich an Nina. »Steht in den anderen etwas Ähnliches?«

Matteo konnte an dem Zucken um Ninas Mundwinkel erkennen, dass sie sich beherrschen musste, um sich nicht zu der Bemerkung hinreißen zu lassen, dass Filippo das doch wohl am besten wisse. Aber sie blieb ihrer Linie und ihren Überzeugungen treu. Verdächtigen wurde weder mit Sarkasmus noch mit Spott begegnet.

»Ja, in allen wird der Empfängerin auf ähnliche Weise versucht Angst zu machen. Die Briefe sind undatiert, aber vermutlich würde sich sogar eine gewisse Dramaturgie ergeben, wenn man die Reihenfolge rekonstruierte. Eine sukzessive Steigerung der Drohkulisse.«

»Was ich nicht verstehe, ist, warum Carmen mit den Briefen nicht zu mir gekommen ist.«

Nina zog eine Augenbraue hoch, was ihr einen leicht süffisanten Ausdruck verlieh.

»Die Briefe sind – zum Glück, kann man nur sagen – nie bei ihr angekommen. Ihr Bruder hat sie abgefangen. Aber ganz abgesehen davon: Warum hätte sie sich wohl ausgerechnet einem der mutmaßlichen Verantwortlichen anvertrauen sollen?«

»Ich habe diesen bösartigen Unsinn nicht geschrieben. Niemand hier hat das.«

»An dem Punkt waren wir schon«, bemerkte Matteo trocken.

Filippo schüttelte entschieden den Kopf.

»Was in diesem Brief steht, hat absolut nichts mit der Philosophie von *Tendere la Mano* zu tun. Mal ganz abgesehen davon, dass wir niemals anderen Menschen Schaden zufügen würden, selbst denen nicht, die uns nicht wohlgesinnt sind. All das, was hier über den Glauben von *Tendere la Mano* steht, ist nicht mehr als eine Imitation unserer Lehren. Eine miserable Kopie, eine Farce im Grunde, wenn die Sache nicht so ernst wäre.«

Nina zeigte sich von Filippos Erklärung wenig beeindruckt.

»Das würde ich an Ihrer Stelle auch behaupten.«

»Gut, dann werde ich Sie überzeugen. Geben Sie mir den Brief noch mal? Falls dieses eine Beispiel nicht genügt, werde ich wohl oder übel den Rest von diesem Machwerk lesen müssen.«

Filippo winkte Nina und Matteo, ihm zu folgen. Eilig schritt er über den Vorplatz, überquerte eine Wiese auf der eklektizistische, für Matteos Empfinden etwas unproportionierte Statuen standen und steuerte auf einen mit grünen Holzpaneelen verkleideten Pavillon zu, der Matteo bisher nicht aufgefallen war, weil er durch eine Ansammlung von Paulownien verdeckt wurde.

Wie sich herausstellte, handelte es sich um eine kleine Bibliothek, die ausschließlich Bücher beherbergte, in denen es um die Philosophie von *Tendere la Mano* ging. Der Geruch nach Staub und Feuchtigkeit, wie man ihn von alten Büchern kannte, die längere Zeit im Keller gestanden hatten, kitzelte Matteo unangenehm in der Nase.

»Wir hatten hier im Frühjahr einen Wasserschaden. Ich hoffe, das legt sich irgendwann.«

Nachdem er ihnen zunächst einen ausführlichen Vortrag über die Entstehung von *Tendere la Mano* gehalten hatte, stellte Filippo ihnen ein unauffälliges, in grauen Karton eingefasstes Buch als das wichtigste Werk der Gemeinschaft vor, in dem die Angehörigen alle Grundlagen ihrer Überzeugung niedergelegt hatten.

»Was in diesem Brief über den Zusammenhang von Uranus und Krankheiten steht, das ist zum Beispiel vollkommener Unsinn. Uranus steht in einem ständigen Austausch mit unseren Körpersäften. Aber er kommuniziert mit der Galle, nicht mit dem Herzen, wie hier behauptet wird. Und noch dazu geht es ihm immer nur um das Entgiften. Indem wir mit ihm in Verbindung treten, befreien wir uns von dem, was an dunklen Energien in uns steckt, unser Denken lähmt oder uns gegen andere aufbringt.«

Matteo musste sich zusammenreißen, damit man ihm nicht ansah, wie obskur er dieses Gerede von Filippo fand. Und er erkannte eindeutig, dass es Nina kaum anders erging. Mit gekräuselter Nase stand sie da, als würde sie versuchen, in einem stillen Theatersaal kurz vor dem entscheidenden Monolog ein Niesen zu unterdrücken.

Filippo nannte ihnen noch zwei andere Beispiele für Fehler oder Ungenauigkeiten in dem Brief, den Nina ihm zu lesen gegeben hatte, aber Matteo konnte seinen Ausführungen nur mühsam folgen. Diese Form der Exegese passte in ein Priesterseminar, aber in diesem Kontext wirkte sie lächerlich und war dem Ernst der Umstände kaum angemessen

War das womöglich ein Prinzip von *Tendere la Mano*? Durch das Zurschaustellen von weltfremder Skurrilität Harmlosigkeit vorzutäuschen?

Nachdem Filippo das Buch wieder an seinen Platz auf einem Mahagoni-Stehpult gelegt hatte und sie den Pavillon verlassen hatten, strich Nina sich eine ihrer widerspenstigen Strähnen aus dem Gesicht.

»Das beweist gar nichts.«

Verständnislos schaute Filippo sie an.

»Was soll das heißen? Ich habe doch deutlich gemacht, dass die Briefe nichts mit der wahren Philosophie von *Tendere la Mano* zu tun haben.«

Matteo ahnte, welche Schlussfolgerung Nina gezogen hatte.

»Die inhaltlichen Fehler haben Sie uns durchaus plausibel gemacht«, erklärte sie, während sie wieder an den eigentümlichen Statuen vorbeigingen, »aber das schließt natürlich nicht aus, dass jemand aus Ihrer Gruppe die Briefe verfasst hat. Vielleicht kennen nicht alle die Grundsätze so genau wie Sie? Vielleicht wurden auch bewusst Fehler eingebaut. In jedem Fall musste der- oder diejenige, der diese Briefe geschrieben hat, davon ausgehen, dass sie ihre Wirkung tun.«

Abrupt sprang Filippo auf eine mit goldenen Mustern verzierte Statue zu, eine Mischung aus Hirsch und Mensch, allerdings mit einer Fischflosse auf dem Rücken. Eindringlich klopfte er ihr auf den Rumpf.

»Aber was sollte das für einen Sinn haben?! Wir leben hier. Und wir leben hier, weil wir uns das ausgesucht haben. Matteo, dir habe ich das doch schon erklärt. Wir brauchen keinen Besitz. Es ist uns sogar untersagt, welchen zu haben.«

Interessiert betrachtete Nina die Statuen, ohne dass man aus ihrer Miene schließen konnte, ob ihr die Entwürfe gefielen oder nicht. Matteo tippte freilich auf die zweite Variante.

»Warum hat sich *Tendere la Mano* ausgerechnet hier niedergelassen?«, fragte sie Filippo. »Nach dem, was Sie uns eben erzählt haben, stammte der Gründer aus Apulien und versammelte die ersten Anhänger dort um sich. Das ist eine weite Reise bis hier hinauf in den Norden.«

Filippo ließ seinen Blick über die umliegenden Berge schweifen und sah dabei mit einem Mal wieder so zufrieden aus, wie Matteo ihn in den letzten Tagen meist erlebt hatte.

»An genau dieser Stelle kreuzen sich drei Energieströme, die Kraft des Uranus, die Potenz von Jupiter und die reinigende Energie des Neptun. Das gibt es nur äußerst selten in Europa. In Italien nur einmal. *Tendere la Mano* hat unglaubliches Glück gehabt, dass ausgerechnet dieses Stück Land den umliegenden Gemeinden in den 1950er-Jahren nicht besonders attraktiv erschien. Zu wenig Ackerfläche. So konnten wir es relativ günstig erwerben.«

Während dieser Worte lächelte Filippo versonnen, beinahe ein wenig dümmlich, fand Matteo.

»Das ist ja interessant. Könnte es vielleicht sein, dass sich im Loana-Tal auch irgendwelche Orte befinden, die für *Tendere la Mano* von Bedeutung sind? Ein paar heilige Rinnsale vielleicht? Quellen entspringen dort oben schließlich jede Menge.«

»So ein Unsinn. Sie sind nicht die Erste, die uns als esoterischen Selbstfindungsverein abtut. Aber täuschen Sie sich nur nicht.«

Unbeirrt sprach Nina weiter.

»Vielleicht sind die ja gerade erst entdeckt worden und deshalb haben Sie nun alles darangesetzt, diesen Ort so schnell wie möglich zu erwerben, und weil die Belassis nicht verkaufen wollten, mussten Sie eben etwas andere Methoden anwenden.«

»So einen Schwachsinn habe ich lange nicht mehr gehört.«

Mittlerweile kam Matteo die Erinnerung an den unterirdischen Tempel beinahe schon amüsant vor, wenngleich er nicht abstreiten konnte, dass ihn ziemliche Panik befallen hatte, als ihm klar geworden war, dass er sich verirrt hatte. Andererseits erschien ihm das, was Filippo über den Umgang miteinander, die starke Verbundenheit der Menschen von *Tendere la Mano* bei gleichzeitiger Souveränität, nicht nur plausibel, sondern geradezu erstrebenswert.

Aber diese ganze zur Schau getragene Menschlichkeit könnte auch nur Maskerade sein, dahinter könnten sich Scheußlichkeiten verbergen, wie sie zu den Mechanismen vieler Sekten gehörten. Nötigung, Drohung, psychischer Druck, der auf die Mitglieder ausgeübt wurde. Womöglich körperliche Gewalt.

Matteo betrachtete Filippo. Die Briefe, ein wenig Erpressung, angetrieben von obskuren Glaubenssätzen – vielleicht. Aber war eine Gewalt vorstellbar, die so bestialische Züge annahm, dass ein Doppelmord wie jener auf der Alpe möglich war?

In diesem Moment fiel ihm etwas ein.

»Filippo, hier gibt es ja jede Menge Orte, an denen man sich an gute Energien anschließen kann. Gibt es auch einen Ort, an dem man das loswerden kann, was nicht gut ist? Schlechte Gedanken oder Dinge?«

»Den gibt es«, bestätigte Filippo und schien gar nicht erstaunt, dass Matteo danach fragte.

Nina legte die Stirn in Falten, sagte aber nichts.

»Wo ist der? Kannst du uns den zeigen?«

»Das kann ich«, antwortete Filippo, während er sich bereits mit schnellen und langen Schritten in Bewegung gesetzt hatte. Nina und Matteo beeilten sich, ihm zu folgen, dabei versuchten sie, sich über Blicke darüber zu verständigen, wie der jeweils andere die Situation einschätzte. Nina schien ähnlich unschlüssig wie er selbst.

Ihr Handy unterbrach ihren stummen Austausch.

»Pronto?«

Nina lauschte konzentriert, gab nur hin und wieder einen Laut der Bestätigung von sich, oder stellte eine kurze Frage, sodass Matteo nicht daraus schließen konnte, wer sie angerufen hatte.

Nachdem sie aufgelegt hatte, war ein knappes »Sag ich dir später« die einzige Auskunft, die sie gab.

Mittlerweile waren sie an einem Teil des Grundstücks angelangt, das durch eine schroffe, zerklüftete Felswand begrenzt war.

»Hier ist es«, erklärte Filippo.

Nina und Matteo traten näher heran und erkannten, dass in den zahlreichen Felsspalten und Aushöhlungen Muscheln, Schneckenhäuser und Schatullen aus Porzellan und Blech in den unterschiedlichsten Größen standen. Wie ein Setzkasten für einen Riesen, ging es Matteo durch den Kopf.

»Können Sie uns den Sinn und das Prinzip dieses Ortes erläutern?«, bat Nina.

»Hier bringt man her, was man loswerden will. Schlechte Emotionen, Sorgen. Traurigkeit. Oder auch böse Gegenstände. Die verschiedenen Vorladungen beispielsweise, die wir von der örtlichen Polizei bekommen.«

Filippo versuchte sich an einem Grinsen, das aber eher angestrengt und kläglich geriet. Offenbar war ihm mittlerweile klar, dass es um ihn und die anderen Bewohner von *Tendere la Mano* alles andere als gut stand.

»Und dann macht man was?«, erkundigte sich Matteo.

»Nun, man sucht sich ein Gefäß aus, in dem man das Schlechte für sicher aufgehoben hält. Sobald es hier verwahrt wird, kann es einem nichts mehr anhaben. Und in der ersten Vollmondnacht im April versammeln wir uns um Mitternacht und übergeben in einer heiligen Zeremonie all diese Dinge und Gedanken dem Feuer.«

Ganz sicher war Matteo nicht, ob Filippo sich vielleicht einen Spaß mit ihnen erlaubte. Aber dazu schien er nicht unbedingt aufgelegt zu sein. Es war wieder einer der Momente, in denen Matteo dies alles hier wie ein großes, albernes Kasperletheater vorkam. Eine Zeremonie bei Vollmond – wie konnten erwachsene Menschen sich ernsthaft auf einen solchen Unsinn einlassen?

»Und die schlechten Gedanken, wie funktioniert es bei denen mit dem Aufbewahren?«, fragte Nina skeptisch.

»Man spricht sie hinein, ganz einfach. In eine Schatulle, gern auch in eine der Muscheln.«

»Aha«, war das Einzige, was Nina auf diese Erklärung entgegnete.

Matteo schritt die Felswand ab und entdeckte Kästchen, die seiner Einschätzung nach passten.

»Darf ich die mal öffnen?«

Filippo zögerte.

»Eigentlich ist das verboten. Siehst du, beide Schatullen stehen mit dem Verschluss nach hinten. Das heißt, dass dort schon jemand etwas hineingetan hat.«

»Sie verstehen sicher, dass wir nicht bis zum kommenden Vollmond im April warten können, um mit den Ermittlungen fortzufahren«, schaltete sich Nina ein, obgleich sie noch nicht zu verstehen schien, was Matteo hier vermutete zu finden.

Filippo nickte ergeben.

In der ersten Kiste, die mit expressionistisch anmutenden Figuren verziert war, lagen Formulare. Es handelte sich um Vordrucke für eine Steuererklärung und ein Mahnschreiben vom *Ufficio delle imposte*. Das war doch mal eine durchaus sinnvolle Art und Weise, mit dem gnadenlosen Finanzamt umzugehen, dachte er, während er die Kiste an ihren Platz in der Felswand zurückstellte.

Das zweite Versteck, eine abgeschabte Blechbüchse, enthielt ein gerahmtes Foto und einen Ring aus Gold. Das Bild zeigte ein junges Hochzeitspaar, das gerade aus einer Kirche trat. Aus dem gelblichen Stich, den die Aufnahme hatte, schloss Matteo, dass sie vor mehreren Jahrzehnten gemacht worden war. Auch eine Möglichkeit, mit einer Ehe abzuschließen, dachte er. Fragte sich nur, wer von beiden die Erinnerungen an die Zweisamkeit hier verstaut hatte, der oder die Verlassene oder derjenige, der das Bündnis aufgekündigt hatte.

Matteo stellte die Büchse zurück und suchte die Felswand weiter nach passenden Behältnissen ab.

Auf gut Glück, obgleich sie ihm eigentlich zu klein erschien, nahm er eine Teedose aus einer der Nischen. In ihr steckte eine Mitgliedsbescheinigung von Inter Mailand. Grinsend stellte Matteo auch diese Dose zurück.

»Wärest du vielleicht so nett uns zu sagen, was du suchst?«, fragte Nina, die bisher für ihre Verhältnisse sehr geduldig abgewartet hatte.

»Sag ich dir gleich«, gab Matteo zurück und hockte sich vor die Wand, um auch die unteren Spalten einsehen zu können. »Lass mich nur noch schnell hier hineinschauen.«

Er zog eine vom Wetter schon reichlich ramponierte Pappschachtel hervor. Volltreffer. Rasch blätterte er die Papiere durch. Dann reichte er sie Nina.

»Das gibt es doch nicht. Logisch, da hätte ich auch gleich drauf kommen können. Kommen müssen«, korrigierte sie sich und schenkte Matteo, trotz der Konzentration, die die Situation verlangte, ein Lächeln, das ihm einen angenehm wohligen Schauer verursachte. »Nicht schlecht, Herr Kollege.«

»Was ist das?«, fragte Filippo.

»Nun, offenbar hat Antonio Olivetti ganz ähnliche Briefe bekommen wie Carmen Belassi. Auch er wird aufgefordert, sein Stück Land im Loana-Tal abzugeben«, erklärte Matteo.

»Woher wusstest du das?«, fragte Filippo verdutzt.

»Das ist doch eigentlich ganz logisch. Wenn jemandem so wichtig war, das Land von Carmen Belassi zu bekommen, warum sollte das mit dem Grundstück von Antonio Olivetti anders sein?«

»Aber«, Filippo schüttelte halb entschieden, halb verzweifelt den Kopf, »es wusste von uns doch niemand, dass es dieses Land überhaupt gibt.«

»Offenkundig doch«, widersprach Matteo. »Sonst würden diese Briefe schließlich nicht existieren.«

»Und im Unterschied zu Carmen Belassi«, ergänzte Nina, »hat Antonio Olivetti die Briefe gelesen. Und hat sich dann womöglich aus Angst in den Abgrund gestürzt.«

Filippo rutschte langsam an der Felswand hinunter. Als er anfing zu sprechen, klang seine Stimme brüchig.

»Das kann doch alles nicht sein. Das ist doch komplett unlogisch. Antonio hätte diesen Unsinn nie und nimmer geglaubt. Er hätte sofort erkannt, dass die Briefe gefälscht sind. Außerdem konnten sie ihm doch nicht mehr schaden, weil er sie hierhergebracht hat.«

Matteo legte den Kopf in den Nacken und versuchte, einen klaren Gedanken zu fassen. Dieses esoterische Geschwurbel, das ihm hier ständig vor die Füße gekippt wurde, weichte sein Hirn langsam, aber sicher auf.

Nina schien im Gegensatz zu ihm fokussierter.

»Wenn Antonio Olivetti die Briefe nicht für echt gehalten hätte, warum hätte er sie dann hierherbringen sollen?«

»Weil sie böse sind, so oder so.« Beinahe flehend schaute Filippo zu Nina hinauf.

»Und warum hat er dann mit keinem von Ihnen darüber gesprochen? Wenn jemand im Namen Ihrer Gemeinschaft Menschen unter Druck setzt, dann wäre das doch etwas, gegen das Sie sich zur Wehr setzen, das Sie aus der Welt schaffen müssten.«

»Das stimmt«, Filippo sprach beinahe tonlos.

»Und dann ist da noch etwas anderes. Mir wurde gesagt, dass Antonio Olivetti die Gemeinschaft verlassen wollte? Die Besitzurkunde über das Grundstück im Loana-Tal hatte er in seinen Rucksack gesteckt, bevor er starb, er hatte also offenbar etwas damit vor – was durch seinen Tod verhindert wurde.«

Der am Boden Sitzende zuckte hilflos die Schultern.

»Eine Sache noch«, fiel Matteo ein. »War Antonio an dem Tag, als er gestorben ist, eine Weile allein unterwegs?«

»So würde ich das nicht nennen. Aber natürlich gibt es immer wieder Momente, in denen sich jeder von uns einen ungestörten Ort sucht, um zu meditieren.«

»Kam er danach verändert zurück?«

Wieder zuckte Filippo die Schultern.

»Ich glaube nicht, ich weiß nicht.«

»Nun gut«, fuhr Nina fort, »wir werden herausfinden, wie das alles zusammenhängt. Die Briefe nehme ich mit und übergebe sie der Spurensicherung, vielleicht finden sich darin noch andere inhaltliche Hinweise oder Spuren auf den Verfasser. Ich muss Sie bitten, dafür zu sorgen, dass bis auf Weiteres niemand das Gelände verlässt. Es werden so schnell wie möglich Kollegen vorbeikommen, bitte informieren Sie die anderen Bewohner darüber, dass sie sich alle für ein Verhör bereithalten müssen.«

Filippo rappelte sich hoch. Matteo ahnte, dass es ihm nicht behagte, dass Nina die Briefe an sich nahm und damit eines der Rituale der Gemeinschaft störte. Aber er besaß genug gesunden Menschenverstand, um zu erkennen, dass diese Befindlichkeiten augenblicklich nicht wichtig waren.

Während Nina auf dem Parkplatz Telefonate führte, um Settignano zu informieren und Beamte auf das Anwesen von *Tendere la Mano* zu bestellen, versuchte Matteo, die jüngsten Ereignisse zu ordnen. Wenn Filippo recht hatte und die Briefe gefälscht waren, dann musste sie jemand geschrieben haben, der sich immerhin in groben Zügen mit den Überzeugungen von *Tendere la Mano* auskannte. Aber eben nicht gut genug. Und es musste jemand sein, der Interesse daran hatte, dass Antonio Olivetti und Carmen Belassi ihren Besitz aufgaben. Ein Immobilienmensch wie Danilo Moretti?

In einer Zeit, in der sich die Reichen jeden Luxus gönnen konnten, in der man sich vor lauter Übersättigung nur noch langweilte, stellte ein Ferienressort an einem unbefleckten, vermeintlich unschuldigen Ort, wie das Loana-Tal einer war, zweifelsohne eine Attraktion dar, mit der man viel Geld machen konnte.

Einem Typen wie Moretti war absolut zuzutrauen, dass er drohte und erpresste, wenn jemand nicht mitspielte bei seinen Plänen. Aber war dieses Vorgehen hier nicht wiederum zu subtil für Moretti? Leute wie er, dachte Matteo, brachten ihre Anliegen doch für gewöhnlich unverblümter zum Ausdruck. Mit letzter Sicherheit ließ sich das aber natürlich nicht sagen. Wenn man Matteo vorab gefragt hätte, dann wäre ihm auch das Fiorio nicht als bevorzugtes Lokal von Moretti in den Sinn gekommen.

Aber vielleicht versuchte Filippo auch nur, sie geschickt auf eine falsche Fährte zu locken. Im Augenblick mussten sie auf das vertrauen, was er ihnen über den Glauben von *Tendere la Mano* erzählte.

Und war es nicht ein seltsamer Zufall, dass gleich zwei Mitglieder von *Tendere la Mano* Grundstücke im Loana-Tal besaßen?, fragte Matteo sich, als er die Türen des Lancias öffnete, um den aufgeheizten Wagen notdürftig durchzulüften, bevor sie losfuhren. In jedem Fall sollten sie überprüfen, wer dort sonst noch Grundstücke besaß oder bewirtschaftete. Wenn es wirklich darum ging, das Tal an Investoren zu verkaufen, dann war jeder, der dort über Land verfügte und sich nicht von diesem trennte, in Gefahr. Und andersherum, Matteo trommelte ungeduldig auf das Dach des Lancias, weil Nina noch immer telefonierte, konnte es bedeuten, dass schon Leute ihr Grundstück verkauft hatten – und wenn man herausfand, wer der Käufer war, hatte man mit ziemlicher Sicherheit auch den Verfasser der Briefe und damit immerhin den Verantwortlichen für den Tod von Antonio Olivetti.

Das Rauchverbot von *Tendere la Mano* ignorierend, steckte Matteo sich eine Futura an. War die Annahme plausibel, damit auch den Mörder von Lemerre und Conte zu haben? Und wie, verdammt, passte dann Duply in die ganze Sache? Wütend kickte Matteo einen Kiesel weg, der lustlos über den geteerten Parkplatz holperte.

Vielleicht war genau das der Fehler: Dass er versuchte, zwei Verbrechen zusammenzudenken, die in Wirklichkeit nichts miteinander zu tun hatten. Und nun hatten sie sich unglücklich ineinander verkeilt, was das Vorankommen in beiden Fällen ins Stocken brachte. Als hätte man fälschlicherweise zwei Puzzleteile zusammengesetzt, mit denen man in ihrer gegenseitigen Verkantung nichts mehr anfangen konnte. Beim Puzzeln hatte meist geholfen, erinnerte sich Matteo, nicht zu zerren oder zu biegen, was nur die Stücke zerknickte, sondern sie langsam auseinanderzudrehen.

»Allora.« Nina ließ sich auf dem Beifahrersitz nieder und blickte Matteo auffordernd an.

Er startete den Lancia und lenkte ihn durch das Zufahrtstor und die außerordentlich enge Serpentinenstraße hinunter.

»Hier ist erst mal alles geregelt. Die Kollegen kümmern sich.«

Matteo nickte stumm, weil ihn plötzlich das unbestimmte Gefühl beschlich, dass Settignano noch einmal ausdrücklich klargemacht hatte, dass der Fall in seinen Händen lag. Was natürlich lächerlich war, er hatte sich schließlich mit der in Matteos Augen völlig aus der Luft gegriffenen Mutmaßung über die osteuropäischen Diebesbanden zufriedengegeben und die Hände in den Schoß gelegt.

»Schöne Grüße von Settignano«, sagte Nina wie aufs Stichwort.

»Und, hat er geschäumt vor Wut?«, brummte Matteo und blickte konzentrierter auf die Straße, als nötig gewesen wäre.

Nina lachte auf.

»Nein, im Gegenteil. Er war natürlich zunächst irritiert,

als er von deiner Einmischung hörte. Aber er ist ja nicht dumm und verbohrt, auch wenn du das gern von allen Polizisten im gehobenen Dienst annimmst, mit Ausnahme von deinem geliebten Cesario.«

»Cesario *ist* eine Ausnahme«, fuhr Matteo auf.

»Ich weiß«, beschwichtigte Nina ihn. »Pass auf. Das Präsidium in Domodossola ist seit Jahren chronisch unterbesetzt. Er und der Ispettore sind da ziemlich auf sich allein gestellt. Dass das bisher nicht schlimm war, liegt daran, dass es abgesehen von ein paar Schmuggel-Geschichten an der Schweizer Grenze relativ wenig zu tun gab. Um es kurz zu machen: Settignano wäre es natürlich lieb, wenn das keine große Öffentlichkeit bekäme, aber er hat nichts dagegen, wenn wir ihn in den nächsten Tagen noch ein bisschen flankieren.«

Matteo blickte erstaunt zu Nina hinüber, die wies ihn streng an, die Augen sofort wieder auf die Straße zu richten.

»Und warum nur die nächsten Tage?«, versetzte Matteo, weil er es absolut nicht einsah, dass jetzt offenbar von ihm verlangt wurde, dass er sich dankbar zeigte.

»Warum reizt dich Settignano so? Hat er dir irgendwas getan? Matteo, ich weiß, dass du ein schlechtes Bild von der Polizei hast. Und ich gebe zu, mit meinem ehemaligen Kollegen Buffon hast du auch wirklich ein besonders fieses Exemplar dieser Spezies aus nächster Nähe erleben dürfen. Aber Settignano ist nicht so einer. Glaub mir, ich kenne ihn.«

»Und warum dann nur die nächsten Tage?«, wiederholte Matteo stoisch.

Nina stöhnte theatralisch auf.

»Matteo Basso, du alter Sturkopf, jetzt benimm dich mal.

Es ist doch klar, dass er das offiziell nicht erlauben kann, sonst bekommt er Ärger von ganz oben. Er kann es allenfalls noch ein wenig ignorieren. Und bevor du weiterbrummst: Mir schien es, als wäre er wirklich dankbar. Aber okay, ich gebe zu, er kann das vielleicht nicht ganz so explizit zum Ausdruck bringen.«

»Und was passiert, wenn wir in ein paar Tagen den Fall nicht gelöst haben?«

»Dann müsste er offiziell Unterstützung anfordern, was ihm auch nicht gefallen würde.«

Die Serpentinenstraße hörte auf und Matteo konnte das Tempo erhöhen.

»Und muss ich jetzt annehmen, dass du mich gleich am Straßenrand absetzt, weil ich kein offizieller Beamter bin, sondern nur ein kleiner Fleischer?«

»Du fängst dir gleich eine«, knurrte Nina.

»Ich meine das ganz ernst«, erwiderte Matteo. »Du bist also der Meinung, wir bringen die Sachen jetzt zusammen zu Ende?«

»Bin ich, ja.«

»Das klang vor ein paar Tagen noch ganz anders. Woher rührt der Meinungswechsel?«

»Verdammt noch mal, Basso, du bist ja schlimmer als die klischierten, hysterischen Puten in irgendwelchen Vorabendserien. Wir haben das schon mal geschafft und wir dürfen jetzt keine Zeit verlieren. Und ich habe dir schon am Telefon gesagt: Wir reden, wenn das Ganze hier vorbei ist. Meine Güte, du bist eine größere Diva als dein Auto.«

Matteo tätschelte das Lenkrad des Lancias.

»Hör nicht auf sie, meine Schöne, sie meint es nicht so.« Heimlich grinste er in sich hinein.

»Settignano war es übrigens auch, der mich vorhin angerufen hat, als wir mit Filippo Pierangelini gesprochen haben.«

»Und das erzählst du mir erst jetzt? Was hat er gesagt?«

»Sie haben den Wagen von François Duply gefunden.«

»Wusste ich es doch, das ist der Mann, den wir suchen. Wo stand der Wagen? Irgendwelche Spuren?«

»Lass mich noch mal kurz zusammenfassen, ich habe noch nicht alle Details auf dem Schirm. Aber ich glaube, der Fundort passt in deine Theorie.«

»Nina, bitte«, unterbrach Matteo sie. »Jetzt spann mich nicht auf die Folter.«

»Der Wagen steht am Flughafen Milano Malpensa. Settignano ist gerade auf dem Weg, um ihn selbst in Augenschein zu nehmen. Die Carabinieri vor Ort haben angegeben, dass sie im Innern Blutspuren gefunden haben. Die Spurensicherung ist ebenfalls unterwegs.«

»Verdammte Scheiße. Das würde allerdings sehr genau passen. Duply kommt ins Loana-Tal, ermordet Lemerre und Conte, fährt im Anschluss nach Malpensa, fliegt nach Marseille zurück und überfällt die Redaktion.«

Nachdenklich trommelte er auf dem Lenkrad herum.

»Was mir immer noch nicht ganz klar ist: Er hätte doch alle Zeit gehabt, die Spuren seiner Müllgeschäfte zu beseitigen. Und zwar heimlich, still und leise. Warum kommt er aus Italien zurück und macht es dann auf so brutale Weise?«

»Das ist allerdings seltsam«, stimmte Nina zu. »Zumal er damit rechnen musste, dass er dabei geschnappt wird oder dass er nicht alle Informationen vernichten kann, bevor er abhauen muss.«

Eine Weile saßen sie schweigend nebeneinander. Nina war die Erste, die wieder das Wort ergriff.

»Offenbar ist bei dem Treffen mit Lemerre und Conte irgendetwas passiert, das ihn zu dieser überstürzten Aktion getrieben hat. Vielleicht haben sie gedroht, ihn auffliegen zu lassen, wenn sie denn überhaupt von der Müllsache wussten.«

Matteo schüttelte den Kopf.

»Aber auch dann bliebe es doppelt unlogisch. Nehmen wir an, sie hätten das vorgehabt, dann hätte er es ja durch den Mord verhindert. Also wäre die Aktion in der Redaktion überflüssig. Er wusste zu dem Zeitpunkt ja nicht, dass LaRoche ihm auf der Spur war.«

»Kannst du mal mit diesem Getrommel aufhören? Das macht mich ganz wuschig.«

»Du weißt doch, cara mia, für dich tue ich alles.«

»Sehr witzig.«

An Ninas Stimme hörte Matteo, dass sie seine Bemerkung tatsächlich ein wenig lustig fand oder sich zumindest darüber freute.

»Was wäre damit: Lemerre und Conte haben ihm gesagt, dass sie eine Mail an irgendjemanden in der Redaktion geschickt haben, meinetwegen an die Chefredakteurin – wie hieß sie noch gleich?«

»Dominique LaRoche.«

»Danke. Also dass sie eine Mail mit Enthüllungen geschickt haben und nun wollte er die löschen?«

»Aber so eine Mail hätte am Wochenende ankommen müssen. Ich habe am Montag mit Dominique LaRoche gesprochen und heute Morgen vor dem Überfall noch einmal. Da hat sie keine Mail oder irgendeine andere Nachricht erwähnt.«

»Bist du sicher, dass sie dir das erzählt hätte? Vielleicht hält sie Informationen vor dir zurück?«

»Das wäre natürlich denkbar«, erwiderte Matteo. »Aber es würde doch nur Sinn ergeben, mir so eine Mail zu verschweigen, wenn sie vorgehabt hätte, die kriminellen Geschäfte von Duply zu decken.«

»Und wenn wir es umdrehen? Wenn sie von seinen Machenschaften schon viel früher gewusst hat und mit Lemerre und Conte zusammengearbeitet hat?«

Matteo überlegte.

»Das ist mir irgendwie einmal zu viel um die Ecke gedacht.«

»Dann fällt mir nur noch eine Möglichkeit ein«, erklärte Nina. »Dafür würde übrigens auch der Zustand sprechen, in dem die Leichen waren: Er ist vollkommen durchgedreht. Hat komplett die Kontrolle verloren. Was ihn natürlich umso gefährlicher macht. Ein verletztes Tier beißt alles, was sich bewegt.«

Matteo schmunzelte, den Vergleich zu einem verletzten Tier hatte er auch schon gezogen.

»Ich sollte besser Settignano informieren. Nicht, dass dieser Typ noch irgendwo ein Massaker anrichtet.«

»Warte noch«, bat Matteo sie. »Könnte es nicht auch sein, dass es noch einen anderen Mitwisser gab?«

»Du meinst, Duply hatte einen Komplizen?«

»Nicht unbedingt Duply. Was wäre, wenn Lemerre und Conte einen Mitwisser gehabt hätten, sodass Duply auch nach dem Mord noch befürchten musste, dass Informationen über ihn ans Licht kommen?«

Nina kurbelte das Fenster ein Stück hoch, weil der Fahrtwind zugenommen hatte, nachdem sie auf die Autostrada gefahren waren.

»Dir ist aber schon klar, dass wir uns gerade immer weiter in Spekulationen verstricken?«

Matteo setzte den Blinker und wechselte die Spur.

»Das ist mir leider vollkommen klar. Und ich werde das Gefühl nicht los, dass alles auch vollkommen anders sein könnte.« Er warf einen flüchtigen Blick zu Nina hinüber. »Schön übrigens, dass du da bist.«

»Das finde ich auch. Wohin fahren wir eigentlich gerade?«

»Zu Arturo Conte.«

»Matteo, bitte, ein bisschen mehr Informationen. Ich bin noch nicht so eingearbeitet in den Fall, das habe ich dir eben schon gesagt.«

Als Matteo ihr erläuterte, wer Arturo Conte war, leuchtete Nina der Sinn eines Gesprächs mit ihm unmittelbar ein. In der Verwaltung mussten sich die Unterlagen über die Besitzverhältnisse des Nationalparks befinden, die Aufschluss geben könnten, wer von dem Briefeschreiber womöglich noch attackiert wurde. Oder sie könnten Matteos Idee zufolge anhand zurückliegender Verkäufe auf den Verfasser der Briefe schließen. Hinzu kam, dass Arturo Conte vielleicht etwas über die Verbindung von Duply und seinem Bruder sagen konnte.

Matteo prüfte seine Courage.

»Hoffentlich treffen wir ihn noch im Büro an. Wenn wir gut durchkommen, sind wir um kurz vor sechs da.«

14

Arturo Conte saß auf einem Mauervorsprung vor dem Eingang der Nationalparkverwaltung, neben ihm standen ein Glas und eine halb geleerte Flasche Weißwein. Beinahe idyllisch war der Anblick, den er abgab, wenn man über das nicht sonderlich pittoreske Gebäude hinwegsah. Und über die Erschöpfung, die Conte ins Gesicht geschrieben war.

»Wie geht es Ihnen?«, erkundigte sich Matteo, nachdem er Nina vorgestellt hatte.

»Wie soll es mir gehen?« Conte deutete auf die Weinflasche. »Ich versuche, einigermaßen durch die Tage zu kommen. Heute habe ich probiert, die Beerdigung zu organisieren. Aber die Polizei hat die«, er stockte, weil ihm offenbar das Wort »Leichen« nicht über die Lippen kam, »also, sie sind noch in der Pathologie. Ich habe noch keinen Totenschein. Ohne den will der Pfarrer keine Termine vergeben.«

Die Gesichtszüge von Arturo Conte machten eigenartige Verrenkungen. Wahrscheinlich versuchte er, die Trauer zu verbergen, die in ihm tobte.

»Verstehen Sie mich nicht falsch«, fuhr er fort, als weder Matteo noch Nina etwas sagten, »es geht mir nicht darum, das Ganze schnell hinter mich zu bringen. Es wäre nur ein wenig tröstlich zu wissen, dass die beiden endlich etwas Frieden finden und nicht mehr in irgendwelchen Kühlräumen aufbewahrt würden.«

Conte trank einen Schluck.

»Wenn sie in diesem Zustand überhaupt so etwas wie Frieden finden können.«

Die Stimme des Verwaltungsleiters klang belegt bei diesen Worten. Wie konnte es auch anders sein. Sie würden nicht umhin kommen, ihm trotz seines desolaten Zustands einige Fragen zu stellen. Matteo blickte zu Nina, weil es ihm angemessen erschien, dass sie das offizielle Verhör führte. Und in diesem Moment war er sogar ganz froh darüber.

»Signor Conte, es tut mir leid, dass wir Sie trotz Ihrer Trauer behelligen müssen. Sagt Ihnen der Name François Duply etwas?«, begann Nina das Gespräch.

Conte überlegte, dann schüttelte er den Kopf.

»Bedaure, nein, ich kann mich nicht erinnern, den Namen schon mal gehört zu haben. Wer soll das sein?«

»Ein Journalist aus Marseille, er hat vor einiger Zeit ein Porträt über Ihren Bruder und seine Freundin geschrieben, über ihr Unternehmen und ihr Engagement in Afrika.«

»Ah.« Conte nickte. »Aber das ist vermutlich nur auf Französisch erschienen? Sonst hätte Marcello mir den Text sicher geschickt.«

»Wissen Sie sonst etwas über die Leute, mit denen er in geschäftlicher Beziehung stand während seiner Zeit in Frankreich?«

»Ich muss Ihnen gestehen, da bin ich überfragt.«

Arturo Conte schüttelte den Kopf, als könnte er auf diese Weise die Erinnerung an das Verbrechen vertreiben. Hastig trank er das Glas Wein leer.

»Verzeihen Sie, ich habe leider nur ein Glas.«

Nina machte eine abwiegelnde Handbewegung.

»Wie oft haben Sie Ihren Bruder und dessen Freundin gesehen?«

»Sicher einmal pro Woche. Ich bin froh über jede Minute, die ich nicht am Schreibtisch sitzen und mich mit Verwaltungsangelegenheiten herumschlagen muss.«

»Ist Ihnen irgendetwas aufgefallen an dem Verhalten der beiden? Hatten sie sich in letzter Zeit verändert?«

Irritiert guckte Arturo Conte Nina an.

»Das habe ich doch alles Ihren Kollegen schon gesagt. Nein, mir ist nichts aufgefallen.«

»Es hätte ja sein können, dass Ihnen in der Zwischenzeit etwas eingefallen ist.«

Trotz Ninas souveräner Antwort sah Matteo ihren Ärger darüber, dass sie für einen Moment unkonzentriert gewesen war und nicht bedacht hatte, dass Settignano bereits mit Arturo Conte gesprochen hatte. Matteo drängte es ohnehin, etwas anderes von Conte zu erfahren, deshalb nutzte er die entstandene Pause, um sich in das Gespräch einzuschalten.

»Signor Conte, wie viel Land im Loana-Tal ist in Privatbesitz und damit nicht Teil des Nationalparks?«

»Verschwindend wenig, das gehört eigentlich fast alles der Gemeinde. Vielleicht gibt es noch zwei, drei Ausnahmen, die vor Jahrzehnten nicht überschrieben wurden. Aber so genau kann ich Ihnen dazu aus dem Stand gar nichts sagen, weil es auch keine Rolle spielt. Die Natur dort ist groß und reichhaltig genug.«

»Das heißt, es hat dort auch in jüngster Vergangenheit keine Besitzwechsel gegeben?«, fragte Nina, die nun wieder auf der Spur war.

»Darf ich fragen, warum Sie das interessiert?«

Nina lächelte verbindlich.

»Augenblicklich noch nicht, bedauere. Also, gab es Besitzwechsel?«

»Nicht, dass ich wüsste.«

»Dann seien Sie doch jetzt bitte so freundlich und schauen in den Akten nach.«

Conte zögerte.

»Ich glaube nicht, dass ich Ihnen diese Informationen einfach so herausgeben darf.«

»Wer oder was sollte Sie daran hindern?« Eine leichte Schärfe hatte sich in Ninas Tonfall gemischt.

»Nun, es handelt sich hier immerhin um private Daten, ich glaube nicht, dass Sie einfach so in eine Behörde marschieren und dort Akteneinsicht verlangen können.«

»Und ich glaube, Sie sollten nicht länger mit uns diskutieren«, schnitt Nina ihm das Wort ab. »Entweder Sie geben uns die entsprechenden Dokumente oder wir sind in einer Stunde mit einem Durchsuchungsbefehl wieder hier.«

»Selbstverständlich, verzeihen Sie.«

Conte rutschte von dem Mauervorsprung hinunter. Matteo und Nina folgten ihm ins Innere des Verwaltungsgebäudes. Es war bereits so spät, dass am Empfang niemand mehr saß.

Mit fahrigen Fingern nestelte Arturo Conte einen Schlüssel hervor und führte sie in einen Raum, dessen Wände mit Regalen voller Aktenordner gefüllt waren. Conte ging eine der Regalreihen entlang. Stutzte, lief denselben Weg zurück und fuhr mit dem Zeigefinger über die Rücken der Ordner.

»Das gibt es doch gar nicht«, erklärte er schließlich, »jemand muss ausgerechnet diese Akte verstellt haben. Das tut mir leid, leider kann ich Ihnen so ad hoc doch nicht weiterhelfen. Aber wir werden sie wiederfinden, das hoffe ich zumindest. Meine Sekretärin wird Sie anrufen, sobald wir das gute Stück aufgetan haben.«

»Sie werden vermutlich so wichtige Daten auch in digitaler Form haben?«, fragte Nina.

»Bedaure, so weit sind wir noch nicht. Wir haben zwar seit einigen Monaten eine Website, aber ansonsten läuft hier beinahe alles noch analog.«

»Könnte es sein, dass jemand den Ordner gerade in Benutzung hat und er in einem der Büros liegt?«, hakte Nina nach.

»Möglich ist das natürlich. Aber ich kann es mir eigentlich nicht vorstellen.« Arturo Conte strich sich über den geschorenen Schädel und blickte die Aktenreihen hinauf. »Ist es wirklich so dringend?«

»Das ist es«, erklärte Nina. »Zwei der Grundstücksbesitzer kennen wir. Beide sollten gezwungen werden, ihr Land abzugeben. Einer von ihnen ist mittlerweile tot.«

Arturo Conte fuhr herum und starrte sie entsetzt an.

»Das ist nicht möglich.«

»Leider doch.«

»Aber, aber …«, aufgeregt nestelte er am obersten Knopf seines Hemdes, als bräuchte er dringend mehr Luft, »aber könnte das nicht auch mit dem Mord an Marcello und Natalie …«

Nina nickte.

»Genau davon gehen wir aus. Deshalb brauchen wir den Ordner, nicht zuletzt, um zu verhindern, dass noch ein weiterer Mensch sein Leben verliert.«

»Dann lassen Sie uns suchen.«

Conte hatte sich bereits seines Jacketts entledigt und begann, hektisch die Regale zu durchforsten.

»Helfen Sie mir. Vielleicht haben wir Glück.«

»Was muss denn draufstehen?«, erkundigte sich Nina und begann ebenfalls, eine der Reihen durchzuschauen.

»Pacht und Boden.«

»Müssten die Eigentümer der Grundstücke nicht auch beim Grundbuchamt verzeichnet sein?«

»Nein, alle Verwaltungsangelegenheiten aus dem Tal wurden vor Jahrzehnten hierher überstellt.« Arturo Conte, der gerade die unteren Akten durchsah, richtete sich auf. »Soweit ich weiß. Mag sein, dass es noch irgendwo alte Abschriften gibt.«

Matteo hielt es für unwahrscheinlich, dass der Ordner einfach nur zwei Regalmeter zu weit links stand. Überhaupt war es ein sehr sonderbarer Zufall, dass ausgerechnet diese Akte nicht an ihrem Platz war. Dennoch machte auch er sich an die Suche.

Schließlich hatten sie nicht nur die Regale, sondern auch noch die übrigen Büros durchgesehen, ohne auf den Ordner gestoßen zu sein. Der Verwaltungsleiter versprach, sich am nächsten Vormittag zu melden, falls einer seiner Mitarbeiter etwas über den Verbleib der Akte sagen konnte.

Skeptisch blickte Matteo Arturo Conte hinterher, als dieser die Verwaltung hinter ihnen abschloss und zu seinem Wagen ging.

»Denkst du, was ich denke?«, wandte er sich an Nina.

»Dass er selbst den Ordner hat verschwinden lassen?«

»Für mich sieht es ganz danach aus. Erst druckst er herum und weigert sich, uns den zu zeigen. Dann dieser übertriebene Aktionismus. Für meinen Geschmack war das eine Schippe zu viel.«

Nina legte den Kopf schief und klemmte sich die Haare, die ihr dabei ins Gesicht fielen, hinters Ohr. Wie gern Matteo sie in diesem Moment geküsst hätte. Und wie sehr er sich gerade wünschte, mit all diesen Ermittlungen nichts zu tun zu haben, sie beide nicht, denn allein die waren der Grund dafür, dass es nicht infrage kam, Nina jetzt zu küssen.

»Und warum meinst du, hätte er das tun sollen?«, fragte sie.

Matteo versuchte, sich zu fokussieren.

»Vielleicht ist er der Verfasser der Briefe?«

»Mit welcher Absicht?«

»Vielleicht hätte er seinen Nationalpark gern für sich allein?«

Nina zog eine Grimasse.

»Und deshalb hat er auch gleich noch seinen Bruder und seine Schwägerin aus dem Weg geschafft? Hast du mir nicht erzählt, er habe die beiden überhaupt erst überredet, ins Tal zu ziehen?«

»Stimmt«, gestand Matteo ein. »Kann aber natürlich eine Falschaussage gewesen sein.«

»Falschaussagen macht man gegenüber der Polizei, dir gegenüber hat er allenfalls gelogen.« Aus dem liebevollen Spott, der in Ninas Stimme lag, schloss Matteo, dass auch sie nichts gegen einen gemeinsamen Feierabend einzuwenden hatte.

Nina schaute auf die Uhr.

»Wir müssen diese Briefe ohnehin so schnell wie möglich untersuchen lassen. Ich habe mit Settignano abgesprochen, dass wir das in Verbania machen können, dann müssen wir nicht noch einmal nach Domodossola hochfahren.

Wobei das schon ein bisschen heikel ist, offiziell bin ich ja nicht in den Fall involviert. Und auch noch im Urlaub.«

Sie grinste.

»Aber Fabio wird das schon deichseln.«

Fabio war Ninas Assistent, ein auf den ersten Blick etwas skurriler Zeitgenosse, den Matteo während der Ermittlungen in einem der zurückliegenden Fälle absolut schätzen gelernt hätte.

»Und dein Freund Settignano ist tatsächlich so unkonventionell, dass er das zulässt? Ich muss wirklich noch ein bisschen an meiner Menschenkenntnis arbeiten.«

Nina hob skeptisch die linke Augenbraue. Matteo wusste genau, wie sehr sie sein notorisches Schimpfen über andere Ermittler nervte. Aber Madonna mia, es war ihm eben herausgerutscht.

Ninas Handy klingelte.

»Pronto? Wie sieht es aus bei euch?«, während sie sprach, entfernte sie sich einige Schritte von Matteo, was dieser als eine übertriebene Maßregelung für seine Bemerkung empfand. Gerade als er anfangen wollte, sich darüber zu ärgern, kam Nina mit gerunzelter Stirn wieder auf ihn zu.

»Ja, warte kurz, der ist hier, ich stelle mal auf laut.«

Sie hielt das Handy zwischen sich und Matteo und drückte die Lautsprechertaste.

»Buonasera, Settignano hier«, kam es von der anderen Seite.

»Buonasera«, antwortete Matteo.

»Sie haben recht gehabt, unser Schluss mit der Diebesbande war vorschnell. Insofern: Besten Dank, Herr Kollege, kann man ja beinahe noch sagen, auch wenn Sie derzeit nicht aktiv sind. Aber wir hoffen ja alle, dass sich das bald wieder ändert.«

Nina schaute auffallend konzentriert in eine andere Richtung.

»Schön, dass ich Ihnen beiden die gute Nachricht gemeinsam überbringen kann. Die Sache scheint ein Ende zu haben, wenngleich ein nicht ganz so erfreuliches. Aber wann ist das schon mal so? Wir haben vor einer Stunde einen gewissen Maurizio festgenommen. Einen Nachnamen behauptet er nicht zu haben – aber den herauszufinden, wird das geringste Problem sein.« Settignano lachte ein wenig gequält. »Wirklich ein höchst eigenartiger Zeitgenosse, bedauernswert in seiner Verrücktheit eigentlich, aber das macht die Sache nicht besser.«

In Matteos Hirn arbeitete es angestrengt, seit Settignano den Namen des Verhafteten ausgesprochen hatte.

»Sie meinen aber nicht diesen Einsiedler mit seinem Tierschutzspleen?«

»Genau den meine ich. Sie kennen ihn?«

Der Anblick der aufgeregten Vogelscheuche stand Matteo unmittelbar wieder vor Augen. Auch wenn er ihn selbst kurz in Verdacht gehabt hatte, wirklich glauben wollte er nicht, dass das der brutale Mörder sein sollte.

Ninas Nicken erinnerte ihn daran, dass er noch keine Antwort gegeben hatte.

»Kennen wäre übertrieben, er ist mir mal bei einer Wanderung über den Weg gelaufen«, erklärte er, was allenfalls der halben Wahrheit entsprach. Aber er hatte das sichere Gefühl, dass es ein schlechtes Licht auf ihn werfen würde, wenn er erst jetzt von seiner Begegnung mit dem Einsiedler an der Alpe der Ermordeten erzählen würde. Er hatte diesen Typen schlichtweg vergessen, weil er ihn nach dem Gespräch mit Carmen Belassi für einen harmlosen Spinner gehalten hatte.

»Helft mir mal ein bisschen auf die Sprünge«, bat Nina. »Was ist das für ein seltsamer Kerl? Und wie seid ihr ihm auf die Schliche gekommen?«

»Einsiedler und Tierschutzspleen, das trifft es schon ganz gut. Wir haben die Gegend um die Alpe herum noch einmal gründlich unter die Lupe genommen und sind dabei mehr oder weniger zufällig auf diesen Maurizio gestoßen. Der lebt da unter einfachsten Verhältnissen in einer kleinen Hütte, etwa einen Kilometer westlich vom Tatort. Und hat sich offenbar da oben nicht nur in einen Misanthropen verwandelt. Vermutlich war er das ohnehin schon vorher, ohne Grund geht man ja nicht in eine solche Einsamkeit, ich habe keine Ahnung, wie der die Winter dort übersteht.«

Commissario Settignano hielt kurz inne, um den Faden wiederzufinden.

»Entscheidender noch als seine grundsätzliche Menschenfeindlichkeit ist seine fanatische Tierliebe. Zusammen hat das offenbar eine explosive Mischung ergeben. Er ist davon getrieben, die Menschen mit allen Mitteln vom Vegetariertum zu überzeugen.«

»Aber für die Agitation zum fleischlosen Leben hat man dort oben ein bisschen wenig Publikum, oder?«, unterbrach Nina die Ausführungen des Kommissars.

»Wenn man sich anschaut, was dort in der Alpe passiert ist, dann können wir wohl froh sein, dass dieser Kerl nicht die Gelegenheit hatte, noch mehr Menschen zu missionieren. Dass Conte und Lemere nicht nur Fleisch gegessen, sondern auch noch Schlachttiere gezüchtet haben, hat in dessen Kopf wohl die letzten noch verbliebenen Leitungen durchglühen lassen.«

Matteo war bei den Worten Settignanos die Hitze in den

Kopf geschossen, weil er nun nicht mehr nur den durchgeknallten Kauz vor Augen hatte, sondern sich auch an die martialischen Flugblätter erinnerte, die dieser bei sich getragen hatte. Wie hatte er das einfach ausblenden können?

»Was macht Sie denn so sicher, dass es dieser Maurizio war?«, fragte er.

»Zum einen haben wir Dinge aus der Alpe bei ihm in der Hütte gefunden, Konserven, aber auch Geschirr und eine Gaskartusche. Und, das hat uns dann endgültig überzeugt: Sagt Ihnen der Begriff Captogan etwas?«

»Nie gehört«, antwortete Nina.

»Das sind kleine Pillen, sehen ganz harmlos aus – eine Mischung aus Amphetaminen, Hefe, Laktose, Koffein, manchmal ist auch Viagra mit drin. Man kann das relativ leicht selbst herstellen. Im Grunde braucht man dafür nur eine profane, etwas umgerüstete Bonbonmaschine. Aber die Wirkung dieser Pillen ist verheerend. Die verwandeln Menschen in Kampfmaschinen. Der IS setzt sie für seine Schergen in Syrien ein.«

»Und das haben Sie bei Maurizio gefunden?«, fragte Matteo ungläubig.

»Ganz genau, eine ganze Packung. Wir haben die Pillen zunächst im Labor einem Schnelltest unterzogen und können deshalb noch nicht sagen, wo die Dinger hergestellt worden sind. Nur, dass es sich um Captogan handelt, ist eindeutig.«

Matteo schüttelte, immer noch ungläubig, den Kopf.

»Damit ist dann auch relativ klar«, fuhr Settignano fort, »weshalb die Leichen so übel zugerichtet waren. Wer unter der Wirkung von Captogan steht, kommt beim Töten in einen regelrechten Rausch.«

Matteo räusperte sich.

»Entschuldigen Sie, wenn ich Sie unterbreche, aber wie um alles in der Welt soll ein Einsiedler wie dieser Maurizio an solche Mittel kommen?«

»Übers Internet kann man doch heute alles besorgen«, merkte Nina an.

»Übers Internet, klar, aber dieser Kauz weiß vermutlich noch nicht mal von der Erfindung des Telefons.«

»Wenn Sie sich da mal nicht täuschen«, wandte Settignano ein. »So ein Lebensstil kann eine bewusste Entscheidung oder eine Fassade sein. So oder so. Er wird uns sicher verraten, woher er diese heiße Ware bezogen hat. Vielleicht ja von osteuropäischen Banden.«

Der Kommissar kicherte über seinen eigenen Witz, weil aber weder von Nina, noch von Matteo eine entsprechende Reaktion kam, wurde er rasch wieder ernst.

»Bevor wir ihn verhören, muss aber erst einmal die Wirkung von diesem Zeug nachlassen, noch steht der vollkommen neben sich. Ich befürchte, er hat mehr als nur eine Pille eingeschmissen.«

»Ich kann das immer noch nicht glauben«, murmelte Matteo.

»Ihre Skepsis in allen Ehren. Und beim ersten Mal, das gestehe ich reumütig, hatten Sie damit recht. Aber wenn das jetzt notorisch wird, muss ich entschieden widersprechen. Die Indizien sind doch relativ schlagkräftig. Zumal, das habe ich noch vergessen, es auch Flugblätter gibt, die sich unmittelbar gegen Lemerre und Conte richten.«

»Und was ist mit der Tatwaffe?«, beharrte Matteo auf seinem Zweifel.

»Die Kollegen durchkämmen das Gelände. Aber das kann dauern. Es gibt ja zahllose Felsspalten, in denen man so eine Waffe verschwinden lassen kann.«

»Bleiben noch die Briefe«, erinnerte Nina.

»Wenn mich nicht alles täuscht, dann stammen die auch von diesem Irren. Im Falle des Agriturismo passt es doch bestens. Die haben schließlich auch Fleisch auf ihrer Speisekarte.«

Matteo fuhr sich unwillig durch Gesicht und Haare. Das ging ihm alles entschieden zu schnell, auch wenn er sich vor ein paar Minuten noch nach ungestörter Zweisamkeit mit Nina gesehnt hatte.

»Habt ihr die Briefe schon ins Labor gegeben?«

»Wollten wir gleich machen.«

Diese organisatorischen Details konnten die beiden getrost ohne ihn besprechen. Matteo brauchte dringend eine Futura. War wirklich er es, der den Denkfehler gemacht hatte, indem er diesen kauzigen Einsiedler unterschätzt hatte?

Langsam ließ er den Rauch in die Lunge gleiten, ohne dass er das in diesem Augenblick wirklich genießen konnte. Settignano folgte schon wieder demselben Reflex wie vor drei Tagen, als er ohne viel Federlesens osteuropäische Banden zu den Tätern erklärt hatte. Dass er mit seinen Ermittlungen in diese Richtung weit vorangeschritten war, wagte Matteo zu bezweifeln. Insofern kam der Einsiedler ihm gerade recht. Keine internationale Ermittlung, nicht die Gefahr, in ein Wespennest zu stechen, das immer mehr Verbrechen und ergo mehr Arbeit zutage förderte. Was war denn mit Duplys Wagen? Mit den Ereignissen in Marseille? Das blendete Commissario Settignano alles vollkommen stumpfsinnig aus.

Als Matteo Nina, die das Telefonat beendet hatte, seine Einwände vortrug, strich sie ihm zärtlich über die Wange.

»Ich habe auch nicht das Gefühl, dass der Fall schon abgeschlossen ist. Ich bezweifle, dass Settignano wirklich zufrieden ist. Aber für den seltsamen Einsiedler, für den du ja große Sympathien zu hegen scheinst, sieht es leider wirklich nicht gut aus.«

Unwirsch zog Matteo ein letztes Mal am verbliebenen Stummel der Futura, bevor er ihn achtlos auf die Straße fallen ließ.

»Der ist durchgeknallt. Aber der ist kein Mörder.«

Forschend musterte Nina ihn.

»Woher weißt du das? Kennst du den näher? Das klang eben nicht so.«

Zerknirscht berichtete Matteo ihr von seiner Begegnung mit dem Vogelscheuchen-Mann.

»Das hättest du Settignano sagen müssen. Das untermauert doch seinen Verdacht … Sag mal, kann es sein, dass du so ungehalten reagierst, weil du befürchtest, einen Fehler gemacht zu haben? Das kann doch wirklich nicht sein. Mensch, Basso, jetzt reiß dich mal zusammen.«

Eilig steckte Matteo sich noch eine zweite Zigarette an.

»Hör zu«, Nina klang versöhnlich, als sie weitersprach. »Ich habe wahnsinnigen Hunger. Lass uns etwas essen gehen, heute Abend können wir ohnehin nichts mehr ausrichten. Lass uns für ein paar Stunden an etwas anderes denken, was hältst du davon?«

»Und was ist mit den Briefen?«

»Ich habe mit Settignano abgesprochen, dass wir die doch nicht nach Verbania bringen, sondern dass einer seiner Beamten die abholt. Offenbar erhofft er sich, noch heute Abend Aufschluss darüber zu bekommen, ob dieser schräge Kauz, der vielleicht nicht nur schräg, sondern ziemlich gefährlich ist, auch dafür verantwortlich ist.«

»Von den Sünden des Fleischessens stand jedenfalls nichts drin, wenn ich mich recht erinnere.«

»Was blaffst du mich denn so an? Mal ganz abgesehen davon, die Briefe an Olivetti haben wir gar nicht vollständig gelesen. Aber sei es drum. Matteo, ich habe Hunger. Ich bin müde. Ich bin heute in aller Herrgottsfrühe aufgestanden, um den ersten Flieger zu bekommen, nachdem mich Cesario gestern Abend angerufen hat.«

»Ach, der hat dich also informiert.«

»Ja, der hat mich informiert. Und ich sage dir was: Wenn du nicht deine vollkommen unangebrachte miese Laune in den Griff bekommst, dann rufe ich mir ein Taxi und gehe allein was essen.«

Stumm stapfte Matteo zum Lancia hinüber. Das war doch wirklich die Höhe. Fiel sein alter Freund Cesario ihm in den Rücken. Nicht zu fassen. Irgendwo ganz weit hinten in seinem Gedächtnis schlummerte die diffuse Erinnerung an das Telefonat, das er mit Cesario geführt und in dem er diesem mehr oder wenig deutlich versprochen hatte, sich bei Nina zu melden. Warum konnte Cesario das nicht einfach abwarten, sondern musste ihm schulmeisterlich dazwischenfunken? Er hatte das Telefon schon in der Hand, um Cesario zu sagen, was er von dieser Aktion hielt.

»Ich warne dich, Matteo Basso.«

Als er sich zu Nina umdrehte, die mit in die Hüften gestemmten Händen vor dem Verwaltungsgebäude stand und ihn anfunkelte, musste er unwillkürlich lachen. Was für einen Blödsinn er hier abzog. Nina hatte vollkommen recht. Sie würden etwas essen gehen, noch besser: Er würde in der Macelleria etwas für sie kochen. Sie würden sich auf die Terrasse setzen, Wein trinken, den lauen Sommerabend genießen und auf den See und die Lichter am gegenüberliegenden Ufer schauen, wenn die Sonne schließlich hinter den Bergen verschwunden war.

Und unter dem Tisch würde Gustavo den Schlaf der Seligen schlafen. Wie er sich freute, den Hund wiederzusehen. Wer hätte das gedacht, dass ausgerechnet er mal Sehnsucht nach einem Hund haben würde? Erst jetzt merkte Matteo, dass auch er enormen Hunger hatte. Über den Fall würden sie am nächsten Morgen weitersprechen.

Um ein Haar hätte er vor lauter Euphorie vergessen, Nina über seinen Gesinnungswechsel zu informieren. Aber sie kannte ihn gut genug und hatte es bereits an seiner Miene abgelesen.

»Noch zwei Minuten von diesem Theater und ich hätte ernst gemacht«, sagte sie, während sie auf den Beifahrersitz rutschte. Aber das Blitzen in ihren Augen verriet, dass auch sie fest entschlossen war, den gemeinsamen Abend nicht weiter trüben zu lassen.

Die Küche der Macelleria war ein einziges Chaos, auf der Veranda stapelten sich Latten, Farbeimer und Werkzeugkisten. Kurz entschlossen hatte Matteo Gustavo auf den Rücksitz klettern lassen und sie waren nach Cannobio gefahren, um dort etwas zu essen. In den Sommermonaten herrschte auf der Piazza reges Treiben. Auf den Terrassen der Ristorantes war nur mit Glück ein Tisch zu ergattern. Kinder, denen die ausgiebigen Essensrituale ihrer Eltern zu langweilig waren, stürmten in Scharen über den Platz, spielten mit zusehends müder werdenden, dafür umso weiter aufgerissenen Augen Spiele, deren Regeln sich für Außenstehende allenfalls erahnen ließen.

Junge Paare oder kleine Grüppchen von Jugendlichen, deren Auskommen noch nicht für ein Essen im Restaurant reichte, flanierten und malten sich vermutlich aus, wie sie dort in ein paar Jahren sitzen würden. Manche ließen sich auf der niedrigen steinernen Mauer nieder, die die Piazza vom See abgrenzte. Im Grunde ein Premiumplatz, noch privilegierter als die erste Reihe in den Lokalen. Von dort aus wurde der Blick auf den See nicht gestört durch vorbeispazierende Passanten. Oder, noch schlimmer, vollends verstellt durch eine der zahlreichen Straßenmusikantengruppen, mitunter waren es regelrechte Kapellen, die in den Abendstunden aufspielten, und das in einer Lautstärke, gegen die in normalem Ton gehaltene Konversation keine Chance hatte.

Matteo runzelte skeptisch die Stirn. Er war kein großer Fan dieses Trubels. Und ganz abgesehen davon stand ihm wirklich der Sinn danach, sich endlich in Ruhe mit Nina unterhalten zu können. Sie hakte sich mit Schwung bei ihm unter, und er musste den Kopf gar nicht zu ihr drehen, um zu wissen, dass ihre Augen leuchteten.

»Ich ahne, was du mir sagen willst«, raunte sie ihm gespielt drohend zu. »Aber ich werde das nicht zulassen.«

Matteo befreite seinen Arm.

»Du, wir werden hier ohnehin keinen Platz finden. Und ewig aufs Essen warten müssen. Ich weiß, du magst es dort nicht besonders, aber lass uns heute Abend ausnahmsweise zu Dino gehen.«

Nina lachte schallend auf.

»Glaub mir, der hat unlängst einen neuen Koch angestellt, der macht seine Sache wirklich anständig. Ich will jetzt nicht behaupten, dass die Osteria ein Sterne-Ristorante ist, aber man kann da wirklich gut sitzen und reden und essen.«

Resolut hängte sich Nina wieder bei ihm ein.

»Pass mal auf, du altes Sturköpfchen. Mir ist klar, dass es dir etwas zu trubelig hier ist. Und ich weiß übrigens auch, dass du vor allem Angst hast, dass Il Generale Dino höchstpersönlich über die Piazza patrouilliert, um zu schauen, wer aus seiner Gästeschar abtrünnig geworden ist.«

Obwohl er sich noch immer sträubte, zog Nina ihn über die Piazza in Richtung der Ristorantes.

»Und weißt du, was ich vor allem weiß, mein Lieber? Bei diesem herrlichen Wetter werde ich mich ganz sicher nicht in ein Gässchen setzen, wo um diese Uhrzeit kein Fitzelchen Abendsonne mehr reinfällt. Und zuallerletzt möchte ich dich hiermit noch darüber informieren, dass ich heute Nacht extrem laut schnarchen werde, wenn nicht in spätestens sieben Minuten ein eisgekühlter Campari vor mir steht und in einer halben Stunde eine Platte mit gegrilltem Fisch.«

Sie blieb stehen, drehte sich zu ihm und grinste frech.

»Noch Fragen?«

»Ich habe keine Angst vor Dino. Ich entscheide selbst, wo ich essen gehe.«

Ninas Lachen war noch lauter als zuvor.

An einem der Tische wurde heftig gewinkt. Matteo grüßte lächelnd hinüber. Das Pärchen, er Leiter der Grundschule von Cannobio, sie Betreiberin eines Haushaltswarenladens, gehörte zu seinen Stammkunden.

Der Mann bedeutete Nina und ihm, näher zu treten.

»Kommen Sie, kommen Sie. Wir haben gerade gezahlt. Sie können unseren Tisch haben. Oder haben Sie reserviert? Andernfalls wird es sehr schwer werden, noch einen Platz zu ergattern, schätze ich.«

Der Schulleiter zog den Stühl zurück, von dem man den besten Ausblick auf den See hatte.

»Das ist sehr nett, aber wir …«, setzte Matteo an.

»Das ist sogar ausgesprochen nett, grazie tanto.« Nina ließ sich umstandslos auf dem angebotenen Stuhl nieder. »Sie sind unsere Rettung.«

Das Pärchen strahlte, beinahe irritierend synchron, augenscheinlich froh darüber, eine gute Tat vollbracht zu haben.

»Wann ist denn die Renovierung abgeschlossen?«, wandte sich die Frau an Matteo. »Wir fühlen uns wie auf Entzug.«

»Komm, meine Liebe.« Ihr Mann nahm sie an der Hand. »Wir wollen die beiden nicht länger behelligen.«

»Mitte nächster Woche sollte spätestens wieder geöffnet sein«, erklärte Matteo.

»Na dann, genießen Sie die ruhige Zeit nach Kräften.« Der Schulleiter zwinkerte Matteo auf eine Weise zu, die er einigermaßen plump fand.

Nachdem das Paar sich verabschiedet hatte, nahm Matteo neben Nina Platz und warf einen missbilligenden Blick auf eine Combo, die sich vor dem Bootsanleger platziert hatte und gerade ihre Instrumente auspackte. Nina war das nicht entgangen.

»Noch so ein Blick und ich laufe den beiden hinterher und lade sie zu einem Getränk ein.«

Wider Willen musste Matteo kichern.

»Schlange.«

»Vorsicht«, lachte Nina und winkte dem Kellner zu.

»Matteo? Was macht du?«, Matteo fuhr herum. Vor Schreck, ein wenig aber auch aus schlechtem Gewissen. Sie hatten vorzüglich gegessen, eine Fischplatte, wie von Nina gewünscht, die Band hatte gedämpften Swing gespielt, sodass selbst Matteo mit dem Fuß gewippt und ab und zu

Gustavo angestoßen hatte, der schlummernd und resistent gegen das Gewusel um ihn herum unter dem Tisch gelegen hatte. Anschließend hatten sie sich noch in seine Angelbucht gesetzt und eine Flasche Barolo getrunken. Nina hatte den Anbau der Macelleria gelobt und sie hatten Pläne für die kommenden Monate geschmiedet.

Und obgleich er so froh gewesen war, Nina wieder neben sich zu spüren, hatte er keinen Schlaf finden können, weil in der Stille doch die Gedanken an den Fall wieder in ihm zu arbeiten begonnen hatten. Schließlich war er, unter dem Vorwand, Nina durch sein Herumwälzen nicht wecken zu wollen, aufgestanden und hatte sich an ihren Laptop gesetzt, auf dem sie sich kurz bevor sie ins Schlafzimmer gewechselt waren, noch ein paar alte Aufnahmen von Fred Buscaglione angesehen hatten, die Nina so umwerfend komisch fand, dass sie tatsächlich einen kleinen Schluckauf vor Lachen bekommen hatte, den wiederum Matteo so hinreißend fand, dass er für ein paar Momente gar nicht wusste, wohin mit sich vor Glück.

»Was machst du?«, wiederholte Nina.

»Setz dich mal zu mir, schau, was ich gefunden habe. Erkennst du den?«

Nina seufzte, zog sich aber einen Stuhl heran.

»Das ist viel zu verpixelt. Ich erkenne gar nichts.«

»Das habe ich von einer Facebook-Seite gezogen.«

»Du kennst Facebook?«

»Sehr witzig.«

Nina gähnte.

»Nach Witzen ist mir eigentlich gar nicht zumute. Sag schnell, was das ist, und dann lass uns zurück ins Bett gehen.«

»Das ist ein Gruppenfoto von *Tendere la Mano*, siehst du,

da im Hintergrund stehen diese Skulpturen, an denen wir heute vorbeigekommen sind.«

Nina grummelte zustimmend.

»Und hier, der dritte von links, in der fünften, nein, in der sechsten Reihe, in dem weißen Gewand. Erkennst du, wer das ist?«

»Matteo, ich möchte schlafen.«

»Arturo Conte!«, lüftete Matteo triumphierend das Geheimnis.

»Bist du sicher?« Nina war sofort ein ganzes Stück wacher.

»Absolut, guck dir das Gesicht genau an. Die Augen, die Nase. Dreißig Jahre jünger eben, es muss eine alte Aufnahme sein, die abfotografiert wurde.«

Nina zog die Beine an, umschlang sie mit beiden Armen und legte den Kopf auf die Knie.

»Bedeutet das, dass er die Briefe geschrieben hat?«

»Auf jeden Fall legt dieses Bild den Verdacht nahe«, antwortete Matteo. »Er kennt nicht nur *Tendere la Mano*. Ich würde mittlerweile auch eine Schachtel Futura darauf verwetten, dass wir den Ordner, nach dem wir vorhin gesucht haben, bei ihm zu Hause finden. Oder woanders, in irgendeinem Versteck.«

»Das klingt plausibel. Aber was könnte sein Interesse dabei sein?«

Matteo musste nun auch ein Gähnen unterdrücken. Die Zeitanzeige auf dem Laptop verriet ihm, dass er sich mehr als zwei Stunden durchs Internet geklickt hatte.

»Das kann ich gerade noch nicht so richtig sagen, aber das werden wir ihn morgen fragen.«

»Das wird Settignano ihn morgen fragen. Matteo, bitte, komm jetzt.«

Matteo strich Nina zärtlich über das vom Schlaf zerwühlte Haar.

»Geh schon mal vor, ich komme sofort, mir ist gerade noch was eingefallen.«

Mit schlurfenden Schritten und hängenden Armen, wie ein kleines Mädchen, ging Nina zurück in Richtung Bett. Matteo sah ihr nach. Wenn sie gerade aufgewacht war oder schlief, war sie beinahe noch ein wenig umwerfender als sonst. Obgleich das im Grunde gar nicht möglich war.

Matteo wandte sich wieder dem Laptop zu, gab »Captogan« ein und wählte die Bildersuche.

Kurz darauf wusste er, was er am nächsten Morgen zu tun hatte. Ein paar Stunden Schlaf blieben ihm bis dahin noch.

15

»Das ist so herrlich! Diese Weite! Und schau mal, der Himmel, das bilde ich mir doch nicht ein, das ist doch ein anderes Blau als das Blau über dem Flachland. Ich meine, das Meeresblau ist ja auch sehr blau, das dort unten an der Amalfi-Küste, das war auch eine ganz herrliche Farbe, türkis-blau, bis zum Horizont. Aber dieses Blau, das ist etwas vollkommen anderes. Wir sollten viel, viel häufiger hier hinaufkommen. Findest du nicht?«

»Doch, klar.«

»Du bist wirklich ein Banause.«

Nina stapfte ein paar Schritte voraus. Matteo unterdrückte ein Grinsen. Seit sie den Lancia vor dem Agriturismo geparkt und mit dem Aufstieg begonnen hatten, war Nina euphorisiert von der Landschaft, von den sich machtvoll erhebenden Bergen, deren Schroffheit jetzt in den Sommermonaten durch den dichten Bewuchs gemildert wurde, sodass alle Hänge in verschiedene Grüntöne, von zart bis satt, getaucht waren. Und Nina hatte natürlich vollkommen recht. Man spürte hier oben tatsächlich, dass man dem Himmel ein ganzes Stück näher war, und das in doppeltem Sinne. Nicht nur wegen des besonderen Blautons, der Matteo jedes Mal aufs Neue überraschte. Auch deshalb, weil einen unmittelbar ein Gefühl von Erhabenheit ergriff.

Er war froh, dass Ninas Stimmung sich gewandelt hatte. Als er ihr am Morgen eröffnet hatte, dass er noch einmal auf die Alpe gehen wolle, war sie wenig begeistert gewesen. Für sie stand nach dem gestrigen Telefonat mit Settignano fest, dass dieser den Fall nun alleine zu Ende führen würde. Die Nachricht über die frühere Verbindung von Arturo Conte zu *Tendere la Mano* hatte sie ihm telefonisch mitgeteilt. Selbst als Matteo ihr berichtet hatte, dass er, seitdem er im Internet Bilder von Captogan gesehen hatte, überzeugt davon war, dass er diese gelblichen Pillen schon mal gesehen, aber für Bonbons gehalten hatte, nämlich in der Alpe von Natalie Lemerre und Marcello Conte, hatte sie das von ihrer Meinung nicht abbringen können. Eine weitere Durchsuchung der Alpe würde nichts zutage fördern, was die Polizei nicht schon entdeckt hatte, stellte sie fest, denn im Zuge der Festnahme des Einsiedlers hätten die Beamten sicher noch einmal alles durchforstet.

»Verstehst du denn nicht«, hatte Matteo zu erklären versucht. »Das Captogan gehörte nicht Maurizio, er hat es wahrscheinlich mitgenommen, als er noch mal in der Alpe war, da hat er ja auch andere Lebensmittel eingepackt. Vermutlich hat er, so wie ich, gedacht, dass das Bonbons sind und deshalb aus Versehen welche gegessen. Das ist doch viel logischer. Settignano hat gestern gesagt, Maurizio sei noch vollkommen high von dem Captogan. Warum sollte er, wenn er der Mörder wäre, jetzt wieder eine Pille genommen haben?«

»Um einen vierten Mord zu begehen?«

»Das ist doch Unsinn.«

»Und weshalb ist das Unsinn, wenn ich fragen darf? Außerdem weißt du gar nicht mit Sicherheit, ob es Captogan war, was du da auf der Alpe im Vorratsschrank gesehen hast. Vielleicht waren das wirklich nur gelbe Bonbons. Wenn ich das eben richtig verstanden habe, dann hast du die doch gar nicht weiter beachtet. Also kannst du dich erstens gar nicht so genau erinnern, und zweitens, wie gesagt, kann es auch etwas anderes gewesen sein.«

»Das wäre aber ein merkwürdiger Zufall, findest du nicht?«

Nina hatte einen zweiten Caffè zischend aus der Maschine laufen lassen, hatte Zucker hineingerührt und das Gemisch in einem Schluck getrunken. Dann hatte sie sich ein Glas Wasser eingeschenkt, dieses ebenfalls ausgetrunken, das Glas und die Tasse in die Spüle gestellt, sich zu Matteo umgedreht und gesagt: »Na dann, andiamo.«

Schon aus einiger Entfernung sah Matteo, dass die Polizei die Tür der Alpe mittlerweile mit zwei Brettern verrammelt hatte. Beim Näherkommen erkannte er die Fadenscheinigkeit der Konstruktion. Offenbar hatte man einfach ein paar morsche Latten genommen, die man vor Ort gefunden hatte. Um die verrosteten Nägel war es kaum besser bestellt.

»Was für Stümper«, schimpfte Matteo vor sich hin, während er mit einem handgroßen Stein auf die Latten einschlug. Nach dem vierten Schlag gaben sie nach und der Zutritt zur Alpe war frei.

Nur dem ersten Anschein nach war alles unverändert. Tatsächlich fehlten, überzeugte Matteo sich sogleich, die Vorräte und das Geschirr, so wie Settignano es ihnen berichtet hatte. Der Schrank war leer. Daraus ließ sich nichts schlussfolgern, was er nicht auch schon vorher gewusst hätte.

Matteo widerstand dem Impuls, die Schranktür mit Wucht zuzuschlagen. Nina sah derweil die wenigen Sachen im Kleiderschrank durch, sie nahm jedes Stück einmal heraus und hielt es in das fahle Licht, tastete den Stoff ab, dann hängte sie es wieder an seinen Platz.

»Kleidung scheint er keine mitgenommen zu haben«, befand Matteo, der hinter sie getreten war.

»Vielleicht nicht sein Stil«, bemerkte Nina trocken.

»Vermutlich.«

Sie ging zur Tür und stellte sich in den Eingang.

»Hier hast du gestanden?«

Matteo stellte sich zu ihr.

»Ja, hier habe ich gestanden.«

»Beschreib mir mal genau, wie die beiden Leichen dort lagen.«

Matteo schloss für einen Moment die Augen, um sich das grausame Bild in Erinnerung zu rufen.

»Der rechte Körper lag ein wenig zusammengekrümmt und zur Seite geneigt da. Aber nur leicht.«

»Zu welcher Seite?«, hakte Nina nach, »zur Bettmitte hin oder von ihr weg?«

»Weg«, antwortete Matteo.

»Diese Leiche hatte keine Schuhe an. Es muss Natalie Lemerre gewesen sein, es war eindeutig ein Frauenkörper.«

»Gut, ist dir sonst noch irgendetwas an ihr aufgefallen?«

Allein bei der Erinnerung an die blutüberströmten, brutal zugerichteten Körper überkam Matteo wieder die Übelkeit.

»Warte mal kurz«, presste er hervor und eilte nach draußen, wo die Natur unverändert klar und freundlich leuchtete. Natürlich tat sie das. Matteo atmete tief ein und aus. Nina, die zu ihm getreten war, strich ihm sanft über den Rücken.

»Um unter die knallharten Ermittler zu gehen, musst du aber noch ein bisschen üben. Ich wusste gar nicht, wie zartbesaitet du bist.«

Matteo fuhr sich mit der Zunge durch den Mund und schluckte zweimal, als müsse er einen besonders unangenehmen Geschmack vertreiben.

»Spotte du nur. Das war wirklich ein übler Anblick, das hättest du auch nicht so locker weggesteckt.«

»Ich weiß doch. Geht es wieder?«

»Geht wieder.«

Gemeinsam stellten sie sich erneut in den Eingang.

»Die andere Leiche lag auf dem Rücken, den rechten Arm über dem Kopf. Mit dieser Hand muss er die Buchstaben an die Wand geschrieben haben. Ich habe dir davon erzählt. Im ersten Schreck habe ich die Schrift nicht bemerkt. Ich würde sagen, die Hand muss von der Wand heruntergerutscht sein, als er gestorben ist.«

Nina ging zur Stirnseite des Bettes.

»Stimmt, das hast du mir erzählt. Das ist schon eine seltsame Aktion, oder?« Sie kniete sich hin. »Aber du hast recht. Ein ›s‹ und ein ›p‹, oder eben ein ›s‹ und ein ›d‹, wenn man es über Kopf liest. Er war vermutlich nicht mehr ganz bei Sinnen, als er es geschrieben hat.«

Als sie zu Matteo zurückgekehrt war, fuhr er fort.

»Das eine Bein war verdreht. Vielleicht sogar unnatürlich verdreht. Das kann ich nicht mit Sicherheit sagen. Auf jeden Fall hing es ein wenig über die Bettkante.«

»Seitlich oder am Fußende?«

»Am Fußende.«

»Zeig mal, wo genau das war.«

Matteo bemühte sich, die Stelle relativ präzise auszumachen.

Nina stand im Türrahmen und nickte nachdenklich.

Dann ging sie ebenfalls zum Bett und schritt die Längsseite ab.

»Ich muss noch mal kurz raus, o. k.?«

Draußen atmete Matteo erleichtert die Bergluft ein und ließ den Blick über die umliegenden Gipfel wandern. In ihm wehrte sich alles dagegen, dass er diese wunderbare Landschaft fortan mit den Bildern dieses Verbrechens in Verbindung bringen sollte.

»Schmeißt du eine Runde Zigaretten?«, fragte Nina, die plötzlich neben ihm stand.

Sie rauchten schweigend. Schließlich sahen sie sich auch die Stallungen und die Weide noch einmal an, ohne etwas Bemerkenswertes zu entdecken.

»Willst du noch nach der Hütte von diesem Maurizio schauen?«, fragte Nina.

»Ich habe keine Ahnung, wo die liegt«, gab Matteo missmutig zurück, da sie unverrichteter Dinge ins Tal würden zurückkehren müssen.

Nina war beim Abstieg schweigsamer als beim Aufstieg. Vielleicht hatte sie sich an die Opulenz der Natur gewöhnt, vielleicht musste sie sich auch stärker auf ihre Schritte konzentrieren. An steilen Passagen wie diesen kostete es bergab mitunter große Mühe, einen sicheren Halt zu finden und nicht abzurutschen.

An einer Quelle, die mit Schwung aus einem Felsen schoss, legten sie eine Pause ein. Nina formte aus ihren Händen eine Schale und fing das eiskalte Wasser darin auf, um es zu trinken. Den Rest warf sie sich ins Gesicht.

»Was die Position der zweiten Leiche angeht, bist du da sicher?«, wandte sie sich an Matteo.

»Ich denke schon.«

»Und das Bein hing wirklich am Fußende aus dem Bett?«

Matteo tat es Nina gleich, trank von dem Quellwasser, gab den Rest aber nicht ins Gesicht, sondern in den Nacken.

»Ich meine, mich daran zu erinnern. Aber schwören würde ich es nicht. Dieser Anblick war ein Schock. Vielleicht war das auch alles ganz anders und ich baue mir nachträglich ein Bild zusammen. Aber die Spurensicherung wird Fotos gemacht haben.«

»Die müssen wir uns unbedingt ansehen, ich sage Settignano gleich Bescheid«, erklärte Nina und setzte das Abwärtskraxeln in beeindruckendem Tempo fort.

»Worauf willst du hinaus?«, fragte er etwas außer Atem, als er zu ihr aufgeschlossen hatte. »Was stört dich an dem Bein?«

»Hast du die Hose gesehen, die im Schrank hing?«

»Was ist mit der?«

»Dir würde sie ungefähr bis zur Mitte der Wade reichen. Es ist die Hose eines eher kleinen Mannes.«

»Das ist doch gut möglich. Warum sollte Marcello Conte viel größer sein als sein Bruder?«

In diesem Moment begriff Matteo, worauf Nina hinauswollte. Die Kommissarin versuchte gerade vergeblich, Settignano zu erreichen. Aber auch sie hatte hier oben keinen Empfang.

Matteo bemühte sich, seine Gedanken zu ordnen und gleichzeitig nicht ins Straucheln zu geraten auf dem Pfad, der auf dieser Passage aus tückisch kleinem Geröll bestand.

»Du meinst, die Leiche, die auf dem Bett lag«, rief er zu

Nina, die ihm schon wieder ein paar Meter voraus war, »die kann nicht die von Marcello Conte gewesen sein, weil der nicht so groß war, dass er gleichzeitig die Wand hinten berühren und ein Bein am Fußende aus dem Bett baumeln lassen konnte?«

»Ganz genau«, bestätigte Nina und tippte im Gehen auf ihrem Handy herum. »Was ist denn das für ein Mist hier mit dem Empfang?! Kannst du mal gucken, ob du welchen hast?«

Obgleich er wenig Hoffnung hatte, zog Matteo sein Handy heraus. Das Display zeigte ebenfalls nicht den Hauch eines Empfangbalkens.

»Was heißt das?« Matteo hattte Nina wieder eingeholt.

»Bevor wir die Polizeifotos gesehen haben, heißt das erst mal noch gar nichts. Wer weiß, vielleicht täuscht dich deine Erinnerung tatsächlich, dann wäre die Aufregung umsonst.«

»Aber mal angenommen, es wäre so«, überlegte Matteo, »dann dreht sich die ganze Sache ja noch mal um 180 Grad.«

»Mindestens.«

»Wovon wir nach wie vor ausgehen müssen, ist eine Verbindung zu Duply, richtig? Sein Verschwinden, sein Auto hier am Flughafen.«

»Madonna mia«, entfuhr es Nina. »Denkst du auch gerade, was ich denke?«

»Lass mich raten. Du denkst, diese üblen Müllgeschäfte von Duply und der Idealismus von Conte und Lemerre, ihr Engagement in Sachen erneuerbare Energien, das ist sich vielleicht gar nicht in die Quere gekommen? Womöglich wussten die beiden gar nichts von Duplys Machenschaften? Und stattdessen haben wir es vielleicht mit einer schnöden Eifersuchtstat zu tun?«

»Schnöde ist Eifersucht nicht in jedem Fall.«

»Stattgegeben. Aber nehmen wir an: Duply macht das Porträt von Lemerre und Conte und kommt dabei Lemerre ein bisschen näher, als das für ein Porträt nötig ist. Die beiden haben eine Affäre, Conte kommt dahinter, großes Drama. Lemerre und Conte wollen es noch einmal versuchen, ein Neuanfang, brechen in Marseille alle Zelte ab und ziehen sich auf die Alpe zurück.«

Nina wischte sich den Schweiß von der Stirn. Obgleich es erst Vormittag war, hatte die Sonne bereits eine erstaunliche Intensität entfaltet.

»Ist das nicht ein bisschen übertrieben? Eine Firma aufzugeben und das Land zu wechseln, nur weil die Frau einmal fremdgegangen ist?«

»Wenn man dem Glauben schenken darf, was Arturo Conte mir gesagt hat, ging es der Firma ohnehin alles andere als gut.«

Nina schnaufte, ob vor Anstrengung oder vor Widerwillen, war nicht eindeutig auszumachen.

»Dem sollte man ja wohl nicht allzu viel Glauben schenken.«

»Das stimmt natürlich. Andererseits. Du hast es eben selbst gesagt: Eifersucht ist keine schnöde Sache. Und Liebe manchmal ein großes Ding, weißt du?«

Er grinste Nina an, die das in dieser Situation allerdings allenfalls mittelkomisch fand, wie ihre Miene verriet. Matteo sprach rasch weiter, um seinen missglückten Witz zu überspielen.

»Aber sagen wir, es gab diese Affäre. Und Duply wollte nicht akzeptieren, dass Natalie Lemerre sich von ihm getrennt hatte. Oder aber: Sie hatten weiterhin Kontakt. Er tauchte hier auf, Conte erwischte die beiden in flagranti und drehte durch.«

»Und warum tötete er dann nicht nur Duply, sondern auch die Frau, die er liebte und für die er alles aufgegeben hatte?«

Nina überprüfte abermals ihr Handy, aber sie schien noch immer keinen Empfang zu haben. Matteo versuchte, sich zu orientieren. Viel länger als eine Dreiviertelstunde sollte es nicht mehr dauern, bis sie im Tal angekommen waren.

»Vielleicht war es ein Unfall?«, antwortete er, als Nina das Handy wieder verstaut hatte, »vielleicht ging sie dazwischen und die Situation eskalierte? Oder er hatte eine von diesen Captogan geschluckt und wusste nicht mehr, was er tat.«

»Wenn sich unser Verdacht bestätigt, wissen wir jetzt vielleicht immerhin, warum die Leichen derart zugerichtet waren. Man sollte nicht sofort erkennen, dass Conte nicht dort lag. Insofern wusste Conte relativ genau, was er tat, Captogan hin, Captogan her. Wie gesagt: Alles unter der Voraussetzung, dass wir mit dieser Vermutung richtigliegen.«

»Ich habe mich da gestern Nacht noch ein wenig eingelesen. Captogan führt in der akuten Wirkphase nicht dazu, dass man nicht mehr denken kann, sondern dass man die Hemmungen verliert. Sonst wäre es für Kriegs- oder Terroreinsätze ja auch ungeeignet. Verheerend für den, der es nimmt, sind eher die Spätfolgen, es kann wohl zu Nervenschäden kommen.«

»Vielleicht ist das auch der Wahnsinn, der einen befällt, wenn man sich im Nachhinein vor Augen führt, was man getan hat.«

Nina schüttelte den Kopf.

»Weißt du, was mich am meisten aufregen würde, wenn unsere These stimmte: Was um alles in der Welt haben diese Idioten in der Pathologie seit Tagen getrieben? Warum haben die die Identität der Leichen nicht überprüft? Oder fanden sie den Anblick derart unappetitlich, dass sie die einfach gleich im Kühlhaus gelassen und gar nicht mehr angeschaut haben?«

»Jetzt klingst du schon so, als wärst du dir ziemlich sicher«, wandte Matteo ein.

Nina legte den Kopf schief.

»Vielleicht bin ich das auch. Aber du hast recht. Warten wir ab.«

Das Agriturismo war gerade in Sichtweite, als nicht nur Ninas Handy wieder funktionierte, sondern auch Matteos Apparat zögerlich einen Empfangsbalken zeigte.

Während Nina mit Settignano sprach, ihn über die Beobachtung informierte und ihn bat, sich die Fotos der Spurensicherung anzuschauen und sich schnellstmöglich mit der Pathologie in Verbindung zu setzen, meldete Matteos Telefon einen entgangenen Anruf der Nummer von Dominique LaRoche aus Marseille. Matteo drückte die Rückruftaste und dachte mit einem mulmigen Gefühl daran, dass er womöglich gleich über einen unguten Ausgang der Operation informiert werden würde.

Nur die Mailbox sprang an. Er legte auf.

Als Nina ihr Gespräch beendet hatte, nickte sie ihm düster zu.

»Settignano hatte die Fotos noch auf dem Schreibtisch. Deine Erinnerung hat dich nicht getäuscht.«

»Dann wissen wir jetzt also, dass die männliche Leiche nicht die von Marcello Conte war.«

Aus dem Agriturismo preschte ihnen Gustavo entgegen, den sie am Morgen dort abgegeben hatten, nachdem sie es nicht übers Herz gebracht hatten, ihn schon wieder in der Macelleria bei den Alten zurückzulassen.

Hechelnd sprang der Hund um sie herum.

»Erstaunlich, zu welchen Energieaufwallungen der manchmal in der Lage ist.« Nina zog spöttisch eine Augenbraue in die Höhe, kraulte das Tier aber genauso liebevoll wie Matteo.

»Der hat schon ein bisschen trainiert in den vergangenen Tagen.«

»Ich habe irrsinnigen Durst«, erklärte Nina. »Lass uns was trinken und warten, was Settignano in der Pathologie in Erfahrung bringt, einverstanden?«

Sie saßen eine Weile auf der Terrasse des Agriturismo, ohne dass der Wirt oder Carmen Belassi kamen, um die Bestellung aufzunehmen. Gustavo hatte sich wieder beruhigt und zu ihren Füßen zusammengerollt, so gut das mit seinen Proportionen ging.

»Ich guck mal, ob die drinnen beschäftigt sind.« Matteo erhob sich und betrat die Gaststube.

Erst jetzt vernahm er, dass in der Küche zwei Personen heftig miteinander diskutierten. Er vermutete einen weiteren Streit zwischen den Geschwistern, als die Küchenschwingtür aufflog und eine junge Frau an ihm vorbeistürmte. Der Wirt kam kopfschüttelnd hinterher.

»Was war das denn?«, fragte Matteo anstelle einer Begrüßung.

»Keine Ahnung, die ist vollkommen durchgedreht. Sucht irgendwen. Macht mich verantwortlich. Aber was habe ich damit zu tun? Koche ich meine Gäste etwa oder sperre sie in den Keller?«

»Bringen Sie uns eine Flasche Acqua Minerale? Und zweimal Vino Bianco.«

Der Besuch auf der Alpe hatte ihm zugesetzt. Dazu die überraschende Wendung, die der Fall gerade zu nehmen schien. Ein kleiner Schluck zur Entspannung wäre da sicher nicht abträglich. Sie waren schließlich nicht offiziell im Dienst.

Als Matteo auf die Terrasse trat, stand Nina bei der Frau, die eben an ihm vorbeigelaufen war und die nun bebend weinte, strich ihr beruhigend über den Arm und führte sie an den Tisch, an dem sie sich niedergelassen hatten.

Die junge Frau stützte die Ellenbogen auf das grob gemaserte Holz und verbarg das Gesicht in den Händen. Das Schluchzen schüttelte ihren Körper, das blonde Haar floss über ihr graues Sweatshirt und den Tisch.

Fragend schaute Matteo Nina an.

»Sie hat etwas von einer Freundin gesagt, die verschwunden zu sein scheint.«

So viel hatte der Wirt, der in diesem Moment die Getränke brachte, Matteo auch schon verraten. Nina goss ein Glas Wasser ein, rüttelte die Weinende sanft und reichte ihr das Getränk. Mit zitternden Händen nahm sie das Glas und trank ein paar winzige Schlucke. Ihr Gesicht war rot und verquollen. Matteo runzelte die Stirn. Wo hatte er diese Frau, eigentlich noch ein Mädchen, schon einmal gesehen?

Er brauchte ein paar Augenblicke, um das ungeschminkt beinahe kindlich wirkende Gesicht zuordnen zu können. Aber dann war er sich vollkommen sicher, wer ihm da gegenübersaß. Im selben Moment durchfuhr ihn eine böse Ahnung wie ein kalter, noch nicht recht zu greifender Schrecken.

Nun schien die junge Frau ihn auch zu erkennen. Ihre Augen weiteten sich erst vor Angst, dann begannen ihre

Lippen zu zittern und man konnte beobachten, wie sich die Furcht innerhalb weniger Atemzüge in Aggression verwandelte. Die Tränen waren unmittelbar versiegt.

»Was haben Sie mit ihr gemacht?«, stieß sie hasserfüllt hervor, es folgten einige gezischte Sätze auf Russisch, die Matteo nicht verstand, aber bei denen es sich zweifelsohne um Verwünschungen handelte.

Nina blickte irritiert von einem zum anderen.

»Bitte erzählen Sie uns, was passiert ist, wir werden versuchen, Ihnen zu helfen«, sagte Matteo.

Die junge Frau stieß einen Wutschrei aus, ihr Stuhl fiel polternd um, als sie aufsprang, um im Stehen weiter auf Russisch auf sie einzubrüllen.

Erst als Nina ihren Dienstausweis auf den Tisch legte, beruhigte sie sich. Nun war sie es, die Matteo und Nina ratlos ansah.

»Polizei?«

Man sah, dass sie krampfhaft versuchte, diese Information einzuordnen.

»Bitte setzen Sie sich wieder«, forderte Nina sie auf. »Ich würde jetzt gern erfahren, was los ist. Wenn ich das gerade richtig gedeutet habe, begegnet ihr euch nicht zum ersten Mal?«

»Zum dritten Mal, um genau zu sein«, bestätigte Matteo.

Die junge Frau, die am Vortag noch geleugnet hatte, ihn wiederzuerkennen, nickte zaghaft. Ohne die dicke Make-up-Schicht und in Alltagskleidung sah sie aus wie ein komplett anderer Mensch. Es handelte sich um eine der beiden Frauen, die Moretti ins Loana-Tal begleitet und die ein paar Tische von ihm entfernt gesessen hatten.

»Ich glaube, es ist an der Zeit, dass Sie uns erzählen, was

am Samstag hier passiert ist«, verlangte Matteo, gab sich aber alle Mühe, die sichtlich erschütterte Frau behutsam anzugehen.

»Ihren Namen sollten Sie uns bitte auch verraten«, ergänzte Nina. »Den Namen der Vermissten brauchen wir ebenfalls.«

»Tatjana Wassiljewa. Meine Freundin heißt Irina Kudinowa. Wir kommen beide aus Woronesch, wir kennen uns, seit wir fünf Jahre alt sind.«

Tatjana also, nicht Nastasia. Matteo hatte ohnehin nicht angenommen, dass der Name stimmte, den sie ihm in Turin genannt hatte.

Stockend und immer wieder nach Worten suchend begann Tatjana Wassiljewa zu erzählen. Sie und Irina waren über eine Agentur nach Italien gekommen, die Versprechen waren so verlockend wie fadenscheinig gewesen: Sie sollten angeblich wohlsituierte Geschäftsleute zu Empfängen und ähnlichen Veranstaltungen begleiten, Konversation betreiben und ansprechend aussehen. Keinerlei sonstige Verpflichtungen, dafür kostenloses Wohnen und eine großzügige Bezahlung. Matteo konnte nicht begreifen, wie Frauen auf so etwas hereinfallen konnten.

Doch, natürlich, er konnte es begreifen. Wenn die sozialen Bedingungen, unter denen sie in ihrer Heimat lebten, nur erbärmlich genug waren, dann griffen sie nach jedem Strohhalm.

Schnell hatte sich herausgestellt, dass die beiden gemeinsam mit zahllosen anderen Mädchen und Frauen aus verschiedenen osteuropäischen Ländern in einem Zuhälterring gelandet waren und zur Prostitution gezwungen werden sollten. Matteo hatte einen der Läden, in denen sie sich anbieten mussten, in Turin gesehen.

»Wer hat Sie gezwungen? Wir brauchen Namen«, sagte Nina.

Tatjana Wassiljewa schüttelte den Kopf. Nina seufzte. Natürlich, die Frauen hatten immer Angst. Das machte es so schwer, gegen die Hintermänner vorzugehen.

»Danilo Moretti heißt Ihr Zuhälter, richtig?«

Verzweifelt, aber stumm blickte Tatjana Wassiljewa zu Matteo, dann senkte sie den Blick.

»Ich kenne nur den Vornamen«, flüsterte sie.

Viel entscheidender war ohnehin, was Tatjana Wassiljewa über die Ereignisse am vergangenen Samstag zu erzählen hatte.

Sie hätten, berichtete sie, einen Ausflug gemacht. Wohin, habe man Irina und ihr vorher nicht gesagt. Schließlich sei man hier oben gelandet, was sie gewundert habe, weil es weder die Art von Gegend noch von Etablissement war, in die sie üblicherweise gebracht wurden.

»Wer war der andere Mann?«, fragte Matteo dazwischen.

»Ich kenne ihn nicht gut«, antwortete Tatjana Wassiljewa, »er hat sich als Gianluca vorgestellt, er war nett, hat nicht viel gesagt.«

»Haben Sie ihn am Samstag zum ersten Mal gesehen?«

Tatjana Wassiljewa nickte. Man habe getrunken. Wein, weil es keinen Champagner gegeben habe. Sie erinnere sich daran, dass Danilo mit dem Wirt diskutiert habe, vielleicht sogar gestritten. Worüber die beiden Männer sich uneins gewesen waren, vermochte sie nicht zu sagen. Dann seien sie in eines der Rusticis gegangen.

»Und plötzlich«, sie starrte auf ihre Hände, »plötzlich *Cut*.«

»Was meinen Sie damit, *Cut*?«, fragte Nina.

»Na, *Cut*, dann wird es schwarz, der Faden reißt. Ich

weiß nicht mehr, was dann passiert ist. Ich bin erst in Turin wieder aufgewacht, in unserem Zimmer. Und Irina war nicht mehr da.«

Tatjana Wassiljewa begann erneut zu weinen. Leiser dieses Mal. Unaufhaltsam rannen ihr die Tränen über das Gesicht.

»Danilo hat gesagt, ich wäre so betrunken gewesen, dass ich eingeschlafen bin. Mir ist das gleich komisch vorgekommen, so viel hatte ich nicht getrunken. Ich trinke nie viel, ich passe immer auf.«

»Glauben Sie, dass Ihnen jemand etwas ins Glas gegeben hat? K.-o.-Tropfen vielleicht?«, fragte Nina.

»Ja, das ist möglich. Danilo sagt, sie hätten mich ins Auto tragen müssen, als er, anders als geplant, wegen irgendwelcher dringenden Geschäfte nach Turin zurückmusste. Ich sei nicht aufgewacht, so sehr sie mich auch gerüttelt hätten. In dieser Zeit, behauptet er, ist Irina weggelaufen. Er war sehr aufgeregt und wütend und hat gesagt, dass ich schuld sei, dass sie fort ist. Ich war so verzweifelt, weil sie meine einzige Freundin hier war.«

Sie wischte sich mit dem Ärmel ihres Sweatshirts über das Gesicht. Die junge Frau stand augenscheinlich unter Schock.

»Aber ich habe mich auch für sie gefreut, dass sie es herausgeschafft hat. Ich habe mich nur gefragt, warum sie mich nicht eingeweiht hat.« Sie schloss die Augen.

»Sie ist nicht ans Handy gegangen. Am ersten Tag nicht. Am zweiten nicht. Da war ich dann nicht nur verzweifelt, sondern bekam Angst um sie. Es passt nicht zu ihr, sich nicht bei mir zu melden. Erst dachte ich: Sie hat vielleicht nur ein schlechtes Gewissen, weil sie ohne mich weg ist. Und plötzlich dachte ich: Vielleicht ist sie gar nicht weggelaufen. Vielleicht ist ihr etwas passiert. Oder sie haben sie einfach zurückgelassen. Aber ich wusste ja nicht, wo wir waren. Ich kenne mich in Italien nicht aus. Auf der Hinfahrt habe ich nicht darauf geachtet. Krampfhaft habe ich versucht, mich an Ortsschilder zu erinnern. Aber da war nichts in meinem Kopf, nichts.«

Sie blickte zu Matteo. Das Weiß in ihren Augen war beinahe komplett rot.

»Und dann kamen Sie gestern. Es war wie ein Wunder. Sie konnten mir sagen, wo ich Irina suchen muss.«

Sie griff Matteos Arm.

»Bitte, helfen Sie mir, sie zu finden. Sie muss hier irgendwo sein. Vielleicht ist sie gestürzt und hat sich etwas gebrochen. Vielleicht liegt sie hier irgendwo.«

Matteo löste sich sanft aus der Umklammerung.

»Natürlich helfen wir Ihnen. Wir müssen nur kurz etwas unter vier Augen besprechen.«

Tatjana Wassiljewa nickte erschöpft.

»Denkst du, was ich denke«, fragte Matteo, nachdem sie sich ein paar Schritte entfernt hatten.

»Ich möchte das aber bitte nicht denken müssen«, sagte Nina finster.

»Geht mir ähnlich.«

»Allora.« Nina atmete einmal tief durch. »Ich werde Settignano informieren, dass er auch die zweite Leiche noch einmal untersuchen lassen soll. Und dass er die Spurensicherung in das Zimmer von Tatjana Wassiljewa und Irina Kudinowa schicken soll, um DNA-Proben zu besorgen.«

»Und dass er diesen miesen Zuhälter festnehmen lassen soll. Und dass er sich schon mal darauf vorbereiten sollte, dass er sehr wahrscheinlich Natalie Lemerre und Marcello Conte zur Fahndung ausschreiben muss.«

»Auch das, ja. Hast du eine Zigarette?«

Matteo hielt ihr die Futura-Packung hin, nahm sich ebenfalls eine und zündete sie an. Nina rauchte zwei schnelle Züge und schaute mitleidig zu der jungen Frau hinüber, die allein auf der Terrasse saß und gedankenverloren Gustavo streichelte, der aufgewacht und unter dem Tisch hervorgekrochen war.

»Wir sollten ihr noch nichts von unserem Verdacht sagen. Sie ist schon mitgenommen genug.«

Auf der Wiese vor dem Agriturismo dösten, wie am Samstag, ein paar Kühe in der Mittagssonne. Selbst die Hühner waren heute vergleichsweise ruhig, vielleicht hatte auch ihnen die seit Tagen anhaltende Hitze zugesetzt.

»Settignano muss sich mit den Behörden in Marseille in Verbindung setzen«, sagte er schließlich. »Ich bin sicher, dass sie dort sind.«

»Wegen des Überfalls auf die Redaktion?«, fragte Nina. »Du könntest recht haben. Wenn sie noch in der Stadt sind.«

Matteo nickte grimmig.

»Was könnten sie in der Redaktion gewollt haben?«, überlegte Nina.

»Ich habe keine Ahnung«, gestand Matteo ein, »aber ich kann mir nicht vorstellen, dass das ein Zufall ist.«

Er strich sich die dichten Locken aus der Stirn, unter denen sich Schweiß gesammelt hatte.

»Bevor du Settignano anrufst, lass uns noch einmal kurz feststellen, ob wir wirklich das Gleiche denken.«

»Über Bonnie und Clyde?«

»Korrigier mich, wenn du es anders siehst«, begann Matteo. »Die beiden töten Duply, ob sie ihn da schon so zurichten, wie er gefunden wurde, wissen wir nicht. Sie kommen hier herunter, um sich, wohin auch immer, abzusetzen.«

»Sie sehen das Vierergespann und plötzlich kommt ihnen eine Idee, wie sie den ersten Mord vertuschen können.«

»Matteo zündete sich eine weitere Futura an, Nina winkte dankend ab.

»Vermutlich haben sie Moretti ein nettes Sümmchen angeboten für den Abend mit seiner reizenden Begleitung. Und auch wenn der sich den Tag anders vorgestellt hatte, wird ihn das unverhoffte Geld überzeugt haben. Gerade diese Typen, denen qua Familie das Geld ohnehin aus dem Arsch quillt, sind doch die gierigsten.«

Mit jedem Wort, das Matteo ausgesprochen hatte, um den möglichen Verlauf des vergangenen Samstags zu rekonstruieren, schoss mehr Verachtung und Zorn in ihm hoch.

»Ich bringe jetzt Settignano auf den neuesten Stand, damit der seine Leute in Bewegung setzt. Und könntest du«, Nina verzog schmerzhaft das Gesicht, »könntest du ihr irgendwie schonend beibringen, dass wir ihre Freundin jetzt nicht suchen werden?«

16

Umberto Settignano stand am Ende des Flurs und starrte missmutig in einen Plastikbecher. Ob der Caffè, den er daraus trank, ihm nicht behagte oder die Entwicklung seines jüngsten Falls, war nicht eindeutig auszumachen. Auch innerhalb des Präsidiums trug er den Trenchcoat, den Matteo schon auf der Alpe für entschieden zu elegant gehalten hatte. Vermutlich lag es am niedergeschlagenen Eindruck, den der Kommissar machte, dass Matteo heute etwas nachsichtiger war. Vielleicht, dachte er, ist dieser Mantel eine Art Rüstung oder Schutzhülle, mit deren Hilfe der Commissario sich von der Außenwelt abschirmte.

Tatjana Wassiljewa hatten sie zu einem Beamten gebracht, der ihre Aussagen zu Protokoll nahm. Die Mischung aus Sorge um ihre Freundin und der Furcht davor, für die Prostitution bestraft zu werden, hatten die junge Frau, die während der Autofahrt nach Domodossola apathisch aus dem Fenster gestarrt hatte, die letzten Schritte zum Vernehmungszimmer beinahe taumeln lassen. Matteo konnte an Ninas Gesicht ablesen, dass sie mit sich rang, ob sie Tatjana Wassiljewa in diesem Zustand einer Befragung aussetzen sollten. Aber der Fall hatte schon zu viele Verzögerungen erlebt.

Settignano deutete eine Begrüßung an.

»Wir mussten Arturo Conte gehen lassen, vorerst.« Er zerdrückte endgültig seinen ohnehin bereits in Mitleidenschaft gezogenen Caffèbecher und verfehlte den Mülleimer, obgleich der nicht sonderlich weit entfernt stand.

»Ich bin mir sicher, dass er mehr damit zu tun hat, als er zugibt und als wir ihm bislang nachweisen können. Die Kollegen arbeiten mit Hochdruck.«

Sein Blick schien ein wenig zu flattern, als er den langen, mit verblichenem Linoleum ausgelegten Flur des Präsidiums hinunterschaute. Matteo verkniff sich die Bemerkung, dass es ja erfreulich sei, dass man sich in Domodossola bequemt hatte, die Arbeit aufzunehmen.

»Conte hat zugegeben, dass er vor Jahren mit *Tendere la Mano* zu tun hatte.« Settignano nickte Matteo zu. »Nach dem Bildbeweis, den Sie aufgetan haben, blieb ihm auch wenig anderes übrig. Allerdings wollte er uns einreden, dass nur sein Bruder diese Briefe geschrieben haben könne.«

»Aber er wusste von den Briefen?«, fragte Nina dazwischen.

Settignano bückte sich, um den Caffèbecher aufzuheben und im Papierkorb zu versenken.

»Nein, das leugnet er natürlich. Aber er behauptet, dass sein Bruder ihn auffällig ausführlich nach *Tendere la Mano* gefragt habe. Er habe sich das nicht erklären können, sich aber nichts weiter dabei gedacht und angenommen, sein Bruder interessiere sich einfach für die Besonderheiten der Umgebung.«

Nina schnaubte.

»Das ist ja eine ganz billige Nummer. Dem toten Bruder die Schuld in die Schuhe schieben?«

»Die Frage ist«, merkte Matteo an, »ob er tatsächlich annimmt, dass sein Bruder tot ist.«

»Du meinst, er hat die ganze Zeit Theater gespielt und macht mit den beiden gemeinsame Sache?«

Matteo wiegte den Kopf.

»Möglich wäre es. Allerdings ist genauso gut möglich, dass er es zwar mittlerweile weiß – vielleicht hat sein Bruder ihn um Hilfe gebeten oder um Geld –, und aus familiärer Solidarität schweigt, darüber hinaus aber nichts mit der Sache zu tun hat.«

»Ich trau diesem Typen keine drei Meter weit.« Settignanos Laune war im Keller.

Am Ende des Flurs, hinter einer gelblichen, geriffelten Glastür, wurde es laut. Die Tür wurde aufgestoßen und Matteo erkannte, dass die aggressiven Wortsalven von Danilo Moretti kamen, der von zwei Beamten flankiert wurde. Ein paar Schritte hinter Moretti ging Stefano Ferro, der Ispettore, den Matteo am Tatort gesehen hatte.

Moretti wurde in ein Zimmer geführt, ohne dass er die Dreiergruppe bemerkte, geschweige denn Matteo wiedererkannte. Der Ispettore kam zu ihnen herüber.

»Der Kerl soll seit Turin gepöbelt haben.« Ferro verdrehte die Augen. »Zum Glück musste ich ihn erst hier unten auf dem Parkplatz in Empfang nehmen, aber mir reicht es jetzt schon. Übernehmen Sie den?«, wandte er sich an Settignano. Der Kommissar nickte grimmig.

»Haben Sie die Flugdaten von Mailand nach Marseille überprüfen lassen?«

»Haben wir«, bestätigte Ferro. »Die Namen Lemerre und Conte tauchen da allerdings nicht auf.«

»Wahrscheinlich sind sie mit gefälschten Papieren gereist«, warf Nina ein. »Allerdings: Kommt man so schnell an neue Ausweise?«

»Vielleicht hatten sie die schon vorher.«

»Wie kommst du darauf?« Nina schaute Matteo mit gerunzelter Stirn an.

»Nur eine Vermutung. Je mehr ich über diese beiden engagierten jungen Herrschaften erfahre, umso sicherer bin ich, dass wir es nicht mit einem Mord im Affekt zu tun haben. Wer zu so etwas Perfidem wie einem zweiten Mord in der Lage ist, um den ersten zu vertuschen, der ist nicht zufällig in ein Verbrechen hineingestolpert.«

Settignano wandte sich an den Ispettore.

»Wir müssen eine Hausdurchsuchung bei Arturo Conte durchführen. Können Sie die organisieren?«

Ferro nickte.

»Geht klar.«

Der Ispettore wollte sich schon umdrehen, als Matteo ihn zurückhielt.

»Überprüfen Sie, wenn möglich, auch seine Konten. Schauen Sie nach größeren Beträgen, die er in den letzten Tagen überwiesen hat. Dann haben wir mit großer Wahrscheinlichkeit auch den Namen, unter dem einer der beiden, Lemerre oder Conte, gerade unterwegs ist.«

Nina hatte verstanden.

»Du meinst, wenn Arturo Conte eingeweiht ist, hat er vielleicht seinem Bruder Geld überwiesen, damit der untertauchen kann?«

»Wenn wir Glück haben und er sich so sicher fühlt, dass er nicht damit rechnet, dass wir seine Konten kontrollieren, dann wäre das eine Möglichkeit«, bestätigte Matteo.

»Falls Sie auf etwas stoßen, geben Sie die Namen bitte umgehend an die Behörden in Marseille weiter.«

»Versteht sich von selbst.«

Ferro nickte einmal in die Runde und ging.

Die Vernehmung von Danilo Moretti erfolgte in einem Raum, der durch eine einseitig verspiegelte Scheibe vom angrenzenden Zimmer abgetrennt war. Zeugen, die sich durch eine Gegenüberstellung mit dem Verdächtigen in Gefahr bringen würden, konnten ihn auf diese Weise identifizieren, ohne selbst gesehen zu werden.

Langsam schien Moretti der Ernst der Lage bewusst zu werden, es kostete ihn augenscheinlich einige Beherrschung, aber er hatte sein Schimpfen eingestellt und beantwortete die ersten Fragen Settignanos.

»Er ahnt noch nicht, warum er hier ist, meinst du nicht auch?«, fragte Matteo Nina, die mit ihm gemeinsam das Verhör beobachtete.

»Tja, das Schicksal von Typen, die so viel Dreck am Stecken haben, dass sie nicht wissen, an welchem Schmutzklumpen gerade gekratzt wird. Mein Mitleid hält sich in Grenzen.«

Auf der anderen Seite der Scheibe bestritt Moretti, etwas mit organisierter Prostitution zu tun zu haben. Er sei Immobilienmakler. Es könne schon mal vorkommen, gestand er ein, dass er sich mit einem Escortgirl den Abend versüßte und sich ein wenig amüsierte. Aber das habe schließlich jeder zweite Mann schon mal getan. Bemüht jovial zwinkerte er Settignano zu.

»Solchen Typen könnte ich den Hals umdrehen.« Angewidert schaute Nina, die sich auch einen Caffè gezogen hatte, in ihren Becher, als könnte das ungenießbare Getränk etwas für die Dreistigkeit, mit der Moretti log.

Matteos Handy surrte, es zeigte die Nummer von Dominique LaRoche an.

»Pronto?«

»Signor Basso, hier ist noch einmal Gilmozzi.«

»Wie geht es Ihrer Frau?«

»Besser«, antwortete er zu Matteos Erleichterung. »Deshalb rufe ich auch an. Ich befürchte, ich war gestern ein wenig verwirrt vor Aufregung.«

»Dazu hatten Sie allen Grund.«

»Das mag sein. Also, es geht meiner Frau den Umständen entsprechend gut, die Operation verlief ohne Komplikationen. Es war ein Streifschuss am Schlüsselbein. Sie hat wahnsinniges Glück gehabt, die Kugel hat ihren Hals nur um wenige Zentimeter verfehlt.«

»Da bin ich sehr froh. Richten Sie Ihrer Frau doch bitte die allerbesten Genesungswünsche aus. Und«, Matteo stockte, »und sagen Sie ihr, ich melde mich noch mal bei ihr.«

»Du wolltest ihm das mit Duply noch nicht sagen?«, fragte Nina, als Matteo aufgelegt hatte. »Das war richtig, lass uns abwarten, bis wir wirklich sicher sein können.«

Im Nebenzimmer kam Settignano nun auf den Tag im Loana-Tal zu sprechen. Morettis Knie hatten nervös zu wippen begonnen. Er behauptete, dass es ihm äußerst schwerfalle, sich an den Nachmittag zu erinnern. Für die schauspielerische Darbietung wäre er im provinziellsten Laientheater ausgebuht worden.

Schließlich wurde Settignano das Winden seines Gegenübers zu viel.

»Es gibt Zeugen, die Sie dort oben gesehen haben. Und die Sie und Ihre Begleiter zweifelsfrei identifiziert haben.«

»So«, war alles, was Moretti herausbrachte. Das kannte Matteo bereits.

»Was hat Sie ins Loana-Tal geführt?«

»Was soll uns schon dorthin geführt haben? Ein Ausflug, ein wenig Spaß.«

Mit einer Behändigkeit, die man von Settignano nicht erwartet hätte, sprang er auf und schnellte über den Tisch auf Moretti zu, der erschrocken ein Stück zurückwich.

»Hör mal zu, Freundchen«, fuhr der Kommissar ihn an. »Ich habe absolut keine Lust, mir dein Rumgeeier noch länger anzuhören. Das langweilt mich nämlich zu Tode. Du bist nicht nur wegen der Zuhälterei hier, ich schwöre dir, dass es ein Leichtes sein wird, sie dir nachzuweisen, dir dein schmutziges Handwerk zu legen und dich für die nächsten Jahre zu verknacken. Wir haben es hier zudem noch mit Mord zu tun, und wenn du jetzt nicht dein verdammtes Maul aufmachst und Tacheles sprichst, dann krieg ich dich dafür auch noch dran, und dann wanderst du so lange hinter Gitter, dass du dich nicht mehr an deinen letzten amüsanten Abend mit einer Frau erinnern wirst, wenn du wieder rauskommst.«

Nach seiner Wutrede setzte sich Settignano wieder und strich seine Mantelschöße glatt.

»Alle Achtung«, murmelte Matteo anerkennend, der dem Kommissar diese Heftigkeit und Vulgarität nicht zugetraut hatte. Aus dem Augenwinkel nahm er Ninas Grinsen wahr. Vielleicht hatte sie gar nicht so unrecht gehabt mit ihrem Urteil über Settignano.

Danilo Moretti war während des Ausbruchs kreidebleich geworden. Beinahe erleichtert schaute er zur Tür des Vernehmungszimmers, durch die ein Beamter den Kopf steckte und Settignano bat, für einen Moment hinauszukommen.

Gemeinsam traten die beiden zu Matteo und Nina. Knapp stellte Settignano den anderen als Leiter der Pathologie vor.

»Es verhält sich tatsächlich so, wie Sie vermutet haben. Bei den beiden Toten handelt es sich um Irina Kudinowa, 23 Jahre, und François Duply, 46 Jahre.« Der Pathologe räusperte sich. »Das ist durch den Abgleich mit der DNA aus den Wohnungen der Toten hundertprozentig bewiesen. Die Kollegen aus Marseille haben uns die entsprechenden Informationen von Signor Duply sehr schnell übermittelt.«

Die Gereiztheit des Pathologen ließ auf seinen Ärger über sein eigenes Versäumnis sowie über die Schlampigkeit seiner Mitarbeiter schließen. Das war nichts, was an dieser Stelle diskutiert werden musste, das sollte Settignano intern klären, wenn dieser Fall abgeschlossen war.

Der Kommissar hatte während der Worte des Pathologen keine Miene verzogen und durch die verspiegelte Scheibe Moretti beobachtet, der immer fahriger zu werden schien.

»Der kippt gleich um«, knurrte Settignano.

»Sieht ganz danach aus«, stimmte Matteo ihm zu.

Der Pathologe verabschiedete sich. In der Tür prallte er um ein Haar mit Tatjana Wassiljewa zusammen, die von dem älteren Beamten hereingebracht wurde, der ihre Aussage zu Protokoll genommen hatte.

»Salve, ich sollte die Dame bringen, wenn wir fertig sind. Zur Identifikation des Vogels da drüben«, plärrte der Beamte mit einer ungewöhnlich blechernen Stimme. Matteo tippte auf eine Stimmbandbeschädigung durch intensives Rauchen.

»Ist das Ihr Zuhälter? Und ist das auch der Mann, der Sie mit falschen Versprechungen nach Italien gelockt hat?«, fragte Settignano.

Tatjana Wassiljewa sah in dem fahlen Licht der Neonröhren noch blasser aus als zuvor. Ihre Stimme war fast nur noch ein Hauchen.

»Das ist er, ja.«

Regungslos starrte sie zu Moretti hinüber.

»Hat er Irina getötet?«

Eine Pause entstand. Sie schaute Matteo an.

»Er hat sie getötet, habe ich recht? Irina ist tot, habe ich recht? Er hat sie umgebracht, dieses Schwein.«

Nina legte den Arm um die junge Frau, die wieder begonnen hatte zu weinen.

»Was genau Danilo Moretti getan hat, wissen wir noch nicht. Aber wir müssen leider tatsächlich davon ausgehen, dass Ihre Freundin nicht mehr am Leben ist.«

Tatjana Wassiljewa schrie auf, sie zitterte am ganzen Körper.

»Gibt es hier irgendwo einen Raum, wo sie sich ein wenig ausruhen kann?«

»Den zeige ich Ihnen«, plärrte der alte Beamte.

»Kommen Sie.« Mit sanftem Druck schob Nina die weinende Frau zur Tür. Zu Matteo gewandt sagte sie: »Ich begleite sie. Wartest du hier auf mich?«

»Mache ich.«

Settignano verließ mit den anderen den Raum und begab sich wieder zu Moretti, der mittlerweile eigentümlich verrenkt dasaß, so als müsste er sich selbst daran hindern, aufzuspringen und umherzulaufen.

Obwohl er sich dieses Mal nicht halb über den Tisch warf, verfuhr der Kommissar in dem Modus weiter, in dem er aufgehört hatte, kehrte allerdings zum »Sie« zurück, das Duzen war nur seiner vielleicht in diesem Moment authentischen Wut geschuldet gewesen.

»Allora, Moretti, kommen wir mal langsam zum Punkt. Ich habe Besseres zu tun, als meine Lebenszeit mit Leuten wie Ihnen zu verschwenden. Im Loana-Tal sollten Grundstücke gekauft werden, von Leuten, die dazu offenbar nicht bereit waren. Also hat der reizende Kaufinteressent ein paar gar nicht so angenehme Briefe geschrieben, anonym natürlich, und ein wenig gedroht. Wenn ich es recht bedenke, sogar ganz schön heftig gedroht, unschön gedroht. Einer der Grundstücksbesitzer ist mittlerweile tot. Das war kein natürlicher Tod, leider, der Mann hätte gut und gern noch ein paar Jahrzehnte leben können. Nun habe ich hier einen Immobilienhändler vor mir sitzen, der nicht nur, wie Zeugen bestätigen, die Belassis unter Druck gesetzt hat, damit sie dem Verkauf zustimmen. Nein, ganz zufällig ist er auch noch an dem Tag im Loana-Tal gewesen, an dem ein anderer Grundstücksbesitzer sein Leben gelassen hat. Sagen Sie mir doch bitte, was ich davon halten soll.«

Settignano hatte das alles rasch und nahezu ohne Modulation gesagt. Moretti saß wie überfahren da. Es machte den Anschein, als müsste er im Kopf das Gehörte erst mühsam rekonstruieren, weil die Sätze zu schnell auf ihn eingeprasselt waren. Als er realisierte, was der Kommissar ihm unterstellte, sprang er mit einem Ruck auf.

»Setzen«, ordnete Settignano kühl an.

Moretti gehorchte, heftig den Kopf schüttelnd.

»Das können Sie mir nicht in die Schuhe schieben. Das lasse ich mit mir nicht machen. Das können Sie mir nicht anhängen.«

»Es gibt Zeugen.«

»Aber ich habe keine Briefe geschrieben«, brüllte Moretti. »Und von mir aus soll der Belassi doch auf seinem verfluchten Land sitzen bleiben, bis er schwarz wird, in dieser beschissenen Bergeinsamkeit. Ich sollte das doch nur im Auftrag von diesem verfluchten Conte kaufen.«

Matteo horchte auf.

Am Lächeln, mit dem sich der Kommissar vorbeugte, erkannte er, dass dieser zufrieden war, ein Etappenziel erreicht zu haben.

»Wie, bitteschön, heißt Ihr Auftraggeber?«, fragte er provozierend ruhig und freundlich.

Moretti biss sich auf die Lippen.

»Ich sage kein Wort mehr ohne meinen Anwalt.«

Das fiel ihm reichlich spät ein.

Settignano lächelte verbindlich.

»Ihren Anwalt können wir selbstverständlich informieren. Aber ich befürchte, dass er Ihnen wenig helfen wird. Die Pathologie hat gerade zweifelsfrei den Tod von Irina Kudinowa festgestellt. Wissen Sie«, der Kommissar lehnte sich zurück, »die Strafen für Zuhälterei sind ja schon deftig. Aber wenn Zuhälter auch noch ihre Angestellten bestialisch ermorden …«

Sein tiefer Seufzer bewies, dass er ein um Klassen besserer Schauspieler war als Danilo Moretti.

Der wischte sich hektisch den Schweiß von der Stirn.

»Aber Sie kennen das beliebte Spiel, nicht wahr«, Settignano grinste noch ein bisschen breiter als zuvor, »wenn Sie sich ein wenig kooperativ zeigen, könnten wir uns dazu möglicherweise ebenfalls durchringen. Möchten Sie jetzt Ihren Anwalt anrufen?«

»Ich warte noch einen Augenblick«, presste Moretti hervor.

Die alten Tricks griffen also noch immer, wunderte sich Matteo. Wenn Menschen glaubten, ihren Kopf immerhin ein Stück weit aus der Schlinge ziehen zu können, verhielten sie sich naiver als Schafe auf dem Weg zur Schlachtbank.

»Gut, einverstanden.«

Mit auffordernd nach oben gezogenen Augenbrauen blickte der Kommissar Moretti an.

»Was … was ist mit Irina passiert?«, stotterte der.

»Gerade das sollen ja Sie mir erzählen. Wir haben nur ihre Leiche. Kein schöner Anblick, das können Sie mir glauben. Möchten Sie Bilder sehen?«

Moretti schüttelte den Kopf und griff nach der Tischplatte. Er schien sich regelrecht daran festhalten zu müssen, um nicht umzukippen.

»Ja. Wir waren am Samstag im Loana-Tal. Tatjana, Irina und ein Kumpel von mir.«

»Wie ist dessen Name?«

»Der hat nichts damit zu tun.«

»Wie ist dessen Name?«, wiederholte Settignano stoisch.

»Gianluca Tedesco. Eigentlich hatten wir vor, nach Mailand zu fahren. Bisschen shoppen, bisschen tanzen. Aber dann hat dieser Conte wieder genervt, alles war plötzlich sehr eilig, also haben wir unseren Plan geändert und sind ins Tal gefahren.«

»Conte, Conte, den haben Sie ja eben schon erwähnt. Gibt es dazu auch einen Vornamen?«

»Arturo.«

»Oh.« Settignano tat erstaunt. »Der verwaltet doch den Nationalpark. Warum will er denn – als Privatmann, nehme ich an – diese Flächen noch dazuhaben?«

»Es hatte irgendetwas mit der Börse zu tun. Wenn es keine privaten Grundstücke mehr gibt, kann man mit dem Park spekulieren. Aber was interessiert mich das? Ich sollte nur den Verkauf abwickeln. Fragen Sie Conte doch selbst.«

Moretti bemühte sich sichtlich, seinen Worten eine gewisse Lässigkeit zu verleihen, aber seit der Nachricht vom Tod der Prostituierten kroch ihm die Angst aus jeder Pore seines Körpers.

»Das werden wir.«

Settignano erhob sich, strich erneut seinen Mantel glatt – Matteo hatte sich nicht getäuscht, der Trenchcoat diente tatsächlich als eine Art Kostüm – und nahm seitlich auf der Tischplatte Platz.

»Kommen wir zu der weitaus unangenehmeren Sache. Was haben Sie mit Irina Kudinowa angestellt?«

»Nichts. Nichts habe ich ihr getan! Sie war irgendwann weg, die hysterische Ziege. Wahrscheinlich hat die Bergluft ihr zugesetzt. Sind sie ja nicht gewohnt, diese Großstadtweiber.«

»Wollen Sie vielleicht noch mal darüber nachdenken«, fragte Settignano mit geheuchelter Sanftheit. »Sie waren ihr Zuhälter, Sie waren der Letzte, der mit ihr gesehen wurde, bevor sie starb und übel zugerichtet wurde. Was soll dabei herauskommen, wenn wir eins und eins zusammenzählen? Habe ich Sie schon gefragt, ob Sie Fotos der Leiche sehen wollen? Sehr unschöner Anblick allerdings. Ach ja, verzeihen Sie, das hatten wir ja schon.«

Die Taktik des Kommissars ging auf. Plötzlich ging ein Ruck durch Morettis Körper, der letzte Schutzwall war gebrochen. Er sackte nach vorne auf den Tisch, die Arme schützend über den Kopf gelegt und wimmerte.

Settignano verließ seine Position, ging eine Weile im Raum auf und ab, dann unterbrach er barsch das Greinen Morettis.

»Also?«

Langsam, als würde er aus einem tiefen Traum erwachen, richtete Moretti sich auf. Er sprach so leise, dass Matteo sich sehr konzentrieren musste, um nichts zu verpassen.

»Conte hat mich gebeten, ein Mädchen mitzubringen. Irgendeine Bekannte von ihm wollte sich einen schönen Abend machen. Das passte ja, es saßen sogar gleich zwei auf dem Rücksitz. Wir sollten sie in einem der Rusticos treffen, in denen man auch übernachten kann.«

Moretti stockte.

»Das Ganze war dann etwas seltsam, aber ich habe mir nicht viel dabei gedacht. Diese Frau kam, ich habe draußen mit ihr verhandelt, sollte ja wenigstens ein bisschen was dabei rausspringen, wenn ich schon auf meinen freien Tag verzichtete. Sie wollte sich beide Mädchen ansehen, bestand aber darauf, dass ich denen vorher die Lampen ausknipse.«

»Wie meinen?«, fragte Moretti.

»Ich sollte denen was ins Glas kippen, damit die bewusstlos werden. Sie hat mir so ein Pulver in die Hand gedrückt. Die war gut präpariert.«

Das musste Natalie Lemerre gewesen sein, dachte Matteo.

»Und Sie haben dann also mal eben so mir nichts, dir nichts Irina Kudinowa weiterverschachert?«

»Hören Sie, das ist mein Job.«

»Ach?«

Moretti war mittlerweile zu schwach, um zu protestieren.

»Wie ging es dann weiter?«

»Diese Frau hat mir einen schönen Batzen Geld gegeben, dreitausend Euro für den Rest des Nachmittags und die Nacht. Der Deal war, dass sie Irina am nächsten Morgen in Malesco am Bahnhof absetzt.«

»Und Sie hatten keine Angst, dass ihr etwas passiert?«

»Warum sollte ich?« Ehrlich verzweifelt schaute Moretti den Kommissar an. »So läuft das immer. Ja, das mit dem Pulver war schon seltsam. Aber ansonsten schien das eine sehr angenehme Kundin zu sein. Ein bisschen aufgedreht vielleicht.«

Ein bisschen ist gut, dachte Matteo. Sehr wahrscheinlich hatten Lemerre und Conte vorher schon das Captogan genommen.

»Hören Sie«, flehte Moretti, »ich weiß, dass ich manchmal illegale Sachen mache. Aber ich bin kein Mörder. Ich passe auf meine Frauen auf.«

Settignano beugte sich vor und drückte den Knopf neben dem Mikrofon, das auf dem Tisch installiert war.

»Wir sind fertig hier. Holt jemand den freundlichen Herrn ab?«

»Mein Anwalt ...«, hörte Matteo Moretti noch stammeln, während er auf den Flur hinaustrat, weil er sich wunderte, dass Nina noch immer nicht zurück war. Gerade wollte er sie anrufen, als sie aus einem der gegenüberliegenden Zimmer kam.

»Und?«

Nina strich sich die Haare aus dem Gesicht.

»Sie schläft jetzt. Verdammter Mist, das alles. Wie war es bei euch?«

»Frag nicht. Ich habe noch einen Pinot Grigio im Kühlschrank. Ich glaube, ich könnte jetzt ein Glas vertragen.

Wie steht es mit dir?«

»Ich brauche mindestens drei.«

»Kann die das Schild nicht lesen? *Chiuso*, steht doch ganz deutlich da.« Matteo rangierte den Lancia auf den schmalen Parkplatz vor der Macelleria.

Er hatte gerade wirklich keine Nerven für ein Gespräch mit einer Kundin, die ihm ausführlich schilderte, dass sie dramatischerweise nun schon eine Woche lang ihren Mann habe vertrösten müssen, weil es in ganz Cannobio keine anständigen Salscicce zu kaufen gebe. Wie lange denn die Renovierungsarbeiten noch dauern würden? Auch das stand auf dem Schild. Beharrlich klopfte die Frau weiter an den heruntergelassenen Rollladen der Macelleria.

Mit Schwung, als würde er die aufdringliche Kundin auf diese Weise maßregeln, schlug Matteo die Wagentür zu, was ihm im selben Moment als Zeichen seiner extremen Gereiztheit auffiel. Normalerweise würde er nie auf die Idee verfallen, seine Launen an seiner geliebten Diva auszulassen. Aber was sie in den vergangenen Stunden an Abgründen aufgetan hatten, war schlichtweg ein wenig zu heftig. Die Trauer und Verzweiflung von Tatjana Wassiljewa hatten ihm den Rest gegeben.

Das Zuschlagen der Wagentür ließ die Frau herumfahren. Das war keine ungeduldige Kundin. Nina warf Matteo einen fragenden Blick zu, weil sie sofort bemerkt hatte, dass er die Frau kannte.

»Signora Belassi.«

»Salve«, antwortete die Schwester des Wirts.

Sie sah müde aus.

»Was führt Sie zu mir? Ist etwas passiert?« Matteo stockte. »Ist noch etwas passiert?«

»Ich … ich weiß gerade nicht, mit wem ich sonst reden soll.« Hilflos zuckte sie die Schultern. »Das ist seltsam, oder? Ich müsste ja mit den anderen sprechen. Aber das fühlt sich gerade so falsch an.«

»Kommen Sie.« Matteo legte Carmen Belassi die Hand auf die Schulter und führte sie zur Rückseite der Macelleria. Die drei Alten hatten bereits Feierabend gemacht und das Chaos auf der Terrasse weitgehend beseitigt.

»Ich hole uns etwas zu trinken«, sagte Nina, während Matteo drei Stühle an den Tisch rückte und der Frau einen Platz anbot. Gustavo rollte sich unter einer Platane zusammen.

Mit einer Karaffe Wasser, dem Pinot Grigio und Gläsern kehrte Nina zurück, schenkte ein und reichte Carmen Belassi dann die Hand.

»Wir kennen uns noch gar nicht. Ich bin Nina Zanetti.«

»Kommissarin Nina Zanetti«, ergänzte Matteo.

»Oh.« Auf Carmen Belassis Hals bildeten sich sofort wieder die roten Flecken, die Matteo schon kannte. »Polizei, nein … ich wollte doch gerade nicht …«

Sie brach ab.

Nina erhob sich.

»Ich gehe ein bisschen runter zum See, dann könnt ihr allein sprechen.«

Carmen Belassi schaute dankbar zu ihr auf, dann schüttelte sie den Kopf.

»Nein, nein, es ist schon gut. Es muss ohnehin gesagt werden.«

Matteo reichte ihr das Wasserglas. Die Schwester des Wirts lächelte schmerzlich und griff stattdessen nach dem Pinot Grigio, trank das Glas in einem Zug aus und schüttelte sich anschließend. Dann begann sie mit leiser, zunächst noch ein wenig flatternder, aber mit jedem Wort fester werdenden Stimme zu erzählen.

»Antonio und ich waren ein Paar, seit drei Jahren schon.«

Matteo horchte auf.

»Meinem Bruder habe ich davon nichts erzählt, er ist schrecklich eifersüchtig und hat große Angst, dass ich das Tal verlasse und das Agriturismo verkaufe.«

Sie runzelte die Stirn, als müsste sie sich selbst erst wieder mühsam an das Geschehene erinnern.

»Wegen Antonio bin ich zu *Tendere la Mano* gekommen. Kennengelernt haben wir uns, weil er früher häufiger bei uns eingekehrt ist. Erst im Nachhinein ist mir klar geworden, dass er sich wohl damals schon mit dem Gedanken getragen hat, die Gemeinschaft zu verlassen und ins Loana-Tal überzusiedeln.«

Nina schenkte Carmen Belassi Wein nach, den diese sofort trank.

»Ich weiß nicht, ob es nur daran lag, dass sich unsere Wünsche entgegengesetzt entwickelten. Mir wurde immer klarer, dass ich nach Merate möchte, dass ich mein Leben *Tendere la Mano* widmen wollte. Antonio dagegen wurde immer unzufriedener. Er finde keine Erfüllung mehr, sagte er immer wieder. Er stellte sich ein Leben mit ein paar Tieren vor, abgeschieden, nur mit mir und vielleicht ein paar Kindern. Er hatte keine Lust mehr, alles immer in einer großen Runde zu besprechen, alles zu teilen. Lange zögerte er, es den anderen zu sagen und war dann sehr froh, als niemand ihm Steine in den Weg legte.«

Carmen Belassi schluchzte auf. Nun war es Nina, die ihr die Hand auf die Schulter legte. Es dauerte eine Weile, bis sie sich wieder so weit gefangen hatte, dass sie weitersprechen konnte. Matteo erkannte deutlich, wie sie mit sich kämpfte. Im Grunde musste sie gar nicht weitersprechen. Ihm war klar, dass sie gerade den Grund für den Tod Antonio Olivettis erfuhren. Zumindest ein entscheidendes Detail, das ihn ausgelöst hatte. Und in diesem Fall schien es etwas zu sein, das nichts mit einem Verbrechen zu tun hatte, sondern mit einer gescheiterten Liebe.

Carmen Belassi holte tief Luft, als würde sie eine schwere Last über eine letzte Hürde heben müssen.

»Ich habe mich von ihm getrennt. Zwei Tage, bevor wir zu der Wanderung aufgebrochen sind. Ich habe ihm gesagt, dass ich künftig bei *Tendere la Mano* leben werde. Nicht mit ihm im Loana-Tal.«

Ihre Miene wirkte mit einem Mal undurchdringlich, beinahe hart, als wollte sie sich selbst von dem überzeugen, was ihr dann doch nicht zu sagen gelang.

»Ich konnte doch nicht wissen, dass …«

»Nein«, sagte Matteo bestimmt. »Das konnten Sie nicht wissen. Und es trifft Sie, das müssen Sie unbedingt verstehen, keine Schuld.«

Als wäre Carmen Belassi ein wichtiger Termin eingefallen, stand sie auf.

»Ich muss jetzt fahren. Entschuldigen Sie. Muss ich mich noch bei der Polizei melden?«

»Nein, fahren Sie nach Hause, ruhen Sie sich aus«, antwortete Nina. »Wir kümmern uns um alles Weitere. Und Matteo hat vollkommen recht: Sie sind nicht dafür verantwortlich, was Antonio Olivetti getan hat.«

Matteo erhob sich ebenfalls.

»Ich fahre Sie.«

»Danke, nein, das ist nicht nötig. Ich bin mit meinem Wagen da.«

»Sind Sie sicher, dass Sie in Ihrem Zustand fahren können?«

»Das ist gar kein Problem.«

Skeptisch betrachtete Matteo die Schwester des Wirts, die einen angeschlagenen Eindruck machte. Wie konnte es auch anders sein. Zumal sie in den vergangenen Tagen ihre Trauer und ihr Wissen vermutlich mit niemandem geteilt hatte.

»Eine Frage habe ich noch«, sagte Nina. »Hat Antonio Olivetti Ihnen von Briefen erzählt, in denen er bedroht wurde?«

Entgeistert schaute Carmen Belassi sie an.

»Briefe? Was für Briefe?«

»Jemand wollte ihn dazu bringen, sein Land zu verkaufen.«

»Kein Wort hat er davon gesagt.« Ungläubig schüttelte Carmen Belassi den Kopf, aber es war nicht zu übersehen, dass ein Funken Hoffnung in ihren Augen aufschien. Hoffnung, dass vielleicht doch nicht die Trennung allein Antonio Olivetti dazu getrieben hatte, in den Tod zu springen.

Aber über all das, verständigten sich Matteo und Nina mit einem raschen Blickwechsel, würde zu gegebener Zeit zu sprechen sein, wenn die Polizei die Aussage von Arturo Conte aufgenommen hatte.

Carmen Belassi ließ sich nicht davon abbringen, allein ins Loana-Tal zurückzufahren. Matteo begleitete sie zum Wagen. Als er wieder auf die Terrasse kam, zupfte Nina nachdenklich an den Blättern eines Rhododendrons.

»Das war eine Überraschung.« Er stellte sich zu ihr und betrachtete die zartrosafarbenen Blüten, die wie erschlafft von der Sommerhitze wirkten. »Aber jetzt scheint auch dieser dritte Tod geklärt, was meinst du?«

»Sieht ganz so aus«, bestätigte Nina. »Aber eine andere Erklärung wäre mir, offen gestanden, lieber gewesen. Die arme Frau.«

»Immerhin hat sie von uns nun erfahren, dass Olivetti sich vermutlich nicht allein wegen der Trennung umbrachte.«

»Dennoch«, versetzte Nina und riss eine welke Blüte ab, »Trauer und Schuld, das ist eine fatale Mischung. Daran trägt man lange.«

Matteo grummelte eine Zustimmung. Es war ihm ganz angenehm, dass das Klingeln von Ninas Telefon das Gespräch unterbrach.

»Pronto?«

Sie lauschte ein paar Augenblicke.

»Ah, alles klar, großartig.«

Sie legte auf und nickte Matteo zu.

»Sie haben die beiden. Genau, wie du gesagt hast. Gratuliere, Herr Kollege. Die Kontenüberprüfung von Arturo Conte hat ergeben, dass er am Montag eine größere Summe an einen gewissen Herrn angewiesen hat. Und ein Mann dieses Namens nebst Begleitung wurde vor einer Stunde am Flughafen von Marseille aufgegriffen, als sie gerade eine Maschine nach Tegucigalpa besteigen wollten.«

»Tegucigalpa?«

»Hauptstadt von Honduras.«

»Was würde ich ohne deine Weltläufigkeit machen?«

»Das frage ich mich allerdings auch manchmal.«

»Schade um die schöne Reise.«

»Mein Mitleid hält sich in Grenzen«, erklärte Nina.

»Apropos Reise.« Matteo legte ihr den Arm um die Schulter. »Hast du nicht vielleicht Lust, ein verlängertes Wochenende mit mir in Marseille zu verbringen? Ein bisschen Urlaub, nur wir beide? Ich kenne da ein Restaurant am Hafen, wo man ganz vorzüglich essen kann.«

»Urlaub? Ich glaube dir kein Wort. Und, Matteo, der Fall ist abgeschlossen, jedenfalls für uns.«

»Ich würde sehr gern Dominique LaRoche persönlich sagen, dass François Duply nicht mehr am Leben ist.«

»Das ehrt dich, aber das wird die Polizei doch längst getan haben.«

»Ich weiß«, gestand Matteo ein. »Aber bist du nicht auch unzufrieden, dass wir nicht wirklich wissen, warum Lemerre und Conte Duply umgebracht haben?«

»Und Irina Kudinowa«, ergänzte Nina.

»Vielleicht sind sie seinen Müllgeschäften auf die Spur gekommen?«, überlegte Matteo. »Aber warum haben sie ihn dann nicht einfach angezeigt? Das ist doch seltsam.«

»Die beiden werden nun von Settignano ordentlich in die Mangel genommen. Du hast ja eben erlebt, dass er sein Handwerk in dieser Hinsicht glänzend versteht.«

Matteo knispelte ebenfalls an einer Rhododendronblüte, die allerdings noch so frisch war, dass sie sogleich einen betörenden Duft verströmte.

»Ich habe einfach das Gefühl, dass wir in Marseille vielleicht noch etwas erfahren könnten, was die Sache etwas klarer macht.«

Nina musterte ihn skeptisch von der Seite.

»Du bist unmöglich.«

»Ich möchte das Ganze anständig zu Ende bringen.« Matteo machte eine übertrieben ausladende Geste, die den See und die Macelleria einschloss. »Und dann widme ich mich wieder meinem beschaulichen Leben und drehe Fleisch durch den Wolf.«

Nina gelang es, Stirn und Nase gleichzeitig krauszuziehen, um ihr Missfallen auszudrücken.

»Und das nennst du dann Urlaub, oder wie?«

»Ach, komm, die drei Nervensägen werden hier noch das ganze Wochenende zugange sein. Da finden wir ohnehin keine Ruhe.«

»Darf ich dich daran erinnern, dass wir das Wochenende genauso gut in Verbania verbringen könnten?«

Matteo setzte die treuherzigste Miene auf, die er im Repertoire hatte.

»Sie ist eine tolle Frau, du wirst sie mögen.«

»Oh, wenn das so ist. Ich bin natürlich ganz wild darauf, die tollen Frauen kennenzulernen, die so in deinem Leben herumschwirren.«

»Pfui, Eifersucht? Was für ein niederer Instinkt.«

Nina boxte ihn zärtlich in die Seite.

17

Dominique LaRoche sah noch blass aus, ihre Schulter war eingegipst, aber sie saß aufrecht im Bett und lächelte Matteo und Nina entgegen, als die beiden das Krankenhauszimmer betraten.

Ein tapferes, gefasstes Lächeln, dachte Matteo, der sich vorher telefonisch erkundigt hatte, ob der Redakteurin ein Besuch überhaupt recht war.

Dass sie froh sei, ihn noch einmal zu sehen, hatte sie erklärt, sie habe auch schon versucht, ihn zu erreichen. Erst als sie das sagte, erinnerte Matteo sich an den Anruf, der ihm beim Abstieg von der Alpe entgangen war.

Als Matteo sich jetzt nach ihrem Befinden erkundigte, winkte die Redakteurin mit dem unverletzten Arm lässig ab.

»Alles bestens, wenn die hier nicht so einen Aufstand machen würden, wäre ich schon längst wieder zu Hause.«

Sie beugte sich zum Nachttisch, griff einen Stapel zusammengehefteter Ausdrucke und reichte ihn Matteo.

»Was ist das?«

»Das hat uns François auf einem Datenstick hinterlassen. Aber lesen Sie selbst. Es sind die Ergebnisse einer monatelangen Recherche. Natalie Lemerre und Marcello Conte haben seit Jahren unter dem Deckmantel ihres Unternehmens für erneuerbare Energien Giftmüll nach Afrika verschifft und illegal entsorgt. François ist ihnen offenbar, als er das Porträt über sie geschrieben hat, auf die Schliche gekommen.«

Dominique LaRoche atmete tief durch.

»Er selbst, François, hat sich nur zum Schein an diesen Geschäften beteiligt, um an die nötigen Beweise zu gelangen.«

»Wie kommen Sie zu den Unterlagen?«, fragte Matteo perplex.

»Der Zeitungshändler von François hat den Umschlag mit dem Stick gestern Mittag in der Redaktion abgegeben. François hatte ihn bei ihm deponiert und gesagt, dass er ihn spätestens Montag wieder abholt. Als er das nicht getan hat und der Zeitungshändler dann noch von dem Überfall auf die Redaktion gelesen hat, hat er, vollkommen richtig, angenommen, dass etwas nicht stimmt.«

Sie seufzte.

»Das macht François nicht wieder lebendig. Aber ich bin dennoch erleichtert, dass ich mich nicht in ihm getäuscht habe.«

Plötzlich kam Matteo ein Gedanke.

»Wissen Sie, wie der Zeitungshändler heißt?«

»Er heißt Michel … oh, Michel … Entschuldigen Sie, so richtig funktioniert mein Kopf noch nicht wieder.« Sie warf einen missbilligenden Blick auf das Tablettenschälchen, das auf ihrem Nachttisch stand.

»Aber die Polizei weiß sicher seinen Namen. Oder jemand in der Redaktion, falls es wichtig ist. Sein Lädchen ist nicht weit von hier, in der Rue Daumier, ›Spirou‹ heißt es, wie diese alte Comicfigur.« Sie winkte ab. »Ach, die wird man in Italien vermutlich kaum kennen.«

»Danke.« Matteo lächelte. »Ich glaube, jetzt weiß ich schon alles, was ich wissen wollte.«

Nina schnappte sich das letzte Stück Baguette und wischte sorgfältig die Bouillabaisse-Schüssel aus.

»Himmlisch. Du hast wirklich nicht zu viel versprochen.«

»Habe ich da gerade ein ›ausnahmsweise‹ zwischen den Zeilen gehört?«

»Aber auf keinen Fall!« Nina lachte auf und gab Matteo einen übertrieben schmatzenden Kuss auf die Wange.

»Ich liebe es, wenn du so zärtlich bist.«

Der Hafen von Marseille war heute friedlicher als vor ein paar Tagen. Keine Demonstranten, keine Polizei. Nur eine vibrierende Vorfreude auf das Wochenende lag in der Luft, auf durchtanzte Nächte oder eine geteilte Flasche Wein im lauen Sonnenuntergang mit Blick auf das Meer.

Was Duply herausgefunden hatte, war tatsächlich sensationell. Dank seiner Recherchen würde es der Polizei gelingen, ein weitverzweigtes Netz europäischer Unternehmen auszuheben, die sich daran bereicherten, Müll nach Afrika zu verschieben.

Lemerre und Conte hatten sich Duplys Nachforschungen zufolge auf die Logistik vor Ort konzentriert. Die Anlagen für erneuerbare Energien hatten nur als Camouflage gedient. Auch wenn Matteo und Nina die von Duply hinterlassenen Informationen erst einmal nur kursorisch gelesen hatten, war klar: Keines der von Lemerre und Conte angeblich realisierten und hoch subventionierten Projekte war über das Planungsstadium hinausgekommen.

Nachdem sie eine Weile schweigend auf die sich träge im Hafenbecken wiegenden Boote geschaut hatte, fragte Nina:

»Duply wusste doch, dass er es mit internationaler Wirtschaftskriminalität zu tun hatte. Warum hat er nicht viel früher die Behörden eingeschaltet? Seine Beweise hätten längst ausgereicht.«

Matteo rückte mit seinem Stuhl näher an sie heran und legte den Arm um ihre Schulter.

»Ich befürchte, das wird genauso sein Geheimnis bleiben wie die Antwort auf die Frage, warum er es nicht lassen konnte, zum großen Showdown auf die Alpe zu fahren. Journalistischer Größenwahn, ein anderer Grund fällt mir nicht ein.«

Nina trank von ihrem Wein. So, wie Matteo es liebte, nicht ein zaghaftes Nippen, wie es so viele andere Frauen machten, sondern ein beherztes, entschlossenes Schlucken.

»Oder meinst du, er hat es darauf angelegt, dass das Ganze eskaliert? Vielleicht hat er sie erpresst?«

Matteo zuckte die Schultern.

»Das wäre natürlich möglich. Aber auch dann hätte er sich für Verhandlungen – oder wie nennt man solche Auseinandersetzungen? – doch lieber in der belebten Mailänder Fußgängerzone verabreden sollen und nicht in vollkommener Abgeschiedenheit.«

»Ja, vielleicht hast du recht. Das sollen Settignano und Ferro herausfinden. Oder die Beamten hier in Marseille. Mir wurde nämlich Urlaub versprochen.« Nina griff nach ihrem Glas, das allerdings leer war. »Nehmen wir noch eine Flasche?«

Das Klingeln seines Handys hielt Matteo von einer Antwort ab.

»Oh nein, nicht die jetzt.«

Er zögerte.

»Ich geh kurz ran, vielleicht ist irgendetwas mit Gustavo.«

Ihn plagte das schlechte Gewissen, den Hund schon wieder allein gelassen zu haben.

»Pronto?«

»Hach«, säuselte Flavio. »Ihr beiden seid so ein schöner Anblick.«

»Wie meinst du das?«

Matteo blickte sich irritiert um.

Flavio kicherte, wurde aber abrupt unterbrochen, als Beppo das Telefon nun an sich riss.

»Marseille bei Nacht, gibt es etwas Romantischeres? Ihr dürft bitte nicht böse sein, aber wir wollten auch ein wenig daran teilhaben, das haben wir doch verdient, oder?«

»Jungs, nicht ernsthaft, das kann doch nicht sein.«

Ungehalten versuchte Matteo zu erkennen, wo die drei Alten sich versteckten. Das war doch unglaublich. Ihnen einfach nachzuschleichen. Saßen die etwa seit Stunden in einem der Restaurants nebenan?

»Und Nina sieht wieder einmal hiiiinreißend aus«, brüllte Luigi im Hintergrund.

Matteo stand auf und entfernte sich ein paar Schritte vom Tisch.

»Männer, das ist echt nicht witzig.«

»Och«, Flavio giggelte unterdrückt. »Wir finden es eigentlich schon ganz lustig.«

Wie auf Kommando brach auf der anderen Seite ein brüllendes Gelächter aus.

»Du verschrumpelte, hirnlose Peperoni glaubst aber auch alles«, keuchte Flavio, den es vor Lachen offenbar schüttelte. »Wie schaffst du es eigentlich, dir morgens die Schuhe zuzubinden?!«

»Ihr seid wirklich mit Abstand die dämlichste Truppe, die mir je begegnet ist«, brummte Matteo. Es gab immer wieder Momente, in denen er sehr froh war, den Alten auf den Leim gegangen zu sein.

»Ärgert Gustavo nicht, wir sind Sonntag zurück. Und, ja, ich habe euch auch sehr lieb.«

Eine erneute Lachsalve war die Antwort.

Matteo schaute zu Nina hinüber, die gerade eine weitere Flasche Wein orderte.

»Und Jungs, ich sage es ja nicht gern: Danke wieder einmal. Ihr seid zwar unerträglich, aber doch relativ hervorragend.«

Machen Sie Urlaub an der Côte d'Azur mit Kommissar Duval

Christine Cazon. Mörderische Côte d'Azur. Der erste Fall für Kommissar Duval. Taschenbuch. Verfügbar auch als E-Book

Christine Cazon. Intrigen an der Côte d'Azur. Der zweite Fall für Kommissar Duval. Taschenbuch. Verfügbar auch als E-Book

Christine Cazon: Stürmische Côte d'Azur. Der dritte Fall für Kommissar Duval. Taschenbuch. Verfügbar auch als E-Book

Christine Cazon. Endstation Côte d'Azur. Der vierte Fall für Kommissar Duval. Taschenbuch. Verfügbar auch als E-Book

Christine Cazon. Wölfe an der Côte d'Azur. Der fünfte Fall für Kommissar Duval. Taschenbuch. Verfügbar auch als E-Book

KiWi

Leseproben und mehr unter www.kiwi-verlag.de